D0882251

Pepita Jiménez

Letras Hispánicas

Juan Valera

Pepita Jiménez

Edición de Leonardo Romero

NOVENA EDICIÓN
CORREGIDA Y AUMENTADA

CÁTEDRA

LETRAS HISPÁNICAS

© Ediciones Cátedra, S. A., 1999
Juan Ignacio Luca de Tena, 15. 28027 Madrid
Depósito legal: M. 13.478-1999
ISBN: 84-376-0800-7
Printed in Spain
Impreso en Huertas, S. A.
Fuenlabrada (Madrid)

Índice

Introducción

Juan Valera

VALERA, ESCRITOR Y NOVELISTA*

[El interés por la figura y la obra de don Juan Valera se ha renovado en los últimos años. La celebración de un congreso en Málaga, en 1994, y de otro en Cabra, en 1995, la publicación de varios libros y abundantes artículos dedicados a su obra narrativa, la reedición continuada de algunas obras —*Pepita Jiménez* de modo singular—, la publicación de su correspondencia privada o sus informes diplomáticos son otras tantas pruebas del atractivo que suscita un escritor, aún vivo y estimulante para los lectores. A ninguno se le ha podido escapar su capacidad para reflejar con un brillo especial el mundo que le rodeaba. Lo ha señalado sagazmente Julián Marías en sus *Memorias:* «Valera me parecía el mejor obervatorio sobre el siglo XIX. Hombre de enorme cultura, de lectura vastísima, conocedor de gran parte de Europa y América, poseedor de varias lenguas, tenía además dos condiciones inapreciables: no era libresco, sino un gran gozador de la vida; y no era genial.» Pero, además, cultivó un entendimiento del arte y una práctica de la literatura que no eran comunes entre sus contemporáneos. La «anomalía literaria» a que aludía Montesinos en su inapre-

---

* Las ampliaciones incluidas en esta introducción (cerrada en septiembre de 1995) van incluidas entre corchetes. Solamente cito los trabajos que han sido publicados y que, hasta el momento, han llegado a mi conocimiento; no aludo, por tanto, a trabajos en curso de publicación y proyectos de ediciones que, aunque avanzados, aún no han salido a luz. El aparato bibliográfico va ordenado según estos apartados: 1) ediciones de *Pepita Jiménez,* 2) referencias generales sobre el autor y su obra literaria, 3) referencias sobre *Pepita Jiménez,* 4) correspondencias.

ciable libro reside, precisamente, en este rasgo de hiperlite-
raturidad que tanto lo aproxima a la conciencia actual de lo
que sea el arte de la palabra, la del escritor y el lector que saben encontrar su territorio en la mejor literatura de cualquier estación.]

Juan Valera es el escritor español del XIX que más ampliamente desborda los límites que le impuso su tiempo histórico. Como hombre, atisbó mucho más lejos de las tapias
provincianas en que se encerraba la existencia de los españoles contemporáneos. Como escritor, una biblioteca per-
manentemente actualizada y una sólida formación en letras
clásicas le despegaron del marco de referencias literarias al
que se ajustaba la mayoría de los escritores hispanos del
momento[1]. En su tiempo de caprichosas rarezas literarias,
Valera es un desarraigado que convive cortésmente con un
medio cultural que le era, en buena medida, ajeno. Desde la
literatura enraizada en su tiempo histórico emerge su figura
hacia nuestra contemporaneidad con el aporte de una creación artística que no es mera arqueología. El territorio de este
escritor fue, deliberadamente, la literatura de todos los tiempos y lugares. De ahí su vigencia como clásico moderno.

Algunas obras de Valera han tenido, desde el momento
de su publicación, el favor de los lectores. Éste es el caso de
Pepita Jiménez. Cualquier lector medianamente culto que ha
leído esta novela guarda en su memoria un poso de las inquietudes espirituales y las desazones eróticas del seminarista caviloso y la sagacísima viudita; pero cualquier revisión
de la obra suscita en el lector el descubrimiento de grandes
o pequeñas *atlántidas* que habían quedado ocultas en anteriores aproximaciones. Con diversos grados de convicción,
aunque todos terminen admitiéndolo, reconocen estas impresiones los editores y los comentadores que ha tenido la
novela. Y, si de esta pequeña obra maestra de la narrativa,
ampliamos la indagación al conjunto de la obra del autor,
hallamos que un rosario de críticos exigentes —Azorín,

---

[1] Observación constante en la crítica sobre el autor; véanse los juicios al
respecto de Azaña, 1971, *passim;* José F. Montesinos, 1957, 15; Antonio
Gallego Morell, 1970, 67.

Azaña, Pérez de Ayala, D'Ors, Montesinos, Jiménez Fraud, Tierno Galván— sitúan el significado total de ésta en la zona exenta de la literatura en estado químicamente puro. Valera, intelectual y artista que adoptó la figura de elegante hombre de mundo, fue pensador de más enjundia y artista de mayor envergadura de lo que la pereza lectora ha simplificado tediosamente. La excesiva confianza en la veracidad de *les idées reçues* tiende insidiosas trampas a quienes dan todo por juzgado y se fían, como en nuestro caso, de los *dicta* emitidos sobre el autor de *Pepita Jiménez*.

Disponemos de un tejido de noticias biográficas que nos permiten marcar los hitos externos de su existir (nacido en Cabra, en 1824, muerto en Madrid, en 1905) y, cosa rara en un español, muchos de esos datos anecdóticos están iluminados por la confesión íntima del hombre que abre a sus confidentes epistolares pliegues secretos de su alma. Las *inimitables cartas* de Valera, son, precisamente, las fuentes primordiales de donde han trasegado información biográfica sus estudiosos[2]. En la vertiente de su vida pública conocemos bastante bien algunos episodios de su trabajo diplomático —la etapa napolitana y la aventura rusa, reconstruidas brillantemente por Azaña— y tenemos algunos indicios de su actividad política —artículos en *El Contemporáneo* exhumados por De Coster o andanzas electorales vinculadas a la tierra familiar[3]—; pero aún nos quedan en la oscuridad

    [2] Para la deseable biografía contiene noticias interesantes la «Noticia autobiográfica de don Juan Valera», *BRAE*, I, 1914, págs. 128-140. Han aportado materiales inéditos y bien traídos: J. Juderías, 1913 y 1914; Manuel Azaña, varios trabajos de los años 20, reeditados en 1971; Romero Mendoza, 1940; Santiago Montoto, 1962; De Coster, 1974. La biografía más detallada sigue siendo la de Carmen Bravo Villasante, 1959; este texto contiene, además, fragmentos de cartas no publicadas. Para las colecciones de correspondencias publicadas en volumen independiente, véase la *Bibliografía* de esta edición (págs. 113-114). Cyrus de Coster, en su edición de *Correspondencia selecta* (pág. 13, nota 2) da una relación de los epistolarios que se habían publicado hasta 1956. Una actualización bibliográfica de las correspondencias de Valera publicadas hasta la fecha, en el trabajo de De Coster, 1995.
    [3] De Coster, 1965; Galera, 1983; Navarro, 1991, 1993 y 1994; Romero, 1992.

otras importantes intervenciones públicas: su actividad diplomática, el papel político que representó en el curso del sexenio revolucionario, sus difíciles relaciones con los grupos conservadores en el curso de la etapa canovista.

Si éste es un balance de las ignorancias y saberes que tenemos sobre los aspectos más fácilmente documentables de la vida del escritor, piénsese en cuál será nuestro estado de conocimientos relativos a las facetas de su vida íntima, de la que algo se nos alcanza por la correspondencia —complicada *crematística* doméstica; complejas y estimulantes relaciones familiares con los padres, los hermanos, la esposa, los hijos; insondables propósitos ideológicos y morales que subyacen a su displicente *dejar hacer* en la ruda vida nacional de su tiempo. Y en lo que a su obra literaria se refiere no sólo carecemos de ediciones filológicamente fiables de sus obras —en lo que coincide con los otros novelistas de su tiempo—, sino que, además, vivimos de valoraciones de acarreo, en cuya gestación no se tuvieron en cuenta imprescindibles zonas de su creación —como los relatos cortos, los diálogos teatrales, la poesía— y en cuya síntesis se destaca más al comentarista indulgente o al prosista culto que al creador conmovido por la penetración en la realidad artística y en la realidad humana. Nos faltan, pues, monografías sobre el hombre y su obra y nos falta —y ésta es la carencia más lamentable— el libro que nos muestre al Juan Valera habitante del autónomo territorio de la literatura.

Una personalidad artísticamente tan vigorosa no se explica sin unos años de ejercicios y descubrimientos, que bien podrían haberse iniciado con las disciplinas humanísticas cursadas en la etapa escolar del Sacro Monte (1841-1842) y, con mayor versatilidad, en el ambiente posromántico granadino (1842-1847); el estímulo helénico que le trajo Lucia Palladi y, desde luego, el impulso más castizo de los escritores españoles con los que mantuvo una estrecha relación discipular en Italia son otros tantos aportes iniciales en la formación del escritor[4]. Ahora bien, la curiosidad

---

[4] «Quien me bautizó en literatura, sumergiéndome hasta la coronilla en el agua del Tajo y el Guadalquivir; quien me preparó, macizamente, para

intelectual y el trabajo personal confluyen con las incitaciones externas. No era común en su tiempo la lectura de textos orientales —por ejemplo, la obra de Kalidassa a la que alude en carta a Estébanez de 1855—, ni el comercio con la moderna poesía alemana —traduce textos de Goethe, Heine, Uhland, Geibel—; ni tampoco la familiaridad con la literatura griega clásica[5]. El caudal de lecturas y el mundo recorrido en sus destinos diplomáticos hacen de Valera un autor de horizontes no frecuentados por los españoles contemporáneos suyos; un escritor cosmopolita cuyo marco de inserción superaba con creces el ámbito peninsular.

Es un rasgo peculiar de la personalidad de Valera su integración de una cultura literaria sin fronteras y el enraizamiento en la tradición española —desde los humanistas y los místicos del Siglo de Oro hasta los románticos desasosegados como Espronceda[6]— y en la cultura rural de su Andalucía familiar. Valera fue un *andaluz universal* que acertó a sumar los relieves de su tierra con las geografías lejanas o imaginarias. Y la síntesis era posible —sirva de cifra el cuento titulado *Los cordobeses en Creta*— gracias a la potencia de proyección autobiográfica que el escritor supo insuflar en su trabajo literario: los recuerdos de experiencias cordobesas; la transmutación artística de personajes, anécdotas y paisajes bien conocidos; la fusión de los proyectos y frustraciones reales con el tejido imaginario de los poemas y los re-

---

ser escritor castellano, en prosa y verso, fue el famoso don Serafín Estébanez Calderón» (citado por C. Bravo Villasante, 1959, pág. 51); R. J. Quirk, 1973, ha tocado indirectamente las relaciones literarias de ambos escritores; Azaña, 1971, págs. 111-135.

[5] Para la erudición de Valera en literatura griega, una nota muy elocuente en el trabajo de Jaime Siles, 1983. Véase en el folleto de varios autores *El Humanismo español en el siglo XIX* (Madrid, FUE, 1977) la contribución de Manuel Fernández Galiano, págs. 40-41 y artículos de Bock Cano.

[6] Además del conocimiento infantil que hizo de niño Valera del poeta Espronceda, en los baños de Carratraca, la poesía de éste fue una gravitación permanente en su obra; cfr. Leonardo Romero «*El Diablo Mundo* en la literatura española», Jean-Pierre-Etienvre y Leonardo Romero (editores), *La recepción del texto literario*, Zaragoza, Universidad, 1988, págs. 117-144.

latos. Los críticos son unánimes al señalar este rasgo, desde la Pardo Bazán hasta los estudiosos más recientes[7].

Valera accedió a la escritura novelesca en un momento de plenitud vital, cuando ya se había ejercitado en otros géneros e, incluso, en inconclusos ensayos narrativos. «Primero fui poeta lírico; luego, periodista; luego, crítico; luego aspiré a filósofo; luego tuve mis intenciones y conatos de dramaturgo y zarzuelero, y al cabo traté de figurar como novelista en el largo catálogo de nuestros autores» escribía de sí mismo en 1876 al firmar la «Dedicatoria» de *El Comendador Mendoza*[8]. En 1840 están datadas sus primeras composiciones poéticas; la redacción de *Pepita Jiménez* es de 1874. Entre una y otra fecha, la larga trayectoria de un autor en busca de su perfil literario. En esta parte de su vida artística intentó varias veces la redacción de una novela. La primera, en 1850, cuando comunica a su padre que estaba fraguando una novela para la que ya tenía título —*Cartas de un pretendiente*—, de la que le ofrecía una breve muestra y para la que suponía que las «cartas formarán, si las escribo, una historia, completa, donde habrá amores, desafíos, casamientos, etc.»[9]; pocas páginas escribió de esta obra y el exiguo proyecto quedó manuscrito hasta hace pocos años[10].

Más tarde, durante la primavera de 1861, fue publicando en *El Contemporáneo* algo que tenía aire de una novela de amor y de aventuras, pero que quedó inconclusa en su capítulo XX; se trata de la novela *Mariquita y Antonio*. Después de estas tentativas no regresó a la novela hasta la primavera del 74, cuando, como confiesa en 1887, «todo en España estaba movido y fuera de su asiento por una revolu-

---

[7] E. Pardo Bazán *(Obras Completas,* Aguilar, III, 1973, 1411) ya había reprochado a don Juan Valera el que los personajes de sus novelas hablasen como el mismo autor. Azaña vio en las cartas juveniles dirigidas a sus padres similares inquietudes a las que se manifiestan en las cartas del seminarista de *Pepita Jiménez.* De Coster asevera tajantemente: «There is something of the youthful Valera in Luis», 1974, pág 97.

[8] *Obras Completas,* Madrid, Aguilar, I, pág. 363a.

[9] *Obras Completas,* III, pág. 31.

[10] Ha sido exhumado por De Coster, 1965, págs. 19-23; este mismo investigador publicó otros fragmentos novelescos en el mismo volumen, págs. 23-41.

ción radical», mientras que él se encontraba «en la más robusta plenitud de mi vida, cuando más sana y alegre estaba mi alma, con optimismo envidiable, y con un *panfilismo* simpático a todos, que nunca se mostrará ya en lo íntimo de mi ser, por desgracia»[11]. Una pleamar de entusiasmo que habría de convertirse en un tópico repetido incansablemente por los críticos[12].

A partir de *Pepita Jiménez* y durante una temporada de cuatro años concentra Valera la primera etapa de su actividad novelística en la que recurre al acreditado procedimiento de la publicación por entregas para las obras que se titulan *Las ilusiones del Doctor Faustino* (1874), *El Comendador Mendoza* (1876), *Pasarse de listo* (1877) y *Doña Luz* (1878). Después de un largo silencio, una segunda fase narrativa con las novelas *Juanita la Larga* (1895), *Genio y figura* (1897) y *Morsamor* (1899). Con este caudal de narraciones largas, Valera no puede ser clasificado entre los fértiles novelistas del XIX que levantaron continentes repletos de ficciones narrativas. Pero, además, por su entendimiento particular del moderno género literario tampoco puede ser emparejado con sus contemporáneos que vieron en la novela la cristalización literaria propia del momento histórico que ellos estaban viviendo.

La idea del arte de la novela que tenía don Juan Valera era mucho menos *oportunista* —es palabra de «Clarín»— y dialéctica; había construido su esquema teórico sobre textos de tiempos y lenguas muy distantes y podía considerar la creación estética desde la cumbre de impasibilidad en la que las concesiones a las excitaciones circunstanciales resultan mucho menos estimables que la desinteresada producción de un arte indiferente a un tiempo y a un lugar determinados.

---

[11] Las afirmaciones, en el prólogo de la edición castellana de la editorial Appleton, reproducido en muchas ediciones del siglo XX.

[12] «Ahí —escribe a su mujer desde Washington— en los últimos años de mi vida, sería difícil que yo viviese sin empleo, a no ser que Dios me concediese, como a Cervantes, y no creas que a veces no lo espero, una inspiración superior en la vejez y me dictase obras tales que fuesen, en comparación de *Pepita Jiménez*, lo que es el *Quijote* en comparación de *La Galatea*» (De Coster, *Correspondencia*, pág. 95).

Su sólida formación clásica y la inteligente frecuentación de los autores antiguos explican su concepción de las artes primigenias —la música y la arquitectura— que crean «obras sin imitar nada»[13], frente a las artes de imitación, sujetas a un referente externo, y en las que la poesía ocupa un lugar destacado. De ello se deriva que la *mímesis* en literatura es para nuestro autor un reconocimiento del viejo principio aristotélico de la imitación de lo universal, como explica el narrador de la novela *Mariquita y Antonio:*

> Puede creer el lector que si no fuese porque siempre he tenido yo a mi amigo Antonio y a esta tal doña Mariquita por dos criaturas de lo más singulares que he conocido en el mundo, y al mismo tiempo tan *humanas* ambas y tan en las condiciones de nuestro ser que no hay sujeto, por vulgar que sea, que en ellas no se reconozca, no referiría yo ni tan prolijamente me detendría en describir sus aventuras, las cuales, hasta lo presente, no tienen, en resumidas cuentas, nada de particular y que no esté sucediendo de diario. Lo que me mueve a escribir es el maravilloso parecido de Mariquita a la mujer y de Antonio al hombre como idealmente los concebimos[14].

Desde estos supuestos de la poética clásica hay que entender las ideas de Valera sobre el arte y la literatura, ámbito en el que «novelista» y «novela» son términos intercambiables con «poeta» y «poesía». Todo ello explica el programa de escritura de una *novela en libertad* de que ha hablado Montesinos y el desdén con el que don Juan vio a *realistas* y *naturalistas,* embarcados —según su apreciación— en tareas de corto calado, con descuido y en detrimento de la verosimilitud fantástica en que las obras de arte deben sustentarse. Para él la pretensión de objetividad de la nueva novela europea del XIX solamente revalidaba una verosimilitud

---

[13] *Obras Completas,* II, pág. 626b. La identidad de origen que establece entre la música y la arquitectura tiene raíces helénicas que han sido estudiadas por Daniel Devoto, 1972, quien ha señalado, además, notables coincidencias al respecto entre Valera y Valéry.

[14] *Obras Completas,* I, págs. 996-997.

de grado ínfimo, de manera que sus disidencias respecto a las nuevas *escuelas literarias* estriban, por modo fundamental, en el énfasis que éstas concedían a cuestiones adjetivas como la defensa de tesis preconcebidas, la pretendida experimentación científica en el tratamiento de casos individuales o el cultivo de registros lingüísticos apegados a circunstancias sociales y geográficas.

En el memorable trabajo de 1860 sobre «La naturaleza y carácter de la novela» expone con un razonamiento impecable lo que para él son aciertos y desaciertos de los realistas franceses contemporáneos. Repite la oposición aristotélica entre poesía e historia, para deducir que «si la novela se limitase a narrar lo que comúnmente sucede, no sería poesía, ni nos ofrecería un ideal, ni sería siquiera una historia digna»; el ideal es condición indispensable de la obra de arte y existía en la narrativa de Feydeau, Flaubert y Champfleury; «un buen ideal dará por resultado una buena poesía; uno malo, una mala, pero ningún ideal no puede dar resultado, ni poesía, ni novela que merezcan estos nombres»[15].

Para el autor de *Pepita Jiménez* la *novela* es manifestación coyuntural de la *poesía* y resulta género literario individualizable, no tanto por sus marcas específicas cuanto por su modélica realización en algunas etapas de la historia literaria. De ahí las abundantes interferencias que el crítico Vale-

---

[15] *Obras Completas,* II, pág. 186b. Para la idea de verosimilitud: *O.C.* II, pág. 627b. Los textos principales en los que Valera resume su concepción de la novela son: «De la naturaleza y carácter de la novela» (1860), *Obras Completas,* II, págs. 185-197; «Breves observaciones sobre (...) las obras completas de Fernán Caballero» (1861), *O.C.,* II, págs. 228-232; *Apuntes sobre el nuevo arte de escribir novelas* (1886-1887), *O.C,* II, págs. 610-704; «Con motivo de las novelas rusas» (1887), *O.C.,* II, págs. 708-716; «Cuento», *apud Diccionario Enciclopédico Hispano Americano* (1890), *O.C.,* I, págs. 1045-1049; *La novela de España,* discurso académico (1890), *O.C.,* III, págs. 1197-1207; «La novela enfermiza» (1891), De Coster, *Obras desconocidas,* págs. 282-287; «Sobre la novela de nuestros días» (1897), *O.C.,* II, págs. 926-929; *La labor literaria de don José Ortega y Munilla,* discurso académico (1902), *O.C.,* III, páginas 1207-1217; *Consideraciones sobre el Quijote,* discurso académico de 1905, *O. C.,* III, págs. 1245-1258. A estos textos deben sumarse los artículos monográficos dedicados a novelas individuales (Cfr. J. Álvarez Barrientos, 1988).

ra ofrece entre los términos *novela* y *cuento,* y las modernísimas definiciones que, cuando se le tercia, ofrece de la novela —«es un género tan comprensivo y libre, que todo cabe en ella, con tal que sea historia fingida»—, o sus personales preferencias por determinadas modalidades narrativas, entre las que destaca el *idilio* clásico. De resumir los rasgos que Valera estima como más pertinentes en la caracterización específica del género novelesco, éstos serían los siguientes: 1) relato de conflictos verosímiles, tanto en su adecuación a los referentes externos como, de modo especial, en la construcción de su estructura; 2) exento del prejuicio didáctico, «es lo mejor escribir novelas para deleitar honestamente sin sermones ni disertaciones, bien sean progresistas, como dicen son las de Ayguals de Izco, que yo no he leído, bien sean retrógradas, como las de *Fernán Caballero*»[16]; 3) relato de trama sencilla en el que el matiz y la sugerencia tienen relieve destacado[17]. En el libre ejercicio de los gustos literarios, un texto griego del siglo segundo deparaba a Valera el modelo del relato ejemplar:

> *Dafnis y Cloe,* más bien que de novela bucólica, puede calificarse de novela campesina, de novela idílica o de idilio en prosa; y en este sentido, lejos de pasar de moda, da la moda y sirve de modelo aún, *mutatis mutandis,* no sólo a *Pablo y Virginia* sino a muchas preciosas novelas de *Jorge Sand,* y hasta una que compuso en español, pocos años ha, cierto amigo mío con el título de *Pepita Jiménez*[18].

---

[16] *O.C.,* II, pág. 197b.

[17] «Hay otra clase de novelas, en las cuales, examinadas superficialmente, nada sucede *que de contar sea.* En ellas apenas hay aventuras ni argumento. Sus personajes se enamoran, se casan, se mueren, empobrecen o se hacen ricos, son felices o desgraciados, como los demás del mundo. Considerados aislada y exteriormente, los lances de estas novelas, suelen ser todo lo contrario de memorables y dignos de escritura; pero en lo íntimo del alma de los personajes hay un caudal infinito de poesía que el autor desentraña y muestra, y que trasforma la ficción, de vulgar y prosaica, en poética y nueva» («De la naturaleza y carácter de la novela», *O.C.,* II, pág. 191b). Téngase presente el comentario que hace el *editor* de *Pepita Jiménez* en la primera página de la novela: «el conjunto forma algo a modo de novela, si bien con poco o ningún enredo».

[18] *Dafnis y Cloe, O.C.,* I, pág. 843a.

Valera, que en 1879 no había leído ninguna novela de Pérez Galdós[19], y que cuando polemizaba con la Pardo Bazán sobre el naturalismo conocía pocas obras de Émile Zola, para escribir sus relatos siguió el tirón de sus preferencias literarias, en un ejercicio de libertad artística al que aludía muy donosamente en la «Dedicatoria» de *El Comendador Mendoza*: «escribí mi primera novela sin caer, hasta el fin, en que era novela lo que escribía».

Cuándo y por qué escribió Valera «Pepita Jiménez»

Don Juan Valera, que, en diversas ocasiones había cargado a su pereza la incapacidad para la escritura de novelas[20], emergió sobre el enteco panorama novelístico español de 1874 con la publicación de dos. «Las mejores obras suelen brotar de repente, y el autor las produce como por milagro y caso divino» escribía, a otro propósito, en 1879. Esta defensa del *impromptu* bien pudiera aplicarse a la redacción de *Pepita Jiménez* si las evidencias externas de que disponemos ahora sobre la composición de la obra son correctamente interpretadas. *Pepita Jiménez* desautomatizó la serie de la novelística española contemporánea al troquelar un modelo que no era ni la trivial reproducción de los conflictos eróticos peculiares de las novelas de *boudoir* ni la adopción de la fórmula iniciada por Galdós pocos años antes[21].

---

[19] De Coster, *Correspondencia,* pág. 32.

[20] «También yo quisiera escribirlas [novelas], mas este y otros mil proyectos me temo que los he de dejar en proyectos por falta de humor y de salud y sobra de pereza y de desaliento» (carta a Pedro Antonio de Alarcón, 10-IX-1859; De Coster, *Correspondencia*, pág. 25). «No hallo valederas las razones que da usted para no escribir novelas. La desidia es en usted cómo en mí, la verdadera razón. Yo empecé a escribir y a publicar una novela, *Mariquita y Antonio,* y se quedó en la cuarta parte a lo más. Tengo *in mente* asunto para tres o cuatro. La verdad es que debiéramos animarnos y escribir» (carta a Campillo, 4-X-1867; Domínguez Bordona, pág. 97).

[21] Carta a Francisco Asenjo Barbieri, 3-VII-1874, ed. Domínguez Bordona, págs. 99-100. El verano del año 79, pasado en Biarritz, le trajo el descubrimiento de las novelas de Pérez Galdós y del modelo narrativo que su-

Muy escasas novelas dotadas de alguna originalidad se habían publicado en España con anterioridad a 1874, y aunque la irónica justificación de los libros insignificantes tuviera autorización en el propio Valera —«tal vez sea menester escribir multitud de ellas [novelas], malas o medianas, para que, por inspiración dichosa, salga una que sea buena»[22]—, no propiciaba este horizonte novelesco muy halagüeñas expectativas de novedad creadora[23].

Se viene repitiendo por los biógrafos de don Juan que *Pepita Jiménez* fue obra escrita en los pueblos cordobeses de Cabra y Doña Mencía, entre 1872 y 1874, en una coyuntura biográfica especialmente destacada[24]. Algunas manifestaciones del escritor, anteriores a la redacción de la obra, inducen a admitir la validez de estas circunstancias: «casado con una muchacha que yo quisiese y que me quisiese, no

ponen: «Entre los libros que he leído se cuenta la novela de Pérez Galdós titulada *La Familia de León Roch*. Nada de Pérez Galdós había yo leído hasta ahora, no sólo por desidia, sino por ese extraño recelo que solemos tener los españoles, hasta los amantes de la patria, entre quienes me cuento, de que va a ser una tontería o un reflejo contrahecho de literatura de otros países todo libro nuevo español que leemos. Como autor yo también de novelas, tenía miedo, además, de encontrar malas las de Pérez Galdós, pues no hubiera sabido callármelo, y hubiera parecido a muchos mi censura nacida de la envidia» (carta a Menéndez Pelayo, 27-VIII-1879; ed. Artigas Ferrando y Sáinz Rodríguez, págs. 57-59).

[22] «Apuntes sobre el nuevo arte de escribir novelas», *O.C.*, II, pág. 617b.

[23] El panorama de novelas publicadas en el año 1874 lleva al gacetillero de la *Revista de España* a lamentar «¡qué pocas son las recomendables y convenientes!». Valora como aportaciones importantes los *Episodios Napoleón en Chamartín, Zaragoza, Gerona, Cádiz, Juan Martín el Empecinado* y *La batalla de los Arapiles*, además de *El sombrero de tres picos* de Alarcón y *Mari-Santa* de Antonio de Trueba. De la serie de novelas publicadas en el año, llevan la parte del león las obras de los cultivadores del relato folletinesco (Ramón Ortega y Frías, Ernesto García Ladevese, Eleuterio Llafría, el conde de Fabraquer, Antonio de San Martín, Manuel Fernández y González) y, en menor medida, los expertos en novelas sentimentales (Teodoro Guerrero, Carlos Frontaura). Cfr. «Noticias literarias. Revista bibliográfica del año 1874», *Revista de España*, XLII, 1875, págs. 275-276.

[24] Véase nota 11. Azaña escribía en 1927 (*La novela de Pepita Jiménez*, página 13): «De su estancia en Doña Mencía el año 1872 data la germinación de *Pepita Jiménez*». Desde esta aseveración del autorizado conocedor de la vida y la obra de Valera se ha ido repitiendo la hipótesis; véase, como testimonio reciente, Whiston, 1978, pág. 17.

tendría yo dificultad en retirarme a Cabra o a Doña Mencía y acabar mi vida con un idilio»; «aquí [en Doña Mencía] no hago más que leer. Quisiera escribir algo para el público, pero no me he sentido con humor hasta ahora»[25].

Las escasas noticias de que disponemos acerca de la redacción de la novela están contenidas en la correspondencia del escritor con su amigo el catedrático Gumersindo Laverde. La reciente edición de este epistolario nos permite reconstruir una feliz etapa de su trabajo literario con mayor precisión de lo que se había hecho hasta el momento. Algunos párrafos de estas cartas dan cuenta de la redacción, simultánea a la salida de la novela en la *Revista de España*, del propósito inicial del novelista a la hora de titular la obra y de que estaba viviendo en Madrid mientras escribía su obra.

En carta del 13-II-1874 anota el novelista en agraz:

> No escribo nada, ni en la *Revista de España*, salvo alguna revista política o algún artículo de crítica *[Noticias literarias]*, porque estoy más estéril, más ostra que nunca. Tengo en el telar mucha tela empezada, pero el telar no anda. Los diálogos con Glárifa se han quedado en el III y he empezado a · escribir una novelita que no publicaré hasta que esté concluida, si alguna vez llega a estarlo, a fin de que no pase lo que con *Mariquita y Antonio*, y con *Lulú, Princesa de Zabulistán*, que se han quedado en los primeros capítulos. La nueva novela tiene un título extraño para una novela. Se titula *Nescit labi virtus*[26].

Efectivamente, en la revista de Albareda y León y Castillo a la que tan vinculado estuvo el escritor cordobés, éste no publicó, en el curso de los años 1873 y 1874, más allá de cuatro artículos de su «Revista política interior» y media docena escasa de trabajos de crítica literaria, de los que importa destacar para la génesis de *Pepita Jiménez* el diálogo filosó-

---

[25] El primer testimonio, en carta dirigida a Alarcón de 28-X-1867 (De Coster, *Correspondencia*, págs. 39-40); el segundo la carta a Dolores Delavat, de 12-IX-1872 (De Coster, *Correspondencia*, págs. 46-47).

[26] M. Brey, *151 cartas inéditas*, págs. 220-221. García Lorenzo en su edición de la obra (pág. 57) citó algunos párrafos de este epistolario.

fico que tituló «El racionalismo armónico»[27]. Las cuatro entregas en las que se publicó la novela bajo la firma de las iniciales del autor no responden a ningún designio premeditado; parece, más bien, que la revista procuraba distribuir el original novelesco en cuadernos de muy aproximado número de páginas.

En carta posterior, dirigida también a Laverde, Valera confirma que la redacción de *Pepita Jiménez* era un trabajo en marcha que se iba escribiendo al hilo de su publicación. La primera entrega de la novela había salido el veintiocho de marzo y, dos días más tarde, revelaba al amigo sus inseguridades sobre el éxito de la obra:

> Estoy escribiendo y he empezado a publicar en la *Revista de España,* algo como un cuento titulado *Pepita Jiménez.* Deseo que me diga usted con franqueza qué le parece. Acaso no interese hasta que salga la parte que publicaré en el número 13 de abril. Acaso no interese nunca. En fin, dígame usted su opinión, porque estoy muy dudoso[28].

En poco más tiempo de un mes Valera se ha decidido a la publicación de la obra y se ha determinado por un título que dice menos sobre su sentido de lo que sugería el ideado en primer lugar y, por contra, denota mucho sobre el personaje femenino que se habría de convertir en uno de los mitos literarios de la moderna literatura española[29]. Ambas cartas, en fin, están fechadas en Madrid, lejos, por tanto, del paisaje familiar en el que Valera sitúa su ficción y para la que utiliza un procedimiento de localización simbólica que no precisaba de la contemplación directa de los lugares transfigurados literariamente. Es muy significativo, a

---

[27] Para estas publicaciones periodísticas, véase De Coster, *Bibliografía,* núm. 155 y págs. 169-173. En *Obras Desconocidas* publicó estos artículos políticos, que habrá que leer detenidamente para valorar con mejor conocimiento de causa los «compromisos» públicos de Valera.

[28] María Brey, *151 cartas inéditas,* pág. 222.

[29] Solamente se publicó una edición de la novela con título distinto del habitual; se trata de la traducción inglesa, editada en 1885 por la casa Sampson, Low and Co., bajo el marbete, impregnado de resonancias teológicas, *Don Luis or the Church Militant.*

propósito del ambiente que necesitaba para la recreación de los paisajes familiares, un párrafo de la carta dirigida a su mujer en octubre de 1875: «he empezado a escribir una novela titulada *Doña Luz;* pero, sin mis libros, sin la comodidad de mi despacho, y sobre todo sin la atmósfera más literaria y bastante menos salvaje que la de aquí, la novela no me sale»[30].

En una tercera carta de las hoy conocidas, próxima a las fechas de la primera edición de *Pepita Jiménez,* manifestaba su interés por la composición de libretos de zarzuela —deseo, como se verá más tarde, que no habría de caer en saco roto— y determinaba en términos inequívocos el modelo narrativo que había buscado en la novela:

> No impide esto el que persista yo en el propósito de escribir alguna zarzuela o cosa por el estilo, y aun ya estaría escrita si no fuese yo tan perezoso. Reitero a usted las gracias más encarecidas por sus elogios, nacidos en gran parte de su mucha benevolencia y del deseo patriótico de que volvamos a tener en España libros de entretenimiento un poco originales y no mero remedo de los franceses[31].

Las circunstancias personales en que los estudiosos han situado la gestación de *Pepita Jiménez* (escritor dedicado a la administración de las fincas cordobesas a raíz de la muerte de su madre, en 1871; refugio en el siempre equívoco espacio campesino, en el verano de 1872; desvío de la política activa como consecuencia del rumbo radical de los programas republicanos)[32] no son sustancialmente diver-

---

[30] De Coster, *Correspondencia,* pág. 53.

[31] Carta a Francisco Asenjo Barbieri de 3 de julio, 1874, ed. Domínguez Bordona, pág. 100.

[32] Se trata de circunstancias aludidas en las cartas a su mujer de los meses de agosto y septiembre de 1872 y que Azaña *(La novela de Pepita Jiménez,* págs. 43-47) y Carmen Bravo *(Biografía,* págs. 187-192) han reproducido parcialmente. Varias cartas de este episodio pueden verse en De Coster, *Correspondencia,* pág. 51. El juicio pesimista sobre el camino que está siguiendo la República —«...este país está perdiendo mucho el tiempo»— va manifiesto en una carta a su hermana Sofía (Juan Valera, *Cartas íntimas,* ed. Carlos Sáenz de Tejada, pág. 115). Azaña formuló por primera vez la hipótesis sobre la cronología de la novela (cf. nota 24).

sas de otras similares por las que atravesó en diversas etapas de su vida. El retorno a la vida pública se efectuó con prontitud, en cuanto cambió la coyuntura política (a principios de 1875 se ocupaba de la secretaría particular del ministro del Estado)[33]; los conflictos económico-familiares no habrían de desvanecerse nunca. De manera que un feliz azar suscitó en Valera la voluntad de creación novelística, de la que dan razón contundente dos relatos de 1874, *Pepita Jiménez* y *Las ilusiones del Doctor Faustino* publicada esta segunda en el tomo XL de la *Revista de España* a partir del 28 de octubre, pocos meses después de la primera edición de *Pepita Jiménez*.

En estas dos novelas, por otra parte, la gravitación de las experiencias lectoras y autobiográficas del autor es de tal fuerza que, desde un madrugador aviso de doña Emilia Pardo Bazán[34] se ha convertido en un fecundo lugar común de la crítica. Las propias declaraciones del autor, con posterioridad a la publicación de cada una de las obras, han abonado esta interpretación. Si don Juan Valera confesaba, por un lado, que «el doctor Faustino es un personaje que tiene algo de simbólico o de alegórico que representa como hombre a toda la generación mía contemporánea» y, por otra parte, que *Pepita Jiménez* tuvo «la frescura y la espontaneidad de lo impremeditado», podría pensarse que en la gestación de sus primeras novelas confluyen dos tendencias tan opuestas como la improvisación desbordada y la controlada voluntad testimonial.

Es sobradamente conocido el estímulo narrativo que las vivencias del propio Valera representaron en la composición de sus novelas; los recuerdos de la etapa estudiantil

---

[33] Es noticia aparecida en *El Imparcial* del 8-I-1875.

[34] «No hay pormenor de historia literaria que mejor evidencia la génesis de una obra y la estructura mental de su autor que estos orígenes psíquicos de la primera novela de don Juan. En ellos descubrimos, primero, lecturas (Valera fue siempre escritor muy libresco); pero después encontramos otra cosa más íntima, y lo que tratándose de Valera, suena de un modo extraño: encontramos emoción», Emilia Pardo Bazán, *O.C.,* III, página 1429b.

granadina en *Mariquita y Antonio;* la personalidad de una mujer del pueblo en la urdimbre de *Juanita la Larga;* la evocación de la etapa diplomática brasileña en *Genio y figura;* el viaje realizado al Monasterio de Piedra en 1872 para la germinación de *Morsamor;* la lejana historia familiar, en fin, en el diseño argumental de *Pepita Jiménez;* la pertinacia, además, con que recurre a los escenarios campestres andaluces en la mayor parte de sus relatos es otro elemento de origen autobiográfico que funciona como marca distintiva de su taller literario[35].

El campo andaluz provocaba en el escritor emociones y sentimientos contrapuestos. De todo ello sacaba Valera materia estimulante para su recuerdo y para su actividad. «Éste es un país —escribe desde Cabra a su mujer— pobre, ruin, infecto, desgraciado, donde reina la pillería y la mala fe más insigne. Yo tengo bastante de poeta, aunque no te lo parezca, y me finjo otra Andalucía muy poética, cuando estoy lejos de aquí»[36]. Las experiencias ambivalentes que le suscitaban los escenarios de su tierra natal concluyen, en el plano literario, con la invención de lugares imaginados en los que proyecta lo vivido y lo fantaseado. Previa a la invención de esta geografía imaginada es la innominada localización de *Pepita Jiménez,* novela cuyo escenario, si bien rotundamente diferenciado del de Villabermeja («un día llevó don Diego a su hijo don Fadrique a la pequeña ciudad que dista dos leguas de Villabermeja, cuyo nombre no he querido decir y donde he puesto la escena de *Pepita Jiménez*»)[37], reúne rasgos de identificación paisajística tales que se presenta como un duplicado del pueblo encubierto bajo el topónimo:

---

[35] Para el autobiografismo de *Mariquita y Antonio,* véase Azaña, 1971, pág. 206 y edición de *Pepita Jiménez* en Clásicos Castellanos, págs. LVIII-LIX; para el modelo real de Juanita la Larga, *O.C.,* III, pág. 1301b; para *Genio y figura,* prólogo de De Coster a su edición; para *Morsamor,* edición de Leonardo Romero, 1984, págs. 33-34; sobre el campo y los pueblos andaluces en su obra narrativa, véanse las notas 7, 8 y 9 en esta edición de *Pepita Jiménez,* donde se resumen noticias conocidas y se añaden nuevos aportes.

[36] Carta de 15-X-1875; *Correspondencia,* ed. De Coster, pág. 55.

[37] *El Comendador Mendoza, O. C.,* I, pág. 365b.

Cuando ya estaba en Villabermeja, solía dar largos paseos, por las tardes, con don Juan Fresco, viniendo luego a reposarnos los dos en un sitio llamado la Cruz de los Arrieros, a la entrada del lugar. Esta cruz de piedra tiene un pedestal de piedra también, formado de gradas o escalones (...). Una tarde del mes de septiembre, don Juan, Serafinito y yo estábamos sentados al pie de la Cruz de los Arrieros. El sol se había ocultado ya detrás de los cerros que limitan la vista por la parte de Poniente, y había dejado el cielo, por todo aquel lado, teñido de carmín y de oro. Sobre los cerros que están a espaldas del lugar, y aun sobre el campanario, mientras que yacía en sombras todo el valle, daban aún los rayos oblicuos del sol, reflejando esplendorosamente en la pulida superficie de las peñas que coronan la cima de dichos cerros.

*(Las ilusiones
del Doctor Faustino)*

El sol acababa de ocultarse detrás de los picos gigantescos de las sierras cercanas, haciendo que las pirámides, agujas y rotos obeliscos de la cumbre se destacasen sobre un fondo de púrpura y topacio, que tal parecía el cielo dorado por el sol poniente. Las sombras empezaban a extenderse sobre la vega y en los montes opuestos a los montes por donde el sol se ocultaba, relucían las peñas más erguidas como si fueran de oro o de cristal hecho ascua.

Los vidrios de las ventanas y los blancos muros del remoto santuario de la Virgen patrona del lugar, que está en lo más alto de un cerro, así como otro pequeño templo o ermita, que hay en otro cerro más cercano, que llaman el Calvario, resplandecían aún como dos faros salvadores, heridos por los postreros rayos oblicuos del sol moribundo.

(Pepita Jiménez)[38]

[El conjunto de la obra narrativa de Valera supone la construcción de una comarca poetizada cuyos equivalentes reales son las poblaciones existentes en torno a Cabra: Doña Mencía, Baena, Castro del Río, Zuheros. En la toponimia fantaseada por Valera tenemos un lugar innominado —la pequeña ciudad en que habitan Pepita Jiménez y don Luis—, la reiterada Villabermeja, escenario de *El Comenda-*

[38] *Las ilusiones del doctor Faustino,* cito por *O.C.,* I, pág. 201; *Pepita Jiménez,* cfr. esta edición, pág. 287.

dor Mendoza, La buena fama y *El bermejino prehistórico,* la Villafría de *Doña Luz,* la Villaalegre de *Juanita la Larga, El maestro Raimundico* y *El doble sacrificio,* la Villaverde de *Don Lorenzo Tostado* y el Zuheros de *El cautivo de doña Mencía.* Sólo este último topónimo corresponde al de una localidad de la provincia de Córdoba, los otros son transformaciones del autor a partir de lugares conocidos que pueden ser identificados con un mínimo esfuerzo. La crítica positivista ha subrayado la función de documento antropológico que significa este anclaje geográfico y costumbrista, pero no ha reparado en la novedad narrativa que supone la invención de un territorio poetizado al que se trasladan datos del espacio real y que funciona en el conjunto de las novelas del autor como un espacio imaginado al modo del faulkneriano condado de Yoknapatawpha.]

Azaña fue el primer crítico que desveló el trasfondo real que había generado la ficticia historia de amor del seminarista Vargas y la viuda Pepita Jiménez[39]. Matilde Galera ha exhumado curiosas noticias referentes a los personajes reales —tía del escritor, la protagonista de los hechos— y a la capilla sepulcral en la que posiblemente fueron inhumados sus cadáveres[40]; dos enterramientos cristianos clausuraron la vida de los personajes reales y un templete neoclásico la existencia de las criaturas imaginadas en el relato novelesco.

Los nombres del padre y del primo del protagonista pueden ser reminiscencia de clientes políticos de don Juan[41] y el arquetipo del joven excitado por apetencias místicas pudiera provenir de otro modelo real que había conocido el novelista en su primera etapa diplomática lisboeta:

---

[39] Azaña, *La novela de Pepita Jiménez,* pág. 35. Fue el caso de doña Dolores Valera y Viaña, casada en primeras nupcias con un anciano ochentón y, una vez viuda, vuelta a matrimoniar con su joven prometido y ex seminarista don Felipe Ulloa. Los hechos ocurrieron en Cabra en 1829.

[40] Matilde Galera ha documentado este episodio en sus trabajos «El sepulcro de Pepita Jiménez» y «Para un esbozo de Pepita Jimenez», aparecidos en la publicación egabrense *La Opinión* de 7 de julio el primero y del mes de septiembre de 1974 el segundo.

[41] Carta del 12-IX-1872, ed. De Coster, *Correspondencia,* pág. 47 (texto citado en la nota 5 de esta edición).

este joven encargado de negocios, cada día más místico, está ahora haciendo las prácticas que ya hizo en Berlín bajo la dirección de Donoso Cortés, a ver si le vuelve la fe y Dios le envía alguna consolación y éxtasis, como los que ya tuvo *in illo tempore*. Hasta ahora, según me dijo días pasados, no ha visto más que palomas verdes. Yo le sostuve que serían papagayos y, sobre esto, tuvimos una muy grave y sabrosa discusión. Su grande empeño está ahora en que una Virgen con el niño Jesús, que tiene en su cuarto le mire con ojos amorosos y le penetre con un rayo de amor divino, con cuyo purísimo y deleitoso fuego, inflamado su corazón, renacerá en él la fe y por ella alcanzará a comprender de dónde venimos y a dónde vamos, que son las cuestiones que siempre lo han traído y lo traen por demás imaginativo[42].

Topónimos como Genazahar y nombres de personajes populares —el maestro Cencias— son otros aportes de la vida real del campo cordobés que se integran en esta novela para, en algunos casos, iniciar carrera en el universo ficticio que en años posteriores iría creando don Juan Valera[43]. Queda, en fin, la personalidad inquieta y ambiciosa del joven seminarista, cuyas tensiones e inseguridades de carácter tienen un equivalente en las desazones sociales y morales que el joven Valera confesaba en la correspondencia a su familia[44].

---

[42] *O.C.*, III, pág. 48.

[43] «Se encuentran asimismo cosas arábigas, o de moros, en un hermoso y fresco valle, que llaman Genazahar» (carta a Estébanez Calderón, de 19-IV-1854, ed. Carlos Sáenz de Tejada, pág. 270). Más explícito es todavía don Juan en la «Postdata» de *Las ilusiones del Doctor Faustino*: «Para los títulos he procedido por manera semejante, y en vez de llamar a tal conde el de Prado-Ameno, y al otro marqués el de Monte-Alto, he buscado nombres propios de sitios conocidos en mi tierra, como Fajalauza, Genazahar y Guadalbarbo» (*O.C.*, I, pág. 361). «Por la noche juego aquí al tresillo, a céntimo de peseta, con el alcalde, con el escribano, con el padre cura y con el hijo del maestro *Cencias,* que ha heredado la habilidad, talento y profesión de su padre para componer husillos y vigas de lagar, cuando se descomponen» (carta al barón de Greindl, 27-XI-1883; ed. De Coster, *Correspondencia,* pág. 74).

[44] Otra aportación de Manuel Azaña subrayó convincentemente el paralelismo del personaje ficticio y del novelista (Azaña, 1971, págs. 218-221); la misma interpretación con nuevas razones, José F. Montesinos, 1957, págs. 79-80, 94, 98-99, 103).

Caricatura de Juan Valera

La obra de Valera, publicada en 1874 y estimada por «Clarín» como «la perla de las novelas españolas contemporáneas», aparece en una coyuntura literaria internacional harto singular. Por un lado, el lector de aquellas fechas podía asistir a la publicación de piezas significativas de la serie realista-naturalista (en 1873 publicaba Zola *Le ventre de Paris,* dos años más tarde *La faute de l'abbé Mouret;* en 1875 Tólstoi iniciaba la redacción de *Ana Karenina);* desde otras perspectivas estéticas podían leerse libros poéticos incitadores de nuevos caminos *(Une saison en enfer* de Rimbaud había aparecido en 1873; la antología *Parnassus,* dispuesta por Emerson, se publicaba el mismo año que *Pepita Jiménez;* igualmente ocurría con *Romances sans paroles* de Verlaine) y libros de prosas rotundamente innovadoras *(Les Diaboliques* de Barbey D'Aurevilly salía al público en 1874, un año después *Roderick Hudson,* la obra con que Henry James iniciaba su carrera de novelista). *Pepita Jiménez* no ejerció en el ámbito de las literaturas hispánicas el efecto estimulante que tuvieron algunos de estos libros, aunque contenía novedades técnicas desconocidas en la inmediata tradición de la literatura española. Los revisteros contemporáneos avanzaron elogios de ocasión que hoy pueden valer como síntesis estimativa de la espléndida novela: «tan amena como trascendental o importante» (Sbarbi); «verdadero acontecimiento literario» (Luis Alfonso); «uno de los libros mejor escritos en lengua castellana» (Navarrete). La recepción inmediata de la novela fue, con todo, motivo de una sonada polémica de naturaleza ideológica, que era el terreno frecuentado por la crítica del momento.

Sherman Eoff y Gifford Davis[45] han ofrecido materiales

---

[45] Sherman Eoff, «The Spanish Novel of *Ideas;* Critical Opinion (1836-1880)», *PMLA,* 55, 1940, págs. 531-558; Gifford Davis, «The Spanish Debate over Idealism and Realism before the impact of Zola's Naturalism», *PMLA,* 84, 1969, págs. 1649-1656.

valiosos que permiten levantar el plano de la crítica literaria española en las fechas próximas a la publicación de *Pepita Jiménez*. El marco específico de los debates literarios en ese momento era la contraposición entre *realismo* e *idealismo,* en un complejo entendimiento de estas nociones que englobaban tanto cuestiones de técnica artística como declaraciones ideológicas y procesos de intenciones sobre determinados compromisos políticos. La novela de Valera, con tres ediciones en el año de su publicación, tuvo eco inmediato entre los lectores y los críticos especializados[46]. Estos últimos, cuando no concentraron sus apreciaciones en las censuras de los galicismos e incorrecciones lingüísticas —como hizo de modo implacable el purista José María Sbarbi—, proyectaron su interpretación de la obra en la para nosotros tediosa discusión sobre la moral en el arte que, en aquellos años, constituía un capítulo inevitable en el debate sobre *realismo* e *idealismo.*

[De las reacciones privadas e inmediatas a la publicación de la novela tenemos un significativo indicio en la carta en que el propio Valera respondía a las observaciones que, en otra, le había hecho Milá y Fontanals. El novelista avanza en esta misiva los argumentos que, pocos años más tarde, ampliaría en las páginas que dedicó a explicar su intención de autor y el sentido de la novela; la carta de Valera se conserva en los fondos de la Biblioteca de Menéndez Pelayo, en Santander, y fue editada por Lluis Nicolau d' Olwer en el *Epistolari d' en M. Milà i Fontanals*:

---

[46] En una página costumbrista de Pedro Antonio de Alarcón —«Lo que se oye desde una silla del Prado. Verano de 1874»— documento una lectura de la novela, inmediata a su publicación: «Es un cuadro muy bonito. Pero a mí me gusta más aquel en que Pepita Jiménez y el teólogo...» *(Obras Completas,* Madrid, Fax, 1943, pág. 271). Una gacetilla anónima de *La Correspondencia de España* (1874-VII-4) da noticia de que «el señor don Juan Valera, antiguo subsecretario de Estado y eminente literato, ha entretenido sus ocios escribiendo una novela que, con el título de *Pepita,* es una obra notabilísima, por su estilo y por su invención, pues que presenta la lucha de un corazón que colocado entre el amor divino y el humano se rinde al fin a las leyes de la naturaleza sin ofensa de la divinidad ni de las buenas costumbres. La edición de *Pepita* está casi agotada, y la obra ha sido acogida con justo aplauso por los hombres de gusto y talento de nuestra patria».

Madrid, 20 de julio (1874)
Sr. D. Manuel Milá.

Muy señor mío y estimado amigo:

No he contestado antes a su grata carta última, sin fecha, porque nada tengo que contestar, sino que está bien. Del concepto que Vd. forma sobre el valor literario de *Pepita Jiménez* me he quedado agradecidísimo y creo que no merezco tanto. En punto a la calificación que da Vd. a la obrilla por su sentido moral y religioso, no es cosa de que yo me ponga a disputar con Vd. Sólo diré que no ha sido mi propósito defender ninguna tesis, ni divulgar ninguna doctrina, sino escribir por amor del arte un libro de entretenimiento. La poesía del misticismo cristiano me encanta y enamora y he querido valerme de ella como de un medio para interesar a los lectores. Mi héroe es un falso cristiano, más poeta que varón serio y piadoso. Quizás el ser yo por el estilo y además bastante menos creyente que mi héroe y que su padre D. Pedro, y el traslucirse esto, casi a pesar mío, y la irreverencia y ligereza con que hablo a veces, hayan disgustado a Vd. No lo extraño, ni me quejo. Desde su punto de vista, Vd. tiene razón.

Mucho me alegraré de atinar un día con otra novelilla que no tenga estas dificultades y que Vd. pueda elogiar sin escrúpulo de conciencia, si no por su mérito efectivo, por el que le preste la benevolencia con que mira Vd. todas mis obras.

Créame Vd. siempre su afmo. amigo y s. s. q. b. s. m.

Juan Valera.

En otra carta posterior, inédita hasta el momento, Valera volvió a explicar cómo entendía él el sentido de la novela. Se trata de una de las habituales confidencias a su amigo diplomático, el barón de Greindl, con el que mantuvo una interesantísima comunicación epistolar en la última etapa de su vida; en una carta de 6-XII-1886, Valera reconocía ante su confidente, a vuelta de otras opiniones de carácter intelectual, que

aunque agradezca el elogio de Howells y esté de él lisonjeado, pienso lo contrario de lo que él piensa. Yo nada he querido probar en *Pepita Jiménez;* pero, si contra mi intención y propósito, puede sacarse algo en claro de mi moral, es que la aspiración religiosa, mística y activa a la vez de don Luis, era un millón de veces más sublime y noble que su amor a una mujer, por poético y delicado que éste fuese; y que si no tuvo valor ni brío para subir a la altura de aquella aspiración, fue porque no era firme sino vaga e inconsistente; pero, que aun así, con sólo haberla tenido, se hizo más capaz y más apto para amar a la mujer y vivir santamente con ella y ser un honrado esposo y padre de familia, ya que no pudo ni supo ser sabio, ni extático e iluminado, y un caritativo apóstol de Cristo, llevando su doctrina por el mundo hasta las más remotas regiones, y con su doctrina, la flor y la luz más clara de la civilización europea. Yo escribo las novelas para divertir y no para enseñar; pero el sentido que de la diversión se desprende (hasta a pesar mío) es éste y no otro.

Juicios de esta rotundidad —escritos, además, al calor del artículo que le había dedicado el crítico norteamericano William Dean Howells y del prólogo que él mismo redactó para la edición de la casa Appleton— introducen nuevos matices en la interpretación de la obra, cuya última significación queda siempre subordinada al movimiento caleidoscópico de lectura que toda obra clásica suscita.]

Centraron la polémica de la recepción inmediata José de Navarrete y Luis Vidart. Comenzó el primero por afirmar que la novela de Valera era «un fortísimo ariete lanzado, con discreto coraje, contra los cuarteados paredones del mundo viejo»[47], puesto que ponía en entredicho la consistencia de la vocación sacerdotal de Luis de Vargas y podía sugerir, además, la quiebra de la institución matrimonial. La tesis de Navarrete era para Vidart un síntoma significativo de la moral hipócrita que regía en la sociedad del momento, además de hacer evidente el desconocimiento de la autonomía del arte literario y el *progreso* moral conseguido por la ciencia moderna. Síntesis del juicio de Vidart es el siguiente párrafo: «al escribir el señor Valera su interesante novela *Pepita Jiménez* ha mostrado cómo todos los desvaríos

---

[47] *El Orden*, 28-VI-1874.

del misticismo caían arrollados ante las exigencias de la naturaleza humana; ha venido a decir que el matrimonio es un estado superior al del celibato. Y esta conclusión del señor Valera se halla de acuerdo, en su esencia, con las más avanzadas doctrinas de la ciencia novísima»[48].

Navarrete, en su réplica, formula tajantemente el principio estético de los *idealistas* —«el arte no es la belleza *que fue,* ni la belleza *que es,* sino la belleza *que será*»[49]—, desde el que aboca a su oponente a la afirmación de dos asertos contradictorios: el arte es independiente de la moral; *Pepita Jiménez* es obra moral en la medida que los caracteres de los dos protagonistas cumplen «todas las condiciones que racionalmente pueden exigirse en esa unión de dos seres humanos que constituye la base de la familia»[50].

Los reproches de obra inmoral y paganizante fueron constantes entre las críticas integristas[51] que hicieron de la obra una lectura filológicamente literal e ideológicamente interesada. Si bien es cierto que los críticos literarios independientes no fueron mucho más sagaces en la indagación de la estructura y sentido de la novela.

[Manuel de la Revilla, uno de los críticos de mayor calado intelectual del momento, no dudó en señalar la función que el análisis psicológico representa en la obra y el estimulante papel que tal aportación suponía para las novelas que habrían de escribirse posteriormente en España: «al Sr. Valera corresponde parte muy señalada en esta regeneración de la novela. Su *Pepita Jiménez* representa un paso decisivo en esta senda a cuyo término ha de hallarse la verdadera novela psicológica, tipo ideal de novela contemporánea en sus varias manifestaciones». Esta opinión, publicada en su nota sobre *Las ilusiones del Doctor Faustino,* había sido precedida

[48] *El Orden,* 5-VIII-1874.
[49] *El Orden,* 11-VIII-1874.
[50] *Revista de España,* núm. 53, 1876, pág. 278. La réplica de Vidart no pudo publicarse en *El Orden* por haber desaparecido este periódico y tuvo que aguardar dos años hasta que vio luz en la *Revista de España,* que había acogido la primera edición de la obra.
[51] Véanse las páginas del Padre Blanco García, II, 1891, pág. 480; también C. Eguía, *RyFe,* 1928, pág. 175.

de un artículo en *El Imparcial* (22-VI-1874) en el que afirmaba que *Pepita Jiménez* era «una de las joyas más ricas de nuestra literatura novelesca» si bien resultaban irreconciliables «los sueños místicos del creyente y los impulsos naturales del hombre».]

Luis Alfonso, pagando tributo a uno de los tópicos más repetidos del momento, situaba la novela en la tradición del *realismo* pictórico de la escuela española: «el libro a que aludo atesora la relevante cualidad de ser profundamente humano, de pintar la verdad de un modo admirable, y que al pintarla no lo hace con la brutal energía de Ribera o la sensual brillantez de Rubens, sino con el *naturalismo* noble y sereno con que Velázquez trazaba la figura y, con la figura, el ánimo de sus personajes»[52]. Y sintetizaba tópicos rasgos identificadores de la novela, como el análisis psicológico de los personajes —procedimiento narrativo que «apenas se ejercita entre los ingenios españoles»— y el reconocimiento de que en la «sencillez de su argumento estriban sus mejores prendas»; elogios que podrían tener un doble filo, según la intención del crítico[53], tal como la reseña francesa de Louis-Lande da a entender.

[La reseña de este último lleva el título de «Un roman de moeurs espagnoles» (ver *Apéndice* I), con una denominación que evoca la fórmula bajo la que había sido conocida en la Europa de mediados del XIX la novelística de *Fernán Caballero* (Charles de Mazade, por ejemplo, había titulado

---

[52] *La Política*, 3-VII-1874; el subrayado es mío. Revilla, 1885, 264. Sotelo, 1988.

[53] Ténganse en cuenta los juicios de dos acreditados comentaristas literarios: «La acción [en *Pepita Jiménez*] no puede ser más sencilla, está presentada con mucho orden y originalidad. Los caracteres trazados con más delicadeza que brío pero vivos y correctos. Las descripciones de un colorido inimitable y exornadas por las galas de ese estilo mágico que sólo posee Valera. El diálogo, un tanto oscuro y alambicado» (Armando Palacio Valdés, 1878, pág. 82). «Si se examinan detenidamente sus novelas, muy luego se advierte que los caracteres de sus personajes suelen ser falsos, que su acción peca de pobre y poco interesante y que la verosimilitud no suele distinguirlas. Todas ellas parecen concepciones *a priori* que no se han tomado de la realidad palpitante sino de la libre idea del autor» (Manuel de la Revilla, 1883, pág. 52).

el estudio que dedicó a esta escritora en la *Revue des Deux Mondes* (1858) «Le roman de moeurs en Espagne»). La reseña anónima que dedicó *Los Debates* (7-III-1879) a la adaptación francesa que Mme. Bentzon había hecho de *Pepita Jiménez* y *Las ilusiones del Doctor Faustino* subrayaba cómo estas novelas «rebosan intencionada sencillez, espíritu andaluz, color local, gracia y sal», en una percepción lectora que apunta a la dimensión castizamente meridional que posee *Pepita Jiménez* y que, como ha sugerido Ana Navarro, explicaría un éxito de edición internacional inusitado y sin parangón con ningún otro libro español del XIX.]

El escritor se sintió especialmente aludido por los reproches de índole moral e intervino, indirectamente, en la polémica —prólogos a la edición madrileña de 1875 y de la casa Appleton en 1886— con referencias a las circunstancias intelectuales que habían suscitado la génesis de la obra y la declaración de algunas intenciones que habían guiado su escritura. Estos documentos autoriales conforman un precioso testimonio de *falacia intencional*.

La difusión de la novela fuera de España fue tan aplaudida y amplia como lo estaba siendo dentro. En varios países europeos se registró una madrugadora curiosidad por la obra que se refleja en las traducciones al portugués (1875, según versión de Luciano Cordeiro precedida de prólogo de Julio César Machado), al italiano (1878, en versión de Daniele Rubbi), al francés (1879, según arreglo de Mme. Bentzon), al alemán (1882), al polaco (1883), al inglés (1885, en Londres y en versión de Ivan Theodore; en Nueva York, en 1886, según trabajo de la señora Mary J. Serrano para la casa Appleton) y a otras lenguas de cultura en años posteriores[54]. Según notas de prensa del momento, se llegaron a publicar por entregas sendas versiones en italiano y en francés en *La Perseveranza* de Milán y en *Le Journal des Débats* de París[55].

---

[54] Para la más completa relación de traducciones de la novela, De Coster, 1970, págs. 48-49.

[55] R. Pageard (1961, pág. 28) no ha podido encontrar en la publicación gala esta versión por entregas.

El éxito internacional de la obra halagaba al autor y le movía a interesarse por el trabajo que llevaban a cabo sus traductores y por los parvos beneficios económicos que la divulgación de la novela le reportaba. Desde 1876, tenemos cartas de Valera en las que aborda cuestiones conectadas con la traducción de su obra. El 20 de julio de ese año escribe a la señora Bentzon que «para un escritor español es la coronación del éxito que en Francia se ocupen de él»[56]. Un año más tarde comentaba a su amigo Laverde que el arreglo de *El Doctor Faustino,* en curso de publicación en las páginas de *Le Temps,* «es destrozarle a uno sus obras de un modo bárbaro, pero es tan lisonjero que en Francia, donde nos miran con tanto desdén se ocupen de uno, que no tengo corazón para quejarme, y menos para oponerme a que me descuarticen»[57]. Escribiendo a Campillo aludirá en diversas ocasiones a las traducciones de *Pepita* y de sus otras novelas[58]. La mayor satisfacción la obtuvo de la editorial norteamericana Appleton que no sólo le publicó ediciones cuidadas, en español y en inglés, sino que, además, veló por el pago de sus derechos de autor, rasgos de los que Valera se hizo lenguas en cartas a la familia y a los amigos, como en ésta dirigida a Pedro Antonio de Alarcón:

> *Pepita Jiménez,* aunque criticada severamente por algunos periódicos y revistas, ha obtenido en los Estados Unidos, de una gran mayoría de periódicos, un diluvio de elogios. Los *Yankees* son amables y hospitalarios de veras. Calculo y casi sé que deben haber vendido muchos ejemplares; pero ando escamado y empiezo a creer, que respecto a editores, en todas partes cuecen habas, y que por donde quiera ocurre lo mismo. Los señores Appleton ni me escriben ni me dan cuenta de la venta, ni me dicen: aquí tenemos tantos dólares a la disposición de usted. Yo no quiero apremiarles

---

[56] R. Pageard, 1961, págs. 29-30.

[57] María Brey, *151 Cartas inéditas,* 1984, pág. 229 (carta fechada en 3-XI-1877).

[58] J. Domínguez Bordona, 1925, págs. 105, 249-250 (cartas de 21-III-1882 y 7-V-1886).

y esperaré hasta año nuevo. Veremos si entretanto resue-
llan[59].

Según las referencias conocidas, el primer país que prestó atención a *Pepita Jiménez* fue Francia. Robert Pageard ha
reconstruido el proceso de recepción crítica, que se inició
con la traducción y arreglo de Mme. Bentzon bajo el título
Récits andalous, Pepita Ximénés. Les illusions de don Faustino
(París, Calmann-Lévy, 1879, reedición 1883). Cuatro años
antes, recién publicada la obra en España, el publicista
Louis-Lande le había dedicado un pormenorizado artículo
en la divulgadísima *Revue des Deux Mondes*. En este artículo
—titulado «Un roman de moeurs espagnol»— se ponen de
relieve los rasgos individualizadores que posee el universo
social representado en la obra y se subrayan la intriga picante y la agilidad del estilo, aunque el crítico no oculte los que
para él son defectos de composición: «les dialogues ne sont
pas toujours fort bien amenés, l'affectation d'exactitude devient puérile et presque fastidieuse». Reseñas más conocidas
que la de Louis-Lande insisten en el tributo que la novela
paga al casuismo moral (Albert Savine en el prefacio a la
versión francesa de *El Comendador Mendoza;* Brunetière en
su artículo de la *Revue des Deux Mondes* de 1879) o en la frialdad narrativa manifiesta en la desconfianza del narrador respecto a la historia que cuenta (Jacques Porcher en la *Revue
Bleu* de 1897). De estas páginas de crítica impresionista hay

---

[59] De Coster, *Correspondencia*, 1956, pág. 137 (carta de 3-XI-1886). Sobre
las complicaciones de la economía del autor: Luis Monguió, «Cremátisti-
ca de los novelistas españoles del siglo XIX», *RHM,* 17, 1951, págs. 111-127;
R. Pérez de la Dehesa, «Editoriales e ingresos literarios a principios de siglo», *ROc,* 71, 1969, págs. 217-228 y, especialmente, Botrel, 1970.
En el diario madrileño *La Época* de 10-VIII-1876 podemos leer que «*El
Diario de los Debates* hace dos días que publica la traducción francesa de *Pepita Jiménez*. El periódico paga a real la línea y un cuarenta por ciento es
para el traductor y un sesenta por ciento para el autor». En *La Cuestión palpitante* de doña Emilia Pardo: «Fijemos el plazo de medio año para *planear,*
madurar, escribir y limar una novela, esmerada en la forma y meditada en
el fondo: ¿cuál es el producto? Valera declara que su *Pepita Jiménez* —su
perla— le habrá valido unos ocho mil reales. De suerte que no asciende a
mil duros al año lo que el ingenio novelesco de Valera puede reportar»
(O.C., III, 1973, 643-644).

40

que pasar a los trabajos de información académica con los que el hispanista Ernest Mérimée glosaba aspectos de la personalidad literaria de Valera en el joven *Bulletin Hispanique* del año 1905.

La calurosa acogida que encontró *Pepita Jiménez* entre los escritores contemporáneos de las literaturas románicas —repárese en la posible influencia de la novela en *Il Cantico dei Cantici* (1880) de Cavallotti[60]— no tiene comparación con el rendido eco que encontró en el ámbito anglosajón. Tanto los críticos ingleses como los norteamericanos se volcaron en reseñas y notas elogiosas sobre una obra que al tiempo que registraba un conflicto localizado en la pintoresca Andalucía daba fe de la calidad artística e intelectual del escritor español más cosmopolita del momento[61].

En los Estados Unidos el éxito publicitario fue singularmente notable. El mayor número de reseñas se concentró en torno a la edición de Appleton —1886—, y, de todas ellas, la más resonante fue la del influyente William Dean Howells, con quien don Juan Valera mantuvo una corta relación epistolar intelectualmente muy sabrosa[62]. Valera fiaba mucho de la edición norteamericana[63] para cuya difusión contaba con el espaldarazo del crítico[64], lo que se produjo en una página de la muy divulgada revista *Harper's Magazine*. Howells elogió varios aspectos de la ambientación costumbrista, pero el mérito principal de la novela, muy en consonancia con el esquema de valores morales vi-

---

[60] Pilade Mazzei, 1922.

[61] De Coster, 1970, pág. 157, ha recogido una significativa relación de páginas críticas dedicadas a Valera y a esta obra en publicaciones inglesas y norteamericanas: E. C. Hope-Edwards, *Azahar* (Londres), 1883, págs. 294-310; reseñas anónimas en *Quarterly Review,* CLVIII, 1884, págs. 40-78 y *New York Times* de 22-VIII-1886; Julian Hawthorne en *New York World* de 15-VIII-1886; Wentworth Webster, *The Academy,* XXIX, 1886, pág. 8; Coventry Patmore, *Fortnightly Review,* LVIII, 1892, págs. 91-94; George Saintsbury, *The New Review,* IV, 1892, págs. 115-122; reseña anónima en *The Westminster Review,* CXXXVII, 1892, págs. 221-222.

[62] M. Duchet, 1968, reproduce las cartas y el artículo de Howells.

[63] Véase carta a su mujer de 1-III-1886 (De Coster, *Correspondencia,* 1956, págs. 131-132).

[64] Véase carta a Howells de 7-IV-1886, en el trabajo de M. Duchet.

gente a la sazón en su país, era «the assertion, however, delicately and adroitly implied, that their right to each other through their love was far above his vocation».

El propio Valera, que tan perceptivo lector de obras ajenas fue en el curso de su carrera de crítico, encontró algo de *El Comendador Mendoza* en *La familia de León Roch,* según confesaba a Menéndez Pelayo[65]. Críticos contemporáneos corroboran estas impresiones; Clarín en sus *Solos* (1881), a vueltas de otras aproximaciones, establecía un parangón entre las personalidades de Pepita Jiménez y Gloria[66]; Juan Fernández Luján, en 1889, encontraba huellas de *Pepita Jiménez* en *Un viaje de novios* (1881) y *Sotileza* (1884)[67]; [Emilia Pardo Bazán, en fin, en los «Apuntes autobiográficos» que prologan la primera edición de *Los pazos de Ulloa* (1886) reconocía la deuda impagable que ella había contraído en su lectura de la novela del autor andaluz: «con *Pepita Jiménez* empecé mi función de desagravios a las bellas letras nacionales; siguió *El Sombrero de tres picos,* y ya en lo sucesivo no necesité que nadie me pusiese sobre la pista»]. Pero las correspondencias que los lectores del XIX descubrían entre las novelas de Valera y las de otros contemporáneos respondían a difusas aproximaciones impresionistas.

No tenemos aún una visión completa sobre los coloquios entre novelistas que —por emplear una denominación cara a Stephen Gilman— pudieron establecerse entre

---

[65] Carta a Marcelino Menéndez Pelayo de 27-VIII-1879 (Artigas y Sáinz Rodríguez, 1946, págs. 57-58). Cuando Valera escribía esta carta, Galdós había publicado ya siete novelas y veinte *Episodios Nacionales.*

[66] *«¡Gloria! ¡Pepita Jiménez!* ¡Qué fortuna para nuestra literatura poseer ya estas personificaciones de determinados ideales, reducidos a indelebles creencias artísticas! ¡Qué nuevo es esto de que personajes de novelistas españoles modernos sirvan de materia para esos análisis, que críticos expertos, no yo ciertamente, pueden hacer, como se ve todos los días que lo hacen con extrañas obras críticos extraños» («El comendador Mendoza»; cito por la edición de *Solos,* Madrid, 1971, pág. 295).

[67] Juan Fernández Luján, 1889, págs. 31-43; Emilia Pardo Bazán, «Apuntes autobiográficos», en *Los Pazos de Ulloa,* Barcelona, 1886, 64-70; Darío Villanueva, *El polen de las ideas,* Barcelona, 1991, PPU, páginas 282-283, 299.

los diversos textos narrativos escritos a lo largo del último cuarto del siglo. Los estímulos internovelescos tuvieron que moverse en muy varias direcciones y con interposiciones textuales que hoy se nos escapan. Estos hechos de difícil fijación obligan a una posición cautelosa a la hora de señalar influencias literarias de nuestra novela en relatos posteriores. La consolidación de un moderno género literario, como era el caso de la novela española en el último cuarto de siglo XIX, comportaba reiteraciones de referentes, repeticiones temáticas, espejismos en el empleo de los recursos compositivos y formales. Y en casi todo ello, la primera etapa narrativa de Valera —desde 1874 a 1879— lleva precedencia cronológica sobre las novelas de otros autores.

Sentadas estas cauciones hermenéuticas, puede asegurarse que *Pepita Jiménez* ejerció sobre las novelas que le siguieron en el tiempo una triple incitación: 1) en torno a su tema mostrenco, 2) respecto al modelo del personaje femenino, 3) y sobre un conjunto de motivos literarios y elementos compositivos.

1) El tema del sacerdote enamorado pierde en la literatura de finales del XIX la función moralizante que había cumplido en otras etapas literarias y pasa a convertirse en una variante de los *triángulos amorosos* que dan argumento a tantos conflictos de los dramas y novelas burgueses. El añadido que supone la ley del celibato para los sacerdotes católicos introducía en el tratamiento del conflicto triangular posibilidades de simbolismo espiritual o de análisis psicológico que implicaban un tratamiento del tema amoroso en clave lírica o patológica. Abrieron la tienda algunas novelas de los realistas franceses, para terminar confluyendo en una obra maestra de la escritura analógica de Zola, *La faute de l'abbé Mouret* (1875); y desde la literatura francesa —Héctor Malot, *Un curé de province* (1872), Louis Desprez y Henry Fèvre, *Autour d'un clocher* (1882)— el tema se difundió a otras literaturas, singularmente las románicas, en obras que marcaron una fuerte impronta en las trayectorias de las novelísticas nacionales: *O crime do Padre Amaro* (1875, 1876, 1880), de Eça de Queiroz; las novelas españolas *Tormento* (1884), *La Regenta* (1884-1885),

Los pazos de Ulloa (1886); más tardíamente, *Il Santo* de Fogazzaro (1905)[68].

2) En coincidencia con el acceso de la mujer al ejercicio público de funciones que le habían estado vedadas, los escritores realistas concedieron gran importancia a los personajes femeninos, para los que, prolongando el modelo de la heroína romántica, cuidaban especialmente de su construcción psicológica y de las circunstancias sociales que las rodeaban.

El catálogo de personajes femeninos que pueden exhibir rasgos aproximados a los de la protagonista de Valera sería ilimitado si no se sustenta sobre elementos formales que revaliden objetivamente las analogías. Rubén Benítez ha propuesto un parecido entre la viuda andaluza y la exótica Miss Fly de *La batalla de los Arapiles* (1875), basado «en ciertos rasgos de su belleza física, pero sobre todo en su decidida actitud frente a la problemática del sexo y del amor»[69]. En la novela del XIX, el registro de la identidad de caracteres femeninos y de sus reacciones ante las pulsiones eróticas daría lugar a una tipología de personajes que no explicaría, en mi opinión, el arte de la novela. La mujer insatisfecha, la joven engañada o la bella decidida son modos de ser femenino de los

---

[68] Gonzalo Sobejano repasa algunas de las novelas de Zola y Eça de Queiroz que se inscriben en el ciclo temático del sacerdote enamorado como estímulos preliminares de *La Regenta* (*Clarín en su obra ejemplar*, Madrid, Castalia, 1985, págs. 136-140). Darío Villanueva («*Los Pazos de Ulloa*, el naturalismo y Henry James», *HR*, núm. 52, 1984, pág. 129) propone una interrelación de personajes entre el clérigo de *Los Pazos de Ulloa* y el joven seminarista de *Pepita Jiménez*, explicable, además, por la naturaleza de *Bildungsroman* de ambas obras.

[69] Rubén Benítez, «Jenara de Barahona, narradora galdosiana», *HR*, núm. 53, 1985, pág. 314; otro paralelo entre personajes femeninos propone Benítez en este trabajo: «Pienso que Jenara [personaje central de la segunda serie de los *Episodios Nacionales*] no podría existir (...) sin el reconocimiento de que en la mujer la inteligencia humana adquiere rasgos de mayor sutileza, de que no existe inteligencia posible sin una rica vida sensorial; de que el espíritu se enraíza en la carne, y sin el ejemplo práctico de *Pepita Jiménez*, cuya naturaleza —que incluye la vida espiritual— es más profunda y alta que la de cuantos hombres la rodean. De la novela de Valera ha surgido Jenara y tras ella un bello linaje de figuras literarias» (art. cit., pág. 327).

que la novelística del XIX depara abundantes ejemplos; unos responden a tradiciones literarias y otros a arquetipos existentes en la sociedad.

[El protagonismo que las figuras femeninas tienen en las novelas y en los cuentos de Valera y su personal teorización sobre la mujer han suscitado el interés de la crítica, tanto la de orientación descriptiva como la interpretativa; Carol E. Klein, Lou Charnon-Deutsch, María Isabel Duarte Berrocal y Carmen Servén han formulado recientes análisis sobre el papel de las mujeres en los escritos de nuestro autor, cuya proyección sobre la polémica del feminismo decimonónico aparece hoy como de atención inexcusable.]

3) Vernon A. Chamberlin ha propuesto otra influencia de nuestra novela en la narrativa de Galdós, cuando ve en *Doña Perfecta* una réplica a la novela andaluza[70]. Para Chamberlin no sólo hay equivalencias entre personajes —las dos viudas protagonistas, los dos héroes masculinos, los auxiliares que representan al poder civil y al poder eclesiástico—, sino que también hay paralelos en los escenarios —las huertas, el casino, las tertulias— y entre algunos elementos compositivos que dan a las dos novelas una proyección en profundidad o tercera dimensión, de los que sagazmente resalta la correlación estructural entre luz/oscuridad y el simbolismo de los caballos.

El personaje centáurico que es Caballuco en la novela galdosiana y el experto jinete Pepe Rey son dos fuerzas emblemáticas de la potencia de dominio viril con su paralelo en el paseo ecuestre a la finca de La Solana y en la posterior escena de la doma del caballo realizada por Luis de Vargas[71]. El

---

[70] Vernon A. Chamberlin. La tesis del crítico se resume en este párrafo: «To Galdós, Valera's novel would have represented not only one expression of a vitiated aesthetic, but also a deliberated refusal to see, a willed rejection of the reality on nineteenth-century Spain, and thus, a betrayal of the novelist to observe and engage the events of his own times» (1980, página 12). Gabriela Pozzi, 1989, págs. 223-226, niega los paralelismos propuestos por Chamberlin.

[71] El viaje a caballo de don Fermín de Pas en *La Regenta* (cap. XXVII) también puede conectarse con el simbolismo ecuestre aquí aludido; han reparado en esta posible relación, Carmen Martín Gaite (ed. 1982, pág. 18) y, antes, Robert Lott (ed. 1974, nota 31).

efecto semántico que introduce esta socorrida metáfora de la masculinidad se suma a un componente puramente formal, cual es la alternancia de narración en tercera y en primera personas, reflectoras respectivamente de un narrador alejado y de un relator implicado directamente en los acontecimientos[72]. La introducción de la forma epistolar en *Doña Perfecta* —a partir del capítulo 28— atestigua un procedimiento de enunciación novelesca al que Galdós se fue aficionando según avanzaba en madurez creadora y también al estímulo que la modalidad narrativa ejerció entre los novelistas jóvenes de los años finales del xix (recuérdese, a vía de ejemplo, la parodia de un idilio erótico-epistolar que realizó Muñoz y Pabón en su novelita de 1903 *Amor postal* y que remite a la novela de Valera).

Al ser *Pepita Jiménez* texto inaugural en una serie literaria que inicia su trayectoria en la década de los 70, parece obvio que muchos de sus componentes temáticos, caracteriológicos o compositivos reaparezcan en obras posteriores, en ese imprescindible diálogo intertextual para el que todavía faltan muchas iluminaciones[73].

[Sin olvidar las recurrentes lecturas en paralelo que suscita *La Regenta*, vista tantas veces a la luz de las novelas contemporáneas, la receptividad literaria de la Pardo Bazán explica el hecho de que lectores recientes de sus obras hayan advertido ecos de *Pepita Jiménez* en varias de sus novelas. Darío Villanueva apuntaba en 1984 y 1987 el efecto de lectura de la novela de Valera sobre *Los Pazos de Ulloa* (1886); Alfred Rodríguez y Saul Roll han interpretado *Insolación* (1889) como un

---

[72] Para el sentido del cambio del relato en tercera persona por la forma epistolar en *Doña Perfecta*, véase Lee Fontanella, «*Doña Perfecta* as Historiographic Lesson», *AG*, 11, 1976, págs. 60-62.

[73] Ignacio Javier López, introducción a E. Pardo Bazán, *La Madre Naturaleza*, Madrid, Taurus, 1992, págs. 37-38; D. Villanueva, ob. cit. en nota 67; A. Rodríguez y Saul Roll, 1991; Beth Weitelmann Bauer, 1991; J. Ares Montes, «*Camino de perfección* o las peregrinaciones de Pío Baroja y Fernando Ossorio», *CHA*, núms. 265-267, 1972, pág. 515. Han apuntado otros ecos literarios de *Pepita Jiménez*, Edmund L. King (*El humo dormido* de Miró; véase su edición de esta novela, Nueva York, 1967, págs. 31-33) y Robert E. Lott (*La pata de la raposa* de Pérez de Ayala; ver su edición de *Pepita Jiménez*, 1974, nota 44).

ejercicio de intertextualidades temáticas y constructivas —el tema de la *caída*, el marco temporal de la fiesta de primavera, la alternancia narrativa en primera y tercera personas— a partir del cual la escritora gallega iniciaría su despegue de la estética naturalista; Ignacio Javier López ha recordado cómo *La Madre Naturaleza* (1887) se inscribe en la tradición del *idilio* clásico en el que Valera había situado el germen remoto de su novela. De la aceptación de Valera por parte de los novelistas jóvenes de principios del XX Montesinos escribió unas páginas imprescindibles, si bien es preciso matizar la postura de Pío Baroja, en cuyo *Camino de perfección* cabe leer un homenaje explícito a *Pepita Jiménez* cuando el narrador inicia el capítulo XLVI preguntándose «¿fue manuscrito o colección de cartas?».]

Pero en la recepción literaria de la novela de Valera tienen un interés singular las dramatizaciones basadas en su argumento, de las que, aparte un guión cinematográfico, hay dos conocidas y curiosas.

El banquero inglés y aficionado a la composición de libretos operísticos Money-Coutts, primero, y el inquieto animador de empresas teatrales Cipriano de Rivas Cherif, más tarde, realizaron sendas adaptaciones teatrales de la novela, sobre cuyas posibilidades dramáticas había expresado el propio Valera una rotunda desconfianza: «tal como es mi libro, psicológico, ascético y místico, aunque sea para burlarse algo del falso ascetismo y del misticismo mal fundado, mi libro apenas es novela, y mucho menos vale para comedia, para drama, para zarzuela, ni para ópera». Estas palabras, escritas por don Juan en Viena pocos días antes de su regreso a España, pueden leerse en una carta suya dirigida al conde de Morphy en la que alude con algún detalle al proyecto del compositor Isaac Albéniz que habría de dar lugar a la ópera *Pepita Jiménez*[74]. En la misma carta aludía Valera a otro intento operístico anterior de Emilio Arrieta que, de haber llegado a término, hubiera producido una zarzuela o

---

[74] Los datos del proyecto de colaboración Valera-Albéniz, en el artículo de María del Pilar Aparici, 1975. La carta al conde de Morphy de fecha 12-VI-1895 en el mismo lugar.

féerie para la que el escritor llegó a concluir el libreto *(Lo mejor del tesoro).* En carta a Albéniz, una vez estrenada la ópera *Pepita Jiménez,* el novelista sugiere al músico las mejores calidades teatrales de *El maestro Raimundico* o del singular diálogo irónico-ideológico *Asclepigenia*[75].

Pese a las reservas del novelista, Albéniz compuso la música para el libreto que Money-Coutts había compuesto a partir de su superficial lectura de la novela. La ópera en dos actos, concentra en un solo día los acontecimientos tan sabiamente dosificados en el relato y convierte a la criada Antoñona en un personaje clave en la exposición y el desenlace de la intriga. Comienza la ópera con un dúo de Antoñona y don Pedro en el que la criada expresa al padre del seminarista el profundo enamoramiento de la joven viuda por don Luis; la complicidad de estos dos personajes no tiene ulteriores consecuencias en el desarrollo de la trama. Desde la segunda escena es solamente Antoñona quien tiene las iniciativas, salvo en el duelo en que se comprometen don Luis y el conde de Genazahar. Hay una fiesta popular que enmarca el segundo acto y que da lugar a comentarios sobre el resultado del duelo y subraya con cierta eficacia teatral el contraste entre la alegría de los coros infantiles y la tristeza en que Pepita aguarda la despedida de don Luis. El diálogo del atribulado aprendiz de místico y la enamorada viuda precede a la conclusión de la ópera, que se verifica en la alcoba de Pepita, donde el seminarista recoge en sus brazos a la joven mientras Antoñona canta la alegría y el triunfo del amor.

La ópera se estrenó en el Teatro del Liceo de Barcelona (5-I-1896) y, en años posteriores, se representó en Praga, Bruselas, París y Madrid. Sobre el estreno en Praga (22-VI-1897) escribía el propio Valera a Isaac Albéniz: «Últimamente ha llegado a mi poder un telegrama firmado por el Sr. Angelo Neumann, el cual me da la agradable noticia del brillante buen éxito que ha tenido en Praga la ópera *Pepita Jiménez* (...). Mucho me alegraré de que *Pepita Jiménez,* ópera, vaya teniendo en todas partes éxito tan brillante como el

---

[75] Carta a Albéniz de 15-III-1898; ed. María Pilar Aparici, pág. 164.

que parece que ha tenido en Praga y sobre el cual tengo gran curiosidad de saber pormenores. Naturalmente yo me intereso por la ópera de usted, así por la buena amistad que le tengo como porque la ópera lleva el título de la mejor novela mía y en cierto modo está inspirada en mi novela»[76]. No cabe mayor distanciamiento, casi repudio, que el que estas palabras manifiestan.

Las traducciones del libreto de Money-Coutts a otras lenguas fueron un segundo proceso de adaptación y reelaboración del libreto originalmente escrito en inglés. María Pilar Aparici ha ofrecido un esquemático análisis de las principales variaciones que se dan entre el texto inglés y el texto francés y, singularmente, entre estas dos versiones y la adaptación realizada por Pablo Sorozábal en 1964, en la que se concluye con el suicidio —absolutamente infiel a la obra original— de Pepita Jiménez.

Rivas Cherif realizó una adaptación teatral de la novela que se representó en el madrileño teatro Fontalba el 18 de enero de 1929[77]. El texto de esa versión dramática evidencia la familiaridad que el moderno refundidor tenía con la obra de Valera. Secuencias y párrafos completos de la obra original pasan directamente a la pieza, que llega a utilizar para un parlamento de Pepita citas del prólogo de don Juan Valera a la edición de Appleton (escena 7, acto primero).

La fidelidad al texto novelesco tenía una dificultad de difícil solución para la que el adaptador no supo encontrar salida airosa. Todo lo que en las *Cartas de mi sobrino* y en el re-

---

[76] Carta a Albéniz de 27-VII-1897; ed. María Pilar Aparici, 163. He empleado el texto de la versión francesa: *Pepita Jiménez / Comédie lyrique en 2 Actes / et trois Tableaux / (tirée de la nouvelle de Juan Valera) / par / F. B. Money-Coutts / Version française de Maurice Kufferath / Musique de / I. Albéniz / Réduction pour piano / et chant par l'auteur,* Breitkopf and Härtel, 1897, 188 páginas Para Albéniz, pueden verse las biografías de Andrés Ruiz Tarazona, *Isaac Albéniz. España soñada,* Madrid, 1975 y Andrée Gauthier, *Albéniz,* trad. de Felipe Ximénez de Sandoval, Madrid, 1981.

[77] *Pepita Jiménez / Novela famosa de don Juan / Valera, refundida en tres / actos de teatro,* Madrid, Prensa Moderna, colección El Teatro Moderno, 1929. El estreno corresponde a una etapa anterior a la estrecha colaboración profesional que tuvieron Margarita Xirgu y Rivas Cherif, de manera que el papel de la viuda fue representado por la actriz Carmen Carbonell.

lato de *Paralipómenos* es un recamado de matizaciones en el análisis de los sentimientos íntimos, en la captación del envolvente paisaje y en la gradación de la experiencia erótica que va implicando a los dos protagonistas, queda prácticamente eliminado en el texto teatral. La enunciación en primera persona es sustituida por un diálogo de los personajes secundarios quienes, gracias al incremento de sus intervenciones verbales, agrandan su significación. El conflicto amoroso entre don Luis y Pepita o bien se concentra en el acto segundo (en el curso del cual se suceden escenas tan diversas como la controversia de Luis y el conde de Genazahar, la exhibición ecuestre ante la ventana de la viuda, la confesión de ésta ante el padre vicario, el encuentro de las manos y los labios de la pareja de enamorados y la culminación de sus relaciones en la víspera nocturna del día de San Juan), o bien es contado por Antoñona, Currito y doña Casilda. Los varones de la familia Vargas pierden el peso específico que poseían en la novela: el deán es mero nombre que en alguna ocasión surge en el diálogo y don Pedro es un ingenuo enamorado, incapaz de percibir el estado emocional vivido por su hijo.

Rivas Cherif mostró en esta adaptación una fidelidad literal al texto y a sus componentes documentales, como son el desnudo conflicto sentimental y su base anecdótica, documentada por Azaña en la propia familia de don Juan Valera («todas estas personas dramáticas, parece que vivieron, en efecto, en un pueblo grande de Córdoba, allá por el año 40 del siglo pasado» señala la acotación escénica que sigue a la relación de personajes).

Las abundantes ediciones de la novela, su carrera crítica, el estímulo que ejerció en otros relatos ficticios contemporáneos, las versiones teatrales y cinematográficas, en fin, dan fe de una amplia divulgación de la obra, leída en muchos idiomas y por lectores de todas las edades. Algo que contradice de plano el desahogo de Valera cuando escribía en 1873 a su amigo Laverde que «en realidad yo escribo para usted y para otras cuarenta o cincuenta personas más»[78].

---

[78] María Brey, 1984, pág. 219.

I) Espacio y tiempo

El conflicto sentimental que se plantea en *Pepita Jiménez* ha dado lugar a demorados análisis de los movimientos de ánimo que se producen en la conciencia de los protagonistas, hasta el punto de que para muchos lectores la novela no va más allá de la ilustración práctica de un caso psicológico. Las reticencias del novelista respecto a los relatos de tramas enredadas explicarían su inclinación por las secuencias en las que resalta la indagación introspectiva. «Valera se aplicó en las novelas a escudriñar los sentimientos de los personajes, más que a mostrarlos directamente representados en una acción»[79], aseveraba Manuel Azaña, sintetizando una opinión generalizada.

Efectivamente, la aproximación amorosa de Luis y Pepita es un prodigio de circunstancias encadenadas —acciones de las personas que los rodean, hechos fortuitos que los aproximan, irradiación erótica de la naturaleza que los envuelve— y de la natural atracción que, después de su primer encuentro, sienten entre sí. En esta recíproca *educación sentimental* actúan como acicates aceleradores o como frenos atenuadores fuerzas que tiran de la conciencia de cada uno. La ilegitimidad de nacimiento en Luis y el matrimonio por interés de Pepita; el orgullo de uno y otra; las inquietudes espirituales, requintadas como complicados casos de conciencia; la inexperiencia sexual de ambos, en fin, son vectores de energía que dibujan el complicado polígono de fuerzas que relacionan a ambos personajes. El acierto con que el discurso narrativo va graduando la exposición de estos elementos contribuye, además, a la intensificación de esta novela psicológica, sobre cuyos protagonistas han escrito ampliamente los comentaristas[80].

---

[79] Azaña, 1971, pág. 213.
[80] Azaña, 1971, págs. 216-230; José F. Montesinos, 1957, págs. 110-121; para este crítico la personalidad de Luis de Vargas es «de menor relieve»; Robert E. Lott, 1970, págs. 172, 197, centra su estudio en la psicología inmadura de Luis de Vargas; J. Whiston, 1978, págs. 172-197, concede espe-

51

El desmenuzamiento de las emociones y los sentimientos se enriquece con el despliegue estratégico de un repertorio de signos externos de aproximación: miradas, exhibición de manos, ósculos compulsivos y un permanente discurso lingüístico de doble sentido que dosifica sabiamente el encuentro amoroso que habrá de producirse en la noche de San Juan. Las dudas sobre la vocación sacerdotal de Luis que tiene su tío y la complicidad de su padre y Antoñona son circunstancias que contribuyen a la aceleración del proceso. Ahora bien, el lector no tiene noticia de estas circunstancias hasta muy avanzada la novela. Con la sola información que proporciona Luis en la primera parte de la obra, incluso el lector menos avisado es capaz de observar que el seminarista está enamorándose irremediablemente de Pepita y que intenta engañarse a sí mismo con la apelación a los ensueños de su fantasiosa vocación de misionero[81]. Todo ello, además de resultar evidente en una primera lectura, ha sido extensamente comentado por los estudiosos. Menor atención han merecido a los críticos las coordenadas espacial y temporal de la obra, cuya disposición y rendimiento se subordinan al proceso psicológico de los personajes.

Valera inventa un enclave geográfico innominado cuya cronología exterior tampoco se cuida de precisar. Esta marca de indeterminación temporal y espacial se repetirá en sus otras novelas, en las que solamente llega a deslizar tenues referencias al tiempo o a los lugares reales, y que son más bien fintas del narrador que artificios constructivos con función específica en la estructura del relato[82].

[El relato epistolar del protagonista describe dos planos

---

cial relieve al orgullo del protagonista masculino; entre los recientes editores de la novela, Demetrio Estébanez Calderón, 1987, págs. 12-18, reserva una parte de su estudio a las personalidades de los dos protagonistas.

[81] Cyrus De Coster, 1974, pág. 96. Para las mediaciones de la novela, I. Cretu, 1987; K. S. Larsen, 1993, págs. 237-238.

[82] Para la documentación de usos y costumbres andaluces en los relatos de Valera: José Antonio Muñoz Rojas, 1956; Roxane Marcus, 1975; Rafael Porlán, 1980. Véanse, en esta edición, las notas números 7, 8, 9, 12, 48, 50, 112, 113, 236, 237. Una visión de los espacios domésticos en varias novelas del autor, María Isabel Duarte, 1987.

espaciales complementarios; uno de carácter *costumbrista* en la poetización de la vida campesina y el campo andaluz, otro de carácter íntimo, casi simbólico, en la introspección que realiza don Luis en su propia conciencia. Esta autopsia moral puede interpretarse como un viaje interior hacia el «ápice del alma» evocador de una experiencia próxima a la gozosa exclamación agustiniana: «felix culpa, quae talem ac tantum meruit habere Redemptorem». Con todo, Valera suele gustar de simbolizaciones que se hacen evidentes a través de referencias espaciales intensamente destacadas. El paseo nocturno de don Luis camino de la casa de Pepita y su recorrido a través del patio, las escaleras y las habitaciones hasta llegar a la vista de la viuda, trasladan al lector los estados emocionales del seminarista en un procedimiento que el escritor aplicaría en varias novelas posteriores. Descubrimiento conflictivo de la propia intimidad y paseo aventurero hacia el hallazgo del sugestivo misterio de la feminidad son vivencias que podemos encontrar en *Las ilusiones del Doctor Faustino, Doña Luz* y *Morsamor* y para las que una relativa imprecisión en el marco espacio-temporal resulta muy oportuna (Duarte Berrocal, 1987b).]

Este procedimiento que evita la determinación espacial y temporal es un tributo del novelista a su idea de la *imitación,* encarnada en su personal teoría de la novela. Y una forma, por otro lado, de *poetizar* los espacios familiares cotidianos y las experiencias próximas es la metamorfosis onomástica de los referentes concretos: el Juan Fresco que cuenta relatos cortos y novelas y que no es sino un delegado del escritor Juan Valera; los pueblos habituales disfrazados con una toponimia imaginada; el propio escritor aludido en los varones maduros o ancianos que recuperan el tiempo de la juventud a través del amor *(Juanita la Larga)* y de la muerte *(Morsamor).* En la órbita de estas transformaciones están el pueblo de don Luis y Pepita y el tiempo histórico que les tocó vivir.

El lector sólo sabe con seguridad que el pueblo de Pepita es un lugar de Andalucía, que en textos posteriores del autor reaparece designado como el tercer vértice del triángulo mágico de su geometría narrativa: Villabermeja, Villafría y este innominado espacio. «Mi lugar está en la misma provincia y a corta distancia del lugar donde nacieron don Luis de Vargas y Pepita Jiménez, a quienes supongo conocen mis lectores; pero no voy a hablar de mi lugar, sino de otro, también muy cercano, a donde suelo ir de temporada...» leemos en la «Introducción» de *Las ilusiones del Doctor Faustino,* en referencia a Villabermeja; en carta a Moreno Güeto de 1879 señala Valera el tercer vértice: «no hace muchos días he publicado otra novela que se titula *Doña Luz* cuya acción pasa en Villafría, lugar cercano a Villabermeja, y que podemos suponer que es Baena o Castro del Río o lo que se quiera»[83].

Si don Juan Valera procuró enmascarar los lugares donde transcurren los acontecimientos de sus novelas, en *Pepita Jiménez* cubrió sus propósitos con una indeterminación espacial que, por contraste, intensifica la fuerza con la que actúa la naturaleza. Ésta «es casi uno de los protagonistas» escribía Montesinos, resumiendo un estado de opinión generalizado entre los lectores[84]. Y, ciertamente, la emoción del seminarista ante la belleza del campo, la refinada pulcritud de las viviendas, el papel simbólico de los huertos en los que se encuentran y terminan encerrándose los amantes, la potencia genesíaca, en fin, que al anochecer emana del paisaje natural son componentes básicos del marco espacial de esta novela. La poesía bucólica clásica y las novelas de Longo y de George Sand dan los estímulos literarios de carácter general que subyacen a este empleo caracterizador de la naturaleza, para el que resulta impertinente la paradójica influencia de un naturalismo zolesco que, a la altura de 1874 estaba aún en su inicial desarrollo[85].

---

[83] De Coster, *Correspondencia,* 1956, pág. 58.

[84] José F. Montesinos, 1957, pág. 109. También para Carmen Martín Gaite (ed. 1977, pág. 14) el paisaje se incorpora plenamente a la trama. La función de las fiestas tradicionales en la novela, A. Rodríguez y Ch. Boyer, 1991.

[85] Cfr. Darío Villanueva, art. cit. en nota 68, págs. 129-130. Robert E. Lott, ed. 1974, pág. 21, nota 31, había señalado la relación entre la novela de la Pardo Bazán *Los Pazos de Ulloa* y la de Valera. Han tratado ampliamente del *idilio* clásico en *Pepita Jiménez,* María Pilar Palomo, ed. cit., págs. XIV-XV; V. Chamberlin y R. Hardin, 1990; Sánchez Imacoz, 1992.

[La crítica ha subrayado de modo convincente el estímulo genérico que supuso el *idilio* de Longo para el universo literario de nuestro autor. Ya desde su trabajo de 1860 sobre la naturaleza de la novela y en juicios de juventud sobre algunas *relaciones* de *Fernán Caballero* había sostenido el valor de los relatos breves que se ajustaban al modelo del «poemita suelto» que los autores clásicos habían visto en el *idilio*. Pero en esta aceptación no sólo se imponía su radical apuesta en favor de los griegos y los latinos, sino que el hecho de que considerase bajo una perspectiva favorable las «novelas campesinas» de *George Sand* revela su intuición de que el *idilio* era una posibilidad literaria viva y estimulante.]

Del mismo modo, las precisiones cronológicas en la novela son insignificantes por su mínima concreción. Alusiones internas a la porcelana de la Cartuja sevillana y a la Cruz Roja acotan un segmento temporal que va desde 1841 hasta 1863 y que no concede especial precisión a la temporalidad interna de la obra. Otro dato que ayudaría a establecer la cronología también resulta irrelevante; me refiero a la alusión al esposo de Antoñona como hijo del que se supone personaje familiar para el lector y que reaparecerá en otros textos del autor, el *maestro Cencias.* Miguel, el hijo del *maestro Cencias,* que servía al protagonista de *Mariquita y Antonio* en torno a los años 1841-1842, era una personalidad harto diversa del evanescente y también innominado bebedor que es el marido de Antoñona.

No es posible, pues, rastrear una correspondencia consistente entre el tiempo de la *historia* novelesca y el tiempo histórico. En este rasgo constructivo procura Valera distanciarse del procedimiento temporalizador que caracterizaba a la novela *realista* de su tiempo y que, desde hacía algunos años, estaba cultivando con éxito Pérez Galdós. En *Pepita Jiménez* la función y el significado del tiempo sólo actúan en la estructura de la propia obra [y desde la autonomía de su significación remiten a las tradiciones literarias —diario introspectivo, idilio clásico, novela epistolar— que dan un sentido amplio a la historia andaluza de don Luis de Vargas y Pepita Jiménez].

El conflicto sentimental que concluye en una nostalgia

de *ilusiones perdidas* —«Luis no olvida nunca en medio de su dicha presente, el rebajamiento del ideal con que había soñado»— arguye en favor de la proyección autobiográfica a que han aludido, entre otros, Azaña y Montesinos. La peregrinación interior de Luis de Vargas dura aproximadamente cuatro años según se encarga de comunicar, en la tercera parte, el padre del seminarista[86]. Cuatro años en los que a todos los personajes les ocurren muchas cosas. Pero el tiempo de la *ficción* es mucho más reducido: desde un 18 de marzo en que el estudiante de clérigo regresa a su pueblo natal hasta un 27 de julio cuando el que llegó como candidato fervoroso al sacerdocio contrae apresurado matrimonio con la viuda Pepita Jiménez. El tiempo que media entre estas dos fechas es minuciosamente analizado en el texto, a través de las referencias proporcionadas en las cartas de Luis, en la narración de *Paralipómenos* y en las cartas finales de don Pedro de Vargas. Y poco más para los años posteriores.

Del sistema de relaciones internas que forman las referencias cronológicas contenidas en la novela[87], quiero destacar aquí dos pistas que se me alcanzan como especialmente significativas en la determinación de su sentido. Encuentro la primera en la secuencia de quince cartas escritas por Luis de Vargas. Las seis primeras sirven para la presentación de los caracteres, de los escenarios y de las líneas maestras del conflicto. Las seis últimas —desde la del 19 de mayo, primera ocasión en que Luis anuncia su partida, hasta la del 18 de junio— subrayan la lucha del seminarista con sus inclinaciones y sus prejuicios espirituales y sociales. En esta segunda fase de la correspondencia, cambia incluso el estilo de las misivas; a los extensos párrafos llenos de imágenes sensoriales que caracterizan las primeras epístolas, suceden cartas escritas en párrafos cortos y rebosantes de citas de autoridades

---

[86] Para una nueva visión del estado de ánimo de Luis de Vargas, según dan a entender las cartas abreviadas de su padre, al final de la obra, véase Carlos Feal Deibe, 1984; y en esta edición pág. 89.

[87] Han estudiado detenidamente las relaciones internas que se establecen entre las alusiones cronológicas Helga Stipa Madland, 1980, pág. 81, y María del Pilar Palomo, ed. de 1987, páginas XXVIII-XXXII.

bíblicas o eclesiásticas. Entre ambas secuencias hay una zona intermedia de tres epístolas, escritas en un mínimo plazo de tiempo —entre el 4 y el 12 de mayo— en las que el candoroso seminarista confiesa las primeras aproximaciones físicas entre él y la viuda, ocurridas a raíz de la excursión al Pozo de la Solana y de la pungente escena de la doma del caballo.

La segunda referencia temporal que me parece destacable reside en la confesión que don Pedro hace a su hijo, en un momento ya avanzado de la novela: «yo sé punto por punto el progreso de tus amores con Pepita, desde hace más de dos meses; pero lo sé porque tu tío el deán, a quién escribías tus impresiones, me lo ha participado todo». La confesión, manifestada el día 27 de junio, remite a los finales de abril, cuando no se había producido aún ningún acercamiento entre los jóvenes amantes. A partir de esta información privilegiada no sólo cobran nuevo sentido las intervenciones de Antoñona —reconocida cómplice de los proyectos matrimoniales del padre— sino, de modo muy especial, los consejos ascéticos del deán y los retrasos de Luis en el regreso al Seminario, disuadido por cartas que el lector no llega a conocer literalmente. Esta otra cara de la historia rebaja el nivel de la seriedad de las reflexiones de Luis y convierte su discurso espiritual en una parodia de citas bíblicas y ascéticas.

No ha podido pasar desapercibida para los lectores la llamativa coincidencia entre la celebración de la noche de San Juan, las conmemoraciones populares del solsticio de verano y la pánica exaltación de los enamorados que vivirán esa noche su pleno encuentro amoroso. Este episodio culminante ha estado precedido en la estructuración simbólica de la novela por la fecha en la que Luis llegó al pueblo —en torno a la celebración del equinoccio de primavera— y por el presagio que subraya —carta del 4 de mayo— la fiesta de la Cruz de Mayo; un arco de celebraciones sitúa la historia de amor de los dos jóvenes en el ciclo universal de las fiestas folclóricas que expresan la concepción vitalista de la naturaleza a la que se han referido los estudiosos de estas festividades en los pueblos latinos. Otras fiestas primaverales que tienen relieves significativos en posteriores relatos de Valera —la Semana Santa, el Corpus Christi— ni siquiera son aludidas en *Pepita Jiménez*. No creo erróneo suponer que el novelista ha procurado encerrar en un marco de fiestas paganas de significación inequívoca el proceso de granazón vital experimentado por Luis y Pepita. Todo ello es más coherente si se recuerda que Valera fue un peculiar aficionado a la observación de los usos y tradiciones folclóricos, cuyo trasvase se produce con relativa frecuencia hacia sus textos de crítico o de narrador[88].

El motivo de los encantamientos y hechicerías, que recorre la obra[89], es una capa folclórica suplementaria que se añade, en fin, a la sutil fusión de tradiciones populares y materiales literarios tejidos en torno al moderno *idilio* de los jóvenes amantes de la Andalucía posromántica.

II) Intertextualidades en «Pepita Jiménez»

El lugar específico de la obra de Valera es la literatura. Al novelista de Cabra no se le puede aplicar el diagnóstico cultural que en más de una ocasión él dio del país: «en España apenas se lee. Los libros apenas salen de Madrid»[90]; tampoco vale para él el panorama que traza Luis de Vargas recién llegado al pueblo: «es lo cierto que nadie lee aquí libro alguno, ni bueno ni malo». La memoria de lo escrito por los griegos y latinos (para la cultura humanística de Valera, Pilar Palomo y Bock Cano), por los clásicos españoles, por los autores modernos e, incluso por él mismo, es el subsuelo fecundo sobre el que vive su universo narrativo y, como caso modélico, su novela *Pepita Jiménez*.

La utilización de materiales de su propio telar, como he

---

[88] Para el interés de Valera por las cuestiones folclóricas, pueden verse los trabajos de D. McGrady, 1969-1970; D. McGrady y S. Freeman, 1974; Maxime Chevalier, 1974.

[89] Véanse las notas al texto de esta edición números 70, 95, 101, 143.

[90] Carta a Laverde, de 14-V-1879, editada por María Brey, 1984, página 236.

recordado en páginas anteriores, es práctica que aparece ya en *Mariquita y Antonio*. Y a partir de esta obra inconclusa, bien bajo la fórmula de la autocita o bien desde el macrotexto que constituye el marco de su obra total, se enriquece el palimpsesto de cada obra creativa. Azaña y, más tarde, Montesinos han desplegado el repertorio de elementos de la novela de 1860 que se reproducen en *Pepita Jiménez*[91] y, por modo singular, esa «escisión de lo humano y lo divino en el alma apasionada» de que con tanto acierto hablaba don Manuel Azaña. Las correspondencias temáticas, compositivas o microtextuales se repiten en las novelas siguientes, hasta llegar a formar una tupida red de relaciones que han ido desmadejando los críticos alertados.

«Clarín» anotaba, como de pasada, que los personajes del maestro andaluz tendían al misticismo. Los puntos de máxima inflexión aparecen en las novelas en las que se destaca una personalidad femenina señera del tipo de Doña Luz o de Juanita la Larga. En *Doña Luz*, la experiencia mística al revés que son los amores del padre Enrique hace posible un despliegue de paralelismos que, en buena medida, ya han sido cuidadosamente considerados[92]. Si más atenuadas, no por ello son desdeñables las equivalencias que se han observado entre la novela de 1874 y *Juanita la Larga*[93] o relatos cortos como *El doble sacrificio* (1897)[94]. En este último texto, con un abultado aire de sorna podemos hallar rasgos compositivos de *Pepita Jiménez* en las cartas cruzadas entre un joven estudiante y su preceptor clerical o situaciones paralelas en el encuentro nocturno de los amantes auxiliados por una diligente criada que provoca la apresurada boda final. El conjunto de la obra narrativa de Valera construye un sis-

---

[91] Azaña, 1971, pág. 206; José F. Montesinos, 1957, págs. 86-99, 109-110. Una coincidencia de detalle aún no advertida: «desde la última noche de San Juan, que todo ha de suceder en esta negra noche, es perseguida mi sobrina por el mismísimo diablo» *(Mariquita y Antonio, O.C.,* I, pág. 969a).

[92] Montesinos, 1957, págs. 127-128.

[93] Azaña, 1971, págs. 220-221.

[94] Margarita Almela, en tesis doctoral inédita, propone correspondencias entre *Pepita Jiménez* y *El Maestro Raimundico*.

tema de referencias internas en el que unos elementos se explican con la ayuda de otros, pero donde nada se repite por pereza o insuficiencia del autor.

Fuera de su propio universo literario, Valera pone en vilo su memoria de lector, de lector omnívoro e insaciable. La exhibición de cultura escrita es uno de sus *tics* estilísticos más acusados, ya lo efectúe como cita explicitada ya lo reboce como quiebro sutil para el lector culto. El procedimiento, además, en *Pepita Jiménez* se intensifica por el sentido irónico que, soslayadamente, reciben bastantes citas literarias. El tejido lingüístico de la obra acumula alusiones numerosas, cuya función intencional es, en muchos casos, de compleja determinación.

La relación exhaustiva de las citas patentes o enmascaradas que se ofrecen en la novela es un trabajo arqueológico que, hasta el presente, no ha concluido ningún lector de la obra. Cabe, en una primera aproximación a este fenómeno, establecer una tipología de citas, organizadas por su procedencia y por la función que les proporciona el propio texto.

La literatura española clásica marca su presencia con referencias a personajes literarios hispánicos —Amadís, la Celestina— y con ecos verbales de la poesía del Siglo de Oro. La más llamativa presencia de citas tomadas directamente de autores aureoseculares corresponde a los místicos, y, de entre ellos, a Santa Teresa por modo excelente. Robert E. Lott y Demetrio Estébanez Calderón han indagado con resultados convincentes las frases hechas y las imágenes lexicalizadas que pasan del vocabulario de los místicos al lenguaje de la novela, especialmente en las cartas de don Luis[95]. Y si bien es cierto que, como le reprochó Cejador[96], faltaba a Valera el conocimiento del especialista, el funcionamiento de los breves textos espirituales embutidos en un contexto de

---

[95] Lott, 1970, págs. 5-70; D. Estébanez Calderón, edición 1987, páginas 23-25.

[96] Julio Cejador, *Historia de la lengua y la literatura castellana*, Madrid, VII, 1918, pág. 231: «La erudición de Valera es otra tomadura de pelo a los que en ella creen; toda ella es de segunda mano».

buida ironía produce un resultado de incalculables posibilidades. Lo mismo puede decirse de las huellas sintácticas, de inequívoca construcción cervantina, del tipo «si algo de esto o todo esto pensó la muchacha, y en su inocencia no penetró en otros misterios, salva queda la bondad de lo que hizo», aunque resulten más discutibles los equivalentes temáticos que se han señalado con el *Quijote*, *El Tenorio* de Zorrilla [*La Religieuse* de Diderot o un *Proverbio* de Ventura Ruiz Aguilera][97]. En una función irónica cercana a la que desempeñan los textos espirituales del Siglo de Oro español hay que entender las copiosas citas del Antiguo y Nuevo Testamentos.

Muestras de la cultura clásica que penetran la obra literaria de Valera son las menciones de textos griegos y latinos —repárese en la cita de Jenofonte que más adelante consideraré a otro propósito— que despliegan un repertorio de lecturas en las que el autor cifraba la perfección del arte literario. Me detendré en tres improntas de cultura literaria clásica que se me revelan harto sintomáticas.

La visión que del amor y de la amada tiene el seminarista Vargas responde muy ajustadamente a modelos literarios de la tradición italiana —Dante, Petrarca, Castiglione, Bembo— y de la corriente neoplatónica renacentista. Bien que lo que eruditos como Valera y Menéndez Pelayo podían

---

[97] Lott, 1962; Lott, 1983. Azorín ha escrito sobre el cervantismo de Valera que «está en las omisiones, en las reticencias y en los eufemismos. Supone, todo esto, en Cervantes, una personalidad que se recata. Y sabemos de Valera que era una personalidad que se recataba» (Azorín, 1959, pág. 29). Ha vuelto sobre el cervantismo de Valera Ana L. Baquero, *Cervantes y cuatro autores del siglo XIX,* Murcia, 1988. Jorge Huneus Gana (*Estudios sobre España,* Santiago, 1989, págs. 398-400) rechazaba una aproximación entre *Pepita Jiménez* y *La Religieuse* formulada por un crítico de finales del XIX que no identifica. Mariano Baquero Goyanes (*El cuento español, desde el Romanticismo al Realismo,* Madrid, C.S.I.C., 1992, pág. 101) anota que el *Proverbio* de Ruiz Aguilera *«En arca abierta, el justo peca* viene a ser algo así como una anticipada y agradable miniatura de *Pepita Jiménez* de Valera. En el relato de Ruiz Aguilera, un joven que decide estudiar para sacerdote, va a Madrid, y se hospeda en casa de unos amigos de su padre. La señora de la casa, madre de varias hijas, prepara a la más atractiva para él, y consigue que se case con ella».

distinguir entre la tradición petrarquista y las corrientes neo-platónicas del XVI no era todo lo ajustado que puede precisar la actual historiografía literaria del Renacimiento. Teniendo esto en cuenta, podemos explicarnos que don Marcelino catalogase en el ámbito de la escuela platónica poemas juveniles de Valera como «A Lucía», «Del Amor» o «Sobre la primera página de un ejemplar de Orlando». Salvando la interpretación recta que debe darse a los varios discursos hinchados de neoplatonismo —mucho más cercanos al *Il Cortegiano* que a los *Dialoghi di Amore*— que expone don Luis en sus cartas o en sus encuentros con Pepita, parece plausible suponer que don Juan Valera aceptaba la teoría filográfica renacentista en la medida que coincidía con tendencias intelectuales de su tiempo[98]. En la «Dedicatoria» de *Doña Luz* y, singularmente, en las reflexiones del padre Enrique es donde podemos medir el alcance real que Valera daba a estas especulaciones eróticas: «harto lo reconozco ahora. La concupiscencia del espíritu es la peor de las concupiscencias. Repugna por antinatural»[99]. En escritos de carácter ensayístico es aún más rotundo en la manifestación de su pensar. Valga este aserto procedente del artículo «Psicología del amor» (1888):

> Un punto hay en que estoy perfectamente de acuerdo con el señor González Serrano: su odio y mala voluntad al amor vulgarmente llamado platónico. Es sofistería que, si siendo el hombre y la mujer compuesto de alma y de cuerpo, y mediando la diferencia de sexo y la inclinación natural y poderosa que de ella nace, prescindamos del cuerpo y nos amemos sólo con el alma[100].

Desde una perspectiva complementaria hay que considerar la huella de un texto tan admirado por Valera como el idilio de Longo *Dafnis y Cloe*. La novelita griega seducía al escritor por diversos motivos: su brevedad; la concentración en el estudio de los caracteres; el tratamiento del paisa-

---

[98] Jean Krynen, 1944; Díaz Peterson, 1975, págs. 40-41, 49.
[99] *O.C.,* I, 92b (véase el capítulo XVI, «Meditaciones»).
[100] *O.C.,* II, 1583b.

je natural, idealizado y visto al través de unos ojos inocentes; las alusiones eróticas que él mismo alivió en su traducción; la exaltación del amor carnal que viven los protagonistas en una plenitud paradisíaca[101]. Tal acumulación de motivos nos conduce a una estación de llegada en la que la exaltación gozosa del amor es el punto culminante de un fervor literario.

El encuentro amoroso de un amante inexperto es el tema de un poema latino que don Juan Valera había traducido en forma parafrástica y que publicó en 1860[102]. Se trata del *Pervigilium Veneris,* poema que introduce una notable variante en el *corpus* de lírica amatoria que desarrolla el tema de la velada del amante. El modelo estaba en los versos 522-532 del canto IV de la *Eneida,* en los que el poeta evoca la indiferencia de la naturaleza ante la exaltación de la reina Dido[103]. En el *Pervigilium Veneris,* el amante concierta su exaltación con la de la naturaleza, que vibra con él en la expectativa del encuentro: «Cras amet qui numquam amavit, quique amavit cras amet», dice el estribillo que se repite en el curso del poema.

---

[101] Sobre las aventuras del manuscrito de Longo, ver el estudio preliminar de Dolores Palá Berdejo a su traducción de la obrita de Pablo Louis Courier, *Historia de una mancha de tinta,* Valencia, Castalia, 1948.

[102] *Crónica de Ambos Mundos,* 26-VIII-1860; el poema, en las *Poesías* del autor, con notas de Menéndez Pelayo: *O.C.,* I, págs. 1361 y 1485-1487.

[103] Véase: Juan Ferraté, «La vigilia nocturna del amante (Notas a un *topos* antiguo)», *Dinámica de la poesía,* Barcelona, Seix Barral, 1968, págs. 119-140; E. T. Hatto (ed.), *Eos. An Inquiry into the theme of Lover's Meetings and Partings at Dawn in Poetry,* Londres, París, La Haya, Mouton, 1965, especialmente, págs. 271 y ss. Es tema socorrido en la tradición lírica española. Manuel Alvar *(«Pervigilium Veneris»,* BRAE, LXIV, págs. 59-69; reed. *Símbolos. Mitos,* Madrid, C.S.I.C., 1990, págs. 175-183) ha recordado varias traducciones españolas recientes del poema latino para comentar la de Jorge Guillén en *Final.* El poeta vallisoletano traslada así el fragmento que se copia arriba: «Ame mañana quien no ha amado nunca, / y quien ya ha amado ame aún mañana. / (...) / Ved, bajo las retamas toros tienden sus flancos / y se rinden, seguros, a los brazos nupciales. / Ved balando a la sombra carneros con ovejas. / Venus manda a las aves que en su canto persistan. / Roncos cisnes locuaces asordan los estanques. / A la sombra del álamo la esposa de Teseo / como respuesta canta su pasión amorosa, / sin lástima de hermana, víctima de esposo» (*Final,* ed. de A. Piedra, Madrid, Castalia, 1989, páginas 284-285); cfr. con la versión de Valera, en nota 105 de esta introducción.

El poema latino sirve el cañamazo para la escena central de la novela, cuando Luis de Vargas, a la llegada de la noche, se dirige desde las cercanías del pueblo hacia la casa de Pepita. El pasaje ha sido justamente celebrado[104], ya que concentra el momento cenital del conflicto y los recursos de estilo y de construcción más llamativos. El éter y el rocío que, en el texto latino, palpitan en una noche del *ver novum*, corresponden literalmente a las señales del paisaje valeriano: «el aire era tan diáfano y tan sutil, que se veían millares y millares de estrellas fulgurando en el éter sin términos...»; todo en la naturaleza es exaltación de encuentros amorosos —el cielo, los ruiseñores, los grillos— al igual que ocurre con los seres que rodean al amante del poema latino:

> Cras amet qui nunquam amavit
> [quique amavit cras amet!]
> …
> Ecce iam subter genestas explicant tauri latus,
> quisque tutus quo tenetur coniugale foedere.
> Subter umbras cum maritis ecce balantum greges
> …
> Et canoras non tacere diva iussit alites.
> Iam loquaces ore rauco stagna cygni perstrepunt,
> adsonat Terei puella subter umbram populi
> ut putes motus amoris ore dici musico
> et neges queri sororem de marito barbaro[105].

La tradición literaria cercana ofrecía al novelista un mo-

---

[104] «No creo que haya en su obra pasaje alguno que pueda compararse al que refiere las sensaciones de don Luis antes de acudir a la cita, en medio de los campos que ensombrece un sereno atardecer» (Montesinos, 1957, pág. 109). A. Rodríguez y Ch. Boyer, 1991, pág. 181.

[105] *Anthologia Latina*, I, 1, ed. Bücheler-Riese, Bibliotheca Teubneriana, Leipzig, 1894, págs. 170-175. Valera trasladó así los versos arriba reproducidos: «Ame mañana el que jamás ha amado, / arda de amor el pecho enamorado (...) / En todo ser impera / el amor con la grata primavera. / Muge el toro de amor y junto al río / a la balante grey busca el morueco; / en el bosque sombrío / oye y repire con deleite el eco, / el incesante trino de las aves; / con ronca voz aturde la laguna / el cisne y en el álamo frondosa / Filomena, con cánticos suaves, / olvidando su mísera fortuna, / enamora al esposo.»

delo de construcción que, a la altura de 1874, todavía resultaba sugestivo; me refiero a la novela epistolar, a la que Valera había pagado tributo en sus juveniles proyectos novelísticos —*Cartas de un pretendiente*— y en algún capítulo de la inconclusa *Mariquita y Antonio*.

Contar una historia a un receptor que se incorpora al relato como un personaje más, se había revelado como una fórmula de gran atractivo en las letras europeas de finales del XVII y de la primera mitad del XVIII[106]. La garantía de empirismo —«yo estuve allí, lo viví y lo digo»— que aportaba este procedimiento era un signo de modernidad. La ficción epistolar añadía una segunda posibilidad narrativa con la indagación psicológica del relator en su mundo íntimo. Autenticidad de lo contado y exhibición de conciencia son valores característicos del emocionalismo psicológico que divulgaron novelas epistolares como *Julia* (1761) de Rousseau, *Werther* (1774) de Goethe, *Le ultime lettere di Jacopo Ortis* (1802) de Foscolo o el *Obermann* (1804) de Sénancour.

[Los novelistas posteriores al romanticismo —desde Balzac y Dickens hasta finales del XIX— manifestaron su desconfianza respecto a un procedimiento que sólo servía para dar testimonio convincente de la intimidad del personaje que enunciaba el relato desde su voz en primera persona, y eso, en el caso de que fuese un narrador *digno de confianza.* Pero la instancia narrativa en primera persona no podía garantizar ni la veracidad de las palabras que atribuía a los otros personajes ni la fidelidad del discurso mental de éstos, de manera que la inmensa realidad humana que latía en las conciencias de los *otros* resultaba un universo inasequible para el programa de trabajo de un escritor realista.

En nuestra novela, el propio Luis de Vargas admite, en la primera de sus cartas al deán, su imposibilidad para captar y transmitir el pensamiento de Pepita Jiménez: «¿cómo penetrar en lo íntimo del corazón, en el secreto escondido de la mente juvenil de una doncella, criada tal vez con recogimiento exquisito e ignorante de todo, y saber qué idea po-

---

[106] Véase el trabajo clásico de Jean Rousset, «Le roman par lettres», *Forme et signification,* París, 1969, págs. 66-108.

día ella formarse del matrimonio?»; Luis sólo puede construir hipótesis explicativas sobre el comportamiento de la viuda, ya que no van más allá sus capacidades como transmisor de la intimidad ajena.] Consecuencia de la constatación de los límites que tenía el procedimiento epistolar fue que en la novela europea, desde los años 30 del XIX, disminuyó ostentosamente la boga de la novela en cartas, que sólo volverían a fluir de nuevo en los años finales del siglo.

Incluso en los momentos de máximo cultivo de la novela epistolar encontramos testimonios opuestos por el vértice acerca de la eficacia artística del procedimiento. Si un Montesquieu —feliz cultivador de la fórmula— podía señalar en 1754 que «ce sortes de romans réussissent ordinairement, parce que l'on rend compte soi-même de sa situation actuelle; ce qui fait plus sentir les passions que tous les récits qu'on en pourroit faire»[107], pocos años antes Henry Fielding sostenía exactamente lo contrario, refiriéndose precisamente a la inadecuación del procedimiento epistolar para el trabajo de un novelista[108].

No parece que Valera estuviera muy al tanto de estas opiniones, ni tampoco que le sedujesen los modelos españoles de novelas en cartas que se habían escrito desde finales del XVIII: la *Leandra* (1797) de Valladares y Sotomayor, la *Serafina* (1797) de Mor de Fuentes, la *Cornelia Bororquia* (1801) o *Voyleano* (1837) de Estanislao de Kostka Vayo. Su poco admirada «Fernán Caballero» había publicado a mitad de siglo dos novelas epistolares —*Una en otra* y *Un verano de Bornos* [que, como en la segunda, suponían además la fórmula del manuscrito encontrado.

Un relato clásico inglés —*Pamela or Virtue Rewarded* (1740) de Samuel Richardson— no sólo constituye un hito imprescindible en la trayectoria de la novela epistolar durante el siglo XVIII; sirve, además, un modelo para el análisis de

<hr>

[107] «Quelques reflexions sur *Les Lettres persanes*», ed. *Oeuvres Littéraires*, París, Pléiade, I, 1949, pág. 129.

[108] Henry Fielding, prefacio a Sarah Fielding, *Familiar Letter (apud.* Miriam Allott *Los novelistas y las novelas,* trad. española, Barcelona, Seix Barral, 1960, pág. 318).

la conciencia perpleja que busca cohonestar la honradez de las intenciones morales con la eficacia de los resultados en el comportamiento. La resistencia opuesta por Pamela a las poco honorables solicitaciones de su joven señor concluye en un feliz matrimonio, es decir, en la ambigua recompensa ganada por una virtud firme; Valera debía conocer la obra de Richardson, al que cita en su artículo de 1860 sobre la novela y en un trabajo de 1861 dedicado a «Fernán Caballero». La ambigüedad de los sentimientos experimentados por los personajes de *Pepita Jiménez* y, de modo muy especial, la irónica interpretación que comporta el mote «nescit labi virtus» («la verdadera virtud ignora la caída») con el que Valera pensaba en un primer momento titular la obra, hacen del texto inglés un lejano punto de referencia hasta ahora desatendido por la crítica].

El inicial interés de Valera por los relatos en cartas —que después de *Pepita Jiménez,* casi desaparece de su universo narrativo— se debe, en mi opinión, al estímulo que ejercieron en él textos de las literaturas europeas modernas, especialmente las obras de Goethe y Foscolo que él conocía bien.

Werther había aparecido cien años antes de *Pepita Jiménez.* Su publicación había dado lugar a una tormenta de emociones entre la juventud europea. Valera era un admirador de Goethe y la novela germana daba la medida de los anhelos insatisfechos del romántico *malgré lui* que fue don Juan Valera. *Werther,* que presenta las confesiones del suicida como periscopio de las más íntimas emociones y de la interacción de éstas con el paisaje natural, fue un referente modélico que bien pudo tener en cuenta Valera a la hora de delinear al joven seminarista y su emoción ante la tierra natal[109]. Idéntico modelo genérico pudo suponer el *Jacopo Ortis* de Foscolo[110], donde no sólo se reviven las emociones

---

[109] Udo Rusker establece la correspondencia entre los personajes de Goethe y de Valera, *Goethe in der Hispanischen Welt,* Stuttgart, 1958, páginas 82 y 97-98.

[110] La primera traducción española de la obra italiana es de 1822. Hubo otras a lo largo del siglo, aunque Valera pudo leer la obra en italiano, puesto que era un buen conocedor de la poesía del autor, como acreditan las abundantes citas que esmaltan su obra crítica.

del relato goetheano sino que, además, se adelantan curiosas coincidencias formales con el texto de Valera. Por de pronto en el *Jacopo Ortis* alternan rextos epistolares y secuencias narradas en tercera persona que funcionan como *sumario* en el progreso del conflicto; el editor de las misivas del trágico enamorado es el destinatario de las mismas y el joven Jacopo, igual que Luis de Vargas, posee amplia formación en la cultura clásica latina. En un momento de la novela italiana se produce una situación paralela a otra de *Pepita Jiménez*, consiste en la reacción anímica que tiene el protagonista después de su primer beso: «Dopo quel bacio io son fatto divino. Le mie idee sono più alte e ridenti, il mio aspetto più gaio, il mio cuore più compassionevole. Mi pare che tutto s'abbellisca a'miei sguardi»[111].

Las cartas de Luis de Vargas toman de la moderna tradición europea la dimensión de confesión íntima —«le escribo siempre como si estuviese de rodillas delante de usted»— y el verismo que concede el testimonio personal y cronológicamente apegado a los acontecimientos —«escondí esta carta como si fuera una maldad escribir a usted»—. Pero, el trasladar hasta sus últimas consecuencias estas virtualidades del procedimiento incapacita al personaje para la comunicación sincera, como se refleja en *Paralipómenos,* después de la segunda visita que hace Antoñona a don Luis. El novelista Valera había apurado todas las posibilidades constructivas del procedimiento narrador en primera persona, pero su olfato crítico le llevaba a ver el *impasse* que tenía esta fórmula a efectos de la penetración en la realidad interior de todos los personajes que pueblan el universo novelesco.

---

[111] No tengo evidencias documentales de que Valera llegara a conocer *L'éducation sentimentale,* pero son curiosas las coincidencias, tanto de asunto y forma compositiva (enamoramiento de joven inexperto, comunicaciones epistolares a un confidente, narrador irónico en primera persona que es en última instancia el que relata la novela, cierre de ésta con un irónico sumario actualizado sobre el estado actual de los personajes) como las estrictamente textuales. Valga este ejemplo: «quelques fois, cependant, il aurait voulu être riche pour passer sous ses fenêtres, monté sur un andalou noir, qui sautilla sur le pavé comme une leurette» (Ed. Jacques Suffel y Antonia Fonyi, París, Garnier, 1980, pág. 106). Claro está que todos estos componentes forman parte de un fondo común de la literatura del XIX.

[Puede sospecharse, por tanto, que decidió el cambio de instancia gramatical porque, en el curso de la redacción de la novela, intuyó las dificultades que planteaba la confesión de don Luis en primera persona. No se trataba, por tanto, de añadir complejidad a la estructura de la obra, sino exactamente todo lo contrario, de simplificarla. Las vacilaciones del joven amante durante las horas que preceden a su encuentro amoroso resultan ser mucho más dignas de confianza al ser enunciadas por una voz neutra y ajena a su propia perspectiva individual.

Los cambios de propósito que experimentó el escritor en el curso de la escritura de la obra —sabemos con seguridad que modificó el título, sospechamos las razones que le llevaron a mudar la persona gramatical que enuncia el relato— tiñen otras dimensiones del texto con un sorprendente efecto de transformismo que ha llegado a confundir a algunos lectores. Es el caso de la lectura *costumbrista*, e incluso, *realista* que se ha hecho de una obra en la que las referencias históricamente documentables no son muy abundantes. Cyrus De Coster o Jeremy T. Medina en una aproximación positivista y A. Bianchini, desde una perspectiva goldmaniana, han acentuado lo que en la novela puede haber de transformación de datos verificables o de síntesis emblemática del conflicto de un héroe problemático en pugna con la sociedad moderna. Estos márgenes de interpretación se sitúan en el vértice opuesto al de los críticos que particularizan el relieve de los *topoi* y mitos literarios sobre los que está tallado el texto.

Una referencia inexcusable, al hablar de la cultura literaria de nuestro autor, debe ser a la hasta ahora enigmática expresión «nescit labi virtus» sobre la que se inició la redacción de la obra. John Polt ha aclarado recientemente que constituye el mote del escudo familiar de los Croy-Dülmen, en cuyo palacio de Münster se detuvo la comitiva del duque de Osuna camino de San Petersburgo. Valera, secretario de esta embajada, escribía a Leopoldo Augusto de Cueto el 26-XI-1856:

> La casa de los príncipes me hizo recordar la del famoso barón de Thurdenthumtrock, así por ser ambas casas de las

mejores y más antiguas de Westfalia, como por la majestad y afable decoro con que nos recibieron en la de los príncipes y por las tres princesitas solteras que allí se anidan y que me parecieron otras tantas Cunegundas inocentes y frescachonas. Un Cándido y un doctor Pangloss faltaban; pero en Alemania no hay la malicia y la hiel de nuestra tierra y todos son optimistas y cándidos.

El comentario volteriano de esta carta parece resonar en el sentido irónico que cobra el mote como titulación de la novela de 1874, un texto en el que el tema de la «caída afortunada» (o en su versión cristianizada, la agustiniana «felix culpa») es paralelo al *topos* del «mundo al revés» que se va tejiendo con varios motivos recurrentes como son el mito de Ícaro (visto por Rodney Rodríguez), el motivo de la ilegitimidad filial y sus componentes edípicos (estudiado por P. Smith y J. Cammarata), el del matrimonio del viejo y la niña, el del Paraíso transformado en un jardín del paganismo o el de la belleza andaluza que, contra toda iconografía convencional, es rubia y tiene los ojos verdes.]

III) El narrador y sus estrategias

La primera parte de la obra —la titulada precisamente *Cartas de mi sobrino*— ha gozado del aplauso general de los críticos, desde la reseña de Louis-Lande en la *Revue des Deux Mondes;* el autoanálisis al que se somete el joven protagonista resulta la «mejor parte de la novela»[112]. La pormenorizada narración de los sucesos del 23 de junio y, especialmente, el cambio de persona gramatical en el discurso narrativo de *Paralipómenos* no ha gozado de idéntica aceptación. Dejando al margen, ahora, el espesor informativo que aportan la segunda y la tercera partes de la obra y también la copio-

---

[112] Louis-Lande, 1875, pág. 476; Azaña, 1971, pág. 224; Montesinos, 1957, pág. 113; Carmen Martín Gaite, ed. 1982, pág. 12; Andrés Amorós, ed. 1986, pág. 23.

sa notación temporal que puntea el discurso narrativo en estas secciones, hagamos una cala sobre el papel que representan las voces narrativas en la novela.

Un breve preámbulo da noticia del hallazgo de un manuscrito «escrito de una misma letra» y de las levísimas libertades que el *editor* se ha tomado sobre el texto: sólo ha puesto título al manuscrito y ha dado nombre al seminarista. También el *editor* introduce con un brevísimo párrafo la segunda parte de la novela, señala divisiones interiores dentro de ella con la ayuda de signos tipográficos especiales e introduce la tercera explicando el resumen que ha realizado de un conjunto de cartas escritas por el padre del seminarista. Pero, contra las promesas de la página inicial, el *editor* no hace un fiel «traslado a la estampa» del manuscrito en cuestión; en la segunda parte interviene directamente en dos ocasiones que enmarcan el encuentro nocturno entre don Luis y Pepita. Estas dos intervenciones abundan en reflexiones sobre la veracidad de la historia que se cuenta y sobre las garantías de verosimilitud artística que ofrece la persona a quien el editor, entre titubeos, adjudica la redacción de esta parte de la obra, que es el señor deán, tío, director espiritual y confidente de Luis de Vargas.

El primer crítico español de la obra, el presbítero Sbarbi, al censurar los galicismos y solecismos que, en su criterio, afeaban la pureza lingüística del texto, señalaba una distinción tajante entre el *editor* y el autor del relato:

> caemos ahora en la cuenta de que tal vez por justos motivos haya tenido reparo el Sr. D. J. V. en atreverse a corregir el borrador, respetando en un todo el trabajo de quien lo escribió, pues sabido es que, para algunos *ingenios* suspicaces, *espíritus,* que dirían ciertos sujetos, unas son las funciones del autor, y otras las del editor[113].

La cuestión de los *narradores* de *Pepita Jiménez* estuvo, pues, presente para los primeros lectores de la obra, pero hasta muy recientemente no se han realizado análisis en

---

[113] Sbarbi, 1874, pág. 205.

profundidad sobre las implicaciones que este elemento de la estructura novelesca lleva consigo. Ha venido a coincidir la reflexión sobre este punto con consideraciones paralelas referidas a la peculiar manera con que Valera hacía representar su papel a los narradores de sus relatos[114].

Para un sector abundante de la crítica, la materia narrativa de *Pepita Jiménez* está regulada por cinco voces enunciativas que corresponden a Luis de Vargas —protagonista y elocutor en primera persona—, don Pedro de Vargas —autor de una carta de *Paralipómenos* y de varias resumidas en el *Epílogo*—, el *editor* del manuscrito[115], «un sujeto, perfectamente enterado de todo» que compuso la sección titulada *Paralipómenos* y el señor deán, autor de una carta y unos escolios introducidos en esta misma sección.

La identidad de cada uno de estos narradores es clara, excepto en el caso del «sujeto perfectamente enterado de todo», que resulta evanescente y equívoco en su individualización. El *editor* de la novela atribuye, en la nota preliminar, la autoría de *Paralipómenos* al señor deán, para seguidamente arrojar dudas sobre la identificación del sujeto, adelantando razones a favor y en contra de la atribución al tío del seminarista. Pero, en último término, «la duda queda en pie».

Para James Whiston la identidad del narrador de *Paralipómenos* es un «no problem»[116], mientras que para Ruano de la Haza la cuestión no deja de tener su importancia, porque «si no sabemos quién narra, ¿cómo hemos de captar en toda su riqueza y en todos sus matices la ironía de su co-

---

[114] Recuerda Germán Gullón que Valera, desde *Pepita Jiménez*, tuvo «conocimiento muy seguro de los servicios que el narrador podía prestar a la narración, aunque quizá no tuvo idéntica percepción de los riesgos que suponía dejarle entrar y salir de ella con libertad» (1976, pág. 149); véase también Frank Durand, 1976. Para los recursos de la enunciación narrativa cfr. Pozzi, 1989, págs. 227-246; Ara Torralba-Hübner, 1992; Trimble, 1995, págs. 25-36.

[115] Subordinado a la cuestión que aquí se plantea está el determinar si el *editor* de *Pepita Jiménez*, según proponía la crítica el siglo pasado, es el autor o, como más rigurosamente propone la crítica reciente, si se trata de un personaje autónomo, llámese narrador o autor implícito.

[116] James Whiston, 1978, pág. 29.

mentario?»[117]. Mantiene Ruano de la Haza que el deán no puede ser el narrador de la segunda parte de la obra tanto por razones de verosimilitud interna —el deán vive alejado del pueblo, desconoce a Pepita, es hombre de rigor moral no avenido con los comentarios jocosos—, como por la inexistente expectativa de un lector de su escrito; y razona, en sentido contrario, sosteniendo que el narrador de *Paralipómenos* ha de ser don Pedro de Vargas, conocedor de los datos que ignora el deán, hombre de mundo y máximo cómplice para su hijo[118].

Si llevamos hasta sus últimas consecuencias la pesquisa sobre la transmisión informativa que realizan los narradores, podemos preguntarnos cómo puede tener don Pedro noticia exacta de los más profundos movimientos de conciencia[119] o de la literalidad de los coloquios íntimos de los otros personajes. Y si, como sostiene Ruano, el carácter del narrador de *Paralipómenos* se compadece mejor con el padre de Luis que con su tío, por qué hay que terminar admitiendo que don Pedro no es un relator fiel «ni que la versión de sí mismo como narrador que él se crea, se limita a las posibilidades cognoscitivas que le corresponderían estrictamente como personaje de la obra»[120]. Cabría, pues, suponer otro narrador intermedio entre don Luis, don Pedro y el deán, que sumaría la masa de información poseída por cada uno y admitiría, además, las interpolaciones del *editor* que actualiza la novela para el público. Tal ente de ficción sostendría las reflexiones del *editor* que, como ha propuesto María Pilar Palomo, «puede plantearse qué es la ficción no-

---

[117] José M. Ruano de la Haza, 1984, pág. 336.

[118] El punto de partida en la argumentación de Ruano de la Haza (1984, pág. 342) es el párrafo segundo de *Paralipómenos:* «Nadie extrañó en el lugar la indisposición de Pepita, ni menos pensó en buscarle una causa que sólo nosotros, ella, don Luis, el señor deán y la discreta Antoñona sabemos hasta lo presente»; ¿quién es el *nosotros* en este párrafo?

[119] Por ejemplo: «Así sea —dijo el padre vicario, y convencido de que había hecho un prodigio y de que había curado casi el mal de Pepita, se despidió de ella y se fue a su casa, sin poder resistir ciertos estímulos de vanidad al considerar la influencia que ejercía sobre el noble espíritu de aquella preciosa muchacha», pág. 260 de esta edición.

[120] Ruano de la Haza, 1984, pág. 345.

velesca y hasta dónde la realidad de una historia ha de presentarse como tal»[121], en un ensayo metanovelesco de rotunda modernidad.

[De modo análogo a la curiosidad que han despertado el narrador o narradores de la obra, también su lector —el real o el implícito— ha levantado algún interés entre los críticos. Gabriela Pozzi ha interpretado el papel del *lector implícito* en el texto como un grado intermedio entre la pasividad que exhibe el lector en la novela española de la primera mitad del siglo XIX y la función relevante que se le adjudica en la del último cuarto de la centuria; «la falta de diálogo, suplida por una narración que resume las conversaciones entre personajes, induce la pasividad del lector implícito; éste no necesita interpretar las palabras, puesto que el narrador ya lo ha hecho. Las descripciones de los personajes sufren, por lo general, de inconcreción; comunican al lector una imagen genérica, como la del mundo novelesco» (Pozzi, 359). Sin embargo, y desde el punto de vista de la presencia del humor en la novela, R. Romeu aseveraba la diferente percepción de los acontecimientos que tienen el protagonista de *Pepita Jiménez* y el lector actual de la novela: «tandis que chez don Luis le conflict est des plus sérieux, pour nous c'est une comédie; et, tandis que pour lui le mariage sera une déchéance, ce sera pour nous la conclusion normale du roman» (Romeu, 1946, 107).]

Me he detenido en la exposición de las opiniones de varios críticos para subrayar cómo ha interesado a los estudiosos el dar una respuesta sobre el complicado sistema de voces que se van solapando en el tejido narrativo de la segunda parte de la obra. Creo, con todo, que, sin ser un problema carente de entidad, es cuestión de segunda importancia la determinación de los focos iniciales desde donde provienen las informaciones parciales que se van integrando en el relato.

Efectivamente, como observó Ruano de la Haza, la dirección intencional es diversa según se adjudique la narración de la secuencia al deán, a don Pedro o a otra voz descono-

---

[121] María del Pilar Palomo, ed. 1987, pág. XXVII.

cida. Pero abarcando esta cuestión desde una perspectiva más amplia, me parece problema técnico más arduo la elección de la tercera persona gramatical como soporte de la enunciación en esta parte de la obra.

La primera persona que enuncia las *Cartas de mi sobrino* y las del *Epílogo* induce al lector a aceptar sus asertos y sus noticias por la garantía testimonial que ofrece un observador directo de los hechos, meditador y caviloso. Pero cuando esta primera persona pasa a enunciar hipótesis sobre los contenidos de conciencia de otros personajes —hipótesis que no le constan por conocimiento directo— ha de pasar forzosamente a la enunciación en tercera persona, como vemos en esta elucubración de una de las primeras cartas de Luis a su tío:

> ¿Nacerán acaso [las buenas determinaciones de Pepita], *parece que piensa la penitente,* de que yo, aunque indigna y pecadora, presumo que vale más mi alma que las almas de mis semejantes (...)?

E, incluso, en los monólogos autointrospectivos del protagonista, la inserción de su discurso en una estructura sintáctica regida por formas verbales en tercera persona confiere mayor intensidad emotiva al flujo de su conciencia; como, por ejemplo, ocurre en este fragmento, construido en discurso indirecto libre:

> Conforme se iba acercando, se aumentaba el terror que le infundía lo que se determinaba a hacer. Penetraba por lo más sombrío de las enramadas anhelando ver algún prodigio espantable, algún signo, algún aviso que le retrajese (...). Nada de aviso, nada de signo, nada de pompa fúnebre: todo vida, paz y deleite. ¿Dónde estaba el ángel de la guarda? (...).

Por otra parte, el *editor,* cuando justifica en sus adiciones la ausencia de la primera persona en la parte atribuida al deán, ilustra el caso con un memorable ejemplo de Jenofonte que el humanista Valera ya había comentado con admiración en otro contexto y a otros efectos literarios: [el papel que representa el *yo* narrativo en la historiografía clásica y su conveniente ocultamiento en aras de la eficacia comunicativa del texto][122].

Hace tiempo que vienen discutiendo los expertos en narratología sobre la pertinencia de la oposición *relato en primera persona / relato en tercera persona*. Käte Hamburger sentó las bases de una fecunda polémica que ha traído alguna luz a la hora de explicar lo que en el texto narrativo hay de acto de enunciación y de mero enunciado[123]. De esta fértil discusión queda como corolario que en un relato en primera persona el texto envía necesariamente al yo del emisor, mientras que el narrador de un relato en tercera persona se volatiliza para que sus enunciados se refieran a los enunciados de los personajes de la *historia*[124]. La desaparición de la personalidad del narrador sustenta la emisión de asertos sobre contenidos de conciencia de cualquiera de los personajes, momento en el que intervienen los procedimientos de enunciación conocidos como *discurso indirecto* y *discurso indirecto libre*. Una y otra modalidad de reproducción de discursos ajenos a la instancia de la enunciación son formas rotundas de representación de la realidad interior y fueron decisivas contribuciones de los grandes maestros de la novela del siglo XIX.

Valera escribió *Pepita Jiménez* en una coyuntura española cuajada de dificultades. «Yo la escribí cuando más brava ardía la lucha entre los antiguos y los nuevos ideales» confesaría en 1887; además de la crisis histórica a la que alude con

---

[122] Carta a Estébanez Calderón de 17-V-1851 (Sáenz de Tejada, 1971. pág. 131) que se reproduce parcialmente en la nota 289 de esta edición.

[123] Käte Hamburger, *Die Logik der Dichtung,* Ernst Klett Verlag, Stuttgart, 1957. Para la revisión de la polémica sobre su teoría acerca de la narración en tercera persona y el valor del pretérito épico, pueden verse pertinentes elucidaciones en Katherine Sorensen y Ravn Jörgensen, *Le Théorie du roman, Thèmes et modes,* Nyt Nordisk Forlag Arnold Busck, Copenhague, 1987. Fernando Lázaro Carreter ha dado un útil resumen del contenido y alcances teóricos de la obra de Hamburger en una reseña a la traducción francesa de la obra, «La lógica de la literatura», *Saber Leer* (Fundación Juan March), 4, 1987, págs. 10-11.

[124] Katherine Sorensen, 1987, pág. 65.

estas palabras, podría referirse también a la crisis de la narrativa que llevaría a los escritores hispanos a un nuevo estadio de escritura en el que debían deponer la pretensión doctrinaria y la errónea pretensión de veracidad absoluta que comportaba la novela epistolar. Valera vio la necesidad de cambio que reclamaba el instrumento novelesco y se decidió, en *Paralipómenos,* por una narración en tercera persona que posibilitara la introducción de diálogos y de psiconarración a partir del *discurso indirecto libre,* técnica prácticamente inédita en la prosa de ficción española y a la que él contribuyó decisivamente con varias secuencias memorables de la obra[125].

IV) El estilo en «Pepita Jiménez»

Los lectores contemporáneos reprocharon a Valera lo que para ellos eran dos deficiencias estilísticas en la construcción de su prosa: la carencia de autonomía lingüística de los personajes y la indulgente admisión de barbarismos y solecismos[126]. Valera replicó a la reconvención con dos ór-

---

[125] F. Todemann, «Die Erlebte Rede im Spanischen», *Romanische Forschungen,* 1930, 44, págs. 164-165. Lott, 229 y ss.; Luis Beltrán Almería *(Palabras transparentes. La configuración del discurso del personaje en la novela,* Madrid, Cátedra, 1992, págs. 87, 101, 121, 192) atenúa la innovación que supone el ejemplo del discurso indirecto libre en breves secuencias de *Pepita Jiménez.*

[126] «No cabe duda que *Pepita Jiménez, Doña Luz* y otras heroínas de Valera hablan muy bien, y con muy concertadas y discretas razones; mas tampoco puede negarse que, por desgracia, hoy nadie habla así, a estilo de personajes de Cervantes. Y cuenta que si nombro a Cervantes para encarecer la perfección con que disertan los héroes de Valera, no omitiré advertir que el genio realista de Cervantes le impulsó a hacer que Sancho, por ejemplo, hablase muy mal, y cometiera faltas, y que don Quijote le enmendase los *voquibles.* En Valera no hay Sanchos, todos son Valeras» (E. Pardo Bazán, *La Cuestión palpitante, O.C.,* III, pág. 640b). Luis Alfonso en el breve artículo de 1874 había hecho mención al estilo no personal de los personajes. Repiten el reproche Manuel de la Revilla (1981, págs. 47-55) que fue el primer crítico que habló ampliamente de este rasgo en sus artículos de 1877 y 1878 sobre Valera; después lo hicieron «Clarín», E. Pardo Bazán, el Padre Blanco García (1891, pág. 492) y Andrés González

denes de argumentos. Con ironía sutil cuando era aludido como autor implicado en el habla de sus personajes y con el argumento de su idea poética de lo que debe ser el decoro lingüístico en los personajes de novela. Valgan dos testimonios de una y otra forma de argumentación:

> El crítico más hábil y atinado, quizá, entre cuantos hay en España [«Clarín»], me ha hecho ya dos o tres veces, al juzgar otras novelas mías, un favor y un disfavor que no creo merecer; pero, si los merezco, esta vez, lejos de enmendarme, incurro más de lleno que nunca en la censura, que, por otra parte me lisonjea. Supone el crítico que mis personajes todos son *yo*, con lo cual hace de mí un Proteo, pues harto diversos caracteres he retratado; y supone, además, que todos hablan como yo en igual situación hablaría, con erudición, discretas sutilezas y espíritu filosófico impropios de su condición humilde y hasta de su sexo, ya que a menudo *mis mujeres se pasan* de listas. En la presente historia, donde, según el título lo indica, los más importantes personajes, cada uno por su estilo, van a pasarse de listos, pecaré, sin poderlo remediar, contra lo que el crítico quiere[127].
>
> Malo es que un autor esté siempre detrás de los personajes, sin vida ni personalidad distinta, hablando por ellos; pero aun así, puede poner en las criaturas de su imaginación voz, sentimientos y pensamientos humanos, aunque sin *individuación*. Mucho peor es cuando el lenguaje de los personajes, sobre no ser peculiar y característico de cada uno, no es humano siquiera, lo cual, entre naturalistas ocurre a menudo[128].

En *Pepita Jiménez* encontramos un precioso pasaje en el que el discutido narrador de *Paralipómenos* justifica «el habla no chabacana y grotesca como la que usaba por lo común»

Blanco, *Retratos y apuntes literarios,* Madrid, pág. 268. Entre los críticos posteriores, repárese en el aserto de Azorín: «nadie ha hecho más uso del yo que Valera; he citado alguna vez media página de Valera en la que había, como principio de oración, seis, ocho *yos*» (1959, pág. 51). Ver Margarita Almela, «La visión del casticismo de un intelectual. Don Juan Valera», AA. VV., *Casticismo y literatura en España,* Cádiz, Universidad, 1992, págs. 177-178.

[127] *Pasarse de listo,* cap. IV *(O.C.,* I, pág. 466b).

[128] *O.C.,* II, pág. 632.

de Antoñona en su decisiva entrevista con el joven Vargas. El comentario del narrador se realiza en comienzo y en cierre de escena y añade, en el segundo momento, un nuevo dato para la discusión sobre la identidad del narrador de esta parte de la novela: «no se puede negar que Antoñona estuvo discreta en esta ocasión, y hasta su lenguaje fue tan digno y urbano, que no faltaría quien le calificase de apócrifo, si no se supiese con la mayor evidencia todo esto que aquí se refiere».

Ni la directa transcripción de las variedades coloquiales ni el registro de las peculiaridades del habla andaluza le parecen datos admisibles para la caracterización de personajes[129], porque tales manifestaciones lingüísticas atentaban contra la idea del *buen gusto* social sostenida por Valera y porque significaban ataduras excesivas a una clase de *imitación* que, por empírica, no resultaba trascendente. El escritor Valera era fiel a los principios estéticos que profesaba, aunque en muchas ocasiones él mismo transgrediese las fronteras que se había fijado. No se trata, por tanto, de una incompetencia de escritor, pues no carecía Valera de la percepción dialectal que otros novelistas cultivadores del regionalismo literario a finales del XIX hubieran necesitado[130]. Se limitó a controlarla y, muy cuidadosamente, a no permitir que el realismo del lenguaje traicionase su visión acrónica de la obra de arte. Con todo, el diálogo de muchos personajes andaluces de sus novelas se enriquece con construc-

---

[129] Declaración imprescindible para las ideas de Valera sobre el uso del andaluz en «El regionalismo literario en Andalucía» (*O.C.*, II, págs. 1040-1047). Ha comentado las implicaciones culturales y políticas que su postura tuvo en el momento histórico, Enrique Miralles, 1982. Carlos Clavería, (1951, págs. 102-108) ha resumido los fundamentos de la actitud antidialectal de Valera. Ver también Ariza, 1987a y 1987b.

[130] *O.C.*, II, pág. 1045b: «Y protestando de que sea inmodestia (...) me atreveré a dictarme yo mismo, recordando que Antoñona, Respetilla, Dientes, Juana y Juanita las Largas, y otras figuras del vulgo andaluz, que introduzco yo en mis narraciones, hablan como por allí se habla, sin necesidad de notar lo mal y disparatadamente que pronuncian. Yo me atengo y me parece que todos los andaluces debemos atenernos, a lo que se cuenta que el maestro de escuela de mi lugar decía a sus educandos: niños, *sordado* se escribe con l; *caznero* con r; *precerto* con p; *güeso* con h».

ciones metafóricas y léxico común en la variedad del español meridional[131], procedimientos que le dan viveza. Estos recursos lingüísticos, ensamblados a otros instrumentos extraños, como el empleo de construcciones jergales —la maldición en caló que profiere Antoñona— o familiares —[del tipo de «sin decir oxte ni moste», «hacerse de pencas», «de bóbilis-bóbilis», «chupa de dómine», «meterse en dibujos», «le infundirás en los cascos»]— y de cultismos inusitados, confieren al estilo de *Pepita Jiménez* el sabor de casticismo y aire personal que todos sus lectores han apreciado.

Precisamente contra el casticismo de su estilo escribieron Sbarbi y, ya entrado el siglo XX, Ocharán[132]. Muy pocas de las censuras lingüísticas que le reprocharon pueden hoy sostenerse seriamente, pues la lengua culta de la segunda mitad del XIX vivía un proceso de asimilación de préstamos franceses que han terminado por incorporarse definitivamente al español[133]. El escritor ironista esgrimiría sus pretendidos errores lingüísticos como confirmación de que no incurría en atildamientos de estilo: «esto prueba que ni limo ni sobo y que mi estilo es espontáneo y corriente» escribe donosamente al *Doctor Thebussem* en 1897[134]. La feliz integración de varios niveles lingüísticos en la prosa de sus novelas es, precisamente, uno de sus más señalados aciertos de estilo. Azorín lo apuntó con sagaz apreciación: «lo singular en Valera es el ennoblecimiento, inesperado para el lector, del vocablo plebeyo, del giro popular, del modismo callejero. De pronto, en un periodo noble, entonado, nos encontramos con un término amigo, familiar, doméstico. No desentona; da más expresión a lo que se va diciendo»[135].

Modalidades dialectales y coloquiales, galicismos y cul-

---

[131] Las anotaciones que en esta edición explican algunas palabras como usos preferentes en la variante andaluza persiguen la documentación de este rasgo estilístico.

[132] Sbarbi, 1874; Ocharán, 1924.

[133] Robert E. Lott, 1970, págs. 247-270, donde demuestra que sesenta *galicismos* denunciados por Ocharán se han hecho comunes en la lengua del XX.

[134] Santiago Montoto, 1962, págs. 53-54.

[135] Azorín, 1959, pág. 51.

tismos, huellas del estilo de los clásicos del Siglo de Oro son las líneas de caracterización sobre las que se teje el estilo de la novela. La prosa del Siglo de Oro —del XVI por modo eminente— es una falsilla que subyace en muchas páginas de nuestro novelista. En *Pepita Jiménez* el procedimiento era doblemente obligado; por lo que suponía tendencia del autor y por la finalidad irónica que el artista quiso dar a algunos textos de la tradición espiritual.

Luisa Revuelta y Robert Lott han publicado detenidos estudios estilísticos que muestran la frecuencia con que se repiten en *Pepita Jiménez* construcciones sintácticas —bimembraciones, multiplicación de anáforas, analogías rítmicas en conclusión de párrafos— características del estilo *cervantino,* el modelo prosístico más atingente para el estilo de esta novela, ya que el estímulo de los autores espirituales del Siglo de Oro no creo que fuera el más convincente repertorio de sugerencias a este respecto.

Veinte años antes de *Pepita Jiménez* Valera había expresado tajantemente su desvío de la escritura de los clásicos españoles de la espiritualidad: «nadie como yo se admira de las bellezas que hay en nuestros místicos; pero nadie tampoco es menos a propósito para imitarlos en las palabras y en los giros, porque entre mis ideas y las de nuestros místicos hay un abismo»[136]. Y, pese a esta lejana declaración de intenciones, nuestra obra está tachonada de calcos y citas literarias de origen religioso, que ya le reprochó Luis Alfonso en 1874.

El empleo del lenguaje místico no es inocente. Lott ha tratado en detalle sobre el particular[137]; los críticos interesados en las cuestiones de estructura narrativa cuando hablan de Luis como de un narrador *indigno de confianza,* toman sus distancias respecto a sus imágenes y sus citas literarias procedentes de textos bíblicos o eclesiásticos[138]. La ironía

---

[136] Carta a Serafín Estébanez Calderón 10-XI-1853 (en Sáenz de Tejada, 1971, pág. 248).

[137] Robert E. Lott, 1970, págs. 5-70; Pozzi, 1989, págs. 227-359.

[138] De Coster, 1974, pág. 99; Whiston, 1978, págs. 39-40.

hace derivar en otras direcciones el sentido de los textos originales.

EL SENTIDO DE LA NOVELA

Por paradojas de la vida y de los impredecibles caminos de la creación artística, Valera, que tantas veces se había declarado beligerante contra el arte docente y las novelas de tesis, se vio envuelto en una sonada polémica que concedía espesura ideológica y compromisos intencionales a *Pepita Jiménez*. La complejidad constructiva de la obra, los ambiguos discursos de los personajes y las varias declaraciones del propio escritor han contribuido a formar una persistente corriente crítica que, más allá del puro entretenimiento, ve en la novela un texto cuajado de intencionalidad moral.

Valera contribuyó deliberadamente a la edificación de este estado de opinión. La «Dedicatoria» de *El Comendador Mendoza* y los dos prólogos para sendas ediciones de la obra —la del editor Abelardo de Carlos de 1875 y la edición norteamericana de 1887— constituyen el más conocido *corpus* en que se reúnen declaraciones del autor sobre la etapa redaccional y los estímulos intelectuales que la suscitaron. En textos epistolares menos divulgados, aludió también a estos aspectos. Por ejemplo, en la correspondencia cruzada con Albéniz, reconocía que no era el trivial conflicto del clérigo enamorado lo que daba sabor a la novela, sino «las disertaciones místicas, ascéticas y psicológicas»[139]. Mayor interés tiene su comunicación al crítico norteamericano Howells, donde tajantemente sostenía la gratuidad artística de la novela: «partidario yo *del arte por el arte* no he tratado de enseñar nada. Yo quería encajar, en alguna parte, frases que había leído en libros devotos, y como yo no soy devoto, inventé un curita joven para que las encajara. La novela salió casi sin querer yo escribir novela»[140]. En los dos prólogos in-

---

[139] Carta de 30-VII-1895, en María Pilar Aparici, 1975, pág. 160.
[140] Carta de 8-IX-1886, en M. Duchet, 1968, pág. 100.

siste en el acto de libre creación de que surgió la obra, ajena a cualquier finalidad práctica —«yo soy partidario del arte por el arte»[141]— y sólo volcada hacia la satisfacción de un efecto lúdico: «mi propósito se limitó a escribir una obra de entretenimiento». Pero junto a estas palabras, recuerda los textos espirituales que estimularon su trabajo y los relaciona con el moderno grupo krausista, en favor de cuyos postulados filosóficos Valera había roto ya lanzas, tomadas en préstamo de la cultura española tradicional.

La impresión confusa que producen declaraciones tan diversas vienen echándose a la parte del armonismo que, en su vertiente de escritor público, mantuvo a lo largo de su obra crítica y publicística. Ciertamente que lo que en estos textos es afirmación de hechos no plantea dificultades de entendimiento, tal la confesión del autor sobre su empleo de una falsilla de textos religiosos de la tradición mística española:

> Tuve yo la ocurrencia dichosa, y perdóneseme la inmodestia con que me alabo, de acudir a nuestros místicos de los siglos XVI y XVII. De ellos tomé a manos llenas cuanto me pareció más adecuado a mi asunto, y de aquí el encanto que no dudo que hay en *Pepita Jiménez*, y que más se debe a dichos autores que a mí, que los he despojado para ataviarme (prólogo a la edición de 1875).

Jean Krynen recordaba en 1944[142] la incompatibilidad existente entre los clásicos españoles de la espiritualidad y la

---

[141] Harry Levin ha dedicado páginas perceptivas a relacionar la declaración de la autonomía del arte de Víctor Cousin y la evolución de la literatura del siglo XIX *(The Gates of Horn,* trad. española con el título de *El realismo francés,* Barcelona, Laia, 1974, págs. 293-294). Para la polémica del «arte por el arte» en España ofrece un esquema interpretativo Roberto Mansberger Amorós, «Algunos aspectos de la *cuestión del arte por el arte* y sus reflejos en la generación del 76», *Diálogos Hispánicos de Amsterdam,* 4, 1984, págs. 29-47.

[142] Krynen, 1944; este estudioso reconoce la asimilación de la obra teresiana por parte de don Juan Valera: «malgré son incompréhension intérieure des mystiques, c'est elle qui lui a donné la certitude que le divin ne diminuait pas la créature mais, au contraire, la rendent capable d'une vie participée où son être individuel trouvait sa pleine réalisation» *(op. cit.,* pág. 36).

posición filosófica de Valera, pese al sagaz esfuerzo del intelectual andaluz por entender los fundamentos antropológicos de la actitud mística[143]. Valera mismo había admitido sus limitaciones en este campo en una preciosa carta de sus años jóvenes[144] y, en los meses inmediatos a la redacción de la novela, lo había probado, entreteniendo sus ocios en el ejercicio de una artificiosa conciliación entre la tradición cristiana y la filosofía moderna:

> En el número de la *Revista,* que aparecerá mañana o pasado, saldrá mi tercer *Diálogo* sobre *El Racionalismo armónico.* La serie de *Diálogos* va a ser larguísima. Si advierto que los Directores de la *Revista,* o sus lectores, poco filósofos, en general, se hartan de mis metafisiqueos, dejaré de escri-

[143] «Tuve yo un amigo, educado a principios de este siglo y con todos los resabios del enciclopedismo francés del siglo pasado, que leía con entusiasmo a Santa Teresa y a ambos Luises, y me decía que era por el deleite que le causaba la dicción de estos autores; pero que él prescindía del sentido, que le importaba poquísimo. El razonamiento de mi amigo, me parecía absurdo. Yo no comprendo que puedan gustar frases ni periodos, por sonoros, dulces o enérgicos que sean, si no tienen sentido o si del sentido se prescinde por anacrónico, enojoso o pueril. Y sin callarme esta opinión mía, mostrándome entonces tan poco creyente como mi amigo, afirmaba que así en las obras de ambos Luises como en las de Santa Teresa, aun renegando de toda religión positiva, aun no creyendo en lo sobrenatural, hay todavía mucho que aprender y no poco de qué maravillarse, y que si no fuese por esto, el lenguaje y el estilo no valdrían nada, pues no se conciben sin pensamientos elevados y contenido sustancial, y sin sentir conforme al nuestro» («Elogio de Santa Teresa», texto de 1879, ahora en *O.C.,* III, página 1151b). En este discurso académico y en el de respuesta a Menéndez Pelayo, de 1881, tenemos las páginas más comprensivas de nuestro autor sobre la literatura religiosa del Siglo de Oro; véase el segundo texto en *O.C.,* III, págs. 1153-1171.

[144] Posiblemente el amigo al que se refiere en la cita de la nota anterior fuera Serafín Estébanez Calderón, que le estimulaba a escribir *a la manière* de los autores religiosos españoles, a lo que respondía Valera, en 1853: «usted me aconseja que imite a nuestros místicos y que me sirva sólo de sus palabras y de sus giros. Nadie como yo se admira de las bellezas que hay en nuestros místicos; pero nadie tampoco es menos a propósito para imitarlos en las palabras y en los giros, porque entre mis ideas y las de nuestros místicos hay un abismo. A ellos la esperanza, la fe y el amor los eleva al misticismo, a mí un amor sin esperanza me hunde en el misticismo» (Sáenz de Tejada, 1971, pág. 248; la invitación de Estébanez, en el mismo volumen, pág. 224).

bir para la *Revista,* pero no dejaré de escribir. Mi intento final va a ser conciliar la filosofía novísima con la cristiana,
desechando las impiedades. Hegel, para mí, es el príncipe
de los filósofos modernos y sobre éste será mi trabajo,
mientras que voy censurando a Krause. Ya ve usted que la
empresa es peliaguda. De las discusiones entre Filaletes y Fi-
lodoro tomaré ocasión para sacar a relucir a nuestros místicos, y más adelante, a Suárez y a otros escolásticos españoles.

La cita procede de una carta, dirigida a Laverde, en octubre de 1873[145], y nos sitúa exactamente ante el inmediato
panorama de lecturas e inquietudes intelectuales entre las
que se movía el autor de *Pepita Jiménez* en el tiempo en que
escribe la novela. El ensayo al que se refiere apareció, efectivamente, en la *Revista de España* durante los meses de agosto a octubre de 1873, y resulta ser el más claro esfuerzo del
autor por conectar el krausismo con la mística cristiana.

Las lecturas —o relecturas— de los textos clásicos de la espiritualidad estaban, pues, muy próximas en el tiempo a la redacción del inteligente *scherzo* novelístico. Pero el sentido que
pudieran tener los textos religiosos, una vez incorporados al
tejido de una obra de tan compleja estructura narrativa[146], era

---

[145] María Brey, 1984, pág. 219.

[146] Menéndez Pelayo intentaba salvar una visión conservadora de la novela en estos términos: «aunque pueda interpretarse benignamente (y yo
desde luego la interpreto) en el sentido de lección contra las falsas vocaciones y el misticismo contrahecho, a muchos parece un triunfo del naturalismo pecador y pujante sobre la mortificación ascética y el anhelo de lo sobrenatural y celeste» *(Historia de los Heterodoxos Españoles,* cito por la edición de la B.A.E., Madrid, 1956, II, pág. 1174). «Clarín», mucho más
explícito como lector desconfiado, decía: «Valera es así, va con el pensamiento y con las consecuencias de sus creaciones muy lejos, acaso demasiado lejos, pero no quiere manifestarlo en sus palabras; hasta pretende
que no nos demos por enterados; si se le dice que *Pepita Jiménez* significa
tal cosa lo niega, asegura que no es más que la historia de una viuda que
se llamaba así. Es claro que no lo creemos, ni él lo dice para que se le crea»
(Solos, cito por la edición de Madrid, 1971, pág. 343). Un biógrafo de la
primera hora sostenía que en las obras de Valera «el refinamiento literario
que las caracteriza hace que sean pocos los que pueden entenderlas y penetrar en su oculto secreto» (Julián Juderías, 1914, pág. 255).

muy otro de la inocente finalidad que las declaraciones del autor pudieron dar a entender.

Lo mismo puede decirse sobre su papel de ilustración risueña de la filosofía krausista que el escritor adjudicó a la novela en el prólogo norteamericano de 1887: «como yo era hombre de mi tiempo, profano, no muy ejemplar por mi vida penitente, y con fama de descreído, no me atreví a hablar en mi nombre, me inventé a un estudiante de clérigo para que hablase...». La defensa que, en 1862, había realizado de los profesores universitarios denunciados por *El Pensamiento Español*, lo había sido más en beneficio de la «libertad de pensamiento humano en las sublimes regiones de la ciencia», que por identificación con el grupo krausista de primera hora, acusado por el periódico integrista; otros escritos suyos sobre el krausismo y sus cultivadores son ejercicios de comprensión intelectual emanados de su profundo talante liberal. Pero ni los latiguillos herméticos de grupo ni el activismo ostentoso de sus componentes eran afines a la despierta indolencia del humanista andaluz[147].

Todas las declaraciones del autor sobre la novela son posteriores, al menos en varios meses, a las controversias que, recién publicada, la convirtieron en un episodio resonante del proceso de emancipación laica de la burguesía española de la época. En el prólogo de 1875 Valera reiteraba argumentos de Vidart en favor del modelo moral que supone un esposo honrado, desengañado de falsas vocaciones religiosas. Y, más tarde, en los preliminares de la edición norteamericana, volvía a recordar la doble interpretación que había recibido la novela, para concluir sosteniendo que «la fe en Dios (...) eleva el alma, purifica los otros amores, sostiene

---

[147] La relación de Valera con la filosofía krausista ha sido considerada ampliamente por los críticos; a las observaciones de Azaña (1971, páginas 236-237) deben añadirse los trabajos exegéticos de Juan Zaragüeta, 1929; Juan López Morillas, «La Revolución de Septiembre y la novela española», *ROc*, 67, 1968, págs. 113-114 (reed. en *Hacia el 98,* Madrid, 1972, págs. 39-40); Francisco Pérez Gutiérrez, 1975, pág. 30 y ss.; Juan José Gil Cremades, 1975, págs. 127-246; Joseph R. Arboleda, 1976; F. Cate-Arries, 1986; M. Abrahamson, 1991; Rosendo Díaz Peterson, 1975, resta importancia a la influencia krausista.

la dignidad humana y presta poesía, nobleza y santidad a los más vulgares estados, condiciones y maneras de vida», corolario que ni habían cuestionado sus contradictores ni tiene expresión directa en la obra discutida, salvo en determinadas secuencias de los soliloquios epistolares de Luis de Vargas.

Las explicaciones del autor son eficaces auxiliares para la reconstrucción factual de la redacción de la novela, pero como índices fiables de su sentido resultan rotundamente inseguros. Y ello es debido a diversos factores, entre los que no debe olvidarse la cautela hermenéutica que todo lector ha de prestar a las interpretaciones del autor y, en nuestro caso, a la naturaleza de *falacia intencional* que revisten las declaraciones de Valera, quien, si como autor de relatos resulta siempre un espléndido inventor de narradores indignos de confianza, en *Pepita Jiménez* lleva esta cualidad hasta sus últimas consecuencias.

La recepción crítica inmediata a la aparición de la novela no se pudo sustraer a los debates ideológicos que caldeaban la vida española del momento —recuérdense las circunstancias de la guerra civil que se reflejan en los mismos periódicos en los que se habla de la novela— y a la pugna por la supremacía de una visión clerical o civil de la sociedad; la contienda cristalizaba en torno al viejo tópico moral que cifraba el estado de perfección cristiana en el celibato eclesiástico. Luis Vidart fue más contundente que el autor a la hora de tomar posición en defensa del matrimonio como institución muy acorde «con las más avanzadas doctrinas de la ciencia novísima».

La interpretación de la novela suscitada a partir de los trabajos de Azaña trasladaba la polémica decimonónica al propio texto novelístico y optaba por un entendimiento de la obra que el crítico novecentista formuló con brillante precisión: «el acuerdo de espíritu y naturaleza constituye lo humano. Si hay alguna tesis en *Pepita Jiménez*, concebida precisamente cuando el radicalismo en triunfo proscribía el ideario católico tradicional, es la de representar ese acuerdo bajo figuras novelescas»[148]. Matices irenistas en las actitudes

---

[148] Azaña, 1971, págs. 237-238.

públicas del escritor y, de modo especial, la formulación explícita de la tesis sincrética que se defiende en el diálogo de 1878 *Asclepigenia*[149], son los argumentos complementarios que sustentan una visión de la novela que ha hecho fortuna[150].

Pero la pretendida integración de los valores del caudal ideológico cristiano y del erotismo exultante en el cuerpo de los enamorados no concluye con un irreversible panegírico del matrimonio de Pepita y Luis. Éste, pasados los primeros tiempos de la ebriedad nupcial, «no olvida nunca, en medio de su dicha presente, el rebajamiento del ideal con que había soñado», según admite su padre. El retorno de la llamada hacia lo absoluto y el sentimiento de insatisfacción ante la vida trivial del matrimonio hacen su aparición, de nuevo, al final de la obra, como documento vital de la ge-

---

[149] Valga como muestra la siguiente alegación de Proclo en la escena XI: «Apartado el espíritu de la naturaleza, ¿qué se puede esperar sino lo que veo y lamento ahora? O el delirio que toma la nada por el principio del ser, o la vileza, el rebajamiento, la impura grosería y el brutal apetito de goces materiales, triunfantes en la Naturaleza, en la sociedad y en todo pensamiento, cuando el espíritu los abandona. En cambio, ¿qué vale el espíritu que se aparta del mundo real creyendo adorar lo divino y adorándose a sí propio? Ni para resistir los golpes del infortunio más vulgar conserva brío suficiente» *(Asclepigenia, O.C.,* I, pág. 1279b). Véase el ensayo de Manuel Azaña, complementario de sus estudios sobre *Pepita Jiménez, «Asclepigenia* y la experiencia amatoria de don Juan Valera».

[150] Resume Whiston: *«Pepita Jiménez* is a synthesis of the old and the new, of the sixteenth and the nineteenth centuries, where Valera combines his love for poetic, spiritual qualities of Spanish mysticism with a very contemporary, mid-to-late nineteenth century belief in the importance of the forces of nature in moulding human destiny» (Whiston, 1978, pág. 20). Comparten la tesis armonista Montesinos (1957, *passim,);* Jiménez Fraud, 1973, pág. 139; Pérez Gutiérrez, 1975, pág. 53; Gil Cremades, 1982, página 131; Ruano de la Haza, 1984, págs. 346-347; J. López-Morillas, *Hacia el 98,* Barcelona, 1972, págs. 39-40; y, entre los editores de la novela, A. Amorós, pág. 28; María Pilar Palomo, pág. XV; Estébanez Calderón, págs. 26-27; y entre los libros publicados en los últimos años: Carola Rupe, 1986 y Griswold Henry Thurston, 1990. Desde un ángulo de enfoque histórico-social ha sido cuestionada la entidad del armonismo valeriano (Ver: E. Tierno Galván, 1977, pág. 117; A. García Cruz, 1978, páginas 160-161 y en un marco más amplio, Donald L. Shaw, «Armonismo: the Failure of an Illusion», en *La Revolución de 1868. Historia. Pensamiento. Literatura,* Nueva York, 1970, págs. 351-361).

neración posromántica a la que pertenecía el autor y como ayuda exegética para la complejidad intencional que reviste la novela. Feal Deibe ha insistido en la negación de la tesis armonista que representan las palabras finales del padre del joven Vargas; el crítico afirma, entre la lección objetiva y la interpretación subjetiva, que «Luis no olvida *nunca*. Uno siente que, al final de la novela, sólo Pepita triunfa verdaderamente; es ella quien se sale con la suya. Porque su orgullo o afán de santidad no eran tan intensos como los de Luis, sino más bien la coraza con que defenderse hasta que surge un buen mozo de su gusto»[151].

La repetida impertinencia estructural del *Epílogo* se evapora si el lector repara en estos matices de la personalidad del antiguo seminarista y en la conclusión retórica que ofrece el cierre evocador de un espacio absolutamente penetrado de símbolos. El resto del material informativo sobre la joven pareja y los demás personajes que proporciona el *Epílogo* —incluidos los más insignificantes— sirve para dar apresto a una secuencia narrativa en la que la clave significativa está centrada en los últimos párrafos. El repaso final de los personajes es concesión del autor a la idea de una novela cerrada, o fácil recurso retórico para lectores poco exigentes, tanto vale como justificación menor de unas enfadosas páginas en las que la lente del narrador se ha desplazado desde el mundo de Luis y Pepita hacia un friso plagado de mínimas figuras.

El último aserto sobre la inquietud de Luis de Vargas actúa retroactivamente sobre las imágenes anteriores del personaje presentadas en las dos primeras partes de la novela y se sobrepone al espacio emblemático del cierre, en el que conviven las «preciosas capillas católicas» de los interiores de la casa con un «jardín amenísimo», trasformado en museo de la iconografía pagana que exhibe representaciones de Amor y Psiquis, de Dafnis y Cloe, de la Venus Medicea. Las tres referencias mitológicas subrayan una experiencia eróti-

---

[151] Carlos Feal Deibe, 1984, pág. 481; Robert Lott, 1962, pág. 398 ya veía en los pasajes finales de la novela el fracaso o la incapacidad de Luis para llegar a una verdadera valoración de la realidad.

ca intensa en que la turbadora sensualidad está suscitada por la cigarra de Longo[152]; la caída del amor idealizado, por la leyenda de Apuleyo[153]; la exaltación del principio genésico, por los versos de Lucrecio que suscriben la escultura venusina. El mito de Filemón y Baucis —símbolo del tranquilo amor conyugal de la ancianidad— ha sido aludido en varios pasajes de la obra, pero sin el relieve de fuerza conclusiva que tienen las referencias citadas en el último párrafo.

Ciertamente, nada hay rotundo en la imaginería y técnica compositiva de la novela. Desde el planteamiento de una estructura narrativa básica en la que la infidelidad de todos los narradores hace ley, hasta los guiños irónicos que van agazapándose en el tejido microtextual de los pasajes breves y de las alusiones concretas, toda la obra es un prodigio de inteligencia tornasolada que deja puertas abiertas y portillos de varia interpretación.

El juego inacabado entre objetividad y subjetividad, apariencia de vida y realidad de arte, inserción del autor en la

---

[152] El fragmento de Longo al que alude la cita fue trasladado por Valera: «una cigarra, huyendo de una golondrina que la quería cautivar, vino a refugiarse en el seno de Cloe. La golondrina no pudo coger su presa ni reprimir el vuelo, y rozó con las alas las mejillas de la zagala, la cual, sin comprender lo que había sucedido, despertó asustada y gritando; pero no bien vio la golondrina, que aún volaba cerca, y a Dafnis, que reía del susto, el susto se le pasó y se restregó los ojos, ya que quería dormir todavía. Entonces la cigarra se puso a cantar entre los pechos de Cloe, como si quisiera darle las gracias por haberla salvado. Cloe se asustó y gritó de nuevo y Dafnis se rió. Y aprovechóse éste de la ocasión, metió la mano en el seno de Cloe, y sacó de allí a la buena de la cigarra, que ni en la mano quería callarse. Ella la vio con gusto, la tomó y la besó, y se la volvió a poner en el pecho, siempre cantando» (O.C., I, pág. 850a). Para el motivo erótico de la cigarra, véase *Anacreónticas*, ed. de Máximo Brioso, Madrid, 1981, XXIV, págs. 34-35.

[153] Apuleyo, *Metamorfosis*, IV, 28-VI, pág. 24. Valera se refirió en diversos textos a la fábula de Amor y Psiquis, aunque la desarrolla con extensión, y en el sentido romántico de la desilusión que se consigue en la persecución del absoluto, en el poema inconcluso de 1846, *Las Aventuras de Cide Yahye*: «Eres semejante al alma / de amor al Amor objeto, / que en un consorcio secreto / pudo gozar del amor, / y gozarle tan sólo / sin conocerle no quiso, / y perdió su paraíso / por un acto de valor (...)» (O.C., I, págs. 1418-1419).

obra y distanciamiento simultáneo, rasgos todos que Muecke[154] ha sintetizado como marcas identificadoras de la literatura irónica, se cumplen magistralmente en la obra de Valera. Nada es seguro ni definitivo en la trayectoria biográfica del protagonista, en los modos de enunciación de los acontecimientos y en las tan importantes reflexiones *metanovelescas* del editor de la obra. Queda para el lector una novela abierta, para cuya exégesis el macrotexto que constituyen las otras obras del escritor da algunas pistas interpretativas pero insuficientes. Porque *Pepita Jiménez* es un texto autónomo e irrepetible.

---

[154] D. C. Muecke, *Irony,* Bristol, 1978, pág. 78.

Esta edición

No tengo noticia de la existencia de manuscrito autógrafo de *Pepita Jiménez*. Mis pesquisas al propósito han resultado infructuosas. He utilizado solamente los textos impresos de la novela, que si fue abundantemente editada en vida del autor, recibió muy ligeras modificaciones textuales. El editor moderno tiene, pues, en su taller de trabajo una tradición textual impresa en la que las intervenciones del autor son reducidas, mientras que resultan abundantes las variaciones introducidas posiblemente por las imprentas.

Entre los meses de marzo y mayo de 1874 apareció *Pepita Jiménez* en las páginas de la *Revista de España*. Esta primera publicación sólo consigna en sus cuatro entregas las iniciales del nombre del autor, lo que permitió a Sbarbi ironizar sobre las responsabilidades estilísticas de Valera en la redacción de la novela. La edición por entregas de la obra, como ocurrió con muchas otras de Balzac, Flaubert, Dickens o Pérez Galdós, no implica una redacción sometida a los procedimientos estereotipados de las novelas de folletín. Se trata exclusivamente de la utilización de un vehículo difusor de acreditada eficacia que fue empleado por don Juan Valera en la primera edición de seis de sus novelas extensas; siete, si sumamos la inconclusa *Mariquita y Antonio*. A partir de la primera salida de 1874, las ediciones de *Pepita Jiménez* se sucedieron ininterrumpidamente, tanto en vida del autor como en años posteriores a su muerte, sin decrecer en ningún momento el interés de editores y público por la obra.

[El mismo año de 1874 se publicaban otras dos ediciones: la del volumen impreso en la madrileña imprenta de Noguera y la aparecida en el *folletín* de *El Imparcial*. El volumen de Noguera debió de estar a la venta a principios del verano, si nos atenemos a las fechas de las primeras reacciones de los lectores y a gacetillas de prensa como la publicada en *La Correspondencia de España* de 4 de julio; carezco de datos que permitan fijar las fechas de la edición suelta de *El Imparcial*, pues ni se anunció como tal en el periódico ni los dos ejemplares que conozco tienen indicaciones al respecto; el *folletín* tuvo que ser un encarte u hoja independiente incluida dentro del periódico.]

Según afirmación del autor —«Prólogo» de la edición de 1875— que viene repitiéndose desde entonces, hubo una segunda edición por entregas: *«El Imparcial* la publicó después en su edición de provincias, de la que hace una tirada de 30.000 ejemplares.»* Desde Azaña hasta De Coster se ha repetido este dato bibliográfico sin realizar más averiguaciones. [En mi edición de 1989, y en sus sucesivas reimpresiones, aludía a la falta de noticias bibliográficas fiables y a mis dificultades para el hallazgo de algún ejemplar de la edición *en folletín* aparecida en *El Imparcial* de 1874. Sin embargo, en 1993 publiqué en la revista *Ínsula* un artículo en el que daba cuenta de la existencia de un ejemplar de la que hasta entonces había sido fantasmal realidad editorial. La confrontación del texto de *El Imparcial* y el de las otras dos ediciones del año 1874 ponía de manifiesto, además de las variantes insignificantes producidas por las imprentas, que la versión del periódico correspondía a la del volumen de Noguera y que se alejaba, por lo tanto, de la publicada en la *Revista de España*. Cristóbal Cuevas y Salvador Montesa que han realizado una versión facsímil del *folletín* confirman en su recuento de variantes mis conclusiones provisionales.

Aunque no había encontrado ningún ejemplar de esta impresión folletinesca, Ana Navarro, en un trabajo de 1988 que yo no pude consultar en el momento en el que preparaba la primera versión de este estudio, dio la más completa bibliografía de las ediciones de *Pepita Jiménez* conocida hasta aquel año, además de presentar una significativa selección de las variantes existentes en las impresiones de la obra de las que se puede presumir una intervención directa de su autor. La colación de variantes que efectuó esta estudiosa corroboraba mi hipótesis de que la primera impresión divergía, por falta de una importante secuencia, de todas las que vinieron más tarde. El cotejo definitivo de todas las ediciones de la obra publicadas en vida de don Juan Valera —una vez recuperado el desconocido texto de *El Imparcial*— permitirá fijar la edición crítica definitiva, en la que, sigo aún sospechando, serán mucho más abundantes las variantes de imprenta que las modificaciones de autor.

A partir de la edición de la *Revista de España, Pepita Jiménez* inició una asombrosa carrera editorial, máxime si se piensa en lo que venían siendo los éxitos de imprenta en España. Las dieciocho ediciones españolas publicadas en vida de Valera (posiblemente alguna más), y las múltiples realizadas fuera de España dan idea del éxito y la difusión de la obra; con todo, el catálogo de ediciones es aún defectuoso[1].]

Suelen añadir confusión al incompleto catálogo de ediciones de nuestra obra las citas tomadas indiscriminadamente de los dos prólogos y de las reelaboraciones que el autor hizo del primero. La primera edición para la que don Juan Valera redactó un prólogo fue la del editor Abelardo de Carlos, de 1875; el prólogo se reprodujo en sus mismos térmi-

---

[1] De Coster describe cada edición de la novela hasta la del año 1888; a partir de ésta sólo anota otras cuatro de las realizadas en vida del autor. Sin pretender llenar los huecos de su *Bibliografía*, añado una edición de Córdoba, imprenta Catalana (sin año, pero posiblemente 1893), 245 páginas (ejemplar de la Biblioteca Nacional, 7/22212) y una corrección al dato que en la *Bibliografía* se señala como curioso: la impresión que la viuda de Tello realizó en 1904 para el editor Fe no es la decimocuarta, como De Coster anota con extrañeza, sino la decimoctava, tal como consigna la portada del ejemplar que se conserva en la Biblioteca Nacional (1/20986). En trabajos no estrictamente bibliográficos puede leerse que Valera publicó en vida y en España diecinueve ediciones de la obra; en una entrevista al autor, le hace decir el periodista: «he dado a la estampa hasta el día de hoy diecinueve ediciones de *Pepita Jiménez,* que vendrán a componer cuando menos 40.000 ejemplares». La entrevista se publicó en *El Gráfico,* el 10 de julio de 1904; Valera había muerto el 18 de abril del mismo año.

nos en la edición del Tomo IV de las *Obras Completas* (1906). La quinta edición, del año 1877, recogió el prólogo del 75, al que añadió un encabezamiento y un párrafo final. Este último texto pasó, con ligeros retoques, a la edición de 1888 y fue el reproducido por Azaña en la suya.

El conocimiento exacto de todas las ediciones que se han efectuado de nuestra novela —texto español impreso en España y en otros países, traducciones de la obra a diversas lenguas de cultura— y, a ser posible, una información fehaciente del número de ejemplares que corresponde a cada edición, constituyen datos imprescindibles para una estimación bibliométrica de la difusión de la obra. Aunque el tema es de por sí prometedor, su dilucidación escapa a la finalidad de esta edición, en la que sólo pretendo ofrecer un [texto limpio y lo más cercano posible a la revisión última que de él pudo hacer don Juan Valera].

En la presente edición sigo la de Fernando Fe de 1904, la última publicada en vida del autor. En la medida en que Valera pudo hacer algún retoque en el curso de esta edición, éste hubo de ser estrictamente ortográfico o gramatical. Los datos seguros que tenemos sobre las revisiones que efectuó en la novela son escasos e imprecisos. Sabemos con certeza de dos ediciones que presentan mejoras respecto a las anteriores: la de Abelardo de Carlos de 1875, en cuyo prólogo escribía que el fervor de la acogida dispensada a las ediciones de 1874 le indujo a hacer «esta nueva edición más esmerada», añadiendo seguidamente, «poco tengo que decir de la novela misma, en la cual no he hecho variación alguna»; la otra es la edición en español de la casa Appleton (1887), sobre la cual los editores americanos señalaban que «además de ser la más correcta de cuantas se han hecho hasta ahora, contiene la ortografía moderna de la Academia Española». Los cuidados textuales a que aluden ambos reclamos pueden deberse tanto a la intervención del autor como a la de las imprentas; en el segundo caso, la existencia de variantes no es significativa a la hora de establecer la historia del texto.

A fin de proponer las principales etapas de corrección que ofrecen las diversas ediciones de *Pepita Jiménez* entre 1874 (primera edición) y 1905 (muerte del novelista) he colacionado siete ediciones en las que se podría sospechar alguna intervención próxima o remota del autor. He cotejado, por tanto, las tres ediciones conocidas de 1874 *(Revista de España,* folletín de *El Imparcial* y edición de autor en la imprenta de Noguera), la edición «esmerada» de 1875 y la ortográficamente más pulcra de 1887; también he revisado las dos ediciones que se publicaron en series presentadas como recopilaciones de la obra literaria de Valera: la edición aparecida, en 1887, en la serie de *Obras* de la Colección de Escritores Castellanos, y la de 1906, en el volumen IV de las *Obras Completas,* impreso por la imprenta Alemana. He tenido en cuenta, en fin, y la utilizo aquí como texto base, la última aparecida en vida del autor, en lo que sigo una práctica acreditada en la edición crítica de textos modernos.

La confrontación de estas ediciones permite afirmar que la de 1875 fija el texto definitivo, salvo en dos erratas, que vienen arrastrándose desde la primera edición y que no se eliminaron hasta ediciones muy posteriores[2]. La inalterabilidad del texto que presentan las ediciones, a partir de la de 1875, me lleva a sospechar que el autor no intervino directamente en la revisión de ninguna de ellas.

En lo que respecta a las cuatro primeras, es preciso marcar también una línea de separación entre la *princeps* de la *Revista de España* y las siguientes. La más significativa que registran la de *El Imparcial* y Noguera sobre la de *Revista de España* del mismo año es la inclusión de un extenso fragmento de la conversación habida entre don Luis y Pepita en el curso de *Paralipómenos.* La secuencia añadida en la impresión de Noguera no puede ser la simple restitución de unas páginas olvidadas, sino que tiene que responder a una in-

---

[2] Las erratas son «chavacana» y «musolina». La repetición del error en las primeras ediciones se explica en los dos casos. *Chavacana* atrae la ortografía del posible étimo (derivación de *chavo,* por síncopa de *ochavo* y evolución semántica desde 'de poco precio' hasta llegar a 'grosero y de mal gusto'), bien que desde *Autoridades* los diccionarios consignan la ortografía *chabacano. Musolina* mantiene fidelidad vocálica al término italiano *mussolina* del que procede la palabra española.

tención del autor que, con el añadido, busca enriquecer el complejo y matizado diálogo de los dos protagonistas; repárese en que el fragmento que aparece en Noguera, 1874, corresponde a la personalización en Pepita de una idea de abstracta belleza femenina sobre la que diserta elocuentemente el seminarista. El añadido es un esguince dialéctico que corrobora, además, la corrección operada en un párrafo que articula la transición entre una nueva secuencia y el razonamiento abstracto del discurso preexistente. En mi opinión, este significativo agregado y los *esmeros* aplicados a la edición de 1875 cierran las intervenciones del autor en el proceso de corrección textual de la novela.

✳

En la presente edición he resuelto abreviaturas, por ejemplo D.: don; he actualizado la ortografía, la acentuación y la puntuación del texto, de conformidad con las normas de la Real Academia Española *(Esbozo de una nueva Gramática de la Lengua Española,* Madrid, 1973, págs. 120-159), con lo que procuro acercar la novela —sin mermar por ello su fidelidad al original— a los hábitos lectores del día. Conservo las mayúsculas y la ortografía de nombres propios o palabras extranjeras tal como aparecen en el texto de 1904 —que en estos aspectos reproduce ediciones anteriores— porque, además de no añadir ninguna dificultad a su lectura, documentan los usos ortográficos del autor en estos casos, a veces significativos.

En notas a pie de página consigno explicaciones de diversos pasajes de la obra. Su primer *editor,* en sus escolios al *manuscrito* de *Paralipómenos,* justificaba la supresión de las glosas del deán «porque no están de moda las novelas anotadas o glosadas, y porque sería voluminosa esta obrilla si se imprimiese con los mencionados requisitos». Como responsable de la presente edición, además de ser más *extraño* a la novela que el *editor* original, me veo en la precisión de aclarar lugares que reclaman iluminaciones lingüísticas, históricas o literarias.

Las notas que acompañan al texto pretenden situarlo en

el universo de su autor, bien en el mundo de sus referencias inmediatas, bien en el macrotexto de su obra literaria. El *continuum* formado por las experiencias cotidianas de don Juan Valera y el taller de su actividad artística justifica sobradamente este procedimiento de ampliación explicativa. El grueso de las explicaciones a pie de página señala ecos literarios o culturales que espejean en el texto de la obra. En este caso, las precisiones realizadas por editores modernos —Azaña, Lott, Martín Gaite, García Lorenzo, Adolfo Sotelo, Andrés Amorós, Pilar Palomo y Ana Navarro— me han sido de gran utilidad. Como quiera que sea, las fuentes literarias señaladas por estos anotadores van, en la presente edición, apuntadas con una escueta referencia a la que sigue el nombre del anotador. Los abundantes nombres propios aducidos en el texto son otra prueba del artificio valeriano, que puede dar lugar a copiosas digresiones, gratuitas en abundantes ocasiones. Sólo destaco aquellos nombres que remiten a datos culturales de especial rendimiento en la estructura de la novela; en esta tarea aprovecho, en algún caso suelto, los aportes contenidos en la tesis doctoral de 1986, desafortunadamente inédita, de Margarita Almela Boix.

La función estructurante que desempeñan en el presente relato elementos procedentes del folclore peninsular tiene como consecuencia la anotación de pasajes en los que destacan componentes de esta procedencia. Rasgos lingüísticos, en fin, de la obra requieren explicaciones pertinentes. Para los galicismos y solecismos empleo y discuto las observaciones de Sbarbi y Ocharán; para otros rasgos diatópicos y diastráticos empleo los repertorios léxicos más autorizados *(Autoridades, Diccionario Académico, Corominas-Pascual, Moliner,* de cuya referencia hago gracia en atención al lector); ha resuelto algún lugar oscuro el libro de J. M. Sbarbi, *Diccionario de refranes* (Madrid, 1922, 2 vols.). De extraordinaria utilidad ha sido el repertorio de andalucismos de Alcalá Venceslada. Indico, en fin, los pasajes para los que no encuentro explicación convincente. Las revistas filológicas van citadas en abreviaturas, del mismo modo que la reducción *O.C.* se refiere a las *Obras Completas* del autor editadas por la casa Aguilar.

En los *Apéndices* van recogidos dos artículos críticos que se dedicaron a la novela a raíz de su publicación o difusión. No se reproducen los dos prólogos del autor por haber sido difundidos en las ediciones modernas de la novela; el lector interesado puede encontrarlos en ellas, que son las que más se citan y emplean en la presente.

Bibliografía[1]

Ediciones cotejadas

Pepita Jiménez, Revista de España, tomo XXXVII (núm. 146 del 28-III-1874, págs. 145-176; núm. 147 del 13-IV-1874, págs. 289-318); tomo XXXVIII (núm. 148 del 28-IV-1874, págs. 433-465; núm. 149 del 13-V-1874, págs. 5-40).
Cada entrega va firmada por D. J. V.

(Portada): «Biblioteca de El Imparcial / *Pepita Jiménez* / Por / D. Juan Valera // Madrid / Imprenta de «El Imparcial» / Plaza de Matute, número 5 / 1874», 60 págs. a doble columna.

Impresión facsímil: edición, prólogo y aparato crítico de Cristóbal Cuevas y Salvador Montesa, Málaga, editorial Arguval, 1994, X + 60 + 12 págs.

Pepita Jiménez por Don Juan Valera, Madrid 1874. Imprenta de J. Noguera a cargo de M. Martínez, calle de Bordadores, núm. 7, 277 págs.

---

[1] Instrumento imprescindible, aunque incompleto para las ediciones y traducciones de la novela y necesitado de una actualización, es el trabajo de Cyrus De Coster, *Bibliografía crítica de Juan Valera,* Madrid, C.S.I.C., colec. «Cuadernos bibliográficos», 1970. Algunas de las monografías críticas clásicas han sido reproducidas por Enrique Rubio Cremades en su volumen recopilador *Juan Valera.*

Contraportada: «Esta novela se halla en venta en la Administración de la *Revista de España,* en la librería de A. Durán, Carrera de San Jeróni-mo, núm. 2, de M. Murillo, Calle de Alcalá, núm. 18, y en las demás principales de España a los precios siguientes: Edición de lujo de *Pepi-ta Jiménez,* Madrid 10 r[eale]s, Provincias 12 r[eale]s. Idem. económica de id., Madrid 6 r[eale]s, Provincias 8 r[eales]».

Pepita Jiménez y *Cuentos y Romances.* Madrid, A. de Carlos e hijo, editores, Calle de Carretas, núm. 12, principal. MDCCCLXXV; IX + 331 págs.; *(Pepita Jiménez,* págs. 1-203).

Prólogo: Primera redacción, que comienza con el párrafo «El favor con que el público ha acogido mi novela de *Pepita Jiménez* me induce a ha-cer de ella esta nueva edición más esmerada». En rodas las ediciones de *Pepita Jiménez* en que se reprodujo este prólogo fueron eliminados los párrafos finales[2].

Pepita Ximénez from the Spanish of Juan Valera with an Introduction by the Author Written specially for this Edition, Nueva York, D. Ap-pleton and Company, 1886, XIII + 273 págs.
Pepita Jiménez por don Juan Valera, edición americana ilustrada, Nueva York, D. Appleton y Cía., 1887, 218 págs.
Novelas de Don Juan Valera precedidas de un prólogo por don Antonio Cánovas del Castillo. Tomo I. Pepita Jiménez. El Comendador Men-doza, Madrid, Imprenta y Fundición de M. Tello, 1888 *(Colec-ción de Escritores Castellanos,* volumen IV), XC + 487 págs.; *(Pe-pita Jiménez,* págs. 1-227).
Pepita Jiménez, Madrid, Librería de Fernando Fe, est[enotopia] y tip[ografía] viuda de M. Tello, 1898; 227 págs. y retrato del au-tor. [En esta edición se incluye el prólogo de la edición norte-americana].

---

[2] De Coster (pág. 47, nota) anota una quinta edición (Madrid, Perojo, 1877, IX + 250 págs.) que no he podido consultar, y que incluye por se-gunda vez el prólogo de la edición de 1875, del que se eliminan los párra-fos finales dedicados a otros textos y al que se añaden cinco párrafos intro-ductorios en los que Valera da noticia del éxito editorial de la obra. El arranque del primer párrafo añadido («La presente edición es la * de esta novela») incluye el ordinal que corresponde al número de edición prologa-do, aunque a partir de las *Obras* de 1884, se repite que «la presente edición es la novena», lo que resulta, a todas luces, inexacto.

Pepita Jiménez, 18 edición, Madrid, Librería de Fernando Fe; est[enotipia] y tip[ografía] viuda e hijos de M. Tello, 1904, 227 págs.

Pepita Jiménez, Madrid, imprenta alemana, 1906 *(Obras Completas,* tomo IV), 282 págs.

Ediciones prologadas y anotadas

Pepita Jiménez, edición de G. L. Lincoln, Boston, Heath, 1908, XII + 245 págs.

Pepita Jiménez, edición de C. V. Cusachs, Nueva York, American Book Co., 1910, 352 págs.

Pepita Jiménez, edición, prólogo y notas de Manuel Azaña, Madrid, 1927, LXXII + 229 págs. [Ediciones *La Lectura,* posteriormente *Clásicos Castellanos,* con reimpresiones sucesivas].

El estudio preliminar que resume y sinteriza trabajos anteriores de Azaña —entre otros la monografía inédita que le valió el Premio Nacional de Literatura— es un texto fundamental en la bibliografía crítica sobre el autor y la novela.

Reseña: C. Eguía, *Razón y Fe,* LXXXIII, 1928, págs. 174-175; «Dejamos a un lado la cuestión previa de si ha de incluirse en una biblioteca de *clásicos,* un autor que acaso lo será y brillante en nuestro cielo, pero que aún está sujeto a la nebulosa tamizadora de los siglos (...) [El prólogo de Azaña] es, repito, un estudio sobre las fuentes íntimas, particularmente de las cartas, que es obra de romanos. Y sería más apreciable, si al notar las paganas aficiones y teorías insubsistentes del gran estilista y atildado progresista, lo hiciera a lo más de un modo simple y objetivo, sin mostrar tendencia a la apología y a cierta analogía de opiniones, aun las menos cristianas».

Pepita Jiménez, edición de M. A. De Vitis y Dorothy Torreyson, Nueva York, MacMillan, 1934, IX + 212 págs.

Pepita Jiménez, prólogo de Rafael Alberti, dibujos y viñetas de G. Muñoz, Buenos Aires, editorial Pleamar, 1944.

Pepita Jiménez, introducción de Fernando Uriarte, Santiago de Chile, Editorial Universitaria, 1955.

Pepita Jiménez, introducción de Fermín Gutiérrez Estrella, Buenos Aires, Kapelusz, 1958.

Pepita Jiménez, edición y notas de D. Cvitanovic, Buenos Aires, Editorial Kapelusz, 1966.

Pepita Jiménez y *Juanita la Larga,* prólogo de J. de Ontañón, México, Porrúa, 1971 (3).

Pepita Jiménez, edición de R. E. Lott, Oxford, Pergamon Press, 1974, XII + 210 págs.

Prólogo excelente que resume los estudios estilísticos anteriores del autor. Particularmente útiles son las notas al texto que señalan *loci* escriturísticos a los que se alude directa o elípticamente en el texto novelesco.

Pepita Jiménez, introducción de Carmen Martín Gaite, Madrid, Taurus, 1977; 1982 (5.ª reimpresión), 188 págs.

Pepita Jiménez, edición, estudio y notas de Luciano García Lorenzo, Madrid, Alhambra, 1977, 236 págs.

Abunda en notas, algunas de las cuales contextualizan pasajes de la novela en la obra del autor (reseña de J. Whiston, *BHS,* LV, 1978, págs. 343).

Pepita Jiménez, introducción de Marcos Sanz Agüero, Madrid, Busma, 1972, 1982 (2).

Pepita Jiménez, edición, introducción y notas de Adolfo Sotelo, Madrid, SGEL, 1983, 210 págs.

Pepita Jiménez, introducción de Juan Alarcón Benito, Madrid, Fraile, 1985.

Pepita Jiménez, introducción de Andrés Amorós, Madrid, Espasa-Calpe, 1986, 223 págs.

Pepita Jiménez, edición, introducción y notas de María del Pilar Palomo, Barcelona, Planeta, 1987, XLIV + 197 págs.

El estudio preliminar subraya la apoyatura de la tradición humanística que tiene la novela de Valera, singularmente la hechura de «idilio de casi adolescentes que despiertan y sienten por primera vez la fuerza de la pasión» y que se corresponde con el texto griego de *Dafnis y Cloe.*

Pepita Jiménez, edición de Francisco Muñoz Marquina, Madrid, editorial Burdeos, 1987.

Pepita Jiménez, introducción y notas de Demetrio Estébanez Calderón, Madrid, Alianza Editorial, 1987.

Pepita Jiménez, con cuadros cronológicos, introducción, bibliografía, notas... de Ana Navarro y Josefina Ribalta, Madrid, Castalia Didáctica, 1988.

Pepita Jiménez, ed. de Leonardo Romero, Madrid, Cátedra, 1989, 1990, 1991, 1992, 1994.

Pepita Jiménez, edición de Adolfo Sotelo Vázquez, Barcelona, PPU, 1989.

Pepita Jiménez, edición, introducción y notas de Jaime Mas, Alicante, Aguaclara, 1990.

Pepita Jiménez, ed. de Enrique Rubio Cremades, Madrid, Taurus, 1991.

Referencias bibliográficas sobre el autor y su obra literaria

ALAS, Leopoldo («Clarín»), *Solos,* Madrid, 1881, cito por la edición de Madrid, Alianza Editorial, 1971.

ÁLVAREZ BARRIENTOS, Joaquín, «Ideas de Juan Valera sobre la novela romántica», VV. AA., *Romanticismo 3-4. Atti del IV Congresso sul Romanticismo Spagnolo e ispanoamericano,* Génova, 1988, págs. 9-16.

ARA TORRALBA, Juan Carlos y HÜBNER TEICHGRÄBER, Daniel, «Estrategias de la enunciación en las novelas de Juan Valera», *RLit,* 108, 1992, págs. 599-618.

ARBOLEDA, Joseph, «Valera y el Krausismo», *REHA,* 10, 1976, páginas 138-48.

ARIZA, Manuel, «La lengua de don Juan Valera», *Actas del I Congreso Internacional de Historia de la Lengua española,* Madrid, II, 1988, págs. 1065-1075.

— «Notas sobre la lengua de Valera (II), *AEF,* 10, 1987, páginas 13-24.

AZAÑA, Manuel, *Estudios sobre Valera,* prólogo de Juan Marichal, Madrid, Alianza Editorial, 1971.

— «*Asclepigenia* y la experiencia amatoria de don Juan Valera», *Plumas y Palabras,* Madrid, 1930, págs. 117-139; reedición en *Ensayos escogidos,* Madrid, Alianza Editorial, 1982.

AZORÍN, *De Valera a Miró,* Madrid, 1959, págs. 15-51.

BAROJA, Pío, *Memorias. Desde la última vuelta del camino; Obras Completas,* Madrid, VII, 1949, págs. 832-833

Bermejo Marcos, Manuel, «Las cartas de Valera», *BBMP*, 62, 1986, págs. 137-162.

Blanco García, P. Francisco, *La literatura española en el siglo XIX*, Madrid, Sáenz de Jubera, 2, págs. 477-492, 1891.

Bock Cano, L. de, «Referencias clásicas en don Juan Valera», *Trivium*, 3, 1991, págs. 75-117 y 4, 1992, págs. 195-212.

Botrel, Jean-François, «Sur la condition d'écrivain en Espagne dans la seconde moitié du XIXe siècle. Juan Valera et l'argent», *BHi*, LXXII, 1970, págs. 292-310.

Bravo Villasante, Carmen, «Idealismo y ejemplaridad de don Juan Valera», *RLit* I, 1952, págs. 338-362.

— *Biografía de don Juan Valera*, Barcelona, Aedos, 1959.

Chevalier, Maxime, «Juan Valera folklorista: *Cuentos y chascarrillos andaluces*», *RHM*, 38, 1974, págs. 167-173.

De Coster, Cyrus (editor), *Obras desconocidas de Juan Valera*, Madrid, Castalia, 1965.

— *Artículos de «El Contemporáneo»*, Madrid, Castalia, 1966.

— *Juan Valera*, Nueva York, Twayne, 1974.

De Tomasso, V., *La narrativa di Juan Valera ovvero la fuga della realtà*, Pisa, 1984.

Devoto, Daniel, «De Amphion a Eupalinos», *RLComp*, 46, 1972, págs. 415-427.

Díez-Canedo, Enrique, «Para una revisión de don Juan Valera», en *Conversaciones literarias. Tercera serie*, México, Joaquín Mortiz, 1964, págs. 70-74.

Drochon, Pierre, «Juan Valera et la liberté religieuse», *Mélanges de la Casa de Velázquez*, VIII, 1972, págs. 407-440.

Duarte Berrocal, María Isabel, «Juan Valera, narrador de lo maravilloso», *AMal*, IX, 2, 1986, págs. 375-394.

— «Juan Valera y la visión de la mujer finisecular», AA. VV., *Realidad histórica e invención literaria en torno a la mujer*, Málaga, Diputación Provincial, 1987, págs. 133-153.

— «La técnica creativa de Juan Valera: dos notas sobre espacios recurrentes», *AMal*, X, 1, 1987, págs. 175-180.

Durand, Frank, «Valera, narrador irónico», *Ínsula*, 360, 1976, página 33.

Ellis, Havelock, «Juan Valera», *E. Mod.*, CCXLIV, 1909, págs. 15-34.

Fernández Luján, Juan, *Pardo Bazán, Valera y Pereda (Estudios críticos)*, Barcelona, Tasso, 1889.

FISHTINE, Edith, *Don Juan Valera. The critic*, Bryn Mawr, Pennsylvania, 1933.

GALERA, Matilde, *Juan Valera, Político*, Córdoba, Diputación, 1983.

— «Valera, viticultor y enólogo», *BRAC*, LV, 1984, págs. 281-300.

— «Don Juan Valera y Granada», *Homenaje al Profesor Antonio Gallego Morell*, Granada, Universidad, II, 1989, págs. 9-25.

GALLEGO MORELL, Antonio, «Notas a Valera», *En torno a Garcilaso y otros ensayos*, Madrid, 1970, págs. 60-99.

GARCÍA CRUZ, Arturo, *Ideología y vivencias en la obra de don Juan Valera*, Salamanca, Universidad, 1978.

GARCÍA MORENTE, Manuel, «Goethe y el mundo hispánico», *ROc*, XXXVI, 1932, págs. 131-147.

GIL CREMADES, Juan José, «Política y literatura: la imagen literaria del krausista», *Krausistas y liberales*, Madrid, Dossat, 1981 (2) págs. 123-246.

GONZÁLEZ LÓPEZ, Luis, *Las mujeres de don Juan Valera*, Madrid, Aguilar, 1934, págs. 27-122.

GULLÓN, Germán, «Variaciones en el arte de contar», *El narrador en la novela del siglo XIX*, Madrid, Taurus, 1976, págs. 149-152.

IBARRA, Fernando, «Juan Valera y William D. Howells, *Como un huevo a una castaña*», *Arizona Quarterly*, 22, 1972, págs. 123-148.

JIMÉNEZ FRAUD, Alberto, *Juan Valera y la generación de 1868*, Oxford, 1956. Madrid, 1973 (2).

JIMÉNEZ MARTOS, Luis, *Juan Valera (Un liberal entre dos fuegos)*, Madrid, Epesa, 1983.

JUDERÍAS, Julián, «Don Juan Valera. Apuntes para su biografía», *La Lectura*, 1913, XIII, págs. 151-159, 245-256, 393-404; 1914, XIV, págs. 1, 32-38, 166-174, 396-408; 1914, XIV, págs. 2, 138-149, 254-263.

KLEIN, Carol, E., *Femenine Forces in the Major Works of Juan Valera*, Publications of the Missouri Philological Association, 1984, págs. 37-54.

KRYNEN, Jean, «Juan Valera et la mystique espagnole», *BHi*, XLVI, 1944, págs. 35-72.

— *L'esthetisme de Juan Valera*, Salamanca, Universidad, 1946.

LÓPEZ JIMÉNEZ, Luis, *El naturalismo y España. Valera frente a Zola*, Madrid, Alhambra, 1977.

LOTT, Robert E., «Una cita de amor y dos cuentos de don Juan Valera», *Hispanófila*, X, 1967, págs. 13-20.

LLORIS, Manuel, «El otro Juan Valera», *Saitabi,* XXI, 1971, páginas 259-267.

MARCUS, Roxane, «Contemporary life and manners in the novels of Juan Valera», *Hispania,* 58, 1975, págs. 454-466.

MAURIN, Mario, «Valera y la ficción encadenada», *Mundo Nuevo,* 14, 1967, págs. 35-44; 15, 1967, págs. 37-44.

McGRADY, Donald, «Some Spanish and Italian descendents of a medieval Greek tale (the Scholar and his Imagery Egg)», *RPh,* 23, 1969-1970, págs. 303-305.

— y FREEMAN S., «International Folklore in Juan Valera's *Cuentos y chascarrillos andaluces*», *KRQ,* 21, 1974, págs. 335-342.

MEDINA, Jeremy T., *Spanish Realism. The Theory and Practice of a Concept in the Nineteenth Century,* Madrid, Pliegos, 1979.

MIRALLES, Enrique, «Vida y literatura en Valera: una alternativa para el viejo tópico», Claude Dumas (ed.), *Nationalisme et littérature en Espagne et en Amérique Latine au XIXe siècle,* Université de Lille, 1982, págs. 25-49.

MONTESINOS, José F., *Valera o la ficción libre. Ensayo de interpretación de una anomalía literaria,* Madrid, Gredos, 1957.

MONTOTO, Santiago, *Valera al natural,* Madrid, Langa y Cía, 1962.

MUÑOZ ROJAS, José Antonio, «Notas sobre la Andalucía de don Juan Valera», *PSA,* I, 1956, págs 9-22.

OLEZA, Juan, «Valera o la ambigüedad», *La novela del XIX. Del parto a la crisis de una ideología,* Barcelona, Laia, 1984, págs. 47-63.

ORTEGA Y GASSET, José, «Una polémica», *Obras Completas,* Madrid, Revista de Occidente, I, 1963 (6), págs. 155-163.

ORTIZ ARMENGOL, Pedro, «Don Juan Valera conoce a un personaje de Proust y desea trabar conocimiento con él», *EL,* 545, 1974, págs. 21-22.

PARDO BAZÁN, Emilia, «Don Juan Valera: la personalidad. El crítico. El novelista», *La Lectura,* VI, 3, 1906, págs. 126-135, 193-203, 281-290; reimpreso en *Retratos y apuntes literarios,* 1908; reed. en *Obras Completas,* III, 1973, págs. 1410-1435.

PÉREZ GUTIÉRREZ, Francisco, «Juan Valera», *El problema religioso y la generación de 1868,* Madrid, Taurus, 1975, págs. 21-96.

PORLÁN, Rafael, *La Andalucía de Valera,* Sevilla, Universidad, 1980.

POZZI, María Gabriela, *El lector en la novela española del siglo XIX,* Michigan, Ann Arbor, 1989, U.M.I.

QUIRK, Ronald J., «The Autorship of *La gruta azul.* Juan Valera or Serafín Estébanez Calderón?» *RoNo,* 15, 1973, páginas 560-563.

REVUELTA Y REVUELTA, Luisa, «Valera, estilista», *BRAC,* XVII, 1946, págs. 25-71.

RODRÍGUEZ MARÍN, Francisco, *Don Juan Valera. epistológrafo,* Madrid, 1925.

ROMERO MENDOZA, Pedro, *Don Juan Valera. Estudio biográfico crítico,* Madrid, Ediciones Españolas, 1940.

ROMEU, R., «Les divers aspects de l'humour dans le roman espagnol moderne», *BHi,* XLVIII, 1946, págs. 97-126.

RUBIO CREMADES, Enrique, *Juan Valera,* Madrid, Taurus, 1990.

RUPE, Carola J., *La dialéctica del amor en la narrativa de Valera,* Madrid, Pliegos, 1986.

SERVEN, Carmen, «La mujer a la moda en la obra novelística de Pereda y Juan Valera: dos opiniones divergentes», *Actas del IX Simposio de la Sociedad Española de Literatura General y Comparada,* Zaragoza, I, 1994, págs. 371-375.

SILES, Jaime, «Una fuente griega de Valera», *ALEVA,* 2, 1983, páginas 473-475.

SMITH, Paul, «Juan Valera and the illegitimacy Motif», *Hispania,* 51, 1968, págs. 804-811.

SOTELO VÁZQUEZ, Adolfo, «Juan Valera y el arte de la novela, según Manuel de la Revilla», Yvan Lissorgues (ed.), *Realismo y Naturalismo en España en la segunda mitad del siglo XIX,* Barcelona, Anthropos, 1988, págs. 515-530.

THURSTON, Griswold Henry, *El idealismo sintético de don Juan Valera. Teoría y práctica,* Potomac, Scripta Humanistica, 1990.

TIERNO GALVÁN, Enrique, «Don Juan Valera o el buen sentido», *Idealismo y pragmatismo en el siglo XIX español,* Madrid, Tecnos, 1977, págs. 95-129.

TORRE, Guillermo de, «Cercanías de Valera», *Del 98 al barroco,* Madrid, Gredos, 1969, págs. 282-308.

TRIMBLE, Robert G., *Chaos burning on my Brow. Don Juan Valera and his Novels,* San Bernardino, California, The Borgo Press, 1995.

VARELA IGLESIAS, Fernando, «El escepticismo filosófico de don Juan Valera», *ALEUA,* 5, 1986-1987, págs. 533-556.

ZARAGÜETA, Juan, «Don Juan Valera, filósofo», *Boletín de la Universidad de Madrid,* I, 1929, págs. 546-573.

Referencias bibliográficas sobre Pepita Jiménez

ABRAHAMSON, Martha A., «Krausism, *Pepita Jiménez* and the Divinization of Life», *LP,* 4, 1991, págs. 225-243.

ALFONSO, Luis, «Crítica literaria. *Pepita Jiménez* por Juan Valera», *La Política* (3-VII-1974).

AZAÑA, Manuel, *La novela de Pepita Jiménez,* Madrid, Cuadernos Literarios, 1927; reedición en *Ensayos sobre Valera,* 1971, páginas 199-243.

BAUER, Beth Weitelmann, «Novels in Dialogue: *Pepita Jiménez* and *La Regenta*», *REH,* 25, 1991, págs. 103-121.

BIANCHINI, Andreina, «*Pepita Jiménez,* Ideology and Realism», *Hispania,* 98, 1990, págs. 33-51.

BRAVO VILLASANTE, Carmen, *Pepita Jiménez, mujer actual,* Madrid, F.U.E., 1976.

BRUNETIÈRE, F., «Révue littéraire. La casuistique dans le roman», *RDM,* XLVIII, 1881, págs. 453-464 (15-XI-1881).

CAMMERATA, J. E., «Luis de Vargas: An Œdipal Figure in *Pepita Jiménez*», AA. VV., L. Davis e I. Tarán (eds.), *The Analysis of Hispanic Texts. Current Trends in Methodology,* Nueva York, Bilingual Press, 1976.

CATE-ARRIES, F., «El krausismo en *Doña Luz y Pepita Jiménez*», *Homenaje a Luis Morales Oliver,* Madrid, F.U.E., 1986, págs. 221-236.

CLAVERÍA, Carlos, «En torno a una frase en caló de don Juan Valera», *Estudios sobre los gitanismos del español,* Madrid, CSIC, 1951, págs. 97-128; antes en *HR,* XVI, 1948, págs. 97-119.

CRETU, I., «*Pepita Jiménez,* novela de la mediación», *Cahiers Roumains d' Études Littéraires,* 2, 1987, págs. 135-142.

CHAMBERLIN, Vernon A., «*Doña Perfecta:* Galdós Reply to *Pepita Jiménez*», *AG,* 15, 1980, págs. 11-19.

— y HARDIN, Richard F., «*Pepita Jiménez* and the Romance Tradition», *AG,* 25, 1990, págs. 69-75.

CHARNON-DEUTSCH, Lou, «Gender-Specific Roles in *Pepita Jiménez*», *REH,* 19, 1985, págs. 87-105.

DÍAZ PETERSON, Rosendo, «*Pepita Jiménez* de Juan Valera o la vuelta al mundo de los sentidos», *Arb,* XC, 1975, págs. 359-370.

FEAL DEIBE, Carlos, «*Pepita Jiménez* o del misticismo al idilio» *BHi,* LXXXVI, 1984, págs. 473-483.

FE[LTEN], U[ta], «*Pepita Jiménez*», Walter Jens. (ed.), *Kindlers Neues*

110

Literaturlexikon, Múnich, Kindler, 1991, vol. 16, págs. 1008-1010.

GALERA, Matilde, «Para un esbozo de *Pepita Jiménez*», *La Opinión* (Cabra), LXII, septiembre, 1974.

— «El sepulcro de Pepita Jiménez», *La Opinión* (Cabra), LXII, 7-VII-1974.

GARABECHIAN, Martha Ann, «La mano de Pepita Jiménez», *The American Hispanist,* 4, 1979, págs. 30-33.

GARCÍA VIÑÓ, Manuel, «*Pepita Jiménez,* una antitragedia», *EL,* 491, 1972, págs. 18-19.

HOWELLS, William Dean, «Some Recent Spanish Fiction: Valera's *Pepita Ximenez* and *Doña Luz*», *Harpers New Monthly Magazine,* LXXII, 1886, págs. 962-964.

IRVING, R. L., *Self-Reflexive Narrative in four Novels of Juan Valera:* «*Mariquita y Antonio*», «*Pepita Jiménez*», «*Las ilusiones del Doctor Faustino*», *and «Juanita la Larga*», Madison, University of Wisconsin, 1986.

KNOWLTON, John F., «The Hippolytus Myth in Pepita Jiménez» *RoNo,* 11, 1969-70, págs. 73-75.

LARSEN, Kevin S., «*Pepita Jiménez* and the *Fortunate Fall* Theme», *N,* 77, 1993, págs. 229-241.

LOTT, Robert E., «*Pepita Jiménez* and *Don Quijote:* a Structural Comparison», *Hispania,* XLV, 1962, págs. 395-401.

— *Language and Psychology in Pepita Jiménez,* Urbana-Chicago-Londres, University of Illinois, 1970.

— «*Pepita Jiménez* y *Don Juan Tenorio;* unos paralelos insospechados», *Hispania,* LXXVIII, 1983, págs. 21-31.

LOUIS-LANDE, L., «Essais et notices. Un roman de moeurs espagnol. *Pepita Jiménez,* par don Juan Valera, Madrid, 1874», *RDM,* VII, 1875, págs. 471-480 (15-I-1875).

McCURDY, G. Grant, «Mysticism, Love and Illumination in *Pepita Jiménez*», *REHA,* XVII, 1983, págs. 323-334.

MADLAND, Helga Stipa, «Time in *Pepita Jiménez*», *RoNo,* 21, 1980-1981, págs. 69-73.

MASSA, Pedro, «Cómo y por qué nació *Pepita Jiménez*», y «Realidad y ficción en *Pepita Jiménez*», *Esta España inagotable,* Buenos Aires, Hispania, 1964, págs. 233-244.

MAZZEI, Pilade, «Per la fortuna di due opere spagnole in Italia», *RFE,* IX, 1922, págs. 386-389.

Navarrete, José, «Bibliografía. *Pepita Jiménez* por don Juan Valera», *El Orden* (28-VI-1874), artículo reeditado en *La América* (15-VII-1874).

— «Polémica sobre el concepto del arte», *El Orden* (11-VIII-1874).

Navarro, Ana, «Historia editorial de *Pepita Jiménez*», *CILH*, 10, 1988, págs. 81-103.

Ocharán Mazas, Luis de, *Incorrecciones deslizadas en las páginas de Pepita Jiménez*, Madrid, 1924.

Pageard, Robert, «*Pepita Jiménez* en France», *BHi*, LXIII, 1961, págs. 28-37.

Palacio Valdés, Armando, *Los novelistas españoles. Semblanzas literarias*, Madrid, Casa Editorial Medina, 1878, págs. 63-88.

Polt, John H. R., «More on Valera's *Nescit labi virtus*», *RoNo*, 30, 1984, págs. 177-184.

Pörtl, Karl, «Juan Valera: *Pepita Jiménez*», apud. V. Roloff y H. Wentzlaff (editores), *Der Spanische Roman vom Mittelalter bis zur Gegenwart*, Düsseldorf, 1968, págs. 215-230.

Revilla, Manuel de la, «Don Juan Valera», *Obras*, Madrid, Sainz, 1881, págs. 47-55.

— *Críticas* (2.ª serie), Burgos, Tip. de Arnáiz, 1885, págs. 263-302.

Rodríguez, Alfred y Boyer, Charles, «Some Feasts and an Icon: the Triumph of the pagan Spirit in *Pepita Jiménez*», *RoNo*, 32, 1991, págs. 179-184.

— y Roll, Saul, «*Pepita Jiménez* y la creatividad de Pardo Bazán en *Insolación*», *RHM*, 44, 1991, págs. 29-34.

Rodríguez, Rodney, «Icarus Reborn: Mythical Patterns in *Pepita Jiménez*», *REH*, 19, 1985, págs. 75-85.

Romero Tobar, Leonardo, «*Pepita Jiménez* en folletín: la historia interminable de las publicaciones efímeras», *Ínsula*, 562, 1993, 4.

Ruano de la Haza, José M., «La identidad del narrador de los *Paralipómenos* de *Pepita Jiménez*», *RCEH*, VIII, 1984, págs. 335-350.

Sánchez Imicoz, Ruth, «*Pepita Jiménez:* una novela griega a la española», *Cuadernos de ALDEEU*, 8, 1992, págs. 55-68.

Sbarbi, José María, «Un plato de garrafales. Juicio crítico de *Pepita Jiménez* por don Juan Valera», *RABM, IV,* 1874, págs. 187-190 y 203-205.

Serrano Puente, F., «La estructura epistolar en *Pepita Jiménez* y *La estafeta romántica*», *Cuadernos de Investigación Filológica* (Logroño), 1, 1975, págs. 39-63.

STAGG, Geoffrey, «*Pepita Jiménez* the shadow of Cide Hamete Benengeli», *Iberia,* ed. R. Goetz, Calgary University Press, 1985, págs. 117-126.

TURNER, Harriet, S., «*Nescit labi virtus.* Authorial Self-Critique in *Pepita Jiménez*», *Romance Quarterly,* 35, 3, 1988, págs. 347-358.

VALBUENA, Antonio, «Pepita Jiménez», *Agridulce, políticos y literarios,* Madrid, 1893, págs. 149-161.

VIDART, Luis «*Pepita Jiménez* por Don Juan Valera», *El Orden* (5-VIII-1874).

— «Recuerdos de una polémica acerca de la novela de D. Juan Valera *Pepita Jiménez*», *Revista de España,* LIII, 1876, págs. 269-284 (28-XI-1876).

VILLEGAS MORALES, Juan, «*Pepita Jiménez* de Juan Valera. 1. Notas del narrador. 2. La verosimilitud estética de Juan Valera», *Ensayos de interpretación de textos españoles (medievales, clásicos y modernos),* Santiago, Editorial Universitaria, 1963, págs. 143-160.

WHISTON, James, *Pepita Jiménez,* Valencia, Grant and Cutler, 1978.

Correspondencias

APARICI, María Pilar, «Correspondencia Juan Valera-Isaac Albéniz (1895-1898). *Pepita Jiménez*», *BRAE,* LV, 1975, págs. 147-172.

ARTIGAS, Miguel y SÁINZ RODRÍGUEZ, Pedro, *Epistolario de Valera y Menéndez Pelayo,* 1877-1905, Madrid, Espasa-Calpe, 1946.

BREY, María, *Juan Valera, 151 cartas inéditas a Gumersindo Laverde,* introducción de Rafael Pérez Delgado, Madrid, R. Díaz-Casariego, 1984.

DE COSTER, Cyrus, *Correspondencia de don Juan Valera (1859-1905). Cartas inéditas publicadas con una introducción de—,* Madrid, Castalia, 1956.

— «*Bibliografía anotada de la correspondencia de Juan Valera*», *BBMP,* 71, 1995, págs. 227-253.

— y GALERA, Matilde, *Cartas a su mujer,* Córdoba, Diputación, 1989.

GALERA, Matilde, *Cartas a sus hijos,* Córdoba, Diputación, 1991.

DOMÍNGUEZ BORDONA, J., «Centenario del autor de *Pepita Jiménez.* Cartas inéditas de Valera», *RBAM,* II, 1925, págs. 83-109, 237-252; III, págs. 430-462.

DUCHET, M., «Cinq lettres inédites de Juan Valera a William Dean Howells», *RLComp*, XLII, 1968, págs. 76-102.

NAVARRO, Ana, «Don Juan en Viena. Expediente diplomático y correspondencia política», *CILH*, 14, 1991, págs. 7-78.

— «La correspondencia diplomática de Valera desde Francfort, Lisboa, Washington y Bruselas», *CILH*, 17, 1993, págs. 155 y ss.; 18, 1993, págs. 159-194; 19, 1994, págs. 127-205.

ROMERO TOBAR, Leonardo, *Juan Valera: una anatomía electoral. Correspondencia familiar (1855-1864)*, Barcelona, Sirmio, 1992.

SÁENZ DE TEJADA BENÁVENUTI, Carlos, *Juan Valera, Serafín Estébanez Calderón 1850-1858*, Madrid, Moneda y Crédito, 1971.

— Juan Valera, *Cartas íntimas (1853-1897),* nota preliminar, estudio, edición y notas de—, Madrid, Taurus, 1974.

Apéndice I

ESSAIS ET NOTICES

UN ROMAN DE MOEURS ESPAGNOL
Pepita Jiménez, par don Juan Valera, Madrid 1874

Une oeuvre originale, un véritable roman de moeurs, la chose est rare au-delà des monts et vaut la peine d'être notée. Ce n'est pas que les auteurs ni les productions littéraires fassent jamais défaut dans ce pays classique de la fécondité, où les vers ne coûtent pas plus que la prose, et où Lope de Vega écrivait une tragédie en une matinée. On lit beaucoup à Madrid, dans toutes les classes de la société; mais la critique n'a rien à voir dans ces récits interminables où se pressent les personnages, semés d'imbroglios plus invraisemblables qu'un conte de fée, et dont le style trop souvent ne se sauve de l'emphase que pour tomber à plat dans la vulgarité. Cela se publie par livraisons ornées de gravures et vendues au prix de quelques réaux. Tel est proprement aujourd'hui le fonds de la littérature indigène. Ajoutez-y des traductions hâtives et banales de romans étrangers, français pour la plupart, mais non pas toujours les meilleurs ni les mieux choisis, et vous aurez une idée à peu près exacte de ce qui occupe la curiosité de la population madrilène. Et pourtant au milieu de ce fatras on trouverait parfois des oeuvres de valeur et qui dénotent chez les auteurs le souci de la forme et le sentiment de l'art. Les romans de Fernán Caballero, pseudonyme sous lequel se cache Mme. Bohl de

Arron, ont été successivement traduits dans toutes les langues de l'Europe. Sans atteindre à la même popularité, d'autres noms mériteraient d'être mieux connus chez nous: ainsi Pedro de Alarcón, qui tout récemment encore publiait *le Tricorne (el Sombrero de tres picos)*, un petit livre charmant, alerte et déluré, écrit à la façon de nos vieux fabliaux, avec une légère pointe de gaîté malicieuse et de fine ironie.

Du premier coup et par une oeuvre semblable, M. Juan Valera vient de prendre place parmi les meilleurs romanciers de son pays. A dire vrai, sa réputation était déjà faite, et bien que le roman fût un genre tout nouveau pour lui, l'auteur de *Pepita Jiménez* n'était rien moins qu'un débutant. Par sa position, sa famille, M. Valera appartient à la plus haute société de Madrid. Son père avait le grade de contre-amiral dans la marine espagnole; son frère aîné a hérité de leur mère le titre de marquis de Paniega; leur soeur, devenue Française, est veuve du maréchal Pélissier, duc de Malakof. Lui-même entra de bonne heure dans la diplomatie. Il fût ainsi successivement attaché d'ambassade à Naples et à Lisbonne, puis secrétaire au Brésil, en Allemagne, en Russie avec le duc d'Osuna. Depuis 1859, où il fût élu député pour la première fois, M. Valera a siégé aux cortès à plusieurs reprises. Nommé ministre d'Espagne à Francfort, il occupa ce poste jusqu'a ce que les premiers succès de la Prusse et la dissolution de la diète germanique, qui suivit de près Sadowa, lui eussent fait inopinément des loisirs. Mettant à profit sa connaissance approfondie de la langue allemande, il fit connaître a ses compatriotes l'intéressant ouvrage de Frédérick Schack: *Poésie et art des Arabes en Espagne et en Sicile.* Cette traduction faite avec talent serait peut-être son principal titre littéraire. Il avait donné déja un volumen de *Poésies* et deux livres de critique; l'académie de Madrid lui ouvrit ses portes.

En dehors de ses livres, il a fourni des articles à un certain nombre de journaux et de recueils: c'est ainsi que pendant cinq ans il collabora au journal *El Contemporáneo*, le plus brillant organe de l'opposition contre le ministère O'Donnell. Il a fait aussi quelques conférences à l'Athénée; on appelle de ce nom un cercle semi-politique et semi-littéraire où les membres font des *lecciones* auxquelles le public est admis; c'est à l'Athénée que la plupart des orateurs de l'Espagne contemporaine ont fait leurs premières armes. Aujourd'hui M. Valera continue sa vie active, partagée entre les travaux de l'écrivain et les soucis de l'homme politique; depuis la révolution de 1868, dont il avait accepté le programme, il a été deux fois directeur de l'instruction publique, enfin conseiller d'état. Dans ces conditions, un nouveau livre de lui, un roman surtout, ne pouvait passer inaperçu: tout Madrid connaissait l'auteur et voulut connaître l'ouvrage. D'ailleurs *Pepita Jiménez* n'obtint pas seulement un succès de curiosité; l'intrigue était piquante, le style aisé et coulant; on ferma les yeux sur les défauts de composition, très réels pourtant, et on applaudit.

La scène se passe dans un petit village de l'Andalousie; le lieu du reste importe peu; à peine çà et là quelque brève description qui nous rappelle la fertilité de ce sol béni, chanté par les poètes: un coin de bois, une olivaie, un ruisseau transparent bordé de lauriers-roses, un frais vallon sillonné de canaux, jardin et verger tout ensemble. L'auteur s'est attaché surtout a la peinture des caractères. Dans ce récit sans prétention, où parlent et s'agitent six ou sept personnages, chacun d'eux, même le plus modeste, a sa physionomie à lui, bien tranchée, qui se précise et se complète à travers les péripéties et jusqu'à la fin du drame. Un jeune séminariste, Luis de Vargas, sur le point d'être ordonné prêtre et de partir au loin comme missionnaire, est venu prendre chez son père jours de repos; de cette maison où s'écoula son enfance, il écrit à son oncle le doyen, directeur du séminaire, et lui raconte naïvement l'emploi de son temps à la campagne. Ce système de roman par lettres, un peu usé peut-être, a cela de bon néanmoins, qu'il permet d'entrer plus avant dans le caractère du personnage, de faire par là même l'analyse de ses sentiments et de ses pensées, d'en noter les nuances, d'en marquer le progrès; telle idée, telle réflexion, venant de l'auteur, semblera trop subtile ou maniérée, qui, dans la bouche du héros lui-même, est toute naturelle.

Ici la forme épistolaire convient à merveille, d'autant que

l'analyse est plus délicate, et le caractère de Luis de Vargas plus complexe et changeant. Élevé pieusement à l'ombre du séminaire, loin des bruits de ce monde et des réalités terrestres, il ne sait guère de la vie que ce que lui en ont appris les métaphores hyperboliques de la Bible et les commentaires des théologiens, et cependant que de présomption, que de confiance en soi-même! Comme il prend en pitié la tourbe des pécheurs! Avec quelle humilité feinte il remercie Dieu de l'avoir élevé si haut et de l'avoir choisi entre tous pour être un exemple au monde! L'habit sacré dont il est revêtu et le respect dont on l'entoure malgré ses vingt ans ajoutent encore à cette ivresse: il parle de sa vocation, il a déjà le ton sentencieux et le jargon du sermonnaire; mais qu'une femme à l'improviste se trouve sur sa route, que le péché se présente à lui sous ses formes les plus naturelles, aimable et séduisant, adieu la théologie, les pieux exemples et les argumentations des docteurs! Notre jeune saint faiblit, ses sens se troublent, sa tête s'égare, et il tombe éperdument amoureux comme le dernier des profanes et le plus simple des jouvenceaux.

L'occasion du péché, la femme en question, c'est Pepita Jimenez. Jeune fille sans fortune, elle à dû épouser son oncle, vieillard octogénaire, fin comme un renard et ménager comme une fourmi, mais bonhomme au fond, qui en mourant lui à légué tout son bien. À vingt et un ans, elle s'est trouvée libre, et les prétendans d'accourir; mais Pepita ne se presse point de choisir. Elle n'a plus à faire un mariage de raison, et, quant à aimer personne, son coeur n'en éprouve pas encore le besoin; elle préfère bien rester sa maîtresse et faire de son indifférence une vertu. Du reste elle ne dédaigne pas les hommages, l'odeur de l'encens ne lui déplaît pas —car elle est coquette, cette Pepita, avec son affabilité légèrement hautaine et dédaigneuse, son goût pour les fleurs les plus simples, mais les plus parfumées, son gracieux costume andalou, qui tient tout à la fois de la villageoise et de la *señora*, et qui lui sied si bien; elle le sait, n'en doutez pas. Il n'est pas jusqu'à sa piété trop vive et trop extérieure qui ne révèle quelque préoccupation secrète et comme des désirs inavoués. Pénélope d'un nouveau genre, elle est là, n'attendant pas un mari, mais l'espérant peut-être, sauf à le vouloir à son goût. Quoi qu'il en soit, beaux ou laids, braves chasseurs ou hardis cavaliers, les pinceurs de guitare ou les danseurs de bolero, tous les soupirants à tour de rôle ont été évincés; don Pedro de Vargas lui-même, le père du jeune Luis, l'homme important de l'endroit, le *cacique*, comme on dit là-bas, n'a guère été plus heureux. Sa conquête pour tant avait de quoi flatter un orgueil féminin. Don Pedro, paraît-il, n'a pas souvent rencontré de cruelles, et, s'il adore les femmes, ce n'est pas jusqu'à leur offrir sa main. Pepita seule eût pu convertir le pécheur et fixer ce cœur inconstant; mais, tout en voulant rester son amie, elle hésite à se prononcer, et sans cesse recule le oui fatal. Ah! S'il s'agissait du jeune Luis! Fort à propos il vient de sortir de son séminaire. Quel singulier garçon, et charmant malgré tout sous des dehors craintifs, avec sa mine effarouchée, ses passions vierges, sa soif de sacrifice et de dévoûment! Décidément Pepita n'épousera pas don Pedro. Arracher une âme au diable, c'est bien quelque chose; l'enlever à Dieu lui-même, remplacer un amour voilà qui est mieux; le remords du sacrilège et la conscience de l'impiété qui s'y mêlent rendront l'intrigue plus piquante encore. Les femmes dévotes ont parfois de ces raffinemens singuliers. Une d'elles n'a-t-elle pas dit dans sa corruption naïve que ce qui double la saveur de la faute, c'est la peur qu'on éprouve à se sentir damné?

Pepita donc serait bien aise de rendre Luis amoureux; peut-être qu'elle ne s'en explique pas encore avec elle-même aussi clairement; mais déjà ses yeux vont chercher les yeux du jeune homme, et c'est à lui qu'elle réserve son plus charmant accueil. Don Luis d'ailleurs n'est que trop facile à séduire: sa présomption même et son orgueil lui sont un désavantage de plus. Tout d'abord, il affecte l'indifférence la plus profonde; s'il s'occupe de Pepita, prétend-il, c'est qu'il s'agit du bonheur de son père et de l'honneur de la famille; mais l'intérêt plus direct qu'il prend à cette étude perce bientôt malgré lui. Il faut le voir devant la gentille veuve, tremblant, muet, interdit, la couvant des yeux, suivant ses gestes et buvant ses paroles. Rien de plus plaisant que sa mine en-dessous et ces façons sournoises qui sentent bien leur séminaire. On dirait messire chat qui s'est introduit dans l'office, et de loin, crainte du bâton, convoite le déjeuner du maître sur le feu. Il n'ose point encore s'avouer son amour, mais cet amour se trahit à tout instant; il a des accès d'attendrissement subits, inexplicables, il pleure devant les fleurs et rêve devant les étoiles; en meme temps décroît sa ferveur religieuse, des distraction l'assaillent au milieu de ses prières, il s'en accuse humblement, et cependant il ne songe pas à prendre la fuite, le seul moyen de vaincre en certains genres de bataille, comme l'écrit le vieux doyen. Les jours, les mois, s'écoulent, et de plus en plus il recule le moment d'entrer dans les ordres. Il ne parle que de Pepita, ses lettres sont pleines de cette femme, comme sa pensée. Oubliant à qu'il s'adresse, il passe en revue les charmes de celle qu'il aime, la fraîcheur de ses traits, l'éclat de son sourire; il décrit tout au long ses yeux tranquilles et troublants à la fois, son front pur, ses cheveux blonds, ses mains blanches, —oh! ses mains, ses mains surtout, de petites mains douces, fines, transparentes, avec des doigts effilés, des ongles roses et bien polis. C'est un flux de paroles, un débordement d'épithètes comme seule en peut fournir la langue d'un amoureux, et d'un amoureux espagnol. Non content de cela, pour mieux peindre sa dame, notre théologien fait appel à ses souvenirs classiques; il emprunte à la mythologie païenne les comparaisons les plus fleuries, au *Cantique des cantiques* les exclamations les plus passionnées; puis, quand le vieux doyen, homme d'expérience, qui n'a pas besoin d'être sur les lieux pour voir ou tendent tous ces sentimens mystiques et cette phraséologie brûlante, l'avertit du danger, lui s'indigne, s'irrite. Il ne comprend pas qu'on ose douter de sa fermeté; il admire en Pepita l'œuvre du divin artiste, œuvre achevée, sublime, et rend hommage au Créateur. Tout cela est fort amusant, fort bien observé: il y a des pages qu'on voudrait citer en entier; par malheur, et c'est le propre des études de ce genre, le principal mérite consiste dans le détail, les caractères se développent si naturellement, l'analyse est si délicate et si minutieuse qu'on ne peut rien en détacher sous peine d'être infidèle en étant incomplet.

Mais que fait don Pedro pendant ce temps-là, tandis que Pepita et son fils le trompent de moitié? Est-il dupe des deux amoureux? Le jeune Luis par moments ne peut se défendre d'un peu de pitié pour tant d'aveuglement. Bast! Laissez faire, le bonhomme est malin, et s'il ferme les yeux, c'est qu'il a de bonnes raisons. Une vraie trouvaille que ce rôle du père, le type du grand propriétaire campagnard, avec sa rondeur cavalière fourrée de finesse andalouse, toujours gai, bon vivant, aimant les joyeux devis, les chevaux et les filles, que paraît à peine dans le roman et qui pourtant mène tout! Il a fait la cour à la Pepita sans succès, et il ne s'en est point désolé outre mesure. Ce qui l'affligerait devantage, ce serait de voir son fils unique, l'héritier de tous ses biens, prendre la robe de prêtre et s'en aller catéchiser des Chinois. Ne pourrait-on de façon ou d'autre dégourdir et défroquer ce grand garçon-là? Et quelle meilleure façon que l'amour? Ce serait plaisir d'ailleurs de mettre un peu à l'épreuve la farouche vertu de cette prude Pepita. Nos deux jeunes gens semblent ne se pas déplaire; à peine s'étaient-ils vus pour la première fois que déjà dans leurs regards et dans le son de leur voix se trahissait une émotion naturelle. Voilà le plan de don Pedro tout tracé; désormais avec un désintéressement trop rare pour n'être pas calculé, il va s'employer au succès de cette entreprise, où il n'a pas sa place. C'est lui qui sous main leur facilite les occasions de se voir et de se parler. En même temps il cherche à évailler dans le cœur ardent du jeune homme des pensées et des desirs mondains: il veut lui apprendre à monter à cheval, à jouer aux cartes, à fumer, il songe même à lui donner des leçons d'escrime, sous le fallacieux prétexte qu'un missionnaire ne doit négliger aucun moyen de persuasion; au besoin, il lui apprendrait à manier le couteau, la *navaja,* ainsi qu'il sied à tout bon Andalou. Le pauvre Luis d'abord s'étonne, proteste, puis finit par se résigner. En vérité, c'est trop souffrir, si l'on se mêle à une partie de campagne, que d'aller ainsi à l'arrière-garde, bourgeoisement planté sur une mule docile, entre la grosse tante Casilda et le vieux curé, tandis que par devant les autres jeunes gens caracolent sur de beaux coursiers et que Pepita elle-même, dirigeant avec aisance une superbe bête, laisse tomber en passant sur le pauvre théologien un regard d'affectueuse pitié. D'ailleurs un prêtre a souvent besoin de savoir monter à cheval. Les cartes également lui fournissent, lorsqu'il va dans le monde, une contenance et une distraction; ici en particulier elles permettent au jeune Luis de prendre place chaque soir à côté de Pepita, de lui parler, de l'entendre, de s'enivrer de sa présence. Aussi n'aurait-il garde de trouver le temps long, et, pour peu que son père en manifeste le désir, bénévolement consentira-t-il à soigner avec lui les vins, à rentrer les huiles. — On prévoit ce qui arrive: l'intimité se fait de plus en plus grande entre Luis et Pepita, ils échangent d'abord des œillades brûlantes, des serrements de mains mystérieux; puis un beau jour, se trouvant seul à seule, leurs lèvres se rapprochent, et tremblants, éperdus, épouvantés eux-mêmes de leur audace, ils s'avouent tout bas leur amour dans un premier baiser.

A cet endroit s'arrêtent les lettres du jeune homme, et vraiment nous le regrettons. Aussi bien les divers caractères nous sont connus, l'intrigue est toute tracée, le dénoûment se devine; la partie que suit, de beaucoup la plus longue et la plus détaillée, n'offre pas le même intérêt. C'est un récit épisodique attribué au doyen, l'oncle de don Luis, qui l'écrit après coup, par manière de distraction et pour servir à l'occasion d'enseignement aux générations futures. L'excuse est naïve; un romancier de profession eût su trouver aisément quelque expédient pour relier entre elles les deux parties de son œuvre. Les dialogues ne sont pas toujours fort bien amenés, l'affectation d'exactitude devient puérile et presque fastidieuse. Comprend-on ce vieux prêtre se mêlant de raconter tout au long l'histoire d'un amour terrestre et qui, hélas! ne doit point rester chaste et innocent jusqu'au bout? Les notes mêmes de M. Valera, le soin singulier qu'il à pris de nous marquer dès le début comment fut trouvé le curieux manuscrit dans les papiers du doyen, tout cela ne sert qu'à mieux trahir son embarras et l'insuffisance du procédé.

Après la scène du baiser, don Luis, confus de sa trop facile défaite, s'est juré d'arracher de son âme l'image de la jeune veuve et de se consacrer définitivement au Seigneur;

il reste enfermé chez lui et presse tout pour son départ. Il a compté sans Antoñona, la nourrice de Pepita, aujourd'hui intendante. Œnone de village, cette Antoñona joue dans notre histoire le même rôle que la nourrice de Phèdre dans la tragédie, seulement ici elle s'exprime sans le secours de la poésie; simple et grossière, dévouée comme un chien, elle à son franc-parler brutal et la familiarité bourrue des vieux domestiques. Elle aussi a deviné depuis longtemps l'amour de sa maîtresse, elle aussi souffre de la voir souffrir, car Pepita se désole, pleure, dépérit. Elle s'est dit qu'elle forcerait la main à ce grand benêt de séminariste; elle ne s'arrêtera pas longtemps au choix des moyens. Le matin de la Saint-Jean, jour de fête pour tout le village, elle s'introduit par surprise dans la chambre de don Luis, elle s'installe en face de lui, et là, sans ménagement pour le caractère du futur serviteur de Dieu, en termes trop sincères pour être respectueux, elle lui reproche sa perfidie, son hypocrisie, sa cruauté; puis, le voyant courber la tête sous cette grêle d'invectives, bon gré, mal gré, elle lui fait accepter un rendez-vous pour le soir avec Pepita; c'est elle-même qui a eu l'idée de ce rendez-vous, dont elle attend les meilleurs résultats. Elle partie, Luis déjà regrette la parole donnée; mais sa passion finit par l'emporter, et à l'heure dite il se dirige vers la demeure de Pepita.

«Tout le village était dans l'animation. Les jeunes filles venaient se laver les joues à la fontaine de la grande place —celles qui avaient un fiancé, pour qu'il leur fût fidèle, les autres pour en avoir un. Les femmes et les enfants passaient, portant dans leurs bras de grosses charges de verveine et de romarin pour allumer les feux de joie. De tous côtés résonnaient les guitares; sans souci du voisin, amoureusement enlacés et se parlant tout bas, d'heureux couples traversaient la foule. Dans les rues encombrées étaient dressées des tables en plein vent et de petites tentes où s'arrêtaient les passants: là s'étalaient le nougat, le miel cuit, les pois chiches grillés, plus loin les corbeilles de fruits, les jouets d'enfant; tout à côté, les fabriques de beignets offraient à l'oeil leur croustillante marchandise, et l'odeur de l'huile infestait l'air, tandis que des gitanas jeunes et vieilles

123

répondaient d'un ton hardi aux galants propos des chalands ou disaient aux curieux la bonne aventure.» À la faveur de la fête don Luis se glisse sans être aperçu jusqu'à la porte de Pepita. Antoñona l'y attendait, qui le prend par la main et, à l'insu des autres domestiques, le conduit auprès de la jeune veuve, puis discrètement se retire. Don Luis d'abord, comme s'il cherchait à se convaincre lui-même, allègue le devoir, parle de dévoûment et de sacrifice; mais la jeune femme est rebelle à toute raison, modestement elle avoue sa faiblesse, elle n'est pas assez pénétrée de Dieu pour consentir au sacrifice; elle aime et veut aimer, l'abandon la tuerait. À s'expliquer ainsi, on finit toujours par s'entendre. Vient un moment où le pauvre Luis oublie ses pieuses résolutions, et lorsque Pepita —est-ce trouble réel ou simplement coquetterie? l'un et l'autre peut-être—, se réfugie dans son alcôve, fou d'amour il vole après elle. La scène est vive, hardie, choquante même, et gagnerait à être plus délicatement traitée. Antoñona rentre tout à coup, et, sans lui épargner quelques grosses plaisanteries du cru, force notre amoureux à prendre congé; il est deux heures du matin. Don Luis d'ailleurs a pour toujours renoncé à ses aspirations mystiques: indigne de la prêtrise, il se contentera d'être un honnête homme et d'épouser la femme qui s'est donnée à lui. Du même pas, il court au casino: il compte bien y trouver certain hobereau, un sot doublé d'un insolent, prétendant évincé de Pepita, qui, le matin même, à osé parler d'elle en termes outrageants: une querelle s'engage entre eux à propos de cartes, aussitôt suivie d'un duel, et, dès les premières passes, avec ce bonheur qui n'appartient qu'aux héros de roman, don Luis allonge une superbe estafilade sur la figure de son adversaire. Le plus pénible pourtant reste encore à faire; il s'agit d'avouer au *cacique* qu'on s'est joué de lui, que son propre fils était son rival; mais au premier mot don Pedro à tout compris et tout pardonné. L'excellent père en vérité! N'aurait-il pas été pour quelque chose dans ce mystérieux rendez-vous, ménagé par Antoñona, où ont sombré tout ensemble la vocation de don Luis et la vertu de Pepita? Cette ruse équivoque, qui sert ses plans en lui donnant un peu à rire, est tout à fait dans son caractère. Passons bien vite sur le double épilogue et les détails inutiles où s'attarde l'auteur. Bref, Luis, réparant ses torts de la façon la plus canonique, devient mari de Pepita, et un an après père d'un bon gros garçon. Tout est bien qui finit mieux.

Tel est ce livre, où les longueurs abondent, où le plan fait défaut, intéressant encore et curieux malgré tout. Il va paraître sous peu traduit en langue portugaise, et le succès n'en est pas douteux à Lisbonne comme à Madrid. Chez nous, une traduction pure et simple ne serait guère possible. Passe encore le choix du sujet, ce séminariste amoureux se débattant contre le diable et voulant garder sa vertu; grâce aussi pour le vieux curé, brave et digne homme qui, sans y entendre malice, fait à don Luis l'éloge de Pepita, et à Pepita l'éloge de don Luis. jette de l'huile sur le feu, puis un beau jour se trouve tout surpris quand il ne lui reste plus qu'à sanctionner par la bénédiction nuptiale le fait accompli. Toujours est-il que nous nous trouvons mal à l'aise dans cette atmosphère dévotieuse où s'exhale comme une odeur fade de cire-vierge et un parfum de sacristie; le salon de Pepita tient de l'oratoire avec sa petite chapelle ornée de fleurs, son enfant Jésus en bois peint et ses cierges toujours brûlants. Adorations, génuflexions, invocations réitérées à Dieu, aux saints, à toutes les Vierges de la Péninsule, —c'est un étalage continu de piété matérielle peu gênante apres tout et bien espagnole. M. Valera s'en exprime du reste assez franchement. L'heure du rendez-vous va sonner, quand tout à coup Pepita s'est sentie prise du besoin de prier, elle court s'agenouiller devant sa chapelle. «À un Jésus de Nazareth avec la croix sur les épaules et la couronne d'épines au front, à un *ecce homo* insulté, flagellé, tenant un roseau pour sceptre, les mains chargées de liens, à un Christ crucifié, sanglant et moribond, jamais Pepita n'eût osé demander ce qu'elle demande alors à l'enfant Jesús tout frais, tout rose et souriant. Pepita lui prie de ne pas se réserver don Luis, de le lui céder; si riche et si puissant, qu'a-t-il besoin de ce serviteur? Elle au contraire ne vit que pour son amour.» En fin de compte, la chose va tourner selon ses désirs, et voilà comment l'enfant Jésus lui-même se trouvera compromis dans le résultat peu édifiant que l'on sait.

Une autre difficulté pour qui veut à l'ordinaire traduire un livre espagnol, c'est d'en conserver le ton, la couleur... Ton et couleur, si l'on peut dire, en sont naturellement outrés. Le caractère de la langue, celui du peuple lui-même, se prêtent à l'emphase et à l'exagération. Le travers est commun d'ailleurs à tous les gens du midi, heureux encore lorsque l'exagération ne porte que sur les mots sans atteindre jusqu'à la pensée. Effect d'un mirage peut-être, une mystérieuse influence existe dans ces chauds pays de soleil qui pousse les meilleurs esprits à grosir, enfler, amplifier toute chose. La littérature, on le comprend, n'est pas la dernière à s'en ressentir. Je n'ai pas oublié avec quelle verve communicative un Espagnol, homme d'esprit et de goût, s'en plaignait naguère devant moi. «Dans ce pays, disait-il, nous sommes infectés du mal de la *magniloquence,* et le mal date de loin déjà. Lope de Vega, Calderón, nos plus grands génies, ont des pages insupportables de recherche, d'enflure et de mauvais goût, seulement il y a chez eux de quoi racheter amplement ce défaut; chez les modernes au contraire, le défaut se trouve presque toujours sans rien qui le compense. Cela choque d'autant plus qu'entre hommes et dans le détail ordinaire de la vie, par un retour naturel, le ton de la conversation tombe souvent au-dessous même de la vulgarité. Tel député qui à la tribune s'est complaisamment rempli la bouche de phrases creuses et de grands mots longs d'une à une les traduit dans les couloirs à ses amis par un mot cru qui ferait pâlir votre catéchisme poissard. Pour les femmes, c'est différent, et l'on doit convenir que leur langage est exquis. Elles lisent peu: en Espagne, un bas-bleu est rare; avec des mots que sait l'enfant de sept ans et en petit nombre, elles arrivent à tout dire. N'est-ce pas ainsi que font vos meilleurs auteurs, Molière, La Fontaine et Voltaire? Aussi, quand au sortir d'une société de ce genre on tombe inopinément sur un livre, article, discours, sermon, où l'obscurité le dispute à la recherche, le phébus au pathos et l'ithos au patois, il vous semble avaler quelque vin chimique après avoir dégusté le pur jus de la treille.» Sachons donc gré à M. Valera de nous avoir donné une oeuvre plus saine qu'on n'était vraiment en droit de l'attendre. Son style est en général net, facile et coulant; on y releverait sans doute, à se montrer sévère, quelques erreurs de goût, certaines expressions emphatiques et forcées; mais il s'agit d'amour, et l'hyperbole est permise aux amoureux. De tout cela, on ne saurait conclure à une œuvre de premier mérite: l'auteur lui même n'y prétendrait pas; ce qu'il en reste du moins, c'est le souvenir d'une lecture amusante et de quelques heures agréablement passées.

L. Louis-Lande *(Revue des Deux Mondes,* VII, 1875, 15-I-1875).

Apéndice II

SOME RECENT SPANISH FICTION
Valera's *Pepita Ximenez* and *Doña Luz*

In turning from a book like this [*«The mayor of Casterbridge* by Mr. Hardy]*, in which the allegiance to the lessons of life is so deeply felt, to a story like *Pepita Ximenez*, one is aware of the need of applying more purely literary criterions to Senor Don Juan Valera's brilliant work, if one would judge it fairly. Yet we doubt very much whether any one will be able to regard it simply as a work of art, though the author frankly declares himself «an advocate of art for art's sake». We heartily agree with him that it is «in very bad taste, always impertinent and often pedantic, to attempt to prove theses by writing stories», and yet his *Pepita Ximenez* with out finding himself in possession of a great deal of serious thinking on a very serious subject, which is none the less serious because it is couched in terms of such delicate irony. If it is true that «The object of a novel should be to charm through a faithful representation of human actions and human passions, and to create by this fidelity to nature a beautiful work», and if «the creation of the beautiful» is solely «the object of art», it never was and never can be solely its effect as long as men are men and women are women.

If ever the race is resolved into abstract qualities, perhaps this may happen; but till then the finest effect of the «beautiful» will be ethical, and not aesthetic merely. Morality penetrates all things, it is the soul of all things. Beauty may clothe in on, whether it is false morality and an evil soul, or whether it is true and a good soul. In the one case the beauty will corrupt, and in the other it will edify, and in either case it will infallibly and inevitably have an ethical effect, now light, now grave, according as the thing is light or grave. We cannot escape from this; we are shut up to it by the very conditions of our being. What is it that delights us in this very *Pepita Ximenez* the exquisite masterpiece of Señor Valera's? Not merely that a certain Luis de Vargas, dedicated to the priesthood, finds a certain Pepita Ximenez lovelier than the priesthood, and abandons all his sacerdotal hopes and ambitions, all his poetic dreams of renunciation an devotion, to marry her. That is very pretty and very true, and it pleases; but what chiefly appeals to the heart is the assertion, however, delicately and adroitly implied, that their right to each other through their love was far above his vocation. In spite of himself, without trying, and therefore without impertinence and without pedantry, Señor Valera has proved a thesis in his story. They of the Church will acquiesce with the reservation of Don Luis's uncle the Dean that his marriage was better than his vocation, because his vocation was a sentimental and fancied one; we of the Church-in-error will accept the result without any reservation whatever; and we think we shall have the greater enjoyment of the delicate irony, the fine humour, the amusing and unfailing subtlety, with which the argument is enforced. In recognizing these, however, in praising the story for the graphic skill with which Southern characters and passions are portrayed in the gay light of an andalusian sky, for the charm with which a fresh and unhackneyed life is presented, and the unaffected fidelity with which novel conditions are sketched, we must not fail to add that the book is one for those who have come to the knowledge of good and evil, and to confess our regret that it is so. It would be very unfair to it, however, not to say that though there is of the elder tradition of fiction in this, it is not conscienceless, or forgetful of what so many good old British classics, for instance, which we are so much advised to go back to, trampled under their satyr-hoofs; even «art for art's sake» cannot be that in these days, and the «beautiful work» created by «fidelity to nature» must pay its devoir to what is above nature.

In the preface to the American edition, which is also a new translation of the novel, Señor Valera addresses himself to our public with a friendly directness which cannot fail of sympathetic response, and with a humour of attitude and wit of phrase which will pleasantly recall the prefatory mood of Cervantes. After the fashion of that master, he gives us the genesis of his romance, and he lets us see that if it is not his favorite, it is at least very near to his heart. Yet we feel that this novel, so full of joyous charm, so brilliant in color, so riwid in characterization, is far from representing its author fully, and we hope his publishers will not be show to follow it up with his *Doña Luz* which is in some sort a pendant of *Pepita Ximenez* with a heroine who is the counterpart of that impassioned little personality. The fascination of Doña Luz and her history is that of a most tender and tragic beauty; it is again, the story of a priest's love, but Doña Luz and her lover meet long after his vocation has been decided, and there is nothing for him but to die with his secret. We know hardly any figure in fiction more lovely and affecting than Doña Luz, a beautiful girl growing old in a small country place, and marrying in her second youth a wretch infamously unworthy of her love, and suffering patiently and helplessly on. All her traits are studied with a minute and respectful compassion which leaves the reader at a fast friend of the author, and, as it were, her intimate acquaintance. It is a character which makes that of Pepita, seem slight and narrow, by comparison with a certain noble depth of feeling in it, and all the tones of the picture are graver. Like the story of Pepita it presents a small group of persons, but each of these is strongly realized, and is made the exponent of local conditions in which the reader seems to live. It is all very fine and masterly work, scarcely to be matched in the contemporary fiction of our language, if that is not putting the case too faintly.

Señor Valera, who, as the reader may know, has been the

Minister of Spain in this country for several years past, and has now left us for a diplomatic post in Europe, is one of those many-sided publicists of southern Europe beside whom our own politicians do not seem so gigantic as we like to think them when the other party is not running them for office. He has passed his life, we believe, in the public service, yet he has not only found time to write the two novels we have mentioned, but four or five others, as well as a treatise on the Poetry and Art of the Arabs in Spain and Sicily, a volume of Critical Studies, a volume of Literary Judgments and Dissertations, another of Poems, another of Dramas. We cannot attempt to ascertain his standing as an author in Spain; that is a thing for the Spaniards to do; but no reader of his books, even at second hand and in translation can fail to perceive in them a very great talent.

Whatever his theories of literary art may be, about the creation of the beautiful and all that he works primarily, as all the great talents work now, in the interest of what is true, and with a poetic fidelity to facts and conditions.

In this way the fiction of our time, such of it as is worth reading is constituting itself, as never before, the interpreter of history; so that hereafter public events can be accurately read in its light, and whoever would know what this or that people were, at the time they made such and such laws and wars and treaties, may learn their intimate life from the report of their novels.

William Dean Howells *(Harper's New Monthly Magazine,* LXXII, 1886, 962-964).

Pepita Jiménez

Ilustración de Miranda para *Pepita Jiménez*.

Nescit labi virtus[1].

El señor Deán de la catedral de..., muerto pocos años ha, dejó entre sus papeles un legajo[2], que, rodando de unas manos en otras, ha venido a dar en las mías, sin que, por extraña fortuna, se haya perdido uno solo de los documentos de

---

[1] *Nescit labi virtus:* «La virtud ignora caer», es máxima que en el primer proyecto de la novela habría de dar título a la obra (carta a Laverde de 12-II-1874). La rigurosa concepción moral en que se apoya el aforismo vuelve a aparecer literalmente en el discurso de don Luis (nota 281): «la verdadera virtud no cae tan fácilmente» y ha sido aludida en afirmaciones anteriores del personaje, como en la carta del 20 de abril: «no creo, a pesar de todo, como usted me advierte, que es tan fácil para mí una fea y no pensada caída». En el libro de V. J. Herrero, *Diccionario de expresiones y frases latinas* (Madrid, 1985, 240) está registrada la máxima y se documenta como autoridad latina este mismo texto de la novela de Valera. John H. Polt (1984) encontró esta frase como mote de la familia Croy-Dülmen (véase *Introducción*, págs. 69-70); el mote procede de la emblemática barroca, ya que el «nescit labi virtus», con sus correspondientes *inscriptiones, picturae* y *suscriptiones,* lo encontramos en el libro de Gabriel Rollenhagen, *Nucleus Emblematum Selectissimorum* (Magdeburgo, 1583) y en el de George Whiter, *A Collection of Emblems, Ancient and Modern* (Londres, 1635) (referencias aportadas por Francisco Acero). Han comentado el motivo literario de la *caída* Harriet S. Turner (1988) y Kevin S. Larsen (1993).

[2] El tópico del manuscrito preexistente encontrado por el moderno editor remonta a las primeras obras del ciclo artúrico de donde pasaría a las novelas de caballerías hispanas y, de éstas, a través del relato cervantino, a la novela moderna. El modelo remoto del procedimiento reside en las versiones de la guerra de Troya, atribuidas a Dares el Frigio y Dictis el Cretense, aunque la investigación filológica ha demostrado que en la versión de la obra de Dictis atribuida a Lucio Septimio no es recurso retórico constructivo sino que responde a un texto griego anterior (N. E. Griffin, *Dares*

que constaba. El rótulo del legajo es la sentencia latina que me sirve de epígrafe, sin el nombre de mujer que yo le doy por título ahora; y tal vez este rótulo haya contribuido a que los papeles se conserven, pues creyéndolos cosa de sermón o de teología, nadie se movió antes que yo a desatar el balduque ni a leer una sola página.

Contiene el legajo tres partes. La primera dice: *Cartas de mi Sobrino;* la segunda, *Paralipómenos*[3]; y la tercera, *Epílogo.—Cartas de mi hermano.*

Todo ello está escrito de una misma letra, que se puede inferir fuese la del señor deán. Y como el conjunto forma

---

an Dictys. An Introduction to the Study of Medieval Version of the Story of Troy, Baltimore, 1907; Carlos García Gual, *Los orígenes de la novela*, Madrid, 1972, 133-166; y para los libros de caballerías, Juan Manuel Cacho, *Introducción* a Garci Rodríguez de Montalvo, *Amadís de Gaula*, Madrid, Cátedra, I, 1987, 39-46 y 94-98). Valera adopta, pues, un acreditado recurso de la tradición narrativa europea que en su trabajo novelístico responde a estrategias de verosimilitud análogas a la apelación a fuentes orales que emplearon los románticos españoles (el endecasílabo «como me lo contaron te lo cuento» de Juan de Castellanos, patrimonializado por Espronceda en sus poemas mayores y que no es sino la fórmula folclórica «y aunque testigo no he sido así me lo han referido»; el Repela informante oral de Alarcón de *El sombrero de tres picos*, el Juan Fresco relator de varios cuentos y alguna novela larga del propio Valera lo emplearon). Enrique Rubio (ed. de *Pepita Jiménez*, 1991, págs. 46-47) sugiere el modelo cadalsiano de las *Cartas marruecas*. El recurso fue tan generalizado que pasó a ser procedimiento parodiable como forma introductoria de las novelas de folletín.
[3] El tecnicismo que titula la segunda parte de la obra tiene dos antecedentes inmediatos en la literatura europea del XIX, los *Paralipomeni della Batrachomiomachia* de Leopardi (1842) y los *Parerga und Paralipomena* de Schopenhauer (1851), autores ambos conocidos y comentados por Valera. Pero creo que no fue el eco de estas obras, ni el de otros escritos humanísticos menos accesibles al novelista —como los *Paralipomenon Hispaniae libri* X de Juan, obispo de Gerona, Francfort, 1579— lo que motivó el marbete de la segunda parte de la novela. Parece más plausible la huella de los dos libros veterotestamentarios que, en las versiones griegas y de la Vulgata, se titularon *Paralipomena* y que amplían, desde el punto de vista de las necesidades de la información, los relatos de la historia de Israel contenidos en los dos libros de *Samuel* y los dos de *Reyes*. El uso generoso de los textos bíblicos de que se hace gala en la primera parte de *Pepita Jiménez* y la función de segunda mirada sobre la misma historia que cumple la parte titulada *Paralipómenos* posibilitan esta interpretación, mantenida por el propio *editor* cuando habla en la nota introductoria del «título bíblico de *Paralipómenos*».

algo a modo de novela, si bien con poco o ningún enredo, yo imaginé en un principio que tal vez el señor Deán quiso ejercitar su ingenio componiéndola en algunos ratos de ocio; pero, mirado el asunto con más detención y, notando la natural sencillez del estilo, me inclino a creer ahora que no hay tal novela, sino que las cartas son copia de verdaderas cartas, que el señor deán rasgó, quemó o devolvió a sus dueños, y que la parte narrativa, designada con el título bíblico de *Paralipómenos*, es la sola obra del señor deán, a fin de completar el cuadro con sucesos que las cartas no refieren[4].

De cualquier modo que sea, confieso que no me ha cansado, antes bien me ha interesado casi la lectura de estos papeles; y como en el día se publica todo, he decidido publicarlos también, sin más averiguaciones, mudando sólo los nombres propios, para que, si viven los que con ellos se designan, no se vean en novela sin quererlo ni permitirlo.

Las cartas que la primera parte contiene parecen escritas por un joven de pocos años, con algún conocimiento teórico, pero con ninguna práctica de las cosas del mundo, educado al lado del señor Deán, su tío, y en el Seminario, y con gran fervor religioso y empeño decidido de ser sacerdote.

A este joven llamaremos don Luis de Vargas[5].

El mencionado *manuscrito*, fielmente trasladado a la estampa, es como sigue.

---

[4] Las conjeturas del *editor* que se contienen en este párrafo constituyen indicios de primer orden para explicar la pluralidad de narradores de la obra, tal como se ha señalado en la *Introducción* págs. 70-77.

[5] El nombre del protagonista y el de su padre pueden proceder del desdoblamiento del nombre de un protegido de Valera: «Por las noches, de 9 a 12, juego al tresillo con Currito Muñoz, a quien por excelencia llaman aquí el Señorito y con un sobrino de Moreno, llamado *don Pedro* Regalado *de Vargas*, a quien coloqué yo de fiscal en Talavera, de donde ha venido con licencia a ver a su familia» (De Coster, 1956, 47); (el subrayado es mío).

I

Cartas de mi sobrino

22 de marzo

Querido tío y venerado maestro: Hace cuatro días que llegué con toda felicidad a este lugar de mi nacimiento, donde he hallado bien de salud a mi padre, al señor vicario y a los amigos y parientes. El contento de verlos y de hablar con ellos, después de tantos años de ausencia, me ha embargado el ánimo y me ha robado el tiempo, de suerte que hasta ahora no he podido escribir a usted.

Usted me lo perdonará.

Como salí de aquí tan niño y he vuelto hecho un hombre, es singular la impresión que me causan todos estos objetos que guardaba en la memoria. Todo me parece más chico, mucho más chico; pero también más bonito que el recuerdo que tenía. La casa de mi padre, que en mi imaginación era inmensa, es sin duda una gran casa de un rico labrador; pero más pequeña que el Seminario[6]. Lo que ahora

---

[6] Los doce años que ha permanecido Luis de Vargas en el Seminario indican que el joven había cursado la *carrera larga* del sacerdocio, una de las dos modalidades de formación eclesiástica que establecía el plan de estudios de los Seminarios de 1852; esta *carrera larga* duraba catorce años y suponía una notable distinción frente a la *carrera corta,* de seis años. (Cf. Casimir Martí, *L'esglesia de Barcelona (1850-1857),* Barcelona, I, 1984, 126-127). El plan de estudios de 1852, resultado del proceso de separación de

comprendo y estimo mejor es el campo de por aquí[7]. Las huertas, sobre todo, son deliciosas. ¡Qué sendas tan lindas hay entre ellas! A un lado, y tal vez a ambos, corre el agua cristalina con grato murmullo. Las orillas de las acequias es-

---

los centros educativos eclesiásticos y civiles y del Concordato de 1851, prescribía un detallado programa de autores y textos entre los que importa señalar —para explicar la formación de Luis— la *Retórica* de fray Luis de Granada; la lectura de libros distintos a los oficialmente programados no podía realizarse «sin licencia del director o de sus maestros», según determinaba el reglamento del Seminario de Barcelona de 1858 (*op. cit.,* págs. 40-41, 444-446). La formación intelectual del protagonista de *Pepita Jiménez* responde, pues, al marco general de los estudios eclesiásticos en la España de mediados del XIX y a la atención educativa que proyecta sobre él el deán y rector del Seminario. Para los estudios en los Seminarios españoles de la época: J. M. Cuenca Toribio, «Notas para el estudio de los Seminarios españoles en el pontificado de Pío IX», *Saitabi,* XXIII; 1973, 51-87; Mariano y José Luis Peset, *La Universidad Española (Siglos XVIII y XIX),* Madrid, 1974, 265-276 y, por supuesto, la obra imprescindible de Antonio Gil de Zárate, *De la instrucción pública en España,* Madrid, 1855, 3 vols. Da la medida del clima reinante en los seminarios, un autor de la época: M. González Sánchez, *Discurso sobre la importancia religiosa y social de los seminarios Conciliares,* Sevilla, Librería Española y Extranjera, 1863.

[7] La entusiasmada percepción del paisaje andaluz que se abre con estas líneas ha sido aducida por críticos y lectores de Valera como manifestación rotundamente positiva del escritor sobre los escenarios naturales de su tierra. Pero desde Manuel Azaña (reed. 1971, 219-221) se viene señalando la acritud oscilante de Valera respecto al campo y al mundo andaluz; recientemente Enrique Miralles (1982, 37-39) ha vuelto sobre el problema y ha sugerido una explicación psicológico-económica, «la escasa rentabilidad que le proporcionaban sus posesiones en Cabra y Doña Mencía». De las numerosas declaraciones del escritor sobre su tierra natal, merecen singular atención las distinciones que él mismo establece entre el referente paisajístico y su tratamiento estético en la tradición literaria: «Con el calor espantoso que hace en este lugar y con las enojosas y prosaicas ocupaciones de hacer cuentas y de ir al campo a ver las labores, se me ha espantado y fugado la musa y ni en verso ni en prosa acierto a escribir una palabra. Ahora más que nunca, estoy convencido de que los poetas bucólicos se han inspirado del recuerdo idealizado del campo y no de la presencia del campo mismo, y de que la poesía de las églogas, sencilla, agreste y perfumada de tomillo y romero, ha nacido del contraste, en el seno de populosas ciudades y en épocas de civilización refinada y de una vida en extremo artificial. Los poetas de las edades primitivas no soñaron jamás con esas exquisitas sencilleces. Los rústicos no comprenden ni sospechan siquiera la hermosura de la naturaleza. Sólo aprecian su utilidad. Un buen olivar cargado de aceitunas es más hermoso para ellos que los bosques de la Arca-

tán cubiertas de hierbas olorosas y de flores de mil clases. En un instante puede uno coger un gran ramo de violetas. Dan sombra a estas sendas pomposos y gigantescos nogales, higueras y otros árboles, y forman los vallados la zarzamora, el rosal, el granado y la madreselva[8].

Es portentosa la multitud de pajarillos que alegran estos campos y alamedas.

Yo estoy encantado con las huertas, y todas las tardes me paseo por ellas un par de horas.

Mi padre quiere llevarme a ver sus olivares, sus viñas, sus cortijos; pero nada de esto hemos visto aún. No he salido del lugar y de las amenas huertas que le circundan.

Es verdad que no me dejan parar con tanta visita[9].

Hasta cinco mujeres han venido a verme, que todas han sido mis amas y me han abrazado y besado.

---

dia; un cochino gordo, mil veces más interesante y simpático que las enamoradas palomas; una haza de garbanzos, de judías o de habas, mejor que la pradera esmaltada de florecillas. Horacio lo entendió al poner el elogio de la vida rústica en boca de Alfio el usurero. Teócrito describía las escenas de esta vida en la corte archiculta de los Ptolomeos; Virgilio cuando compuso las Églogas y las Geórgicas, no veía más campo que los jardines artificiosos de Tíbur» (Carta a Narciso Campillo, 26 II —posiblemente 1862—; ed. J. Domínguez Bordona, 1925, 86). En el mismo sentido, pero en confesión íntima dirigida a su mujer escribe en 1875 (De Coster, 1956, 55). Como quiera que ello sea, la visión antropológica del mundo andaluz, como señaló muy finamente José Antonio Muñoz Rojas (1956), está reconstruida desde el observatorio urbano. Sobre el tema, véase también el libro de Rafael Porlán, Sevilla, 1980. Ocharán (19, 14) censura el empleo de *comprender* como el galicismo «que más descuidadamente y fuera de propósito pone en uso Valera».

[8] «Fuimos por sitios deliciosos, por sendas cubiertas de arboledas, y a los lados los setos vallados formados con saúco, rosales y granados, que aún llevan flor. Las acequias y arroyos aún están orlados de mil yerbas olorosas, sobre todo mastranzos» (Carta a su mujer, fechada en Cabra el 20-IX-1872; De Coster, 1956, 50-51).

[9] «Escribo deprisa porque en los lugares hay menos libertad y soledad que en las grandes poblaciones. Ya está ahí el cacique y el padre cura y no sé quién más, que vienen a visitarnos. Aquí no es posible decir: no estoy en casa. Gracias a que todo el mundo no se entra hasta el cuarto de uno» (Carta a Dolores Delavat, fechada en Doña Mencía, 15-X-1867; De Coster, 1956, 38). En el curso de la novela, como el principio de la carta del 4 de mayo, otras alusiones a la imposible intimidad de la vida pueblerina.

Todos me llaman Luisito[10] o el niño de don Pedro, aunque tengo ya veintidós años cumplidos. Todos preguntan a mi padre por el niño cuando no estoy presente.

Se me figura que son inútiles los libros que he traído para leer, pues ni un instante me dejan solo.

La dignidad de cacique[11], que yo creía cosa de broma, es cosa harto seria. Mi padre es el cacique del lugar.

Apenas hay aquí quien acierte a comprender lo que llaman mi manía de hacerme clérigo, y esta buena gente me dice, con un candor selvático, que debo ahorcar los hábitos, que el ser clérigo está bien para los pobretones; pero que yo, que soy un rico heredero, debo casarme y consolar la vejez de mi padre, dándole media docena de hermosos y robustos nietos.

Para adularme y adular a mi padre, dicen hombres y mujeres que soy un real mozo, muy salado, que tengo mucho

[10] El sufijo apreciativo, tan característico del habla coloquial andaluza, surge en muchos momentos de la correspondencia de Luis de Vargas. En unos pasajes es empleo directo del personaje, en otros reproduce usos lingüísticos de otros hablantes, en forma de construcción indirecta —como en este caso— o en forma de *citación,* como el «delgadito» que encontramos poco más adelante en pág. 143.

[11] Esta voz caribe pasó a designar una figura de la organización del poder en la segunda mitad del siglo XVIII. Los caciques «llegaron a ser figuras características que dominaban la vida local, intimidaban a los oficiales de los Concejos, descargaban el pago de sus impuestos sobre los pobres y monopolizaban las dehesas» (Richard Herr, *España y la Revolución del siglo XVIII,* trad. española, Madrid, 1964, 89-90). La Restauración alfonsina usó ampliamente de esta institución. «En esencia, la vida política española se desenvuelve, a nivel local, a base de clientelas que renuncian a una vida política moderna (motivada por principios ideológicos) a cambio del ejercicio del favor por parte de un cacique, cúspide de la pirámide clientelística, y verdadero monopolizador de la vida pública» (Javier Tusell, *Oligarquía y caciquismo en Andalucía* (1890-1923), Barcelona, 1976, 75). Las figuras de los caciques eran obligadas en las novelas ideológicas de finales del siglo, como analicé en mi estudio «La novela regeneracionista en la última década del siglo» (págs. 133-209 del libro de varios autores *Estudios robre la novela española del siglo XIX,* Madrid, 1977); Valera acude a los caciques en *Juanita la Larga* y, de modo especial, en las escenas electorales de *Doña Luz* (caps. X-XIII). El mismo Valera dio un documento vívido de la política caciquil en el amaño de las elecciones políticas a las que él concurrió entre los años 1855 y 1864; véanse las cartas que envió a su hermano José Freuller editadas por Leonardo Romero (1992).

ángel, que mis ojos son muy pícaros y otras sandeces que me afligen, disgustan y avergüenzan, a pesar de que no soy tímido y conozco las miserias y locuras de esta vida, para no escandalizarme ni asustarme de nada.

El único defecto que hallan en mí es el de que estoy muy delgadito a fuerza de estudiar. Para que engorde se proponen no dejarme estudiar ni leer un papel mientras aquí permanezca, y además hacerme comer cuantos primores de cocina y de repostería se confeccionan en el lugar. Está visto: quieren cebarme. No hay familia conocida que no me haya enviado algún obsequio. Ya me envían una torta de bizcocho, ya un cuajado, ya una pirámide de piñonate, ya un tarro de almíbar[12].

Los obsequios que me hacen no son sólo estos presentes enviados a casa, sino que también me han convidado a comer tres o cuatro personas de las más importantes del lugar.

Mañana como en casa de la famosa Pepita Jiménez, de quien, usted habrá oído hablar, sin duda alguna. Nadie ignora aquí que mi padre la pretende.

Mi padre, a pesar de sus cincuenta y cinco años[13], está

---

[12] Los platos de repostería andaluza son algunas de las muestras excelsas de que podía alardear la gastronomía cordobesa, tema sobre el que escribía Valera en 1872: «[en lo tocante a cocina propiamente dicha] no hay, hablando con franqueza, tanto de qué jactarse como en la parte de repostería. Este arte, incluyendo en él, aunque parezca disparatado, todo lo relativo a la matanza, es, en la provincia de Córdoba, un arte más liberal, menos entregado a manos mercenarias» («La Cordobesa», *O. C.,* III, 1301a). Juana la Larga, como personificación ideal de la mujer cordobesa, «en lo tocante a repostería no era nada inferior» (cap. III).

[13] La edad de don Pedro raya en lo que se consideraba en la época como vejez; en esta misma carta escribe Luis: «yo mismo deseo que mi padre, en su edad provecta, venga a mejor vida». Datos abundantes y sistematizados relativos a los grupos de edad de la época, en Jorge Nadal, *La población española (siglos XVI a XX),* Barcelona, 1966, págs. 211 y ss. Los textos literarios confirman que, a mediados del siglo XIX, se consideraban los treinta años como el meridiano de la vida humana: «Malditos treinta años / funesta edad de amargos desengaños» (*El Diablo Mundo,* versos 1880-1881); «llegó por fin el importuno día / mitad de mi jornada hacia el olvido» (Juan Valera, *A los treinta años, soneto* en P. Guennon, «Manuscritos de Juan Valera», *BBMP,* XLII, 1966, 46). La edad de Luis —veintidós años— y de Pepita —veinte años y medio— corresponde a la cifra canónica de

tan bien, que puede poner envidia a los más gallardos mozos del lugar. Tiene además el atractivo poderoso, irresistible para algunas mujeres, de sus pasadas conquistas, de su
celebridad, de haber sido una especie de don Juan Tenorio.

No conozco aún a Pepita Jiménez. Todos dicen que es
muy linda. Yo sospecho que será una beldad lugareña y algo
rústica. Por lo que de ella se cuenta, no acierto a decidir si
es buena o mala moralmente; pero sí que es de gran despejo natural. Pepita tendrá veinte años; es viuda; sólo tres
años estuvo casada. Era hija de doña Francisca Gálvez, viuda como usted sabe, de un capitán retirado

> Que le dejó a su muerte
> Sólo su honrosa espada por herencia,

según dice el poeta[14]. Hasta la edad de diez y seis años vivió
Pepita con su madre en la mayor estrechez, casi en la miseria.

---

años que ostentan los protagonistas de las novelas folletinescas de la mitad
del siglo (L. Romero, *La novela popular española del siglo XIX,* Barcelona, 1976, 125). Sobre la plenitud, hacia el crepúsculo, de la mujer de treinta años reflexiona el narrador de una significativa novela de Balzac: «à bel
âge de trente ans, sommité poétique de la vie des femmes, elles peuvent en
embrasser tout les cours et voir aussi bien dans le passé que dans l'avenir.
Les femmes connaissent alors tout le prix de l'amour et en jouissent avec
la crainte de le perdre; alors leur âme est encore belle de la jeunesse qui les
abandonne, er leur passion va se reforçant d'un avenir qui les effraie» *(La
femme de trente ans,* París, Garnier, 1962, 119); o, sin ir más lejos, en el mismo Valera: «[Doña Ana] cuando ya tenía ventinueve años cumplidos, re-
celando quedarse para tía o para vestir santos, y estimulada por su padre y
hermanos, que ansiaban conocerla, o dígase deshacerse de ella, se resignó
a casarse con el señor don Francisco López de Mendoza» *(Las ilusiones del
Doctor Faustino,* cap. II; *O. C.,* I, 213b). Por lo demás, la estimativa del XIX
no hace sino repetir una creencia de la antigüedad, que formulaba San Isidoro «sicut autem trecesimus perfectae aetatis est annus in hominibus»
(Etimologías, XI, II, 16). El poeta negro Juan Francisco Manzano es autor
de un *contrafactum* garcilasiano en su soneto *Treinta años* (cf. C. Vitier,
«Dos poetas cubanos, Plácido y Manzano», *Bohemia,* 14-XII-1975).

[14] Los versos pertenecen al poema *María* (Madrid, Gabinete Literario,
1840, 84 págs.) del íntimo amigo de Espronceda y, pasados los años, con-
tertulio de Valera, Miguel de los Santos Álvarez. El contexto inmediato de
la cita es el siguiente:

Tenía un tío llamado don Gumersindo, poseedor de un mezquinísimo mayorazgo, de aquellos que en tiempos antiguos una vanidad absurda fundaba. Cualquier persona regular hubiera vivido con las rentas de este mayorazgo en continuos apuros, llena tal vez de trampas y sin acertar a darse el lustre y decoro propios de su clase; pero don Gumersindo era un ser extraordinario: el genio de la economía. No se podía decir que crease riqueza; pero tenía una extraordinaria facultad de absorción con respecto a la de los otros, y en punto a consumirla, será difícil hallar sobre la tierra persona alguna en cuyo mantenimiento, conservación y bienestar hayan tenido menos que afanarse la madre naturaleza y la industria humana. No se sabe cómo vivió; pero el caso es que vivió hasta la edad de ochenta años, ahorrando sus rentas íntegras y haciendo crecer su capital por medio de préstamos muy sobre seguro. Nadie por aquí le critica[15] de usurero, antes bien le califican de caritativo, por-

---

Ángel, ella nacido, / en el dolor, para el dolor criado, / vino a dar en la casa del pecado, / por justicia de Dios, o por olvido. / Tenía una virtuosa y buena hermana, / nuestra doña Tomasa allá en Valencia, / viuda infeliz de un militar sin suerte, / que la dejó a su muerte, / sólo su honrosa espada por herencia. / Murió esta pobre viuda, / y quedó en este mundo sin ayuda, / su pobre hija, niña desvalida, / al empezar la amarga y triste vida (...).

Los cuatro primeros versos de este fragmento habían sido recordados por Valera en el cap. XX de *Mariquita y Antonio*. La relación amistosa y la admiración que profesó don Juan por el autor de *Tentativas literarias* quedó registrada en muchas de sus cartas a Estébanez Calderón o a Menéndez Pelayo y en páginas de sus artículos de crítica literaria. En una de las *Nuevas cartas americanas* evoca la tertulia literaria que se celebraba en casa de la marquesa de Caicedo y en la que Álvarez era estrella indiscutida: «Miguel de los Santos Álvarez hubiera competido con Alarcón, y quizá lo hubiera vencido si su musa hubiera sido menos voluntariosa y mal mandada; pero Miguel jamás llamaba a su musa; ella acudía cuando le daba la gana, rechazándola a menudo la pereza o el mal humor de Miguel. De aquí que Miguel, el íntimo amigo de Espronceda y uno de los hombres de más raro y delicado ingenio que hemos tenido en España en esta edad, haya escrito tan poco, de jocoso y de serio» (*O. C.*, III, 418a).

[15] Valera, pese a su condición de hablante oriundo de Andalucía, es leísta (Luisa Revuelta, 1946, 36-38) y justifica su elección lingüística con una pintoresca teoría que trasciende a mera influencia del habla madrile-

que siendo moderado en todo, hasta en la usura lo era, y no solía llevar más de un diez por ciento al año, mientras que en toda esta comarca llevan un veinte y hasta un treinta por ciento y aún parece poco[16].

Con este arreglo, con esta industria y con el ánimo consagrado siempre a aumentar y a no disminuir sus bienes, sin permitirse el lujo de casarse, ni de tener hijos, ni de fumar siquiera, llegó don Gumersindo a la edad que he dicho, siendo poseedor de un capital importante sin duda en cualquier punto y aquí considerado enorme, merced a la pobreza de estos lugareños y a la natural exageración andaluza.

Don Gumersindo, muy aseado y cuidadoso de su persona, era un viejo que no inspiraba repugnancia.

Las prendas de su sencillo vestuario estaban algo raídas, pero sin una mancha y saltando de limpias, aunque de tiempo inmemorial se le conocía la misma capa, el mismo chaquetón y los mismos pantalones y chaleco. A veces se interrogaban en balde las gentes unas a otras a ver si alguien le había visto estrenar una prenda.

Con todos estos defectos, que aquí y en otras partes muchos consideran virtudes, aunque virtudes exageradas, don Gumersindo tenía excelentes cualidades: era afable, servicial, compasivo, y se desvivía por complacer y ser útil a

---

ña: «Asimismo, quisiera que adoptases y usases constantemente el *le* en lugar del *lo,* como acusativo del pronombre *él;* de esta manera se conserva sin confusión el primor que a nuestra lengua presta el pronombre neutro *lo,* que hace a veces relación a frases enteras, y que por su misma vaguedad es en extremo filosófico y *comprensivo.* Porque, verbigracia, con *lo vi* puedes significar que viste todo lo posible, mientras que con *le vi,* no das a entender sino que viste un objeto determinado. Galiano con estas y otras reflexiones, me convirtió al *le,* espero que tú te conviertas ahora» (carta a Heriberto García de Quevedo, 10-IV-1853; *O. C.,* III, 53a).

[16] Otro caso de prestamista honorable es el don Acisclo de *Doña Luz:* «Ésta era una usura monstruosa, era una usura de más del treinta por ciento al año. Don Acisclo se afligía, ponía el grito en el cielo, caía enfermo por la pesadumbre que le daban los apuros del marqués y, al fin, reincidía en sacrificarse, tomando él mismo el líquido por un real menos de su precio corriente y aportando el dinero, del cual no venía a sacar sino a razón de veinte por ciento al año. Así hacía ganar al marqués otro diez por ciento» (cap. I; *O. C.,* I, 1947, 35a).

todo el mundo, aunque le costase trabajo, desvelos y fatiga, con tal de que no le costase un real. Alegre y amigo de chanzas y de burlas, se hallaba en todas las reuniones y fiestas, cuando no eran a escote, y las regocijaba con la amenidad de su trato y con su discreta aunque poco ática conversación. Nunca había tenido inclinación alguna amorosa a una mujer determinada; pero inocentemente, sin malicia, gustaba de todas, y era el viejo más amigo de requebrar a las muchachas y que más las hiciese reír que había en diez leguas a la redonda.

Ya he dicho que era tío de la Pepita[17]. Cuando frisaba en los ochenta años, iba ella a cumplir los diez y seis. Él era poderoso; ella pobre y desvalida.

La madre de ella era una mujer vulgar, de cortas luces y de instintos groseros. Adoraba a su hija, pero continuamente y con honda amargura se lamentaba de los sacrificios que por ella hacía, de las privaciones que sufría y de la desconsolada vejez y triste muerte que iba a tener en medio de tanta pobreza. Tenía, además, un hijo mayor que Pepita, que había sido gran calavera en el lugar, jugador y pendenciero, a quien después de muchos disgustos había logrado colocar en la Habana en un empleíllo de mala muerte, viéndose así libre de él y con el charco de por medio. Sin embargo, a los pocos años de estar en la Habana el muchacho, su mala conducta hizo que le dejaran cesante, y asaetaba a cartas a su madre pidiéndole dinero. La madre, que apenas tenía para sí y para Pepita, se desesperaba, rabiaba, maldecía de sí y de su destino con paciencia poco evangélica, y cifraba toda su esperanza en una buena colocación para su hija que la sacase de apuros.

En tan angustiosa situación empezó don Gumersindo a frecuentar la casa de Pepita y de su madre y a requebrar a Pe-

---

[17] «Los nombres propios de persona no llevan artículo, puesto que están bien determinados. En el lenguaje vulgar se usa, sin embargo, el artículo con nombres femeninos» (Samuel Gili Gaya, *Curso Superior de Sintaxis Española*. Barcelona, 1955, 219). El uso del artículo en este pasaje implica un tratamiento vulgarmente familiar de la figura de Pepita Jiménez que no volverá a repetirse desde el punto en que los dos jóvenes tengan un trato frecuente (sólo en carta del 28 de marzo hay otros usos similares).

pita con más ahínco y persistencia que solía requebrar a otras. Era, con todo, tan inverosímil y tan desatinado el suponer que un hombre que había pasado ochenta años sin querer casarse pensase en tal locura cuando ya tenía un pie en el sepulcro, que ni la madre de Pepita, ni Pepita mucho menos, sospecharon jamás los en verdad atrevidos pensamientos de don Gumersindo. Así es que un día ambas se quedaron atónitas y pasmadas cuando, después de varios requiebros, entre burlas y veras, don Gumersindo soltó con la mayor formalidad y a boca de jarro la siguiente categórica pregunta:

—Muchacha, ¿quieres casarte conmigo?

Pepita, aunque la pregunta venía después de mucha broma y pudiera tomarse por broma y, aunque inexperta de las cosas del mundo, por cierto instinto adivinatorio que hay en las mujeres, y sobre todo en las mozas, por cándidas que sean, conoció que aquello iba por lo serio, se puso colorada como una guinda y no contestó nada. La madre contestó por ella:

—Niña, no seas malcriada; contesta a tu tío lo que debes contestar: tío, con mucho gusto; cuando usted quiera.

Este *tío, con mucho gusto; cuando usted quiera,* entonces, y varias veces después dicen que salió casi mecánicamente de entre los trémulos labios de Pepita, cediendo a las amonestaciones, a los discursos, a las quejas y hasta al mandato imperioso de su madre[18].

---

[18] Pepita vive dos experiencias distintas de *niña* solicitada por un *viejo.* En la primera —su matrimonio con don Gumersindo— se reproduce el esquema de comportamiento que Moratín había censurado en *El viejo y la niña* («¡Ah, señor!, con tantos años, / ¿aún no tenéis experiencia / de lo que es una muchacha? / ¿No sabéis que nos enseñan / a obedecer ciegamente / y a que el semblante desmienta / lo que sufre el corazón?» (tercer acto, escena XIII). En la segunda situación —las pretensiones matrimoniales de don Pedro resueltas en favor de su hijo—, Valera echa mano de la fórmula más chispeante que Lope había manifestado en *La discreta enamorada* y Moratín en *El sí de las niñas.* El tema de *El viejo y la niña* es una constante en la narrativa de nuestro autor: las parejas de don Braulio y doña Beatriz en *Pasarse de listo,* Rafaela y Joaquín en *Genio y figura,* Mendoza y Lucía en *El comendador Mendoza,* Juanita y don Paco en *Juanita la Larga;* el

Veo que me extiendo demasiado en hablar a usted de esta Pepita Jiménez y de su historia; pero me interesa, y supongo que debe interesarle, pues si es cierto lo que aquí aseguran, va a ser cuñada de usted y madrastra mía. Procuraré, sin embargo, no detenerme en pormenores, y referir, en resumen, cosas que acaso usted ya sepa, aunque hace tiempo que falta de aquí.

Pepita Jiménez se casó con don Gumersindo. La envidia se desencadenó contra ella en los días que precedieron a la boda y algunos meses después.

En efecto, el valor moral de este matrimonio es harto discutible; mas para la muchacha, si se atiende a los ruegos de su madre, a sus quejas, hasta a su mandato; si se atiende a que ella creía por este medio proporcionar a su madre una vejez descansada y libertar a su hermano de la deshonra y de la infamia, siendo su ángel tutelar y su providencia, fuerza es confesar que merece atenuación la censura. Por otra parte, ¿cómo penetrar en lo íntimo del corazón, en el secreto escondido de la mente juvenil de una doncella, criada tal vez con recogimiento exquisito e ignorante de todo, y saber qué idea podía ella formarse del matrimonio? Tal vez entendió que casarse con aquel viejo era consagrar su vida a cuidarle, a ser su enfermera, a dulcificar los últimos años de su vida, a no dejarle en soledad y abandono, cercado sólo de achaques y asistido por manos mercenarias, y a iluminar y dorar, por último, sus postrimerías con el rayo esplendente y suave de su hermosura y de su juventud, como ángel que

motivo ha sido señalado por la crítica en diversas ocasiones: B. Ruiz Cano, *Don Juan Valera en su vida y su obra,* Jaén, 1935; Mario Maurín, «Valera y la ficción encadenada», *Mundo Nuevo,* 14, 1967, 35-44; 15, 1967, 37-44; Cyrus De Coster, edición de *Genio y figura,* Madrid, 1978, 28-29; Enrique Rubio Cremades, edición de *Juanita la Larga,* Madrid, 1985, 29-37; Adolfo Sotelo, edición de *Pepita Jiménez,* Madrid, 1983, 18; María del Pilar Palomo, edición de *Pepita Jiménez,* pág. XIX; Thurston, 1990, págs. 110-113. Para el estudio del tema en la literatura de la segunda mitad del siglo XVIII, René Andioc, *Sur la querelle du Théâtre au temps de Leandro Fernández de Moratín,* Tarbes, 1970, 459-568; para la situación de la mujer en la mitad del XIX, pueden verse María Laffitte, *La mujer en España: Cien Años de su Historia, 1860-1960,* Madrid, 1964 y Geraldine M. Scanlon, *La polémica feminista en la España contemporánea (1868-1974),* Madrid, 1976.

toma forma humana. Si algo de esto o todo esto pensó la muchacha, y en su inocencia no penetró en otros misterios, salva queda la bondad de lo que hizo.

Como quiera que sea, dejando a un lado estas investigaciones psicológicas[19] que no tengo derecho a hacer, pues no conozco a Pepita Jiménez, es lo cierto que ella vivió en santa paz con el viejo durante tres años; que el viejo parecía más feliz que nunca; que ella le cuidaba y regalaba con un esmero admirable, y que en su última y penosa enfermedad le atendió y veló con infatigable y tierno afecto, hasta que el viejo murió en sus brazos, dejándola heredera de una gran fortuna.

Aunque hace más de dos años que perdió a su madre, y más de año y medio que enviudó, Pepita lleva aún luto de viuda. Su compostura, su vivir retirado y su melancolía son tales, que cualquiera pensaría que llora la muerte del marido como si hubiera sido un hermoso mancebo. Tal vez alguien presume o sospecha que la soberbia de Pepita y el conocimiento cierto que tiene hoy de los poco poéticos medios con que se ha hecho rica, traen su conciencia alterada y más que escrupulosa; y que, avergonzada a sus propios ojos y a los de los hombres, busca en la austeridad y en el retiro el consuelo y reparo a la herida de su corazón.

Aquí, como en todas partes, la gente es muy aficionada al dinero. Y digo mal *como en todas partes;* en las ciudades populosas, en los grandes centros de civilización, hay otras distinciones que se ambicionan tanto o más que el dinero, porque abren camino y dan crédito y consideración en el mundo; pero en los pueblos pequeños, donde ni la gloria literaria o científica ni tal vez la distinción en los modales, ni la elegancia ni la discreción y amenidad en el trato, suelen estimarse ni comprenderse, no hay otros grados que marquen la jerarquía social sino el tener más o menos dinero o

---

[19] La palabra *psicología* no se registra en el Diccionario académico de 1843, y tampoco en la edición de 1884. Pero la palabra aparecía en el *Diccionario castellano* de Terreros y Pando (1786-1793).

cosa que lo valga[20]. Pepita, pues, con dinero y siendo además hermosa, y haciendo, como dicen todos, buen uso de su riqueza, se ve en el día considerada y respetada extraordinariamente. De este pueblo y de todos los de las cercanías han acudido a pretenderla los más brillantes partidos, los mozos mejor acomodados. Pero, a lo que parece, ella los desdeña a todos con extremada dulzura, procurando no hacerse ningún enemigo, y se supone que tiene llena el alma de la más ardiente devoción, y que su constante pensamiento es consagrar su vida a ejercicios de caridad y de piedad religiosa[21].

Mi padre no está más adelantado ni ha salido mejor librado, según dicen, que los demás pretendientes; pero Pepita, para cumplir el refrán de que no quita lo cortés a lo valiente, se esmera en mostrarle la amistad más franca, afectuosa y desinteresada. Se deshace con él en obsequios y atenciones; y, siempre que mi padre trata de hablarle de amor, le pone a raya echándole un sermón dulcísimo, trayéndole a la memoria sus pasadas culpas, y tratando de desengañarle del mundo y de sus pompas vanas.

Confieso a usted que empiezo a tener curiosidad de conocer a esta mujer; tanto oigo hablar de ella. No creo que mi curiosidad carezca de fundamento, tenga nada de vano

---

[20] Las preocupaciones dinerarias del autor asoman en este rasgo de caracterización sociológica de los pueblos del sur de España. Aunque la situación económica del personaje ficticio es desahogada —«los cuantiosos bienes que han de tocarme por herencia» leemos párrafos más adelante en esta misma carta—, y sus preocupaciones crematísticas son inexistentes, Luis de Vargas —como observó Manuel Azaña— presenta indudables paralelismos con el joven Valera, que podemos ver retratado en sus cartas a la familia. (Cfr. *Introducción,* págs. 25-27). Para las dependencias económicas de nuestro autor es imprescindible el trabajo de Jean-François Botrel (1970).

[21] Doña Luz revela idéntico desdén por sus pretendientes: «Los mozos del lugar o forasteros que, por más guapos o importantes, habían osado aspirar a doña Luz, y habían sido rechazados con suavidad antes de una declaración que les comprometiese, tenían tan alta opinión de doña Luz y de ellos mismos que cada cual imaginaba que era inexpugnable la que a sus encantos y buenas prendas no se había rendido» *(Doña Luz,* cap X; *O. C.,* I, 1947, 65b).

ni de pecaminoso; yo mismo siento lo que dice Pepita; yo mismo deseo que mi padre, en su edad provecta, venga a mejor vida, olvide y no renueve las agitaciones y pasiones de su mocedad, y llegue a una vejez tranquila, dichosa y honrada. Sólo difiero del sentir de Pepita en una cosa: en creer que mi padre, mejor que quedándose soltero, conseguiría esto casándose con una mujer digna, buena y que le quisiese. Por esto mismo deseo conocer a Pepita y ver si ella puede ser esta mujer, pesándome ya algo —y tal vez entre en esto cierto orgullo de familia[22]— que si es malo quisiera desechar, los desdenes, aunque melifuos, de la mencionada joven viuda.

Si tuviera yo otra condición, preferiría que mi padre se quedase soltero. Hijo único entonces, heredaría todas sus riquezas, y, como si dijéramos, nada menos que el cacicato de este lugar; pero usted sabe bien lo firme de mi resolución.

Aunque indigno y humilde, me siento llamado al sacerdocio, y los bienes de la tierra hacen poca mella en mi ánimo. Si hay algo en mí del ardor de la juventud y de la vehemencia de las pasiones propias de dicha edad, todo habrá de emplearse en dar pábulo a una caridad activa y fecunda. Hasta los muchos libros que usted me ha dado a leer, y mi conocimiento de la historia de las antiguas civilizaciones de los pueblos del Asia, unen en mí la curiosidad científica al

---

[22] El orgullo como móvil del comportamiento de Luis de Vargas es aseveración hecha por los narradores de la novela. Don Luis, ya desde la primera carta, admite «cierto orgullo de familia», y en esta misma carta, sigue dudando si su vocación religiosa no «proviene también de orgullo» (carta del 22 de marzo). Recuerda consejos del deán («sólo pretender tanta perfección es orgullo») (4 de abril), para terminar confesando a su tío: «hay mucha soberbia en mí» (20 de abril), aunque más tarde se contradiga: «no me acuse usted de soberbia» (7 de mayo); «he creído, si el orgullo no me alucina, que he conocido y gozado en paz, con la inteligencia y con el afecto, del bien supremo que está en el centro y abismo del alma» (11 de junio). En *Paralipómenos,* tanto don Luis (conversación con Pepita la noche de San Juan y coloquio con su padre después de los acontecimienros de aquella noche) como el narrador afirman el rasgo moral del seminarista: «si bien se examina, se verá que sale de todo una lección contra los orgullosos y soberbios». El abrumador conjunto de testimonios coincidentes conduce hacia la confesión final del protagonista: «he sido un santo postizo».

deseo de propagar la fe, y me convidan y excitan a irme de misionero al remoto Oriente[23]. Yo creo que, no bien salga de este lugar, donde usted mismo me envía a pasar algún tiempo con mi padre, y no bien me vea elevado a la dignidad del sacerdocio, y aunque ignorante y pecador como soy, me sienta revestido por don sobrenatural y gratuito, merced a la soberana bondad del Altísimo, de la facultad de perdonar los pecados y de la misión de enseñar a las gentes, y reciba el perpetuo y milagroso favor de traer a mis manos impuras al mismo Dios humanado, dejaré a España y me iré a tierras distantes a predicar el Evangelio.

No me mueve vanidad alguna; no quiero creerme superior a ningún otro hombre. El poder de mi fe, la constancia de que me siento capaz, todo, después del favor y de la gracia de Dios, se lo debo a la atinada educación, a la santa enseñanza y al buen ejemplo de usted, mi querido tío.

Casi no me atrevo a confesarme a mí mismo una cosa; pero contra mi voluntad, esta cosa, este pensamiento, esta cavilación acude a mi mente con frecuencia, y ya que acude a mi mente, quiero, debo confesársela a usted; no me es lícito ocultarle ni mis más recónditos e involuntarios pensamientos. Usted me ha enseñado a analizar lo que el alma siente, a buscar su origen bueno o malo, a escudriñar los

---

[23] Además de la frecuentación de la Biblia, y de autores cristianos —Madre María de Ágreda, Santa Teresa de Jesús, Dante o las «vidas de muchos santos»—, Luis de Vargas ostenta una lectura inteligente de escritores profanos, antiguos y modernos, y un conocimiento, infrecuente en la España de su tiempo, de la Historia Antigua y Oriental, que corresponde, claro está, a las curiosidades intelectuales del propio Valera. Margarita Almela ha inventariado en su tesis doctoral los textos literarios y los estudios históricos y filológicos que empleó don Juan en su documentación sobre la historia y la cultura de los pueblos de la Antigüedad. En el prólogo de *Leyendas del Antiguo Oriente* explicaba Valera uno de los motivos que le habían llevado a la escritura de relatos cortos ambientados en los tiempos antiguos: «Otra razón nos impulsa también a escribir estas leyendas. Deseamos divulgar un poco la literatura oriental antigua y empezar a emplearla en nuestra moderna literatura española. En Francia y en Inglaterra y en Alemania, el renacimiento oriental, de que hemos hablado, deja, tiempo ha, sentir su influjo en el arte y en la poesía. En España aún no se nota nada de esto» (*O. C.*, I, 901b).

más hondos senos del corazón, a hacer, en suma, un escrupuloso examen de conciencia.

He pensado muchas veces sobre dos métodos opuestos de educación: el de aquéllos que procuran conservar la inocencia, confundiendo la inocencia con la ignorancia y creyendo que el mal no conocido se evita mejor que el conocido, y el de aquéllos que, valerosamente y no bien llegado el discípulo a la edad de la razón, y salva la delicadeza del pudor, le muestran el mal en toda su fealdad horrible y en toda su espantosa desnudez, a fin de que le aborrezca y le evite. Yo entiendo que el mal debe conocerse para estimar mejor la infinita bondad divina, término ideal e inasequible de todo bien nacido deseo. Yo agradezco a usted que me haya hecho conocer, como dice la Escritura, con la miel y la manteca de su enseñanza[24], todo lo malo y todo lo bueno, a fin de reprobar lo uno y aspirar a lo otro, con discreto ahínco y con pleno conocimiento de causa. Me alegro de no ser cándido y de ir derecho a la virtud, y en cuanto cabe en lo humano, a la perfección, sabedor de todas las tribulaciones, de todas las asperezas que hay en la peregrinación que debemos hacer por este valle de lágrimas[25] y no ig-

---

[24] Lott y Palomo han aducido el pasaje escriturístico pertinente para esta cita (Isaías, VII, 15): «comerá leche cuajada y miel hasta que sepa rechazar lo malo y elegir lo bueno». Las dificultades de interpretación han surgido de un mal entendimiento de la palabra *manteca* que, como registra el *Diccionario* académico, es un andalucismo cuyo significado es 'nata'.

[25] La metáfora de la *peregrinatio vitae* es uno de los más insistentes *topoi* de la doctrina cristiana, con fundamentos bíblicos muy abundantes *(Génesis,* XLVIII, 8-9; S. Pedro, *Epístola I,* II, 11; *II Corintios,* V, 6-9) y ha admitido pungentes variantes, como la que también se recuerda en el texto —«in hac lacrimarum valle»— y que pertenece a la plegaria atribuida a San Pedro de Mezonzo. Durante los siglos XVI y XVII este tópico tuvo extraordinaria fortuna en las letras españolas —repárese en el libro de Pedro Hernández de Villalumbrales, *Libro intitulado Peregrinación de la Vida del hombre, puesta en batalla debaxo de los trabajos que sufrió el cavallero del Sol en defensa de la Razón natural,* Medina del Campo, 1552—, aunque en el siglo XIX la idea cristiana de *peregrinación* fue trasladada a la aventura individual de signo romántico. En el texto, Vargas alude exclusivamente a la noción tradicional (Cf. Juergen Hahn, *The Origins of the Baroque Concept of Peregrination,* Chapel Hill, University of North Carolina, 1973). No debe olvidarse que la imagen de la *peregrinatio vitae* así como la de la *peregrinatio animae* es una referencia insistente en las *Confesiones* de San Agustín.

norando tampoco lo llano, lo fácil, lo dulce, lo sembrado de flores que está, en apariencia, el camino que conduce a la perdición y a la muerte eterna.

Otra cosa que me considero obligado a agradecer a usted es la indulgencia, la tolerancia, aunque no complaciente y relajada, sino severa y grave, que ha sabido usted inspirarme para con las faltas y pecados del prójimo.

Digo todo esto porque quiero hablar a usted de un asunto tan delicado, tan vidrioso, que apenas hallo términos con que expresarle. En resolución, yo me pregunto a veces: este propósito mío, ¿tendrá por fundamento, en parte al menos, el carácter de mis relaciones con mi padre? En el fondo de mi corazón, ¿he sabido perdonarle su conducta con mi pobre madre, víctima de sus liviandades?

Lo examino detenidamente y no hallo un átomo de rencor en mi pecho. Muy al contrario: la gratitud lo llena todo. Mi padre me ha criado con amor; ha procurado honrar en mí la memoria de mi madre, y se diría que al criarme, al cuidarme, al mimarme, al esmerarse conmigo cuando pequeño, trataba de aplacar su irritada sombra, si la sombra, si el espíritu de ella, que era un ángel de bondad y de mansedumbre, hubiera sido capaz de ira. Repito, pues, que estoy lleno de gratitud hacia mi padre; él me ha reconocido, y además, a la edad de diez años me envió con usted, a quien debo cuanto soy[26].

---

[26] La ilegitimidad del nacimiento es un motivo secundario que recorre la trama del texto entrelazándose con otros dos de envergadura literaria: el del *viejo y la niña* (comentado ya en nota 18) y el del joven casto acusado falsamente por su madrastra, es decir, el tema de *Fedra*. La condición de hijo extramatrimonial es una hábil finta que Luis de Vargas exhibirá ante su propia conciencia para dilatar la solución del conflicto afectivo en el que se encuentra gustosamente enredado. La ilegitimidad de nacimiento es elemento recurrente también en la narrativa de Valera, desde *Mariquita y Antonio* (Mariquita es hija de soltera); María e Irene nacen fuera de matrimonio en *Las ilusiones del Doctor Faustino*, e idéntico conflicto articula las relaciones de los personajes en *El Comendador Mendoza, Doña Luz, Genio y figura*, y *Juanita la Larga*. Paul Smith (1968, 811), que ha estudiado la presencia del motivo de la ilegitimidad filial en la obra narrativa de nuestro autor, explica la reiteración del motivo como un reflejo del dilema vivido por Valera y los hombres de su generación, ya que el intenso empleo del mismo «has strong implications of positivistic practical, bourgeois moderation and even anti-idealism»; ver también Thurston, 1990, págs. 106-110.

Si hay en mi corazón algún germen de virtud; si hay en mi mente algún principio de ciencia; si hay en mi voluntad algún honrado y buen propósito, a usted lo debo.

El cariño de mi padre hacia mí es extraordinario, es grande; la estimación en que me tiene, inmensamente superior a mis merecimientos. Acaso influya en esto la vanidad. En el amor paterno hay algo de egoísta; es como una prolongación del egoísmo. Todo mi valer, si yo le tuviese, mi padre le consideraría como creación suya, como si yo fuera emanación de su personalidad, así en el cuerpo como en el espíritu. Pero de todos modos, creo que él me quiere y que hay en este cariño algo de independiente y de superior a todo ese disculpable egoísmo de que he hablado.

Siento un gran consuelo, una gran tranquilidad en mi conciencia, y doy por ello las más fervientes gracias a Dios, cuando advierto y noto que la fuerza de la sangre, el vínculo de la naturaleza, ese misterioso lazo que nos une, me lleva, sin ninguna consideración del deber, a amar a mi padre y a reverenciarle. Sería horrible, no amarle así, y esforzarse por amarle para cumplir con un mandamiento divino. Sin embargo, y aquí vuelve mi escrúpulo, mi propósito de ser clérigo o fraile, de no aceptar, o de aceptar sólo una pequeña parte de los cuantiosos bienes que han de tocarme por herencia, y de los cuales puedo disfrutar ya en vida de mi padre, ¿proviene sólo de mi menosprecio de las cosas del mundo, de una verdadera vocación a la vida religiosa, o proviene también de orgullo, de rencor escondido, de queja, de algo que hay en mí que no perdona lo que mi madre perdonó con generosidad sublime? Esta duda me asalta y me atormenta a veces; pero casi siempre la resuelvo en mi favor, y creo que no soy orgulloso con mi padre; creo que yo aceptaría todo cuanto tiene si lo necesitara, y me complazco en ser tan agradecido con él por lo poco como por lo mucho.

Adiós, tío; en adelante escribiré a usted a menudo y tan por extenso como me tiene encargado, si bien no tanto como hoy, para no pecar de prolijo[27].

---

[27] El estilo coloquial que recomendaban los tratadistas y los formula-

Me voy cansando de mi residencia en este lugar, y cada día siento más deseo de volverme con usted y de recibir las órdenes; pero mi padre quiere acompañarme, quiere estar presente en esa gran solemnidad y exige de mí que permanezca aquí con él dos meses por lo menos. Está tan afable, tan cariñoso conmigo, que sería imposible no darle gusto en todo. Permaneceré, pues, aquí el tiempo que él quiera. Para complacerle me violento y procuro aparentar que me gustan las diversiones de aquí, las giras campestres y hasta la caza, a todo lo cual le acompaño. Procuro mostrarme más alegre y bullicioso de lo que naturalmente soy. Como en el pueblo, medio de burla, medio en son de elogio, me llaman el *santo,* yo por modestia trato de disimular estas apariencias de santidad o de suavizarlas y humanarlas con la virtud de la eutropelia[28], ostentando una alegría serena y decente, la cual nunca estuvo reñida ni con la santidad ni con los santos. Confieso, con todo, que las bromas y fiestas de aquí, que los chistes groseros y el regocijo estruendoso, me cansan. No quisiera incurrir en murmuración ni ser maldiciente, aunque sea con todo sigilo y de mí para usted; pero a menudo me doy a pensar que tal vez sería más

---

rios epistolares de principios del siglo xix no estaba exento de ciertas convenciones del género, como eran el saludo inicial y la despedida final, formalidades que Luis guarda en esta carta y que irán desapareciendo en cartas posteriores. La abundancia en los detalles de diversa naturaleza que expone el joven seminarista había sido también advertida por los autores de tratados epistolares: «Los jóvenes llenan sus cartas de inútiles pormenores, escriben como para sí, sin pensar en aquel a quien escriben, y adolecen casi siempre de distracciones» (cito por la traducción castellana de los *Principios Filosóficos de la Literatura* del abate Batteux, IX, 1805, 104).

[28] *Eutropelia,* en todas las ediciones, con alteración vocálica del étimo griego *eutrapelía.* Covarrubias anota: «Eutropelia seu eutrapelia, un entretenimiento de burlas graciosas y sin perjuicio como son los juegos de maestrecoral». Cfr. la *Aprobación* de Fr. Juan Bautista de las *Novelas ejemplares* cervantinas: «la verdadera eutropelia está en estas novelas».

difícil empresa el moralizar y evangelizar un poco a estas gentes, y más lógica y meritoria que el irse a la India, a la Persia o la China, dejándose atrás a tanto compatriota, si no perdido, algo pervertido. ¡Quién sabe! Dicen algunos que las ideas modernas, que el materialismo y la incredulidad tienen la culpa de todo; pero si la tienen, pero si obran tan malos efectos, ha de ser de un modo extraño, mágico, diabólico, y no por medios naturales, pues es lo cierto que nadie lee aquí libro alguno ni bueno ni malo, por donde no atino a comprender cómo puedan pervertirse con las malas doctrinas que privan ahora. ¿Estarán en el aire las malas doctrinas, a modo de miasmas de una epidemia? Acaso (y siento tener este mal pensamiento, que a usted sólo declaro), acaso tenga la culpa el mismo clero. ¿Está en España a la altura de su misión?[29]. ¿Va a enseñar y a moralizar en los pueblos? ¿En todos sus individuos es capaz de esto? ¿Hay verdadera vocación en los que se consagran a la vida religiosa y a la cura de almas, o es sólo un modo de vivir como otro cualquiera, con la diferencia de que hoy no se dedican a él sino los más menesterosos, los más sin esperanzas y sin medios, por lo mismo que esta *carrera* ofrece menos porvenir que cualquiera otra? Sea como sea, la escasez de sacerdotes instruidos y virtuosos excita más en mí el deseo de ser sacerdote[30]. No quisiera yo que el amor propio me engaña-

---

[29] «A la altura de su misión»: es una de las construcciones censuradas por Ocharán (1924, 34): «Misión por cargo, obligación, ministerio cuidado, incumbencia, empleo, etc., es galicismo. Baralt y Castaña en sus respectivos diccionarios así lo declaran, y la autoridad de nuestros clásicos les presta su conformidad».

[30] Sobre el papel representado por los clérigos en la sociedad española del XIX hay apuntes en los análisis de contenido sociológico que se han aplicado a selecciones reducidas del *corpus* novelístico de la época: Concepción Fernández-Cordero, *La sociedad española del siglo XIX en la obra literaria de don José María de Pereda,* Santander, 1970, 252-261; Pilar Faùs Sevilla, *La sociedad española del siglo XIX,* Madrid, 1982, 154-159; Soledad Miranda, *Religión y clero en la gran novela española del siglo XIX,* Madrid, 1982, 154-159. El púlpito es un indicio claro de la deficiente preparación de los clérigos de la época; sin necesidad de buscar sermones y homilías en novelas de otros autores, téngase en cuenta el sermón del padre Anselmo sobre la «corrupción de nuestro siglo» en *Juanita la Larga (O. C.,* 1, 557-560).

se[31]; reconozco todos mis defectos; pero siento en mí una verdadera vocación, y muchos de ellos podrán enmendarse con el auxilio divino.

Hace tres días tuvimos el convite, del que hablé a usted, en casa de Pepita Jiménez. Como esta mujer vive tan retirada, no la conocí hasta el día del convite; me pareció, en efecto, tan bonita como dice la fama, y advertí que tiene con mi padre una afabilidad tan grande, que le da alguna esperanza, al menos miradas las cosas someramente, de que al cabo ceda y acepte su mano.

Como es posible que sea mi madrastra, la he mirado con detención y me parece una mujer singular, cuyas condiciones morales no atino a determinar con certidumbre. Hay en ella un sosiego, una paz exterior, que puede provenir de frialdad de espíritu y de corazón, de estar muy sobre sí y de calcularlo todo, sintiendo poco o nada, y pudiera provenir también de otras prendas que hubiera en su alma; de la tranquilidad de su conciencia, de la pureza de sus aspiraciones y del pensamiento de cumplir en esta vida con los deberes que la sociedad impone, fijando la mente, como término, en esperanzas más altas. Ello es lo cierto que, o bien porque en esta mujer todo es cálculo, sin elevarse su mente a superiores esferas, o bien porque enlaza la prosa del vivir y la poesía de sus ensueños en una perfecta armonía, no hay en ella nada que desentone del cuadro general en que está colocada, y, sin embargo, posee una distinción natural, que la levanta y separa de cuanto la rodea. No afecta vestir traje aldeano, ni se viste tampoco según la moda de las ciudades; mezcla ambos estilos en su vestir, de modo que parece una señora, pero una señora de lugar. Disimula mucho, a lo que yo presumo, el cuidado que tiene de su persona; no se advierten en ella ni cosméticos ni afeites; pero la blancura de sus manos, las uñas tan bien cuidadas y acicaladas, y todo el aseo y pulcritud con que está vestida, denotan que cuida de estas cosas más de lo que se pudiera creerse en una persona que vive en un pueblo y que además dicen que desde-

---

[31] «También puede entretenerse en cosas muy espirituales nuestro amor propio», Santa Teresa, *Modo de visitar conventos*, V, I, 17.

ña las vanidades del mundo y sólo piensa en las cosas del cielo[32].

Tiene la casa limpísima y todo en un orden perfecto. Los muebles no son artísticos ni elegantes; pero tampoco se advierte en ellos nada pretencioso y de mal gusto. Para poetizar[33] su estancia, tanto en el patio como en las salas y galerías, hay multitud de flores y plantas. No tiene, en verdad, ninguna planta rara ni ninguna flor exótica; pero sus plantas y sus flores, de lo más común que hay por aquí, están cuidadas con extraordinario mimo.

Varios canarios en jaulas doradas animan con sus trinos toda la casa. Se conoce que el dueño de ella necesita seres vivos en quien poner algún cariño; y, a más de algunas criadas, que se diría que ha elegido con empeño, pues no puede ser mera casualidad el que sean todas bonitas, tiene, como las viejas solteronas, varios animales que le hacen compañía: un loro, una perrita de lanas muy lavada y dos o tres gatos, tan mansos y sociables, que se le ponen a uno encima.

En un extremo de la sala principal hay algo como oratorio, donde resplandece un niño Jesús de talla[34], blanco y ru-

---

[32] La primera descripción directa de Pepita que presenta Luis de Vargas se limita a una hipótesis caracteriológica y al apunte fervoroso sobre su pulcritud. Valera, en su correspondencia, es terminante cuando habla del desaliño de sus amigos: «Yo que aprecio tanto la amistad y la ciencia, no tengo ni siquiera un amigo que pueda satisfacerme en estas cosas. Los que son eruditos están muy mal educados, son sucios y pedantes, y los que son limpios y cortesanos, tan mentecatos, que no hay medio de poderlos aguantar» (carta a su padre fechada en Madrid, 23-IV-1850; *O. C.*, III, 34); «Acaso Menéndez no llegue a venir y se haya escamado de los desdenes y melindres de mi mujer y de mi hija. Mucho me pesa de ello, pero no puedo negar que ambas tienen alguna razón en mostrarse melindrosas y desdeñosas. Menéndez, como no se lava nunca, huele bastante mal, a pesar de los fríos del invierno...» (carta a José Alcalá Galiano de 5-XII-1895; De Coster, 1956, págs. 228-229).

[33] *Poetizar* en el sentido de 'adornar', 'embellecer'.

[34] Un cuento de 1897 —*El San Vicente Ferrer de talla* (*O. C.*, 1, 1165-1169)— desarrolla el motivo que queda apuntado en este pasaje: la pequeña escultura religiosa que suscita el cuidado amoroso de una mujer. A. Rodríguez y Ch. Boyer (1991) han hecho notar las varias alusiones que se registran en la novela a la talla del niño Jesús y su función como emblema de las fuerzas genésicas de la vida; el comentario del vicario que reproduce la carta del 14 de abril es suficientemente elocuente.

bio, con ojos azules y bastante guapo. Su vestido es de raso blanco, con manto azul lleno de estrellitas de oro, y todo él está cubierto de dijes y de joyas. El altarito en que está el niño Jesús se ve adornado de flores, y alrededor macetas de brusco y laureola[35], y en el altar mismo, que tiene gradas o escaloncitos, mucha cera ardiendo.

Al ver todo esto no sé qué[36] pensar; pero más a menudo me inclino a creer que la viuda se ama a sí misma sobre todo, y que para recreo y para efusión de este amor tiene los gatos, los canarios, las flores y al propio niño Jesús, que en el fondo de su alma tal vez no esté muy por encima de los canarios y de los gatos.

No se puede negar que la[37] Pepita Jiménez es discreta: ninguna broma tonta, ninguna pregunta impertinente sobre mi vocación y sobre las órdenes que voy a recibir dentro de poco han salido de sus labios. Habló conmigo de las cosas del lugar, de la labranza, de la última cosecha de vino y de aceite y del modo de mejorar la elaboración del vino; todo ello con modestia y naturalidad, sin mostrar deseo de pasar por muy entendida.

Mi padre estuvo finísimo; parecía remozado, y sus extre-

---

[35] *Brusco y laureola:* nombres de plantas documentadas desde el siglo XVI. Alcalá Venceslada señala el *brusco* como andalucismo ('arbusto muy ramoso del que se hacen escobas'). *Laureola,* derivado de laurel, como nombre de persona se documenta en 1492 en la protagonista de la novela de Diego de San Pedro *Cárcel de amor* (C. C. Smith, «Los cultismos literarios del Renacimiento», *BHi,* LXI, 1959, págs. 236-272).

[36] El «no sé qué» es expresión reiterada ampliamente en las cartas de Luis de Vargas y en el discurso del *editor.* Es fórmula retórica que envía al *nescio quid* ciceroniano y a sus ecos posteriores en San Agustín y Petrarca, como me recuerda Antonio Armisén (cf. A. Porqueras Mayo, «El no sé qué en la literatura española», *Temas y formas en la literatura española,* Madrid, Gredos, 1972, págs. 11-59). Su abundante empleo en *Pepita Jiménez* sirve, sin duda, al refuerzo de la imprecisión enunciativa que enmarca la estructura de la obra, pero sugiere muy plausiblemente el eco de la fórmula clásica, con todo su aporte sobre la teoría de la *docta ignorantia* y la posición escéptica de un Francisco Sánchez, cuyo libro sobre *Quod nihil scitur* fue aludido y comentado en varias ocasiones por Valera (*O. C.,* II, páginas 1000a, 1574b, 1676-1677).

[37] Véase nota 17.

mos cuidadosos hacia la dama de sus pensamientos eran recibidos, si no con amor, con gratitud.

Asistieron al convite el médico, el escribano y el señor Vicario, grande amigo de la casa y padre espiritual de Pepita.

El señor Vicario debe de tener un alto concepto de ella, porque varias veces me habló aparte de su caridad, de las muchas limosnas que hacía, de lo compasiva y buena que era para todo el mundo, en suma, me dijo que era una santa.

Oído el señor Vicario y fiándome en su juicio, yo no puedo menos de desear que mi padre se case con la Pepita. Como mi padre no es a propósito para hacer vida penitente, éste sería el único modo de que cambiase su vida, tan agitada y tempestuosa hasta aquí, y de que viniese a parar a un término, si no ejemplar, ordenado y pacífico.

Cuando nos retiramos de casa de Pepita Jiménez y volvimos a la nuestra, mi padre me habló resueltamente de su proyecto; me dijo que él había sido un gran calavera, que había llevado una vida muy mala y que no veía medio de enmendarse, a pesar de sus años, si aquella mujer, que era su salvación, no le quería y se casaba con él. Dando ya por supuesto que iba a quererle y a casarse, mi padre me habló de intereses; me dijo que era muy rico y que me dejaría mejorado[38], aunque tuviese varios hijos más. Yo le respondí que para los planes y fines de mi vida necesitaba harto poco dinero, y que mi mayor contento sería verle dichoso con mujer e hijos, olvidado de sus antiguos devaneos. Me habló luego mi padre de sus esperanzas amorosas, con un candor y con una vivacidad tales, que se diría que yo era el padre y el viejo, y él un chico de mi edad o más joven[39]. Para ponderarme el mérito de la novia y la dificultad del triunfo, me refirió las condiciones y excelencias de los quince o veinte

<hr />

[38] *Mejorado:* en posesión de un cupo superior de bienes por encima de los que pudieran corresponder en herencia a los hijos del futuro e hipotético matrimonio.

[39] Afirmación que constituye una de las apoyaturas básicas para el *topos* del mundo al revés que desempeña un papel tan significativo en la novela (Kevin S. Larsen, 1993).

novios[40] que Pepita había tenido, y que todos habían llevado calabazas. En cuanto a él, según me explicó, hasta cierto punto las había también llevado; pero se lisonjeaba de que no fuesen definitivas, porque Pepita le distinguía tanto y le mostraba tan grande afecto, que, si aquello no era amor, pudiera fácilmente convertirse en amor con el largo trato y con la persistente adoración que él le consagraba. Además, la causa del desvío de Pepita tenía para mi padre un no sé qué de fantástico y de sofístico que al cabo debía desvanecerse. Pepita no quería retirarse a un convento ni se inclinaba a la vida penitente; a pesar de su recogimiento y de su devoción religiosa, harto se dejaba ver que se complacía en agradar. El aseo y el esmero de su persona poco tenían de cenobíticos. La culpa de los desvíos de Pepita, decía mi padre, es sin duda su orgullo, orgullo en gran parte fundado; ella es naturalmente elegante, distinguida; es un ser superior por la voluntad y por la inteligencia, por más que con modestia lo disimule; ¿cómo, pues, ha de entregar su corazón a los palurdos que la han pretendido hasta ahora? Ella imagina que su alma está llena de un místico amor de Dios, y que sólo con Dios se satisface, porque no ha salido a su paso todavía un mortal bastante discreto y agradable que le haga olvidar hasta a su niño Jesús. Aunque sea inmodestia, añadía mi padre, yo me lisonjeo aún de ser ese mortal dichoso.

Tales son, querido tío, las preocupaciones y ocupaciones de mi padre en este pueblo, y las cosas tan extrañas para mí y tan ajenas a mis propósitos y pensamientos de que me habla con frecuencia, y sobre las cuales quiere que dé mi voto.

No parece sino que la excesiva indulgencia de usted para conmigo ha hecho cundir aquí mi fama de hombre de consejo: paso por un pozo de ciencia; todos me refieren sus cuitas y me piden que les muestre el camino que deben se-

---

[40] *Novio*: 'pretendiente'; en el mismo sentido se emplea la palabra en este otro texto valeriano: «Doña Francisca, dígame usted con toda franqueza, porque me importa saberlo: ¿ha tenido Mariquita algún novio inglés?» (*Mariquita y Antonio,* cap. XVIII; *op. cit.,* I, 1010a). Sbarbi (1874, pág. 188) reprochó el latitudinarismo con que se emplea la palabra en este texto.

guir. Hasta el bueno del señor Vicario, aun exponiéndose a revelar algo como secretos de confesión, ha venido ya a consultarme sobre varios casos de conciencia que se le han presentado en el confesionario.

Mucho me ha llamado la atención uno de estos casos, que me ha sido referido por el Vicario, como todos, con profundo misterio y sin decirme el nombre de la persona interesada.

Cuenta el señor Vicario que una hija suya de confesión tiene grandes escrúpulos porque se siente llevada, con irresistible impulso, hacia la vida solitaria y contemplativa; pero teme, a veces, que este fervor de devoción no venga acompañado de una verdadera humildad, sino que en parte le promueva y excite el mismo demonio del orgullo.

Amar a Dios sobre todas las cosas, buscarle en el centro del alma[41] donde está, purificarse de todas las pasiones y afecciones terrenales para unirse a Él, son ciertamente anhelos piadosos y determinaciones buenas; pero el escrúpulo está en saber, en calcular si nacerán o no de un amor propio exagerado. ¿Nacerán acaso, parece que piensa la penitente,

---

[41] *Centro del alma* es construcción clave en el lenguaje de los místicos (Cf. Santa Teresa, *Morada cuarta,* II, 5; *Morada* V, 2,4; *Morada VI,* III, 12, IV, 3, IX, 18; *Morada séptima,* II, 11) que el propio Valera emplea en textos personales muy sentidos («mi escepticismo es verdadero, esto es, que no niega, aunque no afirma tampoco; por donde allá en el centro del alma creo a veces mil cosas que algo me consuelan», carta a Alarcón, 20-VII-1885 a raíz de la muerte de su hijo; De Coster, 1956, 113) y en textos de crítica filosófica o literaria como los siguientes:

«He notado por otra parte, que casi todos nuestros místicos convienen en un punto en que se tocan con Schelling, según lo que usted ha explicado; es, a saber: en que por cima de la razón o del discurso, que entiende por imágenes y conceptos hay en nosotros una facultad que llaman entendimiento supremo, *ápex de la razón* y vista sencilla de inteligencia, la cual ve y conoce y entiende sin necesidad ni de conceptos ni de imágenes. Con este modo de conocimiento intuitivo, dice el iluminado y extático padre fray Miguel de la Fuente, en sus *Tres vidas del hombre,* se conocen los primeros principios de las ciencias. Esta facultad del alma es su misma esencia; es lo más puro del alma, y la llaman *centro* los místicos» *(El racionalismo armónico,* texto de 1873; *O. C.,* II, 1536a). Ver *Del misticismo en la poesía española,* 1881 (*O. C.,* III, 1160). En otros textos, Valera emplea la expresión equivalente «ápice de la mente» (ver *Asclepigenia, O.C.,* I, 1272b).

de que yo, aunque indigna y pecadora, presumo que vale más mi alma que las almas de mis semejantes; que la hermosura interior de mi mente y de mi voluntad se turbaría y se empañaría con el afecto de los seres humanos que conozco y que creo que no me merecen? ¿Amo a Dios, no sobre todas las cosas, de un modo infinito, sino sobre lo poco conocido que desdeño, que desestimo, que no puede llenar mi corazón? Si mi devoción tiene este fundamento, hay en ella dos grandes faltas: la primera, que no está cimentada en un puro amor de Dios, lleno de humildad y de caridad, sino en el orgullo; y la segunda, que esa devoción no es firme y valedera, sino que está en el aire, porque ¿quién asegura que no pueda el alma olvidarse del amor a su Creador, cuando no le ama de un modo infinito, sino porque no hay criatura a quien juzgue digna de que el amor en ella se emplee?

Sobre este caso de conciencia[42], harto alambicado y sutil para que así preocupe a una lugareña, ha venido a consultarme el padre Vicario. Yo he querido excusarme de decir nada, fundándome en mi inexperiencia y pocos años; pero el señor Vicario se ha obstinado de tal suerte, que no he podido menos de discurrir sobre el caso. He dicho, y mucho me alegraría de que usted aprobase mi parecer, que lo que importa a esta hija de confesión atribulada es mirar con mayor benevolencia a los hombres que la rodean, y en vez de analizar y desentrañar sus faltas con el escalpelo de la crítica, tratar de cubrirlas con el manto de la caridad, haciendo resaltar todas las buenas cualidades de ellos y ponderándo-

---

[42] El relato despliega la estrategia del *caso de conciencia* para dar ocasión a que don Luis tenga noticia de la intimidad de Pepita antes de haber tenido comunicación prolongada con ella. Las observaciones del vicario que Luis reproduce en la carta del 14 de abril (págs. 182-188) amplían e individualizan el *caso de conciencia*. La fórmula moral conocida bajo esta denominación se había convertido en la época en hipótesis trivializada, como da a entender la sección titulada precisamente «casos de conciencia» de *El Consultor de los Párrocos. Revista de Ciencias Eclesiásticas,* seminario religioso que se publicó entre 1872 y 1877. Véase el artículo de «Clarín» titulado también «Caso de conciencia», publicado en *El Solfeo* (30-XI-1875), en la reed. de Jean-François Botrel, *Preludios de Clarín,* Oviedo, 1972.

las mucho, a fin de amarlos y estimarlos; que debe esforzarse por ver en cada ser humano un objeto digno de amor, un verdadero prójimo, un igual suyo, un alma en cuyo fondo hay un tesoro de excelentes prendas y virtudes, un ser hecho, en suma, a imagen y semejanza de Dios. Realzado así cuanto nos rodea, amando y estimando a las criaturas por lo que son y por más de lo que son, procurando no tenerse por superior a ellas en nada, antes bien profundizando con valor en el fondo de nuestra conciencia para descubrir todas nuestras faltas y pecados, y adquiriendo la santa humildad y el menosprecio de uno mismo, el corazón se sentirá lleno de afectos humanos, y no despreciará, sino valuará en mucho el mérito de las cosas y de las personas; de modo que, si sobre este fundamento descuella luego y se levanta el amor divino con invencible pujanza, no hay ya miedo de que pueda nacer este amor de una exagerada estimación propia, del orgullo o de un desdén injusto del prójimo, sino que nacerá de la pura y santa consideración de la hermosura y de la bondad infinitas[43].

Si, como sospecho, es Pepita Jiménez la que ha consultado al señor Vicario sobre estas dudas y tribulaciones, me parece que mi padre no puede lisonjearse todavía de ser muy querido; pero si el Vicario acierta a darla mi consejo, y ella le acepta y pone en práctica, o vendrá a hacerse una María de Ágreda[44] o cosa por el estilo, o lo que es más probable, dejará a un lado misticismos y desvíos, y se conformará y contentará con aceptar la mano y el corazón de mi padre, que en nada es inferior a ella.

4 de abril

La monotonía de mi vida en este lugar empieza a fastidiarme bastante, y no porque la vida mía en otras partes

---

[43] La respuesta del seminarista a la consulta del Vicario adelanta la tesis neoplatónica que el personaje repetirá en cartas posteriores (ver nota 47).

[44] María de Ágreda (1602-1665), monja soriana que fue la confidente epistolar de Felipe IV.

haya sido más activa físicamente; antes al contrario, aquí me paseo mucho a pie y a caballo, voy al campo, y por complacer a mi padre concurro a casinos y reuniones; en fin, vivo como fuera de mi centro y de mi modo de ser; pero mi vida intelectual es nula; no leo un libro ni apenas me dejan un momento para pensar y meditar sosegadamente; y como el encanto de mi vida estribaba en estos pensamientos y meditaciones, me parece monótona la que hago ahora. Gracias a la paciencia que usted me ha recomendado para todas las ocasiones, puedo sufrirla.

Otra causa de que mi espíritu no esté completamente tranquilo es el anhelo, que cada día siento más vivo, de tomar el estado a que resueltamente me inclino desde hace años. Me parece que en estos momentos, cuando se halla tan cercana la realización del constante sueño de mi vida, es como una profanación distraer la mente hacia otros objetos. Tanto me atormenta esta idea y tanto cavilo sobre ella, que mi admiración por la belleza de las cosas creadas[45], por el cielo, tan lleno de estrellas en estas serenas noches de primavera y en esta región de Andalucía, por estos alegres campos, cubiertos ahora de verdes sembrados, y por estas frescas y amenas huertas con tan lindas y sombrías alamedas, con tantos mansos arroyos y acequias, con tanto lugar apartado y esquivo, con tanto pájaro que le da música, y con tantas flores y hierbas olorosas, esta admiración y entusiasmo mío, repito, que en otro tiempo me parecían avenirse por completo con el sentimiento religioso que llenaba mi alma, excitándole y sublimándole en vez de debilitarle, hoy casi me parece pecaminosa distracción e imperdonable olvido de lo eterno por lo temporal, de lo increado y supra-

---

[45] Vargas proyecta sobre sí mismo la abstrusa consulta moral que había verificado el vicario (notas 42 y 43), aunque en su propio *caso de conciencia,* la primera referencia al mundo exterior sea a la belleza del campo andaluz en primavera. El vocabulario empleado en estos párrafos resulta un postizo de ecos verbales de la literatura ascético-mística: «fantasmas de la imaginación», «hombre interior», «centro mismo de la simple inteligencia», «ápice de la mente», «contemplación esencial e íntima»; la tesis neoplatónica sigue presente, aunque las fintas dialécticas del discurso del personaje la atenúen sensiblemente.

sensible por lo sensible y creado. Aunque con poco aprovechamiento en la virtud, aunque nunca libre mi espíritu de los fantasmas de la imaginación, aunque no exento en mí el hombre interior de las impresiones exteriores y del fatigoso método discursivo, aunque incapaz de reconcentrarme por un esfuerzo de amor en el centro mismo de la simple inteligencia, en el ápice de la mente, para ver allí la verdad y la bondad, desnudas de imágenes y de formas, aseguro a usted que tengo miedo del modo de orar imaginario, propio de un hombre corporal y tan poco aprovechado como yo soy. La misma meditación racional me infunde recelo. No quisiera yo hacer discursos para conocer a Dios, ni traer razones de amor para amarle. Quisiera alzarme de un vuelo a la contemplación esencial e íntima[46]. ¿Quién me diese alas, como de paloma, para volar al seno del que ama mi alma? Pero, ¿cuáles son, dónde están mis méritos? ¿Dónde las mortificaciones, la larga oración y el ayuno? ¿Qué he hecho yo, Dios mío, para que Tú me favorezcas?

Harto sé que los impíos del día presente acusan, con falta completa de fundamento, a nuestra santa religión de mover las almas a aborrecer todas las cosas del mundo, a despreciar o a desdeñar la naturaleza, tal vez a temerla casi, como si hubiera en ella algo de diabólico, encerrando todo

---

[46] Don Luis resume en su monólogo el proceso de desasimiento e interiorización espiritual que explican los místicos. Valera dio en otras páginas de su obra crítica un resumen del mismo proceso, como en este lugar que pertenece al ensayo *Psicología del amor:* «La voluntad, el libre albedrío, desde donde los apetitos sensuales son gobernados y hasta donde llegan dichos apetitos, y las imágenes que los excitan, están en el alma racional, la cual tiene igualmente sus pasiones, de cuya dirección y gobierno es también responsable; pero según queda ya dicho, los místicos suponen, demuestran o dan por demostrada la existencia del alma espiritual por cima del alma racional, la cual es más bien centro, núcleo, médula del alma, donde hay dos facultades superiores, que son ápice de la mente o inteligencia pura y afecto supremo. Esto es casi la raíz del alma, y viene a dar o terminar en un abismo de tamaña capacidad que cabe Dios en él (...). Ello es que el alma allí, como si fuese el entendimiento universal, despojada del discurso o raciocinio, columbra la más alta verdad por intuición y de repente, y apenas la columbra, el afecto supremo se enciende en amor, y vuela a unirse con ella para ser con ella una misma cosa» (*O. C.,* II, página 1580).

su amor y todo su afecto en el que llaman monstruoso egoísmo del amor divino, porque creen que el alma se ama a sí propia amando a Dios. Harto sé que no es así, que no es ésta la verdadera doctrina, que el amor divino es la caridad y que amar a Dios es amarlo todo, porque todo está en Dios, y Dios está en todo por inefable y alta manera. Harto sé que no peco amando las cosas por el amor de Dios, lo cual es amarlas por ellas con rectitud; porque, ¿qué son ellas más que la manifestación, la obra del amor de Dios?[47]. Y, sin embargo, no sé qué extraño temor, qué singular escrúpulo, qué apenas perceptible e indeterminado remordimiento me atormenta ahora, cuando tengo, como antes, como en otros días de mi juventud, como en la misma niñez, alguna efusión de ternura, algún rapto de entusiasmo, al penetrar en una enramada frondosa, al oír el canto del ruiseñor en el silencio de la noche, al escuchar el pío de las golondrinas, al sentir el arrullo enamorado de la tórtola, al ver las flores o al mirar las estrellas[48]. Se me figura a veces que hay en todo esto algo de delectación sensual, algo que me hace olvidar, por un momento al menos, más altas aspiraciones. No quiero yo que en mí el espíritu peque contra

---

[47] El amor que merece la creación toda y los distintos seres de la naturaleza, por su condición de traslado de la divinidad, es idea central en la tradición judeocristiana *(Salmos,* especialmente el CIV; *Job,* caps. IX, XXVI, XXXVII, ...)* que se enriquece con los aportes de la escuela platónica. La huella de esta corriente queda clara en la cláusula anterior que, para María Rosa Lida, era uno de los pocos ecos platónicos que perviven en las letras hispanas modernas («La dama como obra maestra de Dios. Esbozo de un estudio de tipología histórica y estructural», cito por la edición en el libro póstumo de la autora *Estudios sobre la Literatura Española del Siglo XV,* Madrid, 1977, págs. 179-290). La resonancia del venerable tema queda subrayada por la artificiosa disposición retórica del párrafo, que se inicia con tres cláusulas de inicio anafórico («harto sé...»), para entrar en colisión, seguidamente con otra cláusula iniciada con nexo adversativo («Y, sin embargo, no sé qué extraño temor...»). Repárese, en fin, por no proseguir con los ecos de la cultura literaria tradicional, en la presencia del tópico clásico del *nescio quid* (notas 36 y 253).

[48] La emoción sensual ante el paisaje que denuncia aquí Luis de Vargas prefigura *in nuce* el gran momento de *falacia patética* que será el paseo campestre del protagonista momentos antes de su encuentro nocturno con Pepita (Cfr. *Introducción,* pág. 64).

la carne; pero no quiero tampoco que la hermosura de la materia, que sus deleites, aun los más delicados, sutiles y aéreos, aun los que más bien por el espíritu que por el cuerpo se perciben, como el silbo delgado del aire fresco cargado de aromas campesinos, como el canto de las aves, como el majestuoso y reposado silencio de las horas nocturnas, en estos jardines y huertas, me distraigan de la contemplación de la superior hermosura, y entibien ni por un momento, mi amor hacia quien ha creado esta armoniosa[49] fábrica del mundo.

No se me oculta que todas estas cosas materiales son como las letras de un libro[50], son como los signos y caracteres donde el alma, atenta a su lectura, puede penetrar un hondo sentido y leer y descubrir la hermosura de Dios, que, si bien imperfectamente, está en ellas como trasunto o más bien como cifra, porque no la pintan, sino que la representan. En esta distinción me fundo, a veces, para dar fuerza a mis escrúpulos y mortificarme. Porque yo me digo: si amo la hermosura de las cosas terrenales tales como ellas son, y si la amo con exceso, es idolatría; debo amarla como signo, como representación de una hermosura oculta y divina, que vale mil veces más, que es incomparablemente superior en todo.

---

[49] La edición de 1904 reproduce *harmoniosa,* contra la forma ortográfica sin *h,* autorizada en las primeras ediciones; doy aquí la palabra conforme al correcto uso actual.

[50] El *lugar común* de la cultura tradicional que ve la naturaleza como un libro fue estudiado en sus líneas básicas por Ernest Robert Curtius (cito por la versión inglesa, *European Literature and the Latin Middle Ages,* Nueva York, 1956, cap. XVI, «The book as symbol», págs. 302-347). Entre los clásicos españoles es tópico muy repetido; valga un texto explícito de Fray Luis de Granada: «Y por estas cosas en que la sabiduría y omnipotencia divina resplandece, se da a conoscer a aquel sancto varón, enseñándole a filosofar en este gran libro de las criaturas, las cuales, cada una en su manera, predican la gloria del artífice que las crió. En este libro dijo el gran Antonio que estudiaba. Porque preguntándole un filósofo en qué libro leía, respondió el sancto: el libro, oh filósofo, en que yo leo es todo este mundo» (*Introducción al símbolo de la fe,* I, 1; *BAE,* VI, págs. 182-183); y otro de Santa Teresa: «aprovechábame a mí también ver el campo, o agua, flores; en estas cosas hallaba yo memoria del Criador, digo que me despertaba y recogían y servían de libro, y en mi gratitud y pecados» (*Libro de la Vida,* IX, 5).

Hace pocos días cumplí veintidós años. Tal ha sido hasta ahora mi fervor religioso, que no he sentido más amor que el inmaculado amor de Dios mismo y de su santa religión, que quisiera difundir y ver triunfante en todas las regiones de la tierra. Confieso que algún sentimiento profano se ha mezclado con esta pureza de afecto. Usted lo sabe, se lo he dicho mil veces; y usted, mirándome con su acostumbrada indulgencia, me ha contestado que el hombre no es un ángel, y que sólo pretender tanta perfección es orgullo; que debo moderar esos sentimientos y no empeñarme en ahogarlos del todo. El amor a la ciencia, el amor a la propia gloria, adquirida por la ciencia misma, hasta el formar uno de sí propio no desventajoso concepto; todo ello, sentido con moderación, velado y mitigado por la humildad cristiana y encaminado a buen fin, tiene, sin duda, algo de egoísta; pero puede servir de estímulo y apoyo a las más firmes y nobles resoluciones. No es, pues, el escrúpulo que me asalta hoy el de mi orgullo, el de tener sobrada confianza en mí mismo, el de ansiar gloria mundana, o el de ser sobrado curioso de ciencia; no es nada de esto; nada que tenga relación con el egoísmo, sino en cierto modo lo contrario. Siento una dejadez, un quebranto, un abandono de la voluntad, una facilidad tan grande para las lágrimas, lloro tan fácilmente de ternura al ver una florecilla bonita o al contemplar el rayo misterioso, tenue y ligerísimo de una remota estrella, que casi tengo miedo[51].

---

[51] La facilidad de lágrimas resalta el estado emocional del seminarista (cf. el episodio del 8 de abril en el que el nido de gorriones provoca de nuevo el que le salieran las lágrimas) y presupone una remisión a un pasaje clásico de San Agustín (*Confesiones,* VIII, 12, 28 y 29). Santa Teresa observa que la influencia de lágrimas es un don de Dios (*Libro de la Vida,* IV, 6) pero previene contra su frecuencia indiscriminada: «no está el amor de Dios en tener lágrimas ni estos gustos y ternura —que por la mayor parte los deseamos y consolamos con ellos— sino en servir con justicia y fortaleza de ánimo y humildad» (*Libro de la Vida,* XI, 14). A principios del XIX explicaba este fenómeno Blanco White: «La capacidad de derramar lágrimas está considerada como una de las señales más convincentes de la perfección cristiana. Y no se trata sólo de una creencia popular, sino que la misma Iglesia Católica considera seriamente esta pretensión a llorar

Dígame usted qué piensa de estas cosas; si hay algo de enfermizo en esta disposición de mi ánimo.

8 de abril

Siguen las diversiones campestres, en que tengo que intervenir muy a pesar mío.

He acompañado a mi padre a ver casi todas sus fincas, y mi padre y sus amigos se pasman de que yo no sea completamente ignorante en las cosas del campo. No parece sino que para ellos el estudio de la teología, a que me he dedicado, es contrario del todo al conocimiento de las cosas naturales. ¡Cuánto han admirado mi erudición al verme distinguir en las viñas, donde apenas empiezan a brotar los pámpanos, la cepa Pedro-Jiménez de la baladí y de la Don-Bueno![52]. ¡Cuánto han admirado también que en los verdes

---

como un verdadero don del cielo, y de hecho su existencia es una de las pruebas de santidad admitidas en los procesos de canonización» *(Autobiografía,* trad. española de A. Garnica, Sevilla, Universidad, 1975, 46). Pero debe tenerse presente, a propósito de las lágrimas fáciles como reacción a paisajes emocionantes, la moda que inauguró *Werther* desde su primera carta: «El jardín es sencillo y se siente al entrar que no trazó su plano un sabio jardinero, sino un corazón sensible que quería disfrutar de sí mismo. Ya he vertido por el difunto muchas lágrimas en el arruinado cenador, que era su lugar predilecto y lo es también para mí» (trad. de José María Valverde, Barcelona, 1963, pág. 6).

[52] El experto en enología que fue don Juan Valera deja una pista en este detalle de la erudición agronómica poseída por Luis de Vargas. Ya en una carta de 1854, de las dirigidas a Estébanez Calderón, aludía Valera al «juego dulcísimo de las viñas del Rin, que transplantó a España Pedro Jiménez»; en las cartas familiares quedan suficientes huellas del interés de don Juan Valera por el cultivo de la vid y, incluso, de la animación con la que seguía el proceso de la vendimia: «he visto pisar la uva y hervir el mosto Pedro Jiménez en las tinajas. Ya tenemos cuatro llenas. He recorrido a pie todas las viñas y olivares de nuestra pertenencia allí...» escribe a su mujer el 17-X-1872 (De Coster, *Correspondencia...,* 48). García Lorenzo en su ed. de *Pepita Jiménez* (pág. 83) comenta que la cepa Pedro-Jiménez «es la variedad principal de las jimenecias». La diferenciación más precisa entre las variedades de uva que enumera el seminarista la marcó también Valera en una carta a su esposa, en septiembre de 1872: «Por fortuna, la vendimia de la uva de Pedro-Jiménez, ya madura y de piel muy fina, estaba hecha ya en

sembrados sepa yo distinguir la cebada del trigo y el anís de las habas; que conozca muchos árboles frutales y de sombra, y que, aun de las hierbas que nacen espontáneamente en el campo, acierte yo con varios nombres y refiera bastantes condiciones y virtudes!

Pepita Jiménez, que ha sabido por mi padre lo mucho que me gustan las huertas de por aquí, nos ha convidado a ver una que posee a corta distancia del lugar, y a comer las fresas tempranas que en ella se crían. Este antojo de Pepita de obsequiar tanto a mi padre, quien la pretende y a quien desdeña, me parece a menudo que tiene su poco de coquetería, digna de reprobación; pero cuando veo a Pepita después, y la hallo tan natural, tan franca y tan sencilla, se me pasa el mal pensamiento e imagino que todo lo hace candorosamente y que no la lleva otro fin que el de conservar la buena amistad que con mi familia la liga.

Sea como sea, anteayer tarde fuimos a la huerta de Pepita[53]. Es hermoso sitio, de lo más ameno y pintoresco que

casa. Sólo nos faltaba un día de vendimia y es de temer que la uva de este día que ha quedado en las viñas, se abra y se pudra con tanta agua. En cambio, la demás uva, más tardía y de pellejo grueso, que llaman baladí, Don-bueno, etc., medrará mucho y tomará mosto con el agua» (carta inédita reproducida parcialmente en C. Bravo Villasante, 1959, 191-192). Para los cultivos vinícolas del autor, véase el trabajo de Matilde Galera Sánchez (1984), y para la clasificación de las uvas en los cultivos de la época, véase el *Estudio sobre la exposición vinícola nacional de 1877, Publicado en cumplimiento del Real Decreto de 15 de septiembre de 1876, siendo Ministro de Fomento el Excmo. Conde de Toreno,* Madrid, 1878, 1228 págs.

[53] La huerta de Pepita es un *locus amoenus* de la tópica tradicional, y, al mismo tiempo, es sinécdoque de la función simbólica que desempeña en la novela su poseedora («huerto cerrado» la denominará Luis más adelante con expresión del *Cantar de los Cantares)*. Pörtl (1968, 223) y Kevin Larsen (1993, 230) relacionan este lugar con el mítico Edén y Lily Litvak lo ha proyectado sobre el jardín que representa Giorgone en su *Concierto campestre (El tiempo de los trenes,* Barcelona, Serbal, 1991, 103-108). Claudio Guillén, analizando la función del paisaje en la literatura moderna, ha escrito que la huerta de Pepita «se convierte finalmente en jardín —naturaleza cultivada y dispuesta por el hombre—, adornado con un templete de sabor clásico, una Venus de mármol y otros pormenores que evocan lo que llama el narrador *poesía rústica amoroso-pastoril»* («Pintura y literatura o los fantasmas de la otredad», *Actas del X Congreso de la asociación Internacional de Hispanistas,* Barcelona, I, 1992, 95.

puede imaginarse. El riachuelo que riega casi todas estas huertas, sangrado por mil acequias, pasa al lado de la que visitamos; se forma allí una presa, y cuando se suelta el agua sobrante del riego, cae en un hondo barranco poblado en ambas márgenes de álamos blancos y negros, mimbrones, adelfas floridas y otros árboles frondosos. La cascada, de agua limpia y transparente, se derrama en el fondo, formando espuma, y luego sigue su curso tortuoso por un cauce que la naturaleza misma ha abierto, esmaltando sus orillas de mil hierbas y flores, y cubriéndolas ahora con multitud de violetas. Las laderas que hay a un extremo de la huerta están llenas de nogales, higueras, avellanos y otros árboles de fruta. Y en la parte llana hay cuadros de hortaliza, de fresas, de tomates, patatas, judías y pimientos, y su poco de jardín, con grande abundancia de flores, de las que por aquí más comúnmente se crían. Los rosales, sobre todo, abundan, y los hay de mil diferentes especies. La casilla del hortelano es más bonita y limpia de lo que en esta tierra se suele ver, y al lado de la casilla hay otro pequeño edificio reservado para el dueño de la finca[54], y donde nos agasajó Pepita con una espléndida merienda, a la cual dio pretexto el comer las fresas, que era el principal objeto que allí nos llevaba. La cantidad de fresas fue asombrosa para lo temprano de la estación, y nos fueron servidas con leche de algunas cabras que Pepita también posee.

Asistimos a esta gira el médico, el escribano, mi tía doña Casilda, mi padre y yo; sin faltar el indispensable señor Vicario, padre espiritual, y más que padre espiritual, admirador y encomiador perpetuo de Pepita.

Por un refinamiento algo sibarítico, no fue el hortelano, ni su mujer, ni el chiquillo del hortelano, ni ningún otro campesino quien nos sirvió la merienda sino dos lindas mu-

---

[54] Situación próxima: «Cerca del lugar de Fuente-Vaqueros tenía una quinta cierto amigo de don Pedro, el cual nos la había franqueado para que en ella nos pudiésemos solazar. Había en dicha quinta una casa grande, limpia y bien amueblada, muchas flores, abundancia de árboles frutales y una sombría y espesa alameda que se extendía sobre las dos orillas de una acequia de aguas cristalinas» *(Mariquita y Antonio,* cap. XIV, *O.C.,* 991a).

chachas, criadas y como confidentas de Pepita, vestidas a lo rústico, si bien con suma pulcritud y elegancia. Llevaban trajes de percal de vistosos colores, cortos y ceñidos al cuerpo, pañuelos de seda cubriendo las espaldas, y descubierta la cabeza, donde lucían abundantes y lustrosos cabellos negros, trenzados y atados luego formando un moño en figura de martillo, y por delante rizos sujetos con sendas horquillas, por acá llamados *caracoles*[55]. Sobre el moño o castaña ostentaban cada una de estas doncellas un ramo de frescas rosas.

Salva la superior riqueza de la tela y su color negro, no era más cortesano el traje de Pepita. Su vestido de merino tenía la misma forma que el de las criadas, y, sin ser muy corto, no arrastraba ni recogía suciamente el polvo del camino. Un modesto pañolito de seda negra cubría también, al uso del lugar, su espalda y su pecho, y en la cabeza no ostentaba tocado ni flor, ni joya, ni más adorno que el de sus propios cabellos rubios. En la única cosa que noté por parte de Pepita cierto esmero, en que se apartaba de los usos aldeanos, era en llevar guantes. Se conoce que cuida mucho sus manos y que tal vez pone alguna vanidad en tenerlas muy blancas y bonitas, con unas uñas lustrosas y sonrosadas[56], pero si tiene esta vanidad, es disculpable en la flaque-

---

[55] Alcalá Venceslada proporciona otras fuentes para este andalucismo: «La Giralda de Sevilla / no tiene tantos faroles / como tiene mi morena / en el pelo *caracoles*» (copla popular); téngase presente un pasaje de *Juanita la Larga*: «y sobre las sienes tenía grandes rizos sostenidos con horquillas, que llaman aquí caracoles».

[56] En la carta del día 28 de marzo el seminarista había descrito solamente una parte del cuerpo de Pepita: las manos. Ahora vuelve a señalar admirativamente este atributo físico de la viuda, lo que corrobora el narrador de *Paralipómenos* («Las manos eran, en efecto, tan bellas, más bellas que lo que don Luis había dicho en sus cartas. Su blancura, su transparencia nítida, lo afilado de los dedos, lo sonrosado, pulido y brillante de las uñas de nácar, todo era para volver loco a cualquier hombre»). Hay en el universo psíquico de nuestro autor un fetichismo de las manos que le hace ponderar las de una escultura apolínea del Museo de Nápoles (en carta familiar de 17-VI-1487, *O. C.*, I, 20b) o recordar elogiosamente una comedia de Tirso —*La celosa de sí misma*— «donde el galán se enamora de la mano desnuda que ve a una dama tapada, y este enamoramiento puede tanto con él que

za humana, y al fin, si yo no estoy trascordado, creo que Santa Teresa tuvo la misma vanidad cuando era joven, lo cual no le impidió ser una santa tan grande[57].

En efecto, yo me explico, aunque no disculpo, esta pícara vanidad. ¡Es tan distinguido, tan aristocrático, tener una linda mano! Hasta se me figura, a veces, que tiene algo de simbólico. La mano es el instrumento de nuestras obras, el signo de nuestra nobleza, el medio por donde la inteligencia reviste de forma sus pensamientos artísticos, y da ser a las creaciones de la voluntad, y ejerce el imperio que Dios concedió al hombre sobre todas las criaturas. Una mano ruda, nerviosa, fuerte, tal vez callosa, de un trabajador, de un obrero, demuestra noblemente ese imperio; pero en lo que tiene de más violento y mecánico. En cambio, las manos de esta Pepita, que parecen casi diáfanas como el alabastro, si bien con leves tintas rosadas, donde cree uno ver circular la sangre pura y sutil, que da a sus venas un ligero viso azul; estas manos, digo, de dedos afilados y de sin par corrección de dibujo, parecen el símbolo del imperio mágico, del dominio misterioso que tiene y ejerce el espíritu humano, sin fuerza material, sobre todas las cosas visibles que han sido inmediatamente creadas por Dios y que por medio del hombre Dios completa y mejora. Imposible parece que quien tiene manos como Pepita tenga pensamiento impuro, ni idea grosera, ni proyecto ruin que esté en discordancia con las limpias manos que deben ejecutarle.

No hay que decir que mi padre se mostró tan embelesa-

---

le hace desdeñar a la mujer con quien viene a casarse...» *(Psicología del amor,* 1888; *O. C.,* II, 1578b). «Se decía que sus cabellos eran negros como la endrina, que los ojos brillaban como dos soles, que tenía manos muy bellas y señoriales...» (Cf. Martha Ann Garabachian (1979), la nota 128 de esta edición y *El cautivo de Doña Mencía, O. C.,* 1170b). Para el simbolismo de las manos y los valores adjudicados a éstas en la paremiología: A. Castillo de Lucas, «Paremiología de la mano. La función, el gesto y el simbolismo», *Asclepio,* XVIII-XIX, 1966-67, 77-100.

[57] Garcia Lorenzo y María del Pilar Palomo han aducido oportunamente la fuente aludida: «comencé a traer galas y a desear contentar en parecer bien, con mucho cuidado de manos y cabello, y olores y todas las vanidades que en esto podía tener, que eran tantas, por ser muy curiosa» *(Libro de la vida,* II, 2).

do como siempre de Pepita, y ella tan fina y cariñosa con él, si bien con un cariño más filial de lo que mi padre quisiera. Es lo cierto que mi padre, a pesar de la reputación que tiene de ser por lo común poco respetuoso y bastante profano con las mujeres, trata a ésta con un respeto y unos miramientos tales, que ni Amadís[58] los usó mayores con la señora Oriana en el periodo más humilde de sus pretensiones y galanteos; ni una palabra que disuene, ni un requiebro brusco e inoportuno, ni un chiste algo amoroso de estos que con tanta frecuencia suelen permitirse los andaluces. Apenas si se atreve a decir a Pepita «buenos ojos tienes»; y en verdad que si lo dijese no mentiría, porque los tiene grandes, verdes como los de Circe, hermosos y rasgados[59], y lo que más mérito y valor les da es que no parece sino que ella no lo sabe, pues no se descubre en ella la menor intención de agradar a nadie ni de atraer a nadie con lo dulce de sus miradas. Se diría que cree que los ojos sirven para ver y nada más que para

---

[58] Don Luis da a entender que ha leído el *Amadís de Gaula,* lectura que contrasta con el programa de severa educación espiritual e intelectual que había seguido en el Seminario. Valera dedicó una reseña a la monografía de Ludwig Braunfels, de 1876, relativa a la novela (*O. C.,* II, 480-495).

[59] Diluido entre las varias impresiones que la reunión suscita en el seminarista, el lector recibe el primer retrato de Pepita Jiménez en el que se perfilan el cabello rubio, las manos exquisitas y los ojos verdes. Los rasgos físicos de Pepita son idénticos a los de Mariquita, tal como vieron Manuel Azaña (1971; 193, 206) y José F. Montesinos (1957, 110): «Sólo podré decirte, lector mío, que cuando yo la conocí estaba ya viuda, o al menos le decían viuda, y podría tener unos veinte años. Era rubia como unas candelas, su pelo parecía una madeja de hilos de oro; sus labios, una clavellina entreabierta, y sus dientes, por lo blancos, más que perlas, pelados piñones. Sus manos, blancas y delicadísimas, largas y brillantes como el nácar, hubieran dado envidia a muchas duquesas. Estaba doña Mariquita pálida y ojerosa siempre; pero tenía dos ojos verdes como los de Circe» (*O. C.,* I, 949a). Para valorar todos los alcances de la última referencia, como también subrayó Azaña, debe recordarse que los ojos de Magdalena de Brohan también eran verdes. La iconografía femenina a la que remite este retrato de Pepita Jiménez contradice (¿irónicamente?) el retrato convencional de la belleza femenina andaluza, divulgado por los viajeros románticos; la contraposición entre un tipo de mujer morena y otro de mujer rubia, como vio Northop Frye (*Anatomy of Criticism,* Princeton, 1957, 362), es un tópico de la literatura romántica y a él acudió, por ejemplo, Bécquer en su rima XI («Yo soy ardiente, yo soy morena...»).

ver. Lo contrario de lo que yo, según he oído decir, presumo que creen la mayor parte de las mujeres jóvenes y bonitas, que hacen de los ojos un arma de combate y como un aparato eléctrico o fulmíneo para rendir corazones y cautivarlos. No son así, por cierto, los ojos de Pepita, donde hay una serenidad y una paz como del cielo. Ni por eso se puede decir que miren con fría indiferencia. Sus ojos están llenos de caridad y de dulzura. Se posan con afecto en un rayo de luz, en una flor, hasta en cualquier objeto inanimado; pero con más afecto aún, con muestras de sentir más blando, humano y benigno, se posan en el prójimo, sin que el prójimo, por joven, gallardo y presumido que sea, se atreva a suponer nada más que caridad y amor al prójimo, y, cuando más, predilección amistosa, en aquella serena y tranquila mirada[60].

Yo me paro a pensar si todo esto será estudiado; si esta Pepita será una gran comedianta; pero sería tan perfecto el fingimiento y tan oculta la comedia, que me parece imposible. La misma naturaleza, pues, es la que guía y sirve de norma a esta mirada y a estos ojos. Pepita, sin duda, amó a su madre primero, y luego las circunstancias la llevaron a amar a don Gumersindo por deber, como al compañero de su vida; y luego, sin duda, se extinguió en ella toda pasión que pudiera inspirar ningún objeto terreno, y amó a Dios, y amó las cosas todas por amor de Dios, y se encontró quizás en una situación de espíritu apacible y hasta envidiable, en la cual, si tal vez hubiese algo que censurar, sería un egoísmo del que ella misma no se da cuenta. Es muy cómodo amar de este modo suave, sin atormentarse con el amor; no tener pasión que combatir; hacer del amor y del afecto a los demás un aditamento y como un complemento del amor propio.

---

[60] La teoría sobre la mirada de Pepita y sus efectos no hace sino revivir las ideaciones neoplatónicas del Renacimiento; «el platonismo erótico es el alma de los versos amatorios de Valera» escribía Menéndez Pelayo en su comentario a los poemas del novelista. El pasaje de la novela evoca el conocidísimo madrigal de Cetina e, indirectamente, los antecedentes de este poema que ha recordado Begoña López Bueno (*Gutierre de Cetina, poeta del renacimiento español,* 1978, pág. 243 y ss.).

A veces me pregunto a mí mismo si al censurar en mi interior esta condición de Pepita, no soy yo quien me censuro. ¿Qué sé yo lo que pasa en el alma de esa mujer, para censurarla? ¿Acaso, al creer que veo su alma, no es la mía la que veo? Yo no he tenido ni tengo pasión alguna que vencer; todas mis inclinaciones bien dirigidas, todos mis instintos buenos y malos, merced a la sabia enseñanza de usted, van sin obstáculos ni tropiezos encaminados al mismo propósito; cumpliéndolo se satisfarían no sólo mis nobles y desinteresados deseos, sino también mis deseos egoístas, mi amor a la gloria, mi afán de saber, mi curiosidad de ver tierras distantes, mi anhelo de ganar nombre y fama. Todo esto se cifra en llegar al término de la carrera que he emprendido. Por este lado se me antoja a veces que soy más censurable que Pepita, aun suponiéndola merecedora de censura.

Yo he recibido ya las órdenes menores; he desechado de mi alma las vanidades del mundo; estoy tonsurado; me he consagrado al altar, y, sin embargo, un porvenir de ambición se presenta a mis ojos y veo con gusto que puedo alcanzarle y me complazco en dar por ciertas y valederas las condiciones que tengo para ello, por más que a veces llame a la modestia en mi auxilio, a fin de no confiar demasiado. En cambio esta mujer ¿a qué aspira ni qué quiere? Yo la censuro de que se cuida las manos; de que mira tal vez con complacencia su belleza; casi la censuro de su pulcritud, del esmero que pone en vestirse, de yo no sé qué coquetería que hay en la misma modestia y sencillez con que se viste. ¡Pues qué! ¿La virtud ha de ser desaliñada? ¿Ha de ser sucia la santidad?[61]. Un alma pura y limpia, ¿no puede complacerse en que el cuerpo también lo sea? Es extraña esta malevolencia con que miro el primor y el aseo de Pepita. ¿Será tal vez porque va a ser mi madrastra? ¡Pero si no quiere ser mi madrastra! ¡Si no quiere a mi padre! Verdad es que las mujeres son raras; quién sabe si en el fondo de su alma no se siente inclinada ya a querer a mi

---

[61] Santa Teresa, *Libro de la Vida,* cap. II.

padre y a casarse con él, si bien, atendiendo a aquello de que lo que mucho vale mucho cuesta, se propone, páseme usted la palabra, molerle[62] antes con sus desdenes, tenerle sujeto a su servidumbre, poner a prueba la constancia de su afecto y acabar por darle el plácido sí. ¡Allá veremos!

Ello es que la fiesta en la huerta fue apaciblemente divertida: se habló de flores, de frutos, de injertos, de plantaciones y de otras mil cosas relativas a la labranza, luciendo Pepita sus conocimientos agrónomos en competencia con mi padre, conmigo y con el señor Vicario, que se queda con la boca abierta cada vez que habla Pepita, y jura que en los setenta y pico de años que tiene de edad, y en sus largas peregrinaciones, que le han hecho recorrer casi toda la Andalucía, no ha conocido mujer más discreta ni más atinada en cuanto piensa y dice.

Cuando volvemos a casa de cualquiera de estas expediciones, vuelvo a insistir con mi padre en mi ida con usted a fin de que llegue el suspirado momento de que yo me vea elevado al sacerdocio; pero mi padre está tan contento de tenerme a su lado y se siente tan a gusto en el lugar, cuidando de sus fincas, ejerciendo mero y mixto imperio[63] como cacique, y adorando a Pepita y consultándoselo todo como

---

[62] Sbarbi censuró la expresión *páseme usted la palabra* como galicismo; la excusa que implica esta construcción introduce una señal lingüística para el coloquialismo *molerle,* que irrumpe seguidamente.

[63] «Mero y mixto imperio» es expresión que remite a las facultades jurisdiccionales de los monarcas soberanos y de los jueces (cf. M. Moliner, s. v. *imperio*). Aparece con relativa frecuencia en los textos del autor: «no pocas veces he visto tu nombre en letras de imprenta, ya firmando versos o artículos de periódicos, ya en las listas de sociedades científicas y literarias, donde ejerces jurisdicción y tienes mero y mixto imperio» (en carta a Manuel Cañete de 4-VIII-1848; ms. de la biblioteca de Menéndez Pelayo); «se aquietó con ser el cacique, o más bien el César o el emperador de Villalegre, donde ejercía mero y mixto imperio y donde le acataban todos, obedeciéndole gustosos» (*Juanita la Larga,* cap. I; *O. C.,* I, 530); encontramos la expresión en una carta a Estébanez Calderón, en la que comenta sus andanzas electorales en 1854, «la única gente que conozco es la de Cabra y Doña Mencía, donde tengo amigos y parientes; pero Belda ha dado aquí mucho turrón y tiene mero y misto *(sic)* imperio» (Sáenz de Tejada, 1971, 273).

a su ninfa Egeria[64], que halla siempre y hallará aún, tal vez durante algunos meses, fundado pretexto para retenerme aquí. Ya tiene que clarificar el vino de yo no sé cuántas pipas de la candiotera; ya tiene que trasegar otro; ya es menester binar los majuelos[65]; ya es preciso arar los olivares y cavar los pies a los olivos; en suma, me retiene aquí contra mi gusto; aunque no debiera yo decir «contra mi gusto», porque lo tengo muy grande en vivir con un padre que es para mí tan bueno.

Lo malo es que con esta vida temo materializarme demasiado; me parece sentir alguna sequedad de espíritu durante la oración; mi fervor religioso disminuye; la vida vulgar va penetrando y se va infiltrando en mi naturaleza. Cuando rezo padezco distracciones; no pongo en lo que digo a mis solas, cuando el alma debe elevarse a Dios, aquella atención profunda que antes ponía. En cambio, la ternura de mi corazón, que no se fija en objeto condigno, que no se emplea y consume en lo que debiera, brota y como que rebosa en ocasiones por objetos y circunstancias que tienen mucho de pueriles, que me parecen ridículos, y de los cuales me avergüenzo. Si me despierto en el silencio de la alta noche y oigo que algún campesino enamorado canta, al son de su guitarra mal rasgueada, una copla de fandango o de rondeñas, ni muy discreta ni muy poética, ni muy delicada, suelo

---

[64] Egeria, ninfa inspiradora del mítico rey Numa, es una variante latina del arquetipo *mujer que impone una prohibición, que será transgredida por el varón*. La historia de Psiquis y Cupido o de Urbasi y Pururabas constituye otras formalizaciones de este mitologema. En mi edición de *Morsamor* (Barcelona, 1984, 219-220) he señalado esta fuente para el personaje que en la última novela de Valera se llama también —*et per causam*—Urbasi. Una visión de conjunto del arquetipo: Claude Lecouteux, *Mélasine et le chevalier au Cygne,* París, 1982, 173-195. He tratado más pormenorizadamente este aspecto en mi trabajo «Folclore y mitología en la novela del fin de siglo: *Morsamor* de Valera», *Homenatge a Amelia García-Valdecasas,* Facultat de Filologia, Valencia, II, 1995, 741-748.

[65] En un breve texto se acumulan varios términos propios de la cultura de la vid: *clarificar* ('poner transparente un líquido'), *pipas,* ('toneles'), *candiotera* ('bodega'), *binar* ('extirpar hierbas crecidas en torno a las viñas y asentar bien la tierra para que el calor no evapore la humedad'); cfr. Antonio Roldán, *La cultura de la viña en la región del Condado,* Madrid, 1966, pág. 78.

enternecerme como si oyera la más celestial melodía. Una compasión loca, insana, me aqueja a veces. El otro día cogieron los hijos del aperador de mi padre un nido de gorriones, y al ver yo los pajarillos sin plumas aún y violentamente separados de la madre cariñosa[66], sentí suma angustia, y, lo confieso, se me saltaron las lágrimas. Pocos días antes trajo del campo un rústico una ternerita que se había perniquebrado; iba a llevarla al matadero y venía a decir a mi padre qué quería de ella para su mesa; mi padre pidió unas cuantas libras de carne, la cabeza y las patas; yo me conmoví al ver la ternerita, y estuve a punto, aunque la vergüenza me lo impidió, de comprársela al hombre, a ver si yo la curaba y conservaba viva. En fin, querido tío, menester es tener la gran confianza que tengo yo con usted para contarle estas muestras de sentimiento extraviado y vago, y hacerle ver con ellas que necesito volver a mi antigua vida, a mis estudios, a mis altas especulaciones, y acabar por ser sacerdote para dar al fuego que devora mi alma el alimento sano y bueno que debe tener.

14 de abril

Sigo haciendo la misma vida de siempre y detenido aquí a ruegos de mi padre.

El mayor placer de que disfruto, después del de vivir con él, es el trato y conversación del señor Vicario, con quien suelo dar a solas largos paseos. Imposible parece que un hombre de su edad, que debe de tener cerca de los ochenta años, sea tan fuerte, ágil y andador. Antes me canso yo que

---

[66] Motivo del pájaro despojado de sus crías que perfiló Virgilio en *Geórgicas* IV, 511-513 («qualis populae moerens Philomela sub umbris / amissos queritur fetus quos durus arator / observans nido implumes detraxit» (Cf. María Rosa Lida, «El ruiseñor de las *Geórgicas*», ahora en *La tradición clásica en España,* Barcelona, 1975, 39-52). El motivo, reelaborado, sirve para concluir *el Comendador Mendoza:* «... mas la diestra certera / pone Irenio prudente / en el oculto nido, / do el pájaro reposa con descuido, / y su pluma naciente / sin destrozar, sus alas no fatiga, / y le aprisiona al fin para su amiga» (*O. C.,* I, pág. 453b).

él, y no queda vericueto ni lugar agreste, ni cima de cerro escarpado en estas cercanías, a donde no lleguemos.

El señor Vicario me va reconciliando mucho con el clero español, a quien algunas veces he tildado yo, hablando con usted, de poco ilustrado[67]. ¡Cuánto más vale, me digo a menudo, este hombre, lleno de candor y de buen deseo, tan afectuoso e inocente, que cualquiera que haya leído muchos libros y en cuya alma no arda con tal viveza como en la suya el fuego de la caridad unido a la fe más sincera y más pura! No crea usted que es vulgar el entendimiento del señor Vicario; es un espíritu inculto, pero despejado y claro. A veces imagino que pueda provenir la buena opinión que de él tengo, de la atención con que me escucha; pero, si no es así, me parece que todo lo entiende con notable perspicacia y que sabe unir al amor entrañable de nuestra santa religión el aprecio de todas las cosas buenas que la civilización moderna nos ha traído. Me encantan, sobre todo, la sencillez, la sobriedad en hiperbólicas manifestaciones de sentimentalismo, la naturalidad, en suma, con que el señor Vicario ejerce las más penosas obras de caridad. No hay desgracia que no remedie, ni infortunio que no consuele, ni humillación que no procure restaurar, ni pobreza a que no acuda solícito con un socorro.

Para todo esto, fuerza es confesarlo, tiene un poderoso auxiliar en Pepita Jiménez, cuya devoción y natural compasivo siempre está él poniendo por las nubes.

El carácter de esta especie de culto que el Vicario rinde a Pepita va sellado, casi se confunde con el ejercicio de mil buenas obras; con las limosnas, el rezo, el culto público y el cuidado de los menesterosos. Pepita no da sólo para los pobres, sino también para novenas, sermones y otras fiestas de iglesia. Si los altares de la parroquia brillan a veces adorna-

---

[67] La compleja visión del clero que se ofrece en la novela coincide con la presentada por otros novelistas contemporáneos, singularmente Pérez Galdós (ver los estudios citados en nota 30). La fidelidad a los modelos reales que advertía en su entorno fue mantenida por Valera: «al pintar así a mis clérigos, declaro que he sido naturalista en buen sentido, copiando lo que veía», *Apuntes sobre el nuevo arte de escribir novelas (O.C.,* II, pág. 659b).

dos de bellísimas flores, estas flores se deben a la munificencia de Pepita, que las ha hecho traer de sus huertas. Si en lugar del antiguo manto, viejo y raído que tenía la Virgen de los Dolores, luce hoy un flamante y magnífico manto de terciopelo negro bordado de plata, Pepita es quien lo ha costeado.

Éstos y otros tales beneficios, el Vicario está siempre decantándolos y ensalzándolos. Así es que, cuando no hablo yo de mis miras, de mi vocación, de mis estudios, lo cual embelesa en extremo al señor Vicario, y le trae suspenso de mis labios; cuando es él quien habla y yo quien escucho, la conversación, después de mil vueltas y rodeos, viene a parar siempre en hablar de Pepita Jiménez. Y al cabo, ¿de quién me ha de hablar el señor Vicario? Su trato con el médico, con el boticario, con los ricos labradores de aquí, apenas da motivo para tres palabras de conversación. Como el señor Vicario posee la rarísima cualidad en un lugareño de no ser amigo de contar vidas ajenas ni lances escandalosos, de nadie tiene que hablar sino de la mencionada mujer, a quien visita con frecuencia, y con quien, según se desprende de lo que dice, tiene los más íntimos coloquios.

No sé qué libros habrá leído Pepita Jiménez, ni qué instrucción tendrá; pero de lo que cuenta el señor Vicario se colige que está dotada de un espíritu inquieto e investigador, donde se ofrecen infinitas cuestiones y problemas que anhela dilucidar y resolver, presentándolos para ello al señor Vicario, a quien deja agradablemente confuso. Este hombre, educado a la rústica, clérigo de misa y olla como vulgarmente suele decirse, tiene el entendimiento abierto a toda luz de verdad, aunque carece de iniciativa, y, por lo visto, los problemas y cuestiones que Pepita le presenta le abren nuevos horizontes y nuevos caminos, aunque nebulosos y mal determinados, que él no presumía siquiera, que no acierta a trazar con exactitud, pero cuya vaguedad, novedad y misterio le encantan.

No desconoce el padre Vicario que esto tiene mucho de peligroso, y que él y Pepita se exponen a dar, sin saberlo, en alguna herejía; pero se tranquiliza porque, distando mucho de ser un gran teólogo, sabe su catecismo al dedillo[68], tiene confianza en Dios, que le iluminará, y espera no extraviarse, y da por cierto que Pepita seguirá sus consejos y no se extraviará nunca.

Así imaginan ambos mil poesías, aunque informes, bellas, sobre todos los misterios de nuestra religión y artículos de nuestra fe. Inmensa es la devoción que tienen a María Santísima, Señora nuestra, y yo me quedo absorto de ver cómo saben enlazar la idea o el concepto popular de la Virgen con algunos de los más remontados pensamientos teológicos.

Por lo que relata el padre Vicario, entreveo que en el alma de Pepita Jiménez, en medio de la serenidad y calma que aparenta, hay clavado un agudo dardo de dolor[69]; hay un amor de pureza contrariado por su vida pasada. Pepita amó a don Gumersindo como a su compañero, como a su bienhechor, como al hombre a quien todo se lo debía; pero la atormenta, la avergüenza el recuerdo de que don Gumersindo fue su marido.

En su devoción a la Virgen se descubre un sentimiento de humillación dolorosa, un torcedor, una melancolía que influye en su mente el recuerdo de su matrimonio indigno y estéril.

Hasta en su adoración al niño Dios, representado en la preciosa imagen de talla que tiene en su casa, interviene el

---

[68] La construcción antitética que contrapone Teología a Catecismo no puede ser admitida como una candorosa aseveración de un estudiante de *teología* como don Luis; el sentido antifrástico del texto parece fuera de duda (ya lo señaló R. Romeu, 1946, págs. 97-126).

[69] La veneración de Pepita a la Virgen de los Dolores tiene nexo de identificación en el «agudo dardo de dolor» que ostenta la representación iconográfica mariana y que metafóricamente hiere a la viuda. Variantes poéticas, casi coetáneas de *Pepita Jiménez*, del milenario tópico del *dardo doloroso de amor* fueron estudiadas por Rafael Lapesa en «Bécquer, Rosalía y Machado» (reed. en *De la Edad Media a nuestros días*, Madrid, 1967, páginas 300-306). En *Juanita la Larga* (cap. XV, *O. C.*, I, 556) encontramos la descripción de una imagen procesional de la Virgen María que parece corresponder con la talla de la Virgen de la Soledad conservada en la iglesia egabrense de la misma advocación; ver notas 173 y 283 en que subrayan otras referencias a la imágenes de la Virgen de los Dolores y la Virgen de la Soledad.

amor maternal sin objeto, el amor maternal que busca ese objeto en un ser no nacido de pecado y de impureza.

El padre Vicario dice que Pepita adora al niño Jesús como a su Dios, pero que le ama con las entrañas maternales con que amaría a un hijo, si le tuviese, y si en su concepción no hubiera habido cosa de que tuviera ella que avergonzarse. El padre Vicario nota que Pepita sueña con la madre ideal y con el hijo ideal, inmaculados ambos, al rezar a la Virgen Santísima, y al cuidar a su lindo niño Jesús de talla.

Aseguro a usted que no sé qué pensar de todas estas extrañezas. ¡Conozco tan poco lo que son las mujeres! Lo que de Pepita me cuenta el padre Vicario me sorprende; y si bien más a menudo entiendo que Pepita es buena, y no mala, a veces me infunde cierto terror por mi padre. Con los cincuenta y cinco años que tiene, creo que está enamorado, y Pepita, aunque buena por reflexión, puede sin premeditarlo ni calcularlo, ser un instrumento del espíritu del mal; puede tener una coquetería irreflexiva e instintiva, más invencible, eficaz y funesta aún que la que procede de premeditación, cálculo y discurso.

¿Quién sabe, me digo yo a veces, si a pesar de las buenas obras de Pepita, de sus rezos, de su vida devota y recogida, de sus limosnas y de sus donativos para las iglesias, en todo lo cual se puede fundar el afecto que el padre Vicario la profesa, no hay también un hechizo mundano, no hay algo de magia diabólica en este prestigio de que se rodea y con el cual emboba a este cándido padre Vicario, y le lleva y le trae y le hace que no piense ni hable sino de ella a todo momento?[70].

El mismo imperio que ejerce Pepita sobre un hombre tan

---

[70] La figura de Pepita vista como hechicera aparece en este pasaje y se repite en momentos posteriores de las cartas y de *Paralipómenos:* «porque los tiene (los ojos) grandes, verdes como los de Circe» (carta del 8 de abril); «entro en su casa, a pesar mío, como evocado por un conjuro; y, no bien entro en su casa, caigo bajo el poder de su encanto; veo claramente que estoy dominado por una maga cuya fascinación es ineluctable» (carta del 19 de mayo); «en la mano el látigo, que se me antojó como varita de virtudes, con que pudiera hechizarme aquella maga» (carta del día 4 de mayo); «se

descreído como mi padre, sobre una naturaleza tan varonil y poco sentimental, tiene en verdad mucho de raro.

No explican tampoco las buenas obras de Pepita el respeto y afecto que infunde, por lo general, en estos rústicos. Los niños pequeñuelos acuden a verla las pocas veces que sale a la calle y quieren besarla la mano; las mozuelas le sonríen y la saludan con amor, los hombres todos se quitan el sombrero a su paso y se inclinan con la más espontánea reverencia y con la más sencilla y natural simpatía.

Pepita Jiménez, a quien muchos han visto nacer; a quien vieron todos en la miseria, viviendo con su madre; a quien han visto después casada con el decrépito y avaro don Gumersindo, hace olvidar todo esto, y aparece como un ser peregrino, venido de alguna tierra lejana, de alguna esfera superior, pura y radiante, y obliga y mueve al acatamiento afectuoso, a algo como admiración amantísima a todos sus compatricios.

Veo que distraídamente voy cayendo en el mismo defecto que en el padre Vicario censuro, y que no hablo a usted sino de Pepita Jiménez. Pero esto es natural. Aquí no se habla de otra cosa. Se diría que todo el lugar está lleno del espíritu, del pensamiento, de la imagen de esta singular mujer, que yo no acierto aún a determinar si es un ángel o una refinada coqueta llena de *astucia instintiva,* aunque los términos parezcan contradictorios. Porque lo que es con plena conciencia estoy convencido de que esta mujer no es coqueta ni sueña en ganarse voluntades para satisfacer su vanagloria.

---

diría que, por arte diabólico, obramos una transfusión y mezcla de lo más sutil de nuestra sangre» (carta del 23 de mayo). Como si de un pacto con el diablo —«pateta», «mengue», «Lucifer»— se tratase, el caso de amores es presentado en el coloquio de Pepita con el vicario como «obra de Lucifer»; el difamador conde de Genazahar adorna, en fin, su *sermón de honras* con estas palabras: «la única cosa buena que ha hecho en su vida la tal viuda es concertarse con Satanás». Claro está que también se adjudican a don Luis las virtualidades encantatorias de los hechiceros: «tengo que decir —prosiguió Antoñona— que lo que estás maquinando contra mi niña es una maldad. Te estás portando como un tuno. La has hechizado; le has dado un bebedizo maligno». Cfr. A. Bianchini, 1990, 40 y también nota 143.

Hay sinceridad y candor en Pepita Jiménez. No hay más que verla para creerlo así. Su andar airoso y reposado, su esbelta estatura, lo terso y despejado de su frente, la suave y pura luz de sus miradas, todo se concierta en un ritmo adecuado, todo se une en perfecta armonía, donde no se descubre nota que disuene.

¡Cuánto me pesa de haber venido por aquí y de permanecer aquí tan largo tiempo! Había pasado la vida en su casa de usted y en el Seminario; no había visto ni tratado más que a mis compañeros y maestros; nada conocía del mundo sino por especulación y teoría; y de pronto, aunque sea en un lugar, me veo lanzado en medio del mundo, y distraído de mis estudios, meditaciones y oraciones, por mil objetos profanos.

20 de abril

Las últimas cartas[71] de usted, queridísimo tío, han sido de grata consolación para mi alma. Benévolo como siempre, me amonesta usted y me ilumina con advertencias útiles y discretas.

Es verdad: mi vehemencia es digna de vituperio. Quiero alcanzar el fin sin poner los medios; quiero llegar al término de la jornada sin andar antes paso a paso el áspero camino.

Me quejo de sequedad de espíritu en la oración, de distraído, de disipar mi ternura en objetos pueriles, ansío volar al trato íntimo con Dios, a la contemplación esencial, y des-

---

[71] La información que da don Pedro a su hijo Luis, al final de *Paralipómenos*, de la correspondencia paralela que han mantenido él y su hermano el deán «desde hace más de dos meses» —y ésta es afirmación hecha el día 27 de junio— debe precaver al lector sobre las cartas de don Luis, que probablemente a partir de ésta del 20 de abril, están dirigidas a la persona que sabe mucho de la evolución psicológica del joven. Resulta sumamente iluminador que, a partir de esta carta, sea cuando las epístolas del deán se van incorporando en las de su sobrino y cuando éste glosa fragmentos de las misivas del tío. Todo ello produce un complejo diálogo epistolar en el que uno de los corresponsales —el deán— sólo se hace notar por voz interpuesta.

deño la oración imaginaria y la meditación racional y discursiva. ¿Cómo sin obtener la pureza, cómo sin ver la luz he de lograr el goce del amor?[72].

Hay mucha soberbia en mí, y yo he de procurar humillarme a mis propios ojos, a fin de que el espíritu del mal no me humille, permitiéndolo Dios, en castigo de mi presunción y de mi orgullo.

No creo, a pesar de todo, como usted me advierte, que es tan fácil para mí una fea y no pensada caída. No confío en mí; confío en la misericordia de Dios y en su gracia, y espero que no sea.

Con todo, razón tiene usted que le sobra en aconsejarme que no me ligue mucho en amistad con Pepita Jiménez; pero yo disto bastante de estar ligado con ella.

No ignoro que los varones religiosos y los santos, que deben servirnos de ejemplo y dechado, cuando tuvieron gran familiaridad y amor con mujeres fue en la ancianidad, o estando ya muy probados y quebrantados por la penitencia, o existiendo una notable desproporción de edad entre ellos y las piadosas amigas que elegían; como se cuenta de san Jerónimo y santa Paulina, y de san Juan de la Cruz y santa Teresa[73]. Y aun así, y aun siendo el amor de todo punto espiritual, sé que puede pecar por demasía. Porque Dios no más debe ocupar nuestra alma, como su dueño y esposo, y cualquiera otro ser que en ella more ha de ser sólo a título de amigo o siervo o hechura del esposo, y en quien el esposo se complace.

---

[72] Sobre las modalidades de la plegaria discurren en abundancia los autores religiosos del Siglo de Oro; cfr. Santa Teresa, *Cuentas de Conciencia,* LV.

[73] El error de Valera, que confunde a Santa Paula con Santa Paulina, lo hizo notar Sbarbi (1874, 187). La estrecha relación habida entre San Jerónimo y Santa Paula es un lugar común en las hagiografías de ambos; véase la reciente versión española de la *Leyenda Áurea* de Jacobo de la Vorágine (Madrid, I, 1982, págs. 137-141). Moreno Villa establecía una aproximación con el discipulazgo de Julia Gonzaga respecto de Juan Valdés, que fue «la Santa Paula de este San Jerónimo» (prólogo de *El Diálogo de la lengua,* reproducido en *Los autores como actores,* México, 1951, pág. 224). El trascendental encuentro de Santa Teresa y San Juan de la Cruz —otra pareja en la que el magisterio espiritual corre de cuenta de la mujer— tuvo lugar en 1568 y lo recordó la santa en *Fundaciones,* III, 17.

No crea usted, pues, que yo me jacte de invencible y desdeñe los peligros y los desafíe y los busque. En ellos perece quien los ama[74]. Y cuando el rey profeta, con ser tan conforme al corazón del Señor y tan su valido, y cuando Salomón, a pesar de su sobrenatural e infusa sabiduría, fueron, conturbados y pecaron, porque Dios quitó su faz de ellos, ¿qué no debo temer yo, mísero pecador, tan joven, tan inexperto de las astucias del demonio, y tan poco firme y adiestrado en las peleas de la virtud?

Lleno de un provechoso temor de Dios, y con la debida desconfianza de mi flaqueza, no olvidaré los consejos y prudentes amonestaciones de usted, rezando con fervor mis oraciones y meditando en las cosas divinas para aborrecer las mundanas en lo que tienen de aborrecibles; pero aseguro a usted que hasta ahora, por más que ahondo en mi conciencia y registro con suspicacia sus más escondidos senos, nada descubro que me haga temer lo que usted teme.

Si de mis cartas anteriores resultan encomios para el alma de Pepita Jiménez, culpa es de mi padre y del señor Vicario, y no mía; porque al principio, lejos de ser favorable a esta mujer, estaba yo prevenido contra ella con prevención injusta.

En cuanto a la belleza y donaire corporal de Pepita, crea usted que lo he considerado todo con entera limpieza de pensamiento. Y aunque me sea costoso el decirlo, y aunque a usted le duela un poco, le confesaré que si alguna leve mancha ha venido a empañar el sereno y pulido espejo de mi alma, en que Pepita se reflejaba, ha sido la ruda sospecha de usted, que casi me ha llevado por un instante a que yo mismo sospeche.

Pero no. ¿Qué he pensado yo, qué he mirado, qué he celebrado en Pepita, por donde nadie pueda colegir que propendo a sentir por ella algo que no sea amistad y aquella inocente y limpia admiración que inspira una obra de arte, y más si la obra es del Artífice soberano, y nada menos que su templo?[75]

---

[74] *Eclesiástico*, III, 25.
[75] San Juan, II, 21.

Por otra parte, querido tío, yo tengo que vivir en el mundo, tengo que tratar a las gentes, tengo que verlas, y no he de arrancarme los ojos. Usted me ha dicho mil veces que me quiere en la vida activa, predicando la ley divina, difundiéndola por el mundo, y no entregado a la vida contemplativa en la soledad y el aislamiento. Ahora bien; si esto es así, como lo es, ¿de qué suerte me había yo de gobernar para no reparar en Pepita Jiménez? A no ponerme en ridículo, cerrando en su presencia los ojos, fuerza es que yo vea y note la hermosura de los suyos; lo blanco, sonrosado y limpio de su tez; la igualdad y el nacarado esmalte de los dientes, que descubre a menudo cuando sonríe; la fresca púrpura de sus labios; la serenidad y tersura de su frente, y otros mil atractivos que Dios ha puesto en ella. Claro está que para el que lleva en su alma el germen de los pensamientos livianos, la levadura del vicio, cada una de las impresiones que Pepita produce, puede ser como el golpe del eslabón que hiere el pedernal y que hace brotar la chispa que todo lo incendia y devora; pero yendo prevenido contra este peligro, y reparándome y cubriéndome bien con el escudo de la prudencia cristiana, no encuentro que tenga yo nada que recelar. Además que, si bien es temerario buscar el peligro, es cobardía no saber arrostrarle y huir de él cuando se presenta.

No lo dude usted; yo veo en Pepita Jiménez una hermosa criatura de Dios, y por Dios la amo como a hermana[76]. Si alguna predilección siento por ella, es por las alabanzas que de ella oigo a mi padre, al señor Vicario y a casi todos los de este lugar.

Por amor a mi padre desearía yo que Pepita desistiese de sus ideas y planes de vida retirada, y se casase con él; pero, prescindiendo de esto, y si yo viese que mi padre sólo tenía un capricho, y no una verdadera pasión, me alegraría de que Pepita permaneciese firme en su casta viudez, y cuando yo estuviese muy lejos de aquí, allá en la India o en el Japón, o en algunas misiones más peligrosas, tendría un consuelo en escribirle algo sobre mis peregrinaciones y trabajos.

---

[76] Reitera la imagen de la mujer como obra perfecta de Dios (cf. nota 47).

Cuando, ya viejo, volviese yo por este lugar, también gozaría mucho en intimar con ella, que estaría ya vieja, y en tener con ella coloquios espirituales y pláticas por el estilo de las que tiene ahora el padre Vicario[77]. Hoy, sin embargo, como soy mozo, me acerco poco a Pepita; apenas la hablo. Prefiero pasar por encogido, por tonto, por mal criado y arisco, a dar la menor ocasión, no ya a la realidad de sentir por ella lo que no debo, pero ni a la sospecha ni a la maledicencia.

En cuanto a Pepita, ni remotamente convengo en lo que usted deja entrever como vago recelo. ¿Qué plan ha de formar respecto a un hombre que va a ser clérigo dentro de dos o tres meses? Ella, que ha desairado a tantos, ¿por qué había de prendarse de mí? Harto me conozco y sé que no puedo, por fortuna, inspirar pasiones. Dicen que no soy feo, pero soy desmañado, torpe, corto de genio, poco ameno; tengo trazas de lo que soy: de un estudiante humilde. ¿Qué valgo yo al lado de los gallardos mozos, aunque algo rústicos, que han pretendido a Pepita; ágiles jinetes, discretos y regocijados en la conversación, cazadores como Nembrot[78], diestros en todos los ejercicios de cuerpo, cantadores finos y celebrados en todas las ferias de Andalucía, y bailarines apuestos, elegantes y primorosos?[79]. Si Pepita ha desairado todo esto, ¿cómo ha de fijarse ahora en mí y ha de concebir el diabólico deseo y más diabólico proyecto de

---

[77] El modelo de relaciones que proyecta es paralelo al que establecen los jóvenes doña Luz y el Padre Enrique *(Doña Luz,* caps. VIII y IX) y, circunscrito a la época de la edad provecta, prefigura el «recordatorio galante» que es descrito en *Morsamor* (segunda parte, cap. XXX).

[78] «Kus engendró también a Nemrod, éste fue el primero en ser poderoso sobre la tierra. Era él un poderoso cazador ante Yahvé; por eso se dice: como Nemrod poderoso cazador ante Yahvé» *(Génesis,* X, 8-9).

[79] Las cualidades que don Luis destaca en los jóvenes del lugar corresponden al repertorio aretológico que el conde Ludovico de Canosa destacaba en la formación del perfecto *Cortesano.* La obra de Castiglione fue, por otra parte, libro aludido prolijamente por Valera en su crítica literaria y en su creación narrativa; véanse la dedicatoria de *Doña Luz,* o los comentarios sobre el memorable diálogo renacentista en *Juanita la Larga* (capítulo XVI, edición de Enrique Rubio, Madrid, 1985, 137) y *Genio y figura* (ed. de Cyrus De Coster, Madrid, 1978, págs. 228-229).

turbar la paz de mi alma, de hacerme abandonar mi vocación, tal vez de perderme? No, no es posible[80]. Yo creo buena a Pepita, y a mí, lo digo sin mentida modestia, me creo insignificante. Ya se entiende que me creo insignificante para enamorarla, no para ser su amigo; no para que ella me estime y llegue a tener un día cierta predilección por mí, cuando yo acierte a hacerme digno de esta predilección con una santa y laboriosa vida.

Perdóneme usted si me defiendo con sobrado calor de ciertas reticencias de la carta de usted, que suenan a acusaciones y a fatídicos pronósticos[81].

Yo no me quejo de esas reticencias; usted me da avisos prudentes, gran parte de los cuales acepto y pienso seguir. Si va usted más allá de lo justo en el recelar, consiste, sin duda, en el interés que por mí se toma, y que yo de todo corazón le agradezco.

4 de mayo

Extraño es que en tantos días ya no haya tenido tiempo para escribir a usted; pero tal es la verdad. Mi padre no me deja parar y las visitas me asedian.

En las grandes ciudades es fácil no recibir, aislarse, crearse una soledad, una Tebaida en medio del bullicio; en un lugar de Andalucía, y sobre todo teniendo la honra de ser hijo del cacique, es menester vivir en público. No ya sólo hasta al cuarto donde escribo, sino hasta mi alcoba penetran, sin que nadie se atreva a oponerse, el señor Vicario, el escribano, mi primo Currito, hijo de dona Casilda, y otros mil, que me despiertan si estoy dormido y me llevan donde quieren.

---

[80] Cfr. aserto del narrador de *Paralipómenos:* «Al ver a don Luis, era menester confesar que Pepita Jiménez sabía de estética por instinto».

[81] Los «fatídicos pronósticos» sirven de presagios para situar el desarrollo posterior de los hechos; simultáneamente sirven como guiños de complicidad que el señor deán va estableciendo con el lector, según avanza la correspondencia.

El casino no es aquí mera diversión nocturna, sino de todas las horas del día. Desde las once de la mañana está lleno de gente que charla, que lee por cima algún periódico para saber las noticias, y que juega al tresillo. Personas hay que se pasan diez o doce horas al día jugando a dicho juego. En fin, hay aquí una holganza tan encantadora, que más no puede ser[82]. Las diversiones son muchas, a fin de entretener dicha holganza. Además del tresillo se arma la timbirimba[83] con frecuencia y se juega al monte. Las damas, el ajedrez y el dominó no se descuidan. Y, por último, hay una pasión decidida por las riñas de gallos.

Todo esto, con el visiteo, el ir al campo a inspeccionar las labores, el ajustar todas las noches las cuentas con el aperador[84], el visitar las bodegas y candioteras, y el clarificar, trasegar y perfeccionar los vinos, y el tratar con gitanos y chalanes para compra, venta o cambalache de los caballos, mulas y borricos, o con gente de Jerez que viene a comprar nuestro vino para trocarle en jerezano, ocupa aquí de diario a los hidalgos, señoritos o como quieran llamarse. En ocasiones extraordinarias hay otras faenas y diversiones que dan a todo más animación, como en tiempo de la siega, de la vendimia y de la recolección de la aceituna; o bien cuando hay feria y toros aquí o en otro pueblo cercano, o bien cuando hay romería al santuario de alguna milagrosa imagen de María Santísima, a donde, si acuden no pocos por

---

[82] Una variante doméstica y reducida del Casino es la Casilla: «La Casilla era, y es todavía, en algunos lugares el Casino y el Ateneo primitivos y castizos. Por lo general, y así sucedía en Villalegre, la Casilla estaba en una sala relativamente cómoda y espaciosa, detrás de la botica. Allí se leían los periódicos, se fumaba, se charlaba y se jugaba a la malilla, al tresillo, al truquiflor y al tute, y tal vez al ajedrez, al dominó y a las damas» (*Juanita la Larga, O. C.,* I, págs. 566-567). Para los juegos de cartas, cfr. notas 83 y 115.

[83] Ampliación expresiva de *timba* con el significado de 'juego de azar y casa de juego' (Corominas-Pascual). *Tresillo* —palabra incluida en el *Diccionario* de la Academia de 1843— y *monte* son dos conocidos juegos de naipes, véase su descripción detallada en Manuel Llano Gorostiza, *Naipes españoles,* Vitoria, 1975.

[84] *Aperador* es el encargado de la labranza; aunque la palabra está documentada desde el siglo XVI (Corominas-Pascual), modernamente se considera como término específicamente andaluz (Cf. Alcalá Venceslada).

curiosidad y para divertirse y feriar a sus amigas cupidos[85] y escapularios, más son los que acuden por devoción y en cumplimiento de voto o promesa. Hay santuario de estos que está en la cumbre de una elevadísima sierra, y con todo no faltan aún mujeres delicadas que suben allí con los pies descalzos, hiriéndoselos con abrojos, espinas y piedras, por el pendiente y mal trazado sendero.

La vida de aquí tiene cierto encanto. Para quien no sueña con la gloria, para quien nada ambiciona, comprendo que sea muy descansada y dulce vida. Hasta la soledad puede lograrse aquí haciendo un esfuerzo. Como yo estoy aquí por una temporada, no puedo ni debo hacerlo; pero, si yo estuviese de asiento, no hallaría dificultad, sin ofender a nadie, en encerrarme y retraerme durante muchas horas o durante todo el día, a fin de entregarme a mis estudios y meditaciones.

Su nueva y más reciente carta de usted me ha afligido un poco. Veo que insiste usted en sus sospechas y no sé qué contestar para justificarme, sino lo que ya he contestado.

Dice usted que la gran victoria en cierto género de batallas consiste en la fuga; que huir es vencer. ¿Cómo he de negar yo lo que el Apóstol y tantos santos Padres y Doctores han dicho? Con todo, de sobra sabe usted que el huir no depende de mi voluntad. Mi padre no quiere que me vaya; mi padre me retiene a pesar mío; tengo que obedecerle. Necesito, pues, vencer por otros medios, y no por el de la fuga.

Para que usted se tranquilice, repetiré que la lucha apenas está empeñada, que usted ve las cosas más adelantadas de lo que están.

No hay el menor indicio de que Pepita Jiménez me quiera. Y aunque me quisiese, sería de otro modo que como querían las mujeres que usted cita para mi ejemplar escar-

---

[85] María del Pilar Palomo explica la palabra *cupidos*, en este texto, como una «especie de amuleto protector, aún en uso en algunas regiones andaluzas o extremeñas, consistente en un pequeño corazón de fieltro, atravesado por una espada». *«Monóstrofe 11. —De un amor de cera. —*A uno que vendía / de cera un Cupidillo, / le dije: ¿cuánto precio / pedís por él amigo (...)»; Esteban Manuel Villegas, *Eróticas o amatorias,* ed. de N. Alonso Cortés, Madrid, 1913, 179.

miento. Una señora bien educada y honesta en nuestros días no es tan inflamable y desaforada como esas matronas de que están llenas las historias antiguas.

El pasaje que aduce usted de san Juan Crisóstomo es digno del mayor respeto, pero no es del todo apropiado a las circunstancias. La gran dama que en Of, Tebas o Dióspolis Magna[86], se enamoró del hijo predilecto de Jacob, debió de ser hermosísima; sólo así se concibe que asegure el Santo ser mayor prodigio el que Josef no ardiera que el que los tres mancebos que hizo poner Nabucodonosor en el horno candente no se redujesen a cenizas.

Confieso con ingenuidad que, lo que es en punto a hermosura, no atino a representarme que supere a Pepita Jiménez la mujer de aquel príncipe egipcio, mayordomo mayor o cosa por el estilo del palacio de los faraones; pero ni yo soy como Josef, agraciado con tantos dones y excelencias, ni Pepita es una mujer sin religión y sin decoro. Y aunque fuera así, aun suponiendo todos estos horrores, no me explico la ponderación de san Juan Crisóstomo sino porque vivía en la capital corrompida, y semi-gentílica aún, del Bajo Imperio; en aquella corte, cuyos vicios tan crudamente censuró, y donde la propia emperatriz Eudoxia daba

---

[86] «Gautier en *La novela de la momia* en que nos pinta circunstancialmente a Oph, Tebas o Dióspolis Magna, capital de Egipto en tiempos del Faraón contemporáneo de Moisés» *(Naturaleza y carácter de la novela, O. C., II, 129b)*. Valera funde en el texto el episodio de la mujer de Putifar *(Génesis XXXIX)*, una pieza oratoria de San Juan Crisóstomo *(Homileae 67 in Genesium), Daniel, III, 8-97* y el eco de una novela en la que el retrato de la protagonista resulta un modelo de prosa artificiosamente embellecida (Théophile Gautier, *Le Roman de la momie*, París, Nilsson, 1930, pág. 48). Una huella de la figura del *casto José* en las celebraciones populares de la Semana Santa, en *Juanita la Larga:* «lamentan algunas personas, pero yo no puedo menos de aplaudirle, en vez de lamentarlo, que el señor obispo haya prohibido, desde hace mucho tiempo, que salga en las procesiones otro personaje que salía antes, mil veces más cómico que Longino. Era este personaje José, el hijo de Jacob, porque, según decía el vulgo, no era ni fu ni fa»; una descripción directa de estas representaciones populares transmite Valera en carta a Estébanez en 1854 (C. Sáenz de Tejada, 1971, páginas 269-270); la explicación de la censura ejercitada por el arzobispado, en carta de 1878 a Campillo (Domínguez Bordona, 1925, 102).

ejemplo de corrupción y de escándalo[87]. Pero hoy, que la moral evangélica ha penetrado más profundamente en el seno de la sociedad cristiana, me parece exagerado creer más milagroso el casto desdén del hijo de Jacob que la incombustibilidad material de los tres mancebos de Babilonia.

Otro punto toca usted en su carta que me anima y lisonjea en extremo. Condena usted como debe el sentimentalismo exagerado y la propensión a enternecerme y a llorar por motivos pueriles, de que le dije padecía a veces; pero esta afeminada pasión de ánimo, ya que existe en mí, importando desecharla, celebra usted que no se mezcle con la oración y la meditación y las contamine. Usted reconoce y aplaude en mí la energía verdaderamente varonil que debe haber en el afecto y en la mente que anhelan elevarse a Dios. La inteligencia que pugna por comprenderle ha de ser briosa; la voluntad que se le somete por completo es porque triunfa de sí misma, riñendo bravas batallas con todos los apetitos, y derrotando y poniendo en fuga todas las tentaciones; el mismo afecto acendrado y ardiente, que, aun en criaturas simples y cuitadas, puede encumbrarse hasta Dios por un rapto de amor, logrando conocerle por iluminación sobrenatural, es hijo, a más de la gracia divina, de un carácter firme y entero. Esa languidez, ese quebranto de la voluntad, esa ternura enfermiza, nada tienen que hacer con la caridad, con la devoción y con el amor divino. Aquello es atributo de menos que mujeres; éstas son pasiones, si pasiones pueden llamarse, de más que hombres, de ángeles. Sí, tiene usted razón de confiar en mí, y de esperar que no he de perderme porque una piedad relajada y muelle abra las puertas de mi corazón a los vicios, transigiendo con ellos. Dios me salvará y yo combatiré por salvarme con su auxilio; pero, si me pierdo, los enemigos del alma y los pecados mortales no han de entrar disfrazados ni por capitu-

---

[87] Cfr. «Chrysostomi ad imperatricem Eudoxiam», Migne, *Patrologia Graeca*, LXIV, cols. 493-496, homilía en la que el escritor eclesiástico recuerda a la emperatriz la brevedad de los honores y de la vida terrena. (C. Baur, *John Chrysostom and his Time*, 1960-61, 2 vols.).

lación en la fortaleza de mi conciencia, sino con banderas desplegadas, llevándolo todo a sangre y fuego y después de acérrimo combate.

En estos últimos días he tenido ocasión de ejercitar mi paciencia en grande y de mortificar mi amor propio del modo más cruel.

Mi padre quiso pagar a Pepita el obsequio de la huerta, y la convidó a visitar su quinta del Pozo de la Solana[88]. La expedición fue el 22 de abril. No se me olvidará esta fecha.

El Pozo de la Solana dista más de dos leguas de este lugar, y no hay hasta allí sino camino de herradura. Tuvimos todos que ir a caballo. Yo, como jamás he aprendido a montar, he acompañado a mi padre en todas las anteriores excursiones en una mulita de paso, muy mansa, y que, según la expresión de Dientes, el mulero, es más noble que el oro y más serena que un coche. En el viaje al Pozo de la Solana fui en la misma cabalgadura.

Mi padre, el escribano, el boticario y mi primo Currito iban en buenos caballos. Mi tía doña Casilda, que pesa más de diez arrobas[89], en una enorme y poderosa burra con sus jamugas[90]. El señor Vicario en una mula mansa y serena como la mía.

En cuanto a Pepita Jiménez, que imaginaba yo que vendría también en burra con jamugas, pues ignoraba que montase, me sorprendió apareciendo en un caballo tordo

---

[88] El Pozo de la Solana, mencionado también en *El Comendador Mendoza*, es topónimo real de un lugar próximo a Cabra. El profesor De Coster me comunica las observaciones que, en 1956, le hicieron los estudiosos locales don Gregorio Sánchez Mohedano (autor de *Don Juan Valera y Doña Mencía*, Cabra, 1948) y don Juan Soca (autor de *Perfiles egabrenses*, Cabra, 1961). El segundo explicaba que el pozo y arroyo de la Solana estaban a dos leguas de Cabra y eran limítrofes con la finca del Alamillo, propiedad de Valera.

[89] García Lorenzo recuerda que la arroba equivale a 11,502 kg., de manera que la tía Casilda desplazaba un volumen corporal de más de 115 kg. de peso.

[90] Silla para cabalgar a mujeriegas, con respaldo y brazos. Alcalá Venceslada documenta también en Andalucía una variante *hamugas* y Corominas señala, por su parte, *jamúas* en Astorga, *xamúas* en asturiano occidental y *sambugas* en el norte de la provincia de Burgos.

muy vivo y fogoso, vestida de amazona, y manejando el caballo con destreza y primor notables.

Me alegré de ver a Pepita tan gallarda a caballo, pero desde luego presentí y empezó a mortificarme el desairado papel[91] que me tocaba hacer al lado de la robusta tía doña Casilda y del padre Vicario, yendo nosotros a retaguardia, pacíficos y *serenos*[92] como en coche, mientras que la lucida cabalgata caracolearía, correría, trotaría y haría mil evoluciones y escarceos.

Al punto se me antojó que Pepita me miraba compasiva, al ver la facha lastimosa que sobre la mula debía yo de tener. Mi primo Currito me miró con sonrisa burlona, y empezó enseguida a embromarme y atormentarme.

Aplauda usted mi resignación y mi valerosa paciencia. A todo me sometí de buen talante, y pronto hasta las bromas de Currito acabaron al notar cuán invulnerable yo era. Pero ¡cuánto sufrí por dentro! Ellos corrieron, galoparon, se nos adelantaron a la ida y a la vuelta. El Vicario y yo permanecimos siempre *serenos*, como las mulas, sin salir del paso y llevando a doña Casilda en medio.

Ni siquiera tuve el consuelo de hablar con el padre Vicario, cuya conversación me es tan grata, ni de encerrarme dentro de mí mismo y fantasear y soñar, ni de admirar a mis solas la belleza del terreno que recorríamos. Doña Casilda es de una locuacidad abominable, y tuvimos que oírla. Nos dijo cuanto hay que saber de chismes del pueblo, y nos habló de todas sus habilidades, y nos explicó el modo de hacer salchichas, morcillas de sesos, hojaldres y otros mil guisos y regalos. Nadie la vence en negocios de cocina y de matanza de cerdos, según ella, sino Antoñona, la nodriza de Pepita Jiménez, y hoy su ama de llaves y directora de su

---

[91] Robert E. Lott comentó en su edición de la novela (pág. 15) que el habla de los personajes incluye frecuentemente expresiones de la época que denuncian la excesiva preocupación de la clase media respecto a su papel social y a su dependencia de la opinión ajena; se trata de construcciones y frases hechas del tipo *darse lustre o tono, ponerse en ridículo, hacer un papel*.
[92] En el sentido que registra la segunda acepción del *Diccionario* académico: 'apacible, sosegado, sin turbación física o moral'.

casa[93]. Yo conozco ya a la tal Antoñona, pues va y viene a casa con recados, y, en efecto, es muy lista; tan parlanchina como la tía Casilda, pero cien mil veces más discreta.

El camino hasta el Pozo de la Solana es delicioso; pero yo iba tan contrariado, que no acerté a gozar de él. Cuando llegamos a la casería y nos apeamos, se me quitó de encima un gran peso, como si fuese yo quien hubiese llevado a la mula y no la mula a mí.

Ya a pie, recorrimos la posesión, que es magnífica, variada y extensa. Hay allí más de ciento veinte fanegas de viña vieja y majuelo, todo bajo una linde; otro tanto o más de olivar, y, por último, un bosque de encinas de las más corpulentas que aún quedan en pie en toda Andalucía. El agua del Pozo de la Solana forma un arroyo claro y abundante, donde vienen a beber todos los pajarillos de las cercanías, y donde se cazan a centenares por medio de espartos con liga o con red, en cuyo centro se colocan el cimbel[94] y el reclamo. Allí recordé mis diversiones de la niñez y cuantas veces había ido yo a cazar pajarillos de la manera expresada.

Siguiendo el curso del arroyo, y sobre todo en las hondonadas, hay muchos álamos y otros árboles altos, que, con las matas y hierbas, crean un intrincado laberinto y una sombría espesura. Mil plantas silvestres y olorosas crecen allí de un modo espontáneo, y por cierto que es difícil ima-

---

[93] Antonoña, fusión de Celestina y la Enone de *Fedra*, y figura auxiliar de la ex tragedia que termina siendo *Pepita Jiménez*, corresponde a un modelo estereotipado de la sociología femenina cordobesa: «La criada que descuella por lo lista, amena y entretenida, se capta la voluntad y se convierte siempre en la acompañanta o favorita del ama, o de la niña o señorita soltera. Viene a semejarse a la confidente de las tragedias clásicas, y aun puede hacer el papel de Enona. De todos modos va con su ama a visitas, a misa y a paseo; le lleva y le trae recados, y procura tenerla al corriente de cuanto pasa en el lugar» (Valera, «La Cordobesa», editado por primera vez en *Las mujeres españolas, portuguesas y americanas*, Madrid, 1972; *O. C.*, III, 1304).

[94] Para Corominas, *cimbel*, y su duplicado *cimillo*, parece ser catalanismo o quizás mozarabismo, pues es popular en Andalucía; sin embargo, Alcalá Venceslada no lo registra en la acepción que la palabra tiene en este texto de «cordel que se ata a la punta de la vara flexible, que sujeta a un árbol, sirve de apoyo para el ave que actúa como señuelo en la caza».

ginar nada más esquivo, agreste y verdaderamente solitario, apacible y silencioso que aquellos lugares. Se concibe allí en el fervor del mediodía, cuando el sol vierte a torrentes la luz desde un cielo sin nubes, en las calurosas y reposadas siestas, el mismo terror misterioso de las horas nocturnas. Se concibe allí la vida de los antiguos patriarcas y de los primitivos héroes y pastores, y las apariciones y visiones que tenían las ninfas, de deidades y de ángeles, en medio de la claridad meridiana[95].

Andando por aquella espesura, hubo un momento en el cual, no acierto a decir cómo, Pepita y yo nos encontramos solos; yo al lado de ella. Los demás se habían quedado atrás.

Entonces sentí por todo mi cuerpo un estremecimiento. Era la primera vez que me veía a solas con aquella mujer y en sitio tan apartado, y cuando yo pensaba en las apariciones meridianas, ya siniestras, ya dulces y siempre sobrenaturales, de los hombres de las edades remotas.

Pepita había dejado en la casería la larga falda de montar, y caminaba con un vestido corto que no estorbaba la graciosa ligereza de sus movimientos. Sobre la cabeza llevaba un sombrerillo andaluz colocado con gracia. En la mano el látigo, que se me antojó como varita de virtudes, con que pudiera hechizarme aquella maga.

No temo repetir aquí los elogios de su belleza. En aquellos sitios agrestes se me apareció más hermosa. La cautela que recomiendan los ascetas de pensar en ella, afeada por los años y por las enfermedades; de figurármela muerta, llena de hedor y podredumbre, y cubierta de gusanos, vino, a pesar mío, a mi imaginación; y digo *a pesar mío,* porque no entiendo que tan terrible cautela fuese indispensable. Ninguna idea mala en lo material, ninguna sugestión del espíri-

---

[95] Sobre las manifestaciones de seres del trasmundo afirma con humor Valera en la *Carta-Dedicatoria* de sus *Canciones, romances y poemas* a don Marcelino Menéndez Pelayo: «Declaro humildemente que no he tenido jamás ninguna revelación externa. Ni santo, ni ninfa, ni alma en pena o en gloria, ni genio, ni demonio se me apareció jamás. Mis revelaciones internas, si las he tenido, no pasan de naturales» *(O. C.,* I, 1348b).

tu maligno turbó entonces mi razón ni logró inficionar mi voluntad y mis sentidos.

Lo que sí se me ocurrió fue un argumento para invalidar, al menos en mí, la virtud de esa cautela. La hermosura, obra de un arte soberano y divino, puede ser caduca y efímera, desaparecer en el instante; pero su idea es eterna y en la mente del hombre vive vida inmortal una vez percibida. La belleza de esta mujer, tal como hoy se me manifiesta, desaparecerá dentro de breves años; ese cuerpo elegante, esas formas esbeltas, esa noble cabeza, tan gentilmente erguida sobre los hombros, todo será pasto de gusanos inmundos; pero si la materia ha de transformarse, la forma, el pensamiento artístico, la hermosura misma, ¿quién la destruirá? ¿No está en la mente divina? Percibida y conocida por mí, ¿no vivirá en mi alma, vencedora de la vejez y aun de la muerte?[96].

Así meditaba yo, cuando Pepita y yo nos acercamos. Así serenaba yo mi espíritu y mitigaba los recelos que usted ha sabido infundirme. Yo deseaba y no deseaba a la vez que llegasen los otros. Me complacía y me afligía al mismo tiempo de estar solo con aquella mujer.

La voz argentina de Pepita rompió el silencio, y, sacándome de mis meditaciones, dijo:

—¡Qué callado y qué triste está usted, señor don Luis! Me apesadumbra el pensar que tal vez por culpa mía, en parte al menos, da a usted hoy un mal rato su padre trayéndole a estas soledades, y sacándole de otras más apartadas, donde no tendrá usted nada que le distraiga de sus oraciones y piadosas lecturas.

Yo no sé lo que contesté a esto. Hube de contestar alguna sandez, porque estaba turbado; y ni quería hacer un cumplimiento a Pepita, diciendo galanterías profanas, ni quería tampoco contestar de un modo grosero.

---

[96] El neoplatonismo o idealismo filosófico que sustenta estas afirmaciones del personaje corresponde a planteamientos de Valera que contienden con otras ideas filosóficas también atractivas para él; sobre el conflicto intelectual, e incluso íntimo, que estas tensiones le supusieron pueden verse los trabajos de Zaragüeta (1929), Varela Iglesias (1986-1987) y, singularmente, Krynen (1946).

Ella prosiguió:

—Usted me ha de perdonar si soy maliciosa; pero se me figura que, además del disgusto de verse usted separado hoy de sus ocupaciones favoritas, hay algo más que contribuye poderosamente a su mal humor.

—¿Qué es ese algo más? —dije yo—, pues usted lo descubre todo o cree descubrirlo.

—Ese algo más —replicó Pepita— no es sentimiento propio de quien va a ser sacerdote tan pronto; pero sí lo es de un joven de veintidós años.

Al oír esto, sentí que la sangre me subía al rostro y que el rostro me ardía. Imaginé mil extravagancias; me creí presa de una obsesión. Me juzgué provocado por Pepita, que iba a darme a entender que conocía que yo gustaba de ella. Entonces mi timidez se trocó en atrevida soberbia, y la miré de hito en hito. Algo de ridículo hubo de haber en mi mirada; pero, o Pepita no lo advirtió, o lo disimuló con benévola prudencia, exclamando del modo más sencillo:

—No se ofenda usted porque yo le descubra alguna falta. Esta que he notado me parece leve. Usted está lastimado de las bromas de Currito y de hacer (hablando profanamente) un papel poco airoso, montado en una mula mansa, como el señor Vicario, con sus ochenta años, y no en un brioso caballo, como debiera un joven de su edad y circunstancias. La culpa es del señor Deán, que no ha pensado en que usted aprenda a montar. La equitación no se opone a la vida que usted piensa seguir, y yo creo que su padre de usted, ya que está usted aquí, debiera en pocos días enseñarle. Si usted va a Persia o a China, allí no hay ferrocarriles aún[97] y hará usted una triste figura cabalgando mal. Tal vez se

---

[97] La referencia a los ferrocarriles es indicio indirecto sobre la cronología exterior de la novela: las fechas iniciales de los primeros tendidos de vías férreas en España fueron: 1848 Barcelona-Mataró y 1851 Madrid-Aranjuez, aunque hubo otros proyectos y concesiones anteriores —desde 1829 una línea Jerez-El Portal— que resume María Pilar González Yanci, *Los accesos ferroviarios a Madrid. Su impacto en la geografía urbana de la ciudad*, Madrid, 1977, 31-34 (amplíese este dato en *Introducción*, pág. 54, donde se discute sobre las referencias cronológicas enmascaradas en la novela). Para

desacredite el misionero entre aquellos bárbaros, merced a esta torpeza, y luego sea más difícil de lograr el fruto de las predicaciones.

Estos y otros razonamientos más adujo Pepita para que yo aprendiese a montar a caballo y quedé tan convencido de lo útil que es la equitación para un misionero, que le prometí aprender enseguida, tomando a mi padre por maestro.

—En la primera nueva expedición que hagamos —le dije—, he de ir en el caballo más fogoso de mi padre, y no en la mulita de paso en que voy ahora.

—Mucho me alegraré —replicó Pepita con una sonrisa de indecible suavidad.

En esto llegaron todos al sitio en que estábamos, y yo me alegré en mis adentros, no por otra cosa, sino por temor de no acertar a sostener la conversación, y de salir con doscientas mil simplicidades por mi poca o ninguna práctica de hablar con mujeres[98].

Después del paseo, sobre la fresca hierba y en el más lindo sitio junto al arroyo, nos sirvieron los criados de mi padre una rústica y abundante merienda. La conversación fue muy animada, y Pepita mostró mucho ingenio y discreción. Mi primo Currito volvió a embromarme sobre mi manera de cabalgar y sobre la mansedumbre de mi mula, me llamó *teólogo*[99], y me dijo que sobre aquella mula parecía que iba yo repartiendo bendiciones. Esta vez, ya con el firme pro-

---

la visión que tenían los españoles de mitad del siglo de los países del Oriente es escasa la bibliografía; véanse Adolfo Rivadeneira, *Viaje a Ceylán y Damasco,* Madrid 1871; y posteriormente, el libro del hijo de nuestro escritor, Luis Valera y Delavat, *Sombras chinescas,* Madrid, 1902. Mario Praz sugirió analogías entre el trance místico y el viaje a lugares exóticos, *The Romantic Agony,* Londres-Nueva York, 1973, 305. Véase ahora Lily Litvak, *El ajedrez de las estrellas. Crónicas de viajeros españoles del siglo XIX por países exóticos (1800-1913),* Barcelona, 1987 y el libro de la misma autora citado en nota 53.

[98] La dificultad de mantener la conversación que confiesa experimentar Luis de Vargas es similar al estado de ánimo que vive Antonio en su largo paseo con Mariquita durante el curso de su gira campestre *(Mariquita y Antonio,* cap. XIV; *O. C.,* 1, 991-995).

[99] El recurso tipográfico con el que se reproduce el término teólogo, siempre que el autor de las cartas recuerda la denominación con que le co-

pósito de hacerme jinete, contesté a las bromas con desenfado picante. Me callé, con todo, el compromiso contraído de aprender la equitación. Pepita, aunque en nada habíamos convenido, pensó sin duda, como yo, que importaba el sigilo para sorprender luego, cabalgando bien, y nada dijo de nuestra conversación. De aquí provino, natural y sencillamente, que existiera un secreto entre ambos, lo cual produjo en mi ánimo extraño efecto.

Nada más ocurrió aquel día, que merezca contarse.

Por la tarde volvimos al lugar como habíamos venido. Yo, sin embargo, en mi mula mansa ya al lado de la tía Casilda, no me aburrí ni entristecí a la vuelta como a la ida. Durante todo el viaje oí a la tía sin cansancio referir sus historias, y por momentos me distraje en vagas imaginaciones.

Nada de lo que en mi alma pasa debe ser un misterio para usted. Declaro que la figura de Pepita era como el centro, o mejor dicho, como el núcleo y el foco de estas imaginaciones vagas.

Su meridiana aparición en lo más intrincado, umbrío y silencioso de la verde enramada me trajo a la memoria todas las apariciones, buenas o malas, de seres portentosos y de condición superior a la nuestra, que había yo leído en los autores sagrados y los clásicos profanos. Pepita, pues, se me mostraba en los ojos y en el teatro interior de mi fantasía[100], no como iba a caballo delante de nosotros, sino de

---

nocen en el pueblo, es un recurso convencional de los prosistas del XIX que subraya las significaciones secundarias que el contexto y la situación añaden a las palabras.

[100] En la expresión *teatro de la fantasía* se mantiene el significado etimológico de *teatro* («lugar a donde concurrían para ver los juegos y los espectáculos», Covarrubias; «el lugar donde alguna cosa está expuesta a la situación o censura universal», *Autoridades)* que encontramos en este texto de Larra: «Se preparaba a salir del teatro de su confusión» (*El Doncel de Don Enrique el Doliente*, ed. de J. L. Varela, Madrid, 1978, pág. 114). Podría llegar a establecerse una relación entre estos usos y las visualizaciones renacentistas de las *artes memorativas* que contribuyó a divulgar *L'Idea del Theatro* (1552) de Camilo y que ha estudiado Francis Yates en *El arte de la memoria* (trad. española de Ignacio Gómez de Liaño, Madrid, 1974, páginas 191-204).

un modo ideal y etéreo, en el retiro nemoroso, como a Eneas su madre, como a Calímaco Palas, como al pastor bohemio Kroco la sílfide que luego concibió a Libusa, como Diana al hijo de Aristeo, como al Patriarca los ángeles en el valle de Mambré, como a San Antonio el hipocentauro en la soledad del yermo[101].

Encuentro tan natural como el de Pepita se trocaba en mi mente en algo de prodigio. Por un momento, al notar la consistencia de esta imaginación, me creí obseso; me figuré, como era evidente, que en los pocos minutos que había estado a solas con Pepita junto al arroyo de la Solana, nada había ocurrido que no fuese natural y vulgar; pero que después, conforme iba yo caminando tranquilo en mi mula, algún demonio se agitaba invisible en torno mío, sugiriéndome mil disparates.

Aquella noche dije a mi padre mi deseo de aprender a montar. No quise ocultarle que Pepita me había excitado a ello. Mi padre tuvo una alegría extraordinaria. Me abrazó, me besó, me dijo que ya no era usted solo mi maestro, que él también iba a tener el gusto de enseñarme algo. Me aseguró, por último, que en dos o tres semanas haría de mí el mejor caballista de toda Andalucía; capaz de ir a Gibraltar por contrabando y de volver de allí, burlando al resguardo,

---

[101] Las apariciones en las horas centrales del día son abundantísimas en los textos religiosos y literarios de la antigüedad; recuérdese la presentación de Yahvé en los días sinaíticos en los que establece la Alianza con Moisés y su pueblo (*Éxodo*, XIX; nota 112). Las apariciones meridianas que evoca la carta del seminarista, conocedor de las tradiciones cristianas y greco-latinas, tienen todas de común —como ha sintetizado María del Pilar Palomo— el tratarse de acontecimientos ocurridos a plena luz solar y en el campo o en los bosques. García Lorenzo y María del Pilar Palomo han señalado los *loci* en los que se documentan estas apariciones: *Eneida*, canto I, 223-417 (para la aparición de Venus a Eneas), Ovidio, *Metamorfosis*, III, 131 y ss. (para la visión del baño de Diana por Acteón, hijo de Aristeo), *Génesis*, XVIII para los ángeles y Abraham; la tradición hagiográfica para las tentaciones de San Antonio. El baño de Palas es un poema del poeta griego Calímaco de Cirene; Libusa es el personaje central de una leyenda bohemia que sitúa la fundación de Praga en la abnegación del personaje de este nombre. Valera pudo conocer la leyenda a través de la tragedia póstuma de Franz Grillparzer, aunque habían tratado la leyenda Ennea Silvio Piccolomini, Herder y Brentano.

con una coracha[102] de tabaco y con un buen alijo de algodones; apto, en suma, para pasmar a todos los jinetes que se lucen en las ferias de Sevilla y de Mairena[103], y para oprimir los lomos de Babieca, de Bucéfalo, y aun de los propios caballos del Sol, si por acaso bajaban a la tierra y podía yo asirlos de la brida[104].

Ignoro qué pensará usted de este arte de la equitación que estoy aprendiendo; pero presumo que no lo tendrá por malo.

¡Si viera usted qué gozoso está mi padre y cómo se deleita enseñándome! Desde el día siguiente al de la expedición que he referido, doy dos lecciones diarias. Día hay, durante el cual, la lección es perpetua, porque nos le pasamos a caballo. La primera semana fueron las lecciones en el corralón de casa, que está desempedrado y sirvió de picadero.

Ya salimos al campo, pero procurando que nadie nos vea. Mi padre no quiere que me muestre en público hasta que pasme por lo bien plantado, según él dice. Si su vanidad de padre no le engaña, esto será muy pronto porque tengo una disposición maravillosa para ser buen jinete.

—¡Bien se ve que eres mi hijo! —exclama mi padre con júbilo al contemplar mis adelantos.

Es tan bueno mi padre, que espero que usted le perdonará su lenguaje profano y sus chistes irreverentes. Yo me aflijo en lo interior de mi alma, pero lo sufro todo.

Con las continuadas y largas lecciones estoy que da lásti-

---

[102] *Resguardo:* guarda de un paraje que evita la práctica del contrabando; *coracha:* saco de cuero en el que se guarda tabaco, cacao y otros productos originarios de América (*Diccionario* R. A. E.).

[103] «Allí, a tu feria, acuda toda la gente buena, así de mantellina como de marsellés; allí las quebradas de cintura y ojito negro; allí viene la mar de caballos y otra mar de toros y ganados; allí las galas y preseas; allí los jaeces y las armas; allí el dinerito del mundo (...)» (Serafín Estébanez Calderón, «La feria de Mairena», *Obras Completas,* Biblioteca de Autores Españoles, LXXVIII, pág. 161).

[104] La alusión a caballos míticos —del Cid, de Alejandro Magno y a los corceles desbocados por Faetón— tendrá su rendimiento inmediato en una situación muy conocida de la novela que ha sido reproducida en antologías, como la selección de transcripciones fonéticas que presenta Tomás Navarro Tomás en su *Manual de pronunciación española.*

ma de agujetas. Mi padre me recomienda que escriba a usted que me abro las carnes a disciplinazos.

Como dentro de poco sostiene que me dará por enseñado, y no desea jubilarse de maestro, me propone otros estudios extravagantes y harto impropios de un futuro sacerdote. Unas veces quiere enseñarme a derribar[105], para llevarme luego a Sevilla, donde dejaré bizcos a los ternes[106] y gente del bronce, con la garrocha en la mano, en los llanos de Tablada[107]. Otras veces se acuerda de sus mocedades y de cuando fue guardia de Corps[108] y dice que va a buscar sus floretes, guantes y caretas y a enseñarme la esgrima. Y por último, presumiendo también mi padre de manejar como nadie una navaja, ha llegado a ofrecerme que me comunicará esta habilidad.

Ya se hará usted cargo de lo que yo contesto a tamañas locuras. Mi padre replica que en los buenos tiempos antiguos, no ya los clérigos, sino hasta los obispos andaban a caballo acuchillando infieles. Yo observo que eso podía suceder en las edades bárbaras, pero que ahora no deben los ministros del Altísimo saber esgrimir más armas que las de la persuasión. —Y cuando la persuasión no basta —añade

---

[105] «No son menos interesantes que divertidas las suertes de enlazar, enmaromar y derribar a los toros desde el caballo, cuyas acciones se ejecutan regularmente en el campo y sitios desembarazados, y rara vez en parajes montuosos u ocupados de malezas. Los modos más conocidos de derribar las reses son tres (...)». *Tauromaquia o Arte de Torear a caballo y a pie. Obra escrita por el célebre profesor Josef Delgado (vulgo) Hillo. Corregida y Aumentada con una noticia histórica sobre el origen de las fiestas de toros en España. Adornada con treinta láminas que representan las principales suertes. Por un aficionado.* Madrid, 1804, imprenta de Vega y Cía.

[106] *Terne:* 'valentón', gitanismo documentado en el siglo XIX; se incorporó a la edición del *Diccionario* académico de 1884.

[107] Tablada: topónimo frecuente en Castilla la Vieja y la Nueva (recuérdese la serrana de Juan Ruiz que le condujo a la Tablada, *Libro de Buen Amor,* estrofas 1009-1021); en el texto se refiere a un campo cercano a Sevilla.

[108] «Cuerpo compuesto exclusivamente de caballeros y en el cual hasta los guardias de rango inferior son oficiales» (José María Blanco, *Cartas de España,* cito por la traducción española, Madrid, 1972, 256). La institución data de los primeros años del siglo XVIII y fue establecida por Felipe V a su llegada al trono español.

mi padre—, ¿no viene bien corroborar un poco los argumentos a linternazos? —El misionero completo, según entiende mi padre, debe en ocasiones apelar a estos medios heroicos; y como mi padre ha leído muchos romances e historias, cita ejemplos en apoyo de su opinión. Cita en primer lugar a Santiago, quien, sin dejar de ser apóstol, más acuchilla a los moros que les predica y persuade en su caballo blanco; cita a un señor de la Vera, que fue con una embajada de los Reyes Católicos para Boabdil, y que en el patio de los Leones se enredó con los moros en disputas teológicas, y, apurado ya de razones, sacó la espada y arremetió contra ellos para acabar de convertirlos, y cita por último, al hidalgo vizcaíno don Íñigo de Loyola, el cual, en una controversia que tuvo con un moro sobre la pureza de María Santísima, harto ya de las impías y horrorosas blasfemias con que el moro le contradecía, se fue sobre él espada en mano, y si el moro no se salva por pies, le infunde el convencimiento en el alma por estilo tremendo[109]. Sobre el lance de san Ig-

---

[109] Las aficiones profanas de don Pedro no le impiden ser también conocedor de «muchos romances e historias», principal caudal de lecturas de las gentes semi-ilustradas que componían las capas de terratenientes de la época. La referencia a San Ignacio de Loyola proviene del Capítulo III de la biografía que le dedicó el Padre Ribadeneira, donde entre otros acontecimientos inmediatamente posteriores a la conversión del militar, se narra el encuentro con un infiel, la disputa y la decisión que tomó el caballero: «Y no es maravilla que un hombre acostumbrado a las armas y a mirar en puntillos de honra, que pareciendo verdadera es falsa, y como tal, engaña a muchos, tuviese por afrenta suya y caso de menos valer, que un enemigo de nuestra santa fe se atreviese a hablar en su presencia en deshonra de nuestra soberana Señora. Este pensamiento, al parecer piadoso, puso en grande aprieto a nuestro nuevo soldado, y después de haber buen rato pensado en ello, al fin se determinó a seguir su camino hasta una encrucijada de donde se partía el camino para el pueblo adonde iba el moro, y allí soltar la rienda a la cabalgadura en que iba para que si ella echase por el camino por donde el moro iba, le buscase y le matase a puñaladas; pero si fuese por el otro camino, le dejase y no hiciese más caso dél. Quiso la bondad divina, que con su sabiduría y providencia ordena todas las cosas para bien de los que le desean agradar y servir, que la cabalgadura, dejando el camino ancho y llano, por do había ido el moro, se fuese por el que era más a propósito para Ignacio» (P. Pedro de Ribadeneira, *Obras escogidas,* Madrid, B.A.E., LX, pág. 11). El señor de la Vera ha sido identificado en la edición de E. Rubio Cremades (pág. 154) como don Pedro de Vera de Mendoza

nacio contesto yo a mi padre que fue antes de que el santo
se hiciera sacerdote, y sobre los otros ejemplos digo que no
hay paridad.

En suma, yo me defiendo como puedo de las bromas de
mi padre y me limito a ser buen jinete sin estudiar esas otras
artes, tan impropias de los clérigos, aunque mi padre asegura que no pocos clérigos españoles las saben y las ejercen a
menudo en España, aun en el día de hoy, a fin de que la fe
triunfe y se conserve o restaure la unidad católica.

Me pesa en el alma de que mi padre sea así; de que hable
con irreverencia y burla de las cosas más serias; pero no in-
cumbe a un hijo respetuoso el ir más allá de lo que voy en
reprimir sus desahogos un tanto volterianos. Los llamo un
tanto volterianos, porque no acierto a calificarlos bien. En
el fondo mi padre es buen católico, y esto me consuela.

Ayer fue día de la Cruz[110] y estuvo el lugar muy anima-

(c. 1440-1500), personaje que participó en las guerras civiles de la Castilla
de finales del siglo XV (las noticias sobre este personaje que registra el
Diccionario Espasa provienen de J. Fr. Michavel, *Biographie Universelle
Ancienne et Moderne*, París, XLIII, 1854, 127-129). La fuente clásica es la
Crónica de Andrés Bernáldez, cura de los Palacios.

[110] El dato cronológico de la carta sitúa la celebración de la *Cruz de
mayo* el día tres de este mes. Las fiestas populares de la Península que con-
memoran la llegada de la primavera se distribuyen en un abanico temporal que recorre las *marzas* (paso de febrero al mes de marzo) hasta los *mayos* (último día de abril y primeros de mayo). La fiesta de mayo cristaliza
en torno a la confección de ramos, de cruces exornadas con plantas y flores y la erección de troncos desmochados. Sobre los orígenes mitológicos
de las *mayas* escribió García de Matamoros en *Pro adserenda Hispanorum
eruditione* (ed. José López de Toro, Madrid, 1943, 173) en el siglo XVI; un
humanista moderno explicaba, a principios del siglo XIX, el esfuerzo de
adopción cultural que supuso el paso de las parilias y faralias al calendario
cristiano: «Como muchas de las fiestas de la Iglesia vinieron a sustituir los
ritos paganos que los sacerdotes no podían abolir de otra manera, todavía
tenemos restos del sagrado *árbol de mayo* en las pequeñas cruces que las niñas adornan con flores sobre mesas en las que arden velas compradas con
los donativos recibidos de sus amistades» (José María Blanco White, *Cartas de España*, trad. española, A. Garnica, Madrid, 1972, pág. 235). Para la
fiesta de la Cruz de Mayo en *Pepita Jiménez*, A. Rodríguez y Ch. Boyer
(1991). Además del estudio básico para el significado antropológico de las
fiestas de mayo que formuló James George Frazer (*La rama dorada*, trad. española, México, F.C.E., 1944, págs. 52, 171), deben verse Ángel González

do. En cada calle hubo seis o siete cruces de Mayo llenas de flores, si bien ninguna tan bella como la que puso Pepita en la puerta de su casa. Era un mar de flores el que engalanaba la cruz.

Por la noche tuvimos fiesta en casa de Pepita. La cruz, que había estado en la calle, se colocó en una gran sala baja, donde hay piano, y nos dio Pepita un espectáculo sencillo y poético que yo había visto cuando niño, aunque no lo recordaba.

De la cabeza de la cruz pendían siete listones o cintas anchas, dos blancas, dos verdes y tres encarnadas, que son los colores simbólicos de las virtudes teologales. Ocho niños de cinco o seis años, representando los Siete Sacramentos, asidos de las siete cintas que pendían de la cruz, bailaron a modo de una contradanza muy bien ensayada. El Bautismo era un niño vestido de catecúmeno con su túnica blanca, el Orden otro niño de sacerdote; la Confirmación, un obispito, la Extremaunción, un peregrino con bordón y esclavina llena de conchas; el Matrimonio, un novio y una novia, y un Nazareno con cruz y corona de espinas la Penitencia.

El baile, más que baile, fue una serie de reverencias, pasos, evoluciones, y genuflexiones al compás de una música no mala, de algo como marcha, que el organista tocó en el piano con bastante destreza[111].

Palencia y Eugenio Mele, *La Maya. Notas para su estudio en España*, Madrid, CSIC, 1944 y Julio Caro Baroja, *La estación del amor*, Madrid, 1979. Otra descripción de la *Cruz de mayo* en *Fortunata y Jacinta* (ed. F. Caudet, Madrid, I, (1983, 133-134).

[111] Valera proporciona en este pasaje una curiosa variante folclórica correspondiente a la celebración de la Cruz de Mayo. Las recientes investigaciones de campo relativas a esta conmemoración documentan en diversos lugares de España la recitación del *romance de los mayos* seguida de los *mandamientos* y los *sacramentos de amor* (Daniel G. Nuevo Zarrina, «Las marzas», *RDTP*, I, 1944-1945, 206; «Cantos religiosos», *RDTP*, I, 1944-1945, 738; Santiago Sebastián, «Aportación de Polo y Peyrolón a la etnografía turolense», *RDTP*, XV, 1959, 337-338; Carmen Romeo Pemán ha podido verificar recientemente que, en la sierra de Albarracín, después del romance de los *Mayos* se cantan los *mandamientos* y los *sacramentos de amor;* cfr. Arnaudas, *Colección de cantos populares de la provincia de Teruel*, Teruel, 1981).

Los niños, hijos de criados y familiares de la casa de Pepita, después de hacer su papel, se fueron a dormir muy regalados y agasajados.

La tertulia continuó hasta las doce, y hubo refresco; esto es, tacillas de almíbar, y, por último, chocolate con torta de bizcocho y agua con azucarillos[112].

El retiro y la soledad de Pepita van olvidándose desde que volvió la primavera, de lo cual mi padre está muy contento. De aquí en adelante Pepita recibirá todas las noches, y mi padre quiere que yo sea de la tertulia.

Pepita ha dejado el luto, y está ahora más galana y vistosa con trajes ligeros y casi de verano, aunque siempre muy modestos.

Tengo la esperanza de que lo más que mi padre me retendrá ya por aquí será todo este mes. En junio nos iremos juntos a esa ciudad, y ya usted verá cómo, libre de Pepita, que

---

El baile de los «ocho niños de cinco a seis años, representando los siete Sacramentos» (el gerundio fue censurado por Sbarbi, 1874) es descrito como una danza cortesana que evoca las figuras coreográficas de los *seises* sevillanos.

El trabajo clásico de Herbert A. Kenyon («Colour Symbolism in Early Spanish Ballads», *RoR,* 1915, 327-340) sólo aborda el simbolismo amoroso de los colores en el romancero viejo y en relatos sentimentales; otros estudios posteriores han abordado las correspondencias existentes entre colores y virtudes o estados psicológicos propios del enamoramiento en textos posteriores (véase la nota de Domingo Ynduráin, «Sobre el *Proceso de cartas de amores», Philologica Hispaniensia in honorem Manuel Alvar,* Madrid, III, 1986, 597). El simbolismo del presente texto está construido sobre un referente litúrgico y teológico.

[112] El remate gastronómico de las celebraciones religiosas y profanas es un rasgo imprescindible de la hospitalidad andaluza del momento. Las novelas y las cartas de Valera menudean en informaciones sobre esta cortesía social. En la espléndida carta dirigida a Estébanez Calderón en que Valera narra a su mentor literario diversos momentos de la Semana Santa menciana leemos: «Durante las fiestas de Semana Santa tuvimos gran papandina y gaudeamus en casa de los hermanos mayores [de la cofradía a la que alude]. Hubo vino largo, rosolí, piñonate, hojuelas con miel y pestiños en abundancia. San Pedro y Santiago el Mayor se pusieron tales, que no se podían tener en pie de borrachos» (C. Sáenz de Tejada, 1972, pág. 269). Véase en esta edición el convite que sigue al matrimonio de los protagonistas, pág. 342).

no piensa en mí ni se acordará de mí para malo ni para bueno, tendré el gusto de abrazar a usted y de lograr la dicha de ser sacerdote.

7 de mayo

Todas las noches, de nueve a doce, tenemos, como ya indiqué a usted, tertulia en casa de Pepita[113]. Van cuatro o cinco señoras y otras tantas señoritas del lugar, contando con la tía Casilda, y van también seis o siete caballeritos, que suelen jugar a juegos de prendas con las niñas[114]. Como es natural, hay tres o cuatro noviazgos.

La gente formal de la tertulia es la de siempre. Se compone, como si dijéramos, de los altos funcionarios; de mi padre, que es el cacique; del boticario, del médico, del escribano y del señor Vicario.

Pepita juega al tresillo con mi padre, con el señor Vicario y con algún otro.

Yo no sé de qué lado ponerme. Si me voy con la gente joven, estorbo con mi gravedad en sus juegos y enamoramientos. Si me voy con el estado mayor, tengo que hacer el papel de mirón en una cosa que no entiendo. Yo no sé más

---

[113] Las tertulias formaban parte también de las costumbres mencianas en los años en los que el escritor pergeñó esta novela: «Por las noches, de 9 a 12, juego al tresillo con Currito Muñoz, a quien por excelencia llaman aquí el señorito, y con un sobrino de Moreno (...)» (De Coster, 1956, 47); en *El Comendador Mendoza* escribe el protagonista al padre Jacinto: «soñando estoy con las agradables veladas que vamos a pasar en el invierno, jugando a la malilla y al tute, disputando sobre nuestras no muy acordes teologías y refiriendo yo a usted mis aventuras en el Perú, en la India y en otras apartadas regiones» (*O. C.*, I, 375a). Los usos descritos en estos textos envían a una cultura de comunicación directa que hace posible la transmisión oral de relatos.

[114] *Niña*: 'mujer soltera, aunque tenga muchos años'; Alcalá Venceslada lo considera andalucismo, pero se documenta en otras áreas hispánicas (recuérdese la *niña* Chole de la sonata valleinclanesca). Alcalá Venceslada documenta esta cancioncilla: «Mamá, que me pega el chache. / Deja a la niña, zangón, / que tú tienes veinte años / y la niña veintidós».

juego de naipes que el burro ciego, el burro con vista y un poco de tute o brisca cruzada[115].

Lo mejor sería que yo no fuese a la tertulia; pero mi padre se empeña en que vaya. Con no ir, según él, me pondría en ridículo.

Muchos extremos de admiración hace mi padre al notar mi ignorancia de ciertas cosas. Esto de que yo no sepa jugar al tresillo, siquiera al tresillo, le tiene maravillado.

—Tu tío te ha criado —me dice— debajo de un fanal, haciéndote tragar teología y más teología y dejándote a obscuras de lo demás que hay que saber. Por lo mismo que vas a ser clérigo y que no podrás bailar ni enamorar en las reuniones, necesitas jugar al tresillo. Si no, ¿qué vas a hacer, desdichado?

A estos y otros discursos por el estilo he tenido que rendirme, y mi padre me está enseñando en casa a jugar al tresillo, para que, no bien lo sepa, lo juegue en la tertulia de Pepita. También, como ya le dije a usted, ha querido enseñarme la esgrima, y después a fumar y a tirar la pistola y a la barra; pero en nada de esto he consentido yo.

—¡Qué diferencia —exclama mi padre—, entre tu mocedad y la mía!

Y luego añade riéndose:

—En sustancia, todo es lo mismo. Yo también tenía mis horas canónicas en el cuartel de guardias de Corps; el cigarro era el incensario, la baraja el libro de coro, y nunca me

---

[115] La brisca y el burro son considerados como los juegos más sencillos en el arte de los naipes. El *burro ciego* y la *brisca cruzada* constituyen variantes jocosas de estos juegos: «como genialidad, y para dar más variedad a este juego, pueden jugarse invirtiendo las condiciones normales del mismo, es decir, procurando ganar lo menos posible con objeto de que se proclame ganador el jugador que menos tantos logró acumular. Por tanto, en la *brisca al revés* se procurará regalar al adversario el mayor número de briscas y cartas de valor positivo, escatimando, en cambio aquellas que no han de facilitar posibilidad de ganancia. En la *brisca a ciegas* se procederá inconscientemente, echando al azar las cartas que a los jugadores plazca, sin que esté permitido verlas» (M. Llano Gorostiza, *Naipes españoles*, Vitoria, 1975, 176). Para la historia gráfica de los naipes españoles, Félix Alfaro Fournier, *Los Naipes. Historia General desde su creación a la época actual*, Vitoria, 1982.

faltaban otras devociones y ejercicios más o menos espirituales[116].

Aunque usted me tenía prevenido acerca de estas genialidades de mi padre, y de que por ellas había estado yo con usted doce años, desde los diez a los veintidós, todavía me aturden y desazonan los dichos de mi padre, sobrado libres a veces. Pero ¿qué le hemos de hacer? Aunque no puedo censurárselos, tampoco se los aplaudo ni se los río.

Lo singular y plausible es que mi padre es otro hombre cuando está en casa de Pepita. Ni por casualidad se le escapa una sola frase, un solo chiste de estos que prodiga tanto en otros lugares[117]. En casa de Pepita es mi padre el propio comedimiento. Cada día parece, además, más prendado de ella y con mayores esperanzas del triunfo.

Sigue mi padre contentísimo de mí como discípulo de equitación. Dentro de cuatro o cinco días asegura que podré ya montar en Lucero, caballo negro, hijo de un caballo árabe y de una yegua de la casta de Guadalcázar, saltador, corredor, lleno de fuego y adiestrado en todo linaje de corvetas.

—Quien eche a Lucero los calzones encima —dice mi padre—, ya puede apostarse a montar con los propios centauros[118]; y tú le echarás calzones encima dentro de poco.

---

[116] La versión a *lo divino* de los entretenimientos del joven don Pedro de Vargas reelabora viejos tópicos de la cultura española, desde la parodia de las horas canónicas realizada por Juan Ruiz *(Libro de Buen Amor,* estrofas 374-387, que estudió Otis H. Green, «On Juan Ruiz's Parody of the Canonical Hours» *HR* XXVI, 1958, págs. 12-34) hasta los juegos de cartas en clave religiosa, que tuvieron amplio cultivo en las letras hispanas del Siglo de Oro (véase Jean-Pierre Etienvre, «El juego como lenguaje de la poesía de la Edad de Oro», *Edad de Oro,* IV, 1985, 49-53 y *Figures du jeu. Études lexico-sémantiques sur le jeu de cartes en Espagne XVI-XVIII siècle,* Madrid, 1987).

[117] Las cartas de 4 de mayo y ésta del 7 son los textos más ricos en noticias sobre el carácter del padre de don Luis. Sus lecturas (nota 109), las diversiones juveniles, la incontinencia verbal son otros tantos rasgos de su personalidad, vista desde el exterior de quien hace doce años que no lo trataba.

[118] La alusión mitológica intensifica la referencia a nombres de caballos legendarios (véase nota 104) que gravitan hacia la proeza caballística del seminarista ocurrida el día 11 de mayo.

Aunque me paso todo el día en el campo a caballo, en el casino y en la tertulia, robo algunas horas al sueño, ya voluntariamente, ya porque me desvelo, y medito en mi posición y hago examen de conciencia. La imagen de Pepita está siempre presente en mi alma. ¿Será esto amor?, me pregunto.

Mi compromiso moral, mi promesa de consagrarme a los altares, aunque no confirmada, es para mí valedera y perfecta. Si algo que se oponga al cumplimiento de esa promesa ha penetrado en mi alma, es necesario combatirlo.

Desde luego noto, y no me acuse usted de soberbia porque le digo lo que noto, que el imperio de mi voluntad, que usted me ha enseñado a ejercer, es omnímodo sobre todos mis sentidos[119]. Mientras Moisés en la cumbre del Sinaí conversaba con Dios, la baja plebe[120] en la llanura adoraba rebelde el becerro. A pesar de mis pocos años, no teme mi espíritu rebeldías semejantes. Bien pudiera conversar con Dios con plena seguridad, si el enemigo no viniese a pelear contra mí en el mismo santuario. La imagen de Pepita se me presenta en el alma[121]. Es un espíritu quien hace guerra a mi espíritu; es la idea de su hermosura en toda su inmaterial pureza la que se me ofrece en el camino que guía al abis-

---

[119] La teoría de la voluntad como dominadora de los sentidos inferiores es una creencia general entre los ascéticos españoles (téngase en cuenta la «determinada determinación» para seguir el «camino real para el cielo» de que habla Santa Teresa en *Camino de Perfección*, XXI, 1-2). En el discurso académico *Del misticismo en la poesía castellana*, de 1881 (*O. C*, III, 1162a) escribía Valera: «Otra excelencia avalora también nuestro misticismo. El esfuerzo poderoso de la voluntad para buscar a Dios en lo más íntimo, en el ápice de la mente, lleva al alma a observar y penetrar sus ocultos senos, como los psicólogos más pacientes y sutiles tal vez no lo hacen; por donde se halla con frecuencia, por propedéutica de la mística, una aguda psicología, un estudio claro del yo, con todos sus afectos, facultades y propensiones.»

[120] *Éxodo*, XXXII, 1-35.

[121] *Imagen* e *imaginación* como sinónimos de tentación en Santa Teresa (*Cuarta Morada*, I, 8) y, resumiendo la doctrina tradicional, en Valera: «El alma que busca a Dios en su centro debe apartarse y aislarse de los sentidos, borrar las impresiones que por ellos recibe, desnudar la memoria y hasta despojar de imágenes la interior fantasía» *(Del misticismo en la poesía castellana, O. C.*, III, 1162). Ver nota 123.

mo profundo del alma donde Dios asiste, y me impide llegar a él.

No me obceco, con todo. Veo claro, distingo, no me alucino. Por cima de esta inclinación espiritual que me arrastra hacia Pepita, está el amor de lo infinito y de lo eterno. Aunque yo me represente a Pepita como una idea, como una poesía, no deja de ser la idea, la poesía de algo finito, limitado, concreto, mientras que el amor de Dios y el concepto de Dios todo lo abarcan. Pero por más esfuerzos que hago, no acierto a revestir de una forma imaginaria ese concepto supremo, objeto de un afecto superiorísimo[122], para que luche con la imagen, con el recuerdo de la verdad caduca y efímera que de continuo me atosiga. Fervorosamente pido al cielo que se despierte en mí la fuerza imaginativa y cree una semejanza, un símbolo de ese concepto que todo lo comprende, a fin de que absorba y ahogue la imagen, el recuerdo de esta mujer. Es vago, es obscuro, es indescriptible, es como tiniebla profunda el más alto concepto, blanco de mi amor; mientras que ella se me representa con determinados contornos, clara, evidente, luminosa, con la luz velada que resisten los ojos del espíritu, no luminosa con la otra luz intensísima que para los ojos del espíritu es como tinieblas[123].

Toda otra consideración, toda otra forma, no destruye la imagen de esta mujer. Entre el Crucifijo y yo se interpone, entre la imagen devotísima de la Virgen y yo se interpo-

---

[122] Sbarbi (1874, 190) censura la construcción de este superlativo anti-etimológico («Si como le dio por escribir estas Cartas le hubiera cogido el dianche por publicar alguna gramática de la lengua castellana, lucidos habíamos quedado por cierto. ¿Conque el superlativo de *superior* es *superiorísimo* y no *supremo*?»).

[123] La vivacidad con la que se representa en la mente de Vargas la figura de Pepita se la explica el seminarista en los términos gnoseológicos de la tradición aristotélico-tomista: *Ética a Nicómaco,* VII; 1152b; VIII, 1155b; X, 1176; *Summa Theologica,* I, LXXVIII, 4. Para la concepción tradicional de las facultades imaginativas y su mutación a principios del XIX, Leonardo Romero, «Sobre *fantasía* e *imaginación* en los primeros románticos españoles», *Homenaje a Pedro Sainz Rodríguez,* II, 1986, págs. 581-594, y posteriormente, Guillermo Serés, «El concepto de *Fantasía*», desde la estética clásica a la dieciochesca», *ALEUA,* 10, 1994, págs. 207-236.

ne, sobre la página del libro espiritual que leo viene también a interponerse.

No creo, sin embargo, que estoy herido de lo que llaman amor en el siglo. Y aunque lo estuviera, yo lucharía y vencería.

La vista diaria de esa mujer y el oír cantar sus alabanzas de continuo, hasta al padre Vicario, me tienen preocupado; divierten mi espíritu hacia lo profano, y le alejan de su debido recogimiento; pero no, yo no amo a Pepita todavía[124]. Me iré y la olvidaré.

Mientras aquí permanezca, combatiré con valor. Combatiré con Dios, para vencerle por el amor y el rendimiento. Mis clamores llegarán a Él como inflamadas saetas, y derribarán el escudo con que se defiende y oculta a los ojos de mi alma. Yo pelearé, como Israel, en el silencio de la noche, y Dios me llagará en el muslo y me quebrantará en ese combate, para que yo sea vencedor siendo vencido[125].

12 de mayo

Antes de lo que yo pensaba, querido tío, me decidió mi padre a que montase en Lucero. Ayer, a las seis de la mañana, cabalgué en esta hermosa fiera como le llama mi padre, y me fui con mi padre al campo. Mi padre iba caballero en una jaca alazana.

Lo hice tan bien, fui tan seguro y apuesto en aquel soberbio animal, que mi padre no pudo resistir a la tentación de lucir a su discípulo; y, después de reposarnos en un cortijo

---

[124] El adverbio *todavía* introduce un matiz atenuador que intensifica la ambigüedad de los escritos del seminarista.

[125] Alusión al combate nocturno de Jacob *(Génesis* XXXII, 25-33) y eco del Salmo XXVII («Yo busco tu faz, Yahvé, no ocultes de mí tu rostro ni deseches con ira a tu siervo, tú eres mi auxilio»). A partir de esta carta —repárese que estamos en el momento intermedio de la correspondencia— las citas bíblicas y de escritores religiosos son copiosísimas, aspecto del que he hablado en la «Introducción»; para aligerar la extensión de estas anotaciones sólo daré la referencia de la fuente segura o posible, salvo en algún pasaje especialmente significativo que precise con mayor insistencia, en mi opinión, de la cita expresa del texto aludido.

que tiene a media legua de aquí, y a eso de las once, me hizo volver al lugar y entrar por lo más concurrido y céntrico, metiendo mucha bulla y desempedrando las calles. No hay que afirmar que pasamos por la de Pepita, quien de algún tiempo a esta parte se va haciendo algo ventanera, y estaba a la reja, en una ventana baja, detrás de la verde celosía.

No bien sintió Pepita el ruido y alzó los ojos y nos vio, se levantó, dejó la costura que traía entre manos y se puso a mirarnos. Lucero, que, según he sabido después tiene ya la costumbre de hacer piernas cuando pasa por delante de la casa de Pepita, empezó a retozar y a levantarse un poco de manos. Yo quise calmarle; pero como extrañase las mías, y también extrañase al jinete, despreciándole tal vez, se alborotó más y más, empezó a dar resoplidos, a hacer corvetas y aun a dar algunos botes; pero yo me tuve firme y sereno, mostrándole que era su amo, castigándole con la espuela, tocándole con el látigo en el pecho y reteniéndole por la brida. Lucero, que casi se había puesto de pie sobre los cuartos traseros, se humilló entonces hasta doblar mansamente las rodillas haciendo una reverencia[126].

La turba de curiosos, que se había agrupado alrededor, rompió en estrepitosos aplausos. Mi padre dijo:

—¡Bien por los mozos crudos y de arrestos!

Y notando después que Currito, que no tiene otro oficio que el de paseante, se hallaba entre el concurso, se dirigió a él con estas palabras:

—Mira, arrastrado; mira al *teólogo* ahora, y, en vez de burlarte, quédate patitieso de asombro.

---

[126] Esta escena de la doma del caballo es justamente famosa (ver nota 104). La situación reviste un simbolismo de varia significación y trae como consecuencia una aceleración de las relaciones entre Luis y Pepita. Vernon A. Chamberlin ha sugerido un paralelismo simbólico entre *Doña Perfecta* y la novela de Valera a partir, entre otros elementos, de la función simbólica que los caballos representan en ambas obras *(Anales Galdosianos*, 15, 1980, págs. 11-19). Casos paralelos en otras novelas del autor: el buen ejercicio hípico de Faustino que le permite evitar a los bandidos *(Las ilusiones del Doctor Faustino*, cap. XXI) y, singularmente, la carrera de doña Luz y el padre Enrique en la que éste domina al caballo de la dama *(Doña Luz*, capítulo VIII; *O. C.*, I, 58a).

En efecto, Currito estaba con la boca abierta; inmóvil, verdaderamente asombrado.

Mi triunfo fue grande y solemne, aunque impropio de mi carácter. La inconveniencia de este triunfo me infundió vergüenza. El rubor coloró mis mejillas. Debí ponerme encendido como la grana, y más aún cuando advertí que Pepita me aplaudía y me saludaba cariñosa, sonriendo y agitando sus lindas manos.

En fin, he ganado la patente de hombre recio y de jinete de primera calidad.

Mi padre no puede estar más satisfecho y orondo; asegura que está completando mi educación; que usted le ha enviado en mí un libro muy sabio, pero en borrador y desencuadernado, y que él está poniéndome en limpio y encuadernándome[127].

El tresillo, si es parte de la encuadernación y de la limpieza, también está ya aprendido.

Dos noches he jugado con Pepita.

La noche que siguió a mi hazaña ecuestre, Pepita me recibió entusiasmada, e hizo lo que nunca había querido ni se había atrevido a hacer conmigo: me alargó la mano[128].

No crea usted que no recordé lo que recomiendan tantos y tantos moralistas y ascetas; pero allá en mi mente pensé que exageraban el peligro. Aquello del Espíritu Santo de que el que echa mano a una mujer se expone como si cogiera un escorpión[129] me pareció dicho en otro sentido. Sin

---

[127] Variante de la imagen del *universo como libro* (nota 50) que amplificaba Larra en este pasaje: «[mi criado] al fin no es sino un ejemplar de la grande edición hecha por la Providencia de la humanidad, y que yo comparo de buena gana con las que suelen hacer los autores: algunos ejemplares de regalo finos y bien empastados; el surtido todo igual, ordinario y a la rústica» («La Nochebuena de 1836», *Obras,* B.A.E., CXXVIII, 315).

[128] El *premio* que recibe Luis, al modo caballeresco, después de su hazaña hípica introduce otro modo de relación entre los jóvenes: «según los usos del siglo, dada ya la mano una vez, la debe uno dar siempre, cuando llega y cuando se despide». El narrador congela el movimiento de las manos para introducir los escrúpulos ascéticos que rápidamente son disipados, para volver inmediatamente a la enunciación de los acontenimientos.

[129] «Yugo de bueyes sacudido es la mujer malvada, quien la posee es como quien maneja un escorpión» *(Eclesiastés,* XXVI, 7).

duda que en los libros devotos, con la más sana intención, se interpretan harto duramente ciertas frases y sentencias de la Escritura. ¿Cómo entender, si no, que la hermosura de la mujer, obra tan perfecta de Dios, es causa de perdición siempre? ¿Cómo entender, también en sentido general y constante, que la mujer es más amarga que la muerte? ¿Cómo entender que el que toca a una mujer, en toda ocasión y con cualquier pensamiento que sea, no saldrá sin mancha?[130].

En fin, respondí rápidamente dentro de mi alma a estos y otros avisos, y tomé la mano que Pepita cariñosamente me alargaba, y la estreché en la mía. La suavidad de aquella mano me hizo comprender mejor su delicadeza y primor, que hasta entonces no conocía sino por los ojos.

Según los usos del siglo, dada ya la mano una vez, la debe uno dar siempre, cuando llega y cuando se despide. Espero que en esta ceremonia, en esta prueba de amistad, en esta manifestación de afecto, si se procede con pureza y sin el menor átomo de liviandad, no verá usted nada malo ni peligroso.

Como mi padre tiene que estar muchas noches con el aperador y con otra gente de campo, y hasta las diez y media o las once suele no verse libre, yo le sustituyo en la mesa del tresillo al lado de Pepita. El señor Vicario y el escribano son casi

---

[130] El tópico misógino evoca una corriente de la ascética cristiana iniciada en San Agustín y proseguida en otros autores eclesiásticos como San Isidoro (*Etimologías*, XI, II, págs. 18-25).

Para la literatura misógina medieval sigue siendo trabajo de utilidad el de Jacob Ornstein, «La misoginia y el profeminismo en la literatura castellana», *RFH*, 3, 1941, 219-232. La reflexión de Vargas ofrece paralelos verbales con otros textos de la tradición misógina: «Es otrosí la muger *principio de pecado,* arma del diablo, expulsión del paraíso, vivero de delictos, transgresión de la ley, doctrina de perdición, dessuelo muy sabido, amiga de discordia, confusión del hombre, pena que desechar no se puede, notorio mal, continua tentación, mal de todos deseado, pelea que nunca cesa, daño continuo, caso de tempestad, impedimento solícito, desvío de castidad, puerta de la muerte, sendero errado, *llaga de scorpión, (...) enfermedad incurable,* de ánimas ratonera, de la vida ladrón, *muerte suave,* herida sin sentimiento, delicada destrucción, rosa que hiede (...)» (Luis de Lucena, *Repetición de Amores,* ed. de J. Ornstein, University of North Carolina, 1954, 85) (subrayados míos que remiten al texto de *Pepita Jiménez).*

siempre los otros tercios. Jugamos a décimo de real, de modo que un duro o dos es lo más que se atraviesa en la partida.

Mediando como media tan poco interés en el juego, lo interrumpimos continuamente con agradables conversaciones y hasta con discusiones sobre puntos extraños al mismo juego, en todo lo cual demuestra siempre Pepita una lucidez de entendimiento, una viveza de imaginación y una tan extraordinaria gracia en el decir, que no pueden menos de maravillarme.

No hallo motivo suficiente para variar de opinión respecto a lo que ya he dicho a usted contestando a sus recelos de que Pepita puede sentir cierta inclinación hacia mí. Me trata con el afecto natural que debe tener al hijo de su pretendiente don Pedro de Vargas, y con la timidez y encogimiento que inspira un hombre en mis circunstancias, que no es sacerdote aún, pero que pronto va a serlo.

Quiero y debo, no obstante, decir a usted, ya que le escribo siempre como si estuviese de rodillas delante de usted a los pies del confesionario, una rápida impresión que he sentido dos o tres veces; algo que tal vez sea una alucinación o un delirio, pero que he notado.

Ya he dicho a usted en otras cartas que los ojos de Pepita, verdes como los de Circe, tienen un mirar tranquilo y honestísimo. Se diría que ella ignora el poder de sus ojos, y no sabe que sirven más que para ver. Cuando fija en alguien la vista, es tan clara, franca y pura la dulce luz de su mirada, que en vez de hacer nacer ninguna mala idea, parece que crea pensamientos limpios; que deja en reposo grato a las almas inocentes y castas, y mata y destruye todo incentivo en las almas que no lo son. Nada de pasión ardiente, nada de fuego hay en los ojos de Pepita. Como la tibia luz de la luna es el rayo de su mirada[131].

---

[131] Además de lo anotado en el escolio 60 para la mirada de Pepita, en este párrafo debe tenerse en cuenta la tradición lírica garcilasiana y petrarquesca —«con su mirar ardiente, honesto»— y, singularmente, el soneto dantesco de la *Vita Nuova* «Tanto gentil e tanto onesta pare»; fue paralelo textual que me hizo notar el profesor Luis García y que ahora comenta A. Bianchini (1990, 38).

Pues bien, a pesar de esto, yo he creído notar dos o tres veces un resplandor instantáneo, un relámpago, una llamada fugaz devoradora en aquellos ojos que se posaban en mí. ¿Será vanidad ridícula sugerida por el mismo demonio?[132].

Me parece que sí; quiero creer y creo que sí.

Lo rápido, lo fugitivo de la impresión, me induce a conjeturar que no ha tenido nunca realidad extrínseca; que ha sido ensueño mío.

La calma del cielo, el frío de la indiferencia amorosa, si bien templado por la dulzura de la amistad y de la caridad, es lo que descubro siempre en los ojos de Pepita.

Me atormenta, no obstante, este ensueño, esta alucinación de la mirada extraña y ardiente.

Mi padre dice que no son los hombres, sino las mujeres las que toman la iniciativa, y que la toman sin responsabilidad, y pudiendo negar y volverse atrás cuando quieren. Según mi padre, la mujer es quien se declara por medio de miradas fugaces, que ella misma niega más tarde a su propia conciencia, si es menester, y de las cuales, más que leer, logra el hombre a quien van dirigidas adivinar el significado. De esta suerte, casi por medio de una conmoción eléctrica, casi por medio de una sutilísima e inexplicable intuición, se percata el que es amado de que es amado y luego, cuando se resuelve a hablar, va ya sobre seguro y con plena confianza de la correspondencia.

¿Quién sabe si estas teorías de mi padre, oídas por mí, porque no puedo menos de oírlas, son las que me han calentado la cabeza y me han hecho imaginar lo que no hay?

De todos modos, me digo a veces, ¿sería tan absurdo, tan imposible que lo hubiera? Y si lo hubiera, si yo agradase a Pepita de otro modo que como amigo, si la mujer a quien mi padre pretende se prendase de mí, ¿no sería espantosa mi situación?

Desechemos estos temores fraguados, sin duda, por la

---

[132] El motivo demonológico hace su aparición en este punto del relato (véanse notas 134, 191 y 192).

vanidad. No hagamos de Pepita una Fedra y de mí un Hipólito[133].

Lo que sí empieza a sorprenderme es el descuido y plena seguridad de mi padre. Perdone usted, pídale a Dios que perdone mi orgullo; de vez en cuando me pica y enoja la tal seguridad. Pues qué, me digo, ¿soy tan adefesio para que mi padre no tema que, a pesar de mi supuesta santidad, o por mi misma supuesta santidad, no pueda yo enamorar, sin querer, a Pepita?

Hay un curioso raciocinio, que yo me hago, y por donde me explico, sin lastimar mi amor propio, el descuido paterno en este asunto importante. Mi padre, aunque sin fundamentos, se va considerando ya como marido de Pepita, y empieza a participar de aquella ceguedad funesta que Asmodeo u otro demonio más torpe[134] infunde a los maridos. Las historias profanas y eclesiásticas están llenas de esta ceguedad que Dios permite, sin duda, para fines providenciales. El ejemplo más egregio quizás es el del emperador Marco Aurelio, que tuvo mujer tan liviana y viciosa como Faustina, y, siendo varón tan sabio y tan agudo filósofo, nunca advirtió lo que de todas las gentes que formaban el Imperio

---

[133] La descendencia del *Hipólito* de Eurípides tiene eco en esta obra. Diversos momentos de la novela establecen paralelismos con situaciones y figuras de la tragedia clásica, como resulta de la afirmación del seminarista. Este, en el curso del relato, se va identificando con héroes legendarios y de la antigüedad —el rey Eduardo, San Juan Crisóstomo, el bíblico José, Hipólito— que tienen todos el rasgo común de su castidad probada. Para el posible contacto de estas anologías y el carácter del *adolescente* Vargas, véase la tesis de Robert E. Lott (1970, págs. 167-239). Obsérvese cómo don Pedro, en opinión de su hijo, procuraba aplacar la «irritada sombra» de su madre (pág. 155), cuya memoria ofendida por el conde de Genazahar será el detonante para el duelo tenido en el Casino. Por otra parte, Antoñona es identificada con Enone, nodriza y confidente de la tragedia (en paralelo con la «confidenta que las malas lenguas suponían su Enone» de Rafaela en *Genio y Figura, O. C.*, I, 646a) y, el conflicto larvado, en fin, que puede llegar a oponer al padre y al hijo suma a la rivalidad amorosa, la ilegitimidad del nacimiento de Luis que ha sido ya anotada (nota 26; al trabajo de Smith aludido en aquel escolio, añádase el de John F. Knowlton, 1969).

[134] Asmodeo en el apócrifo bíblico el *Testamento de Salomón* aparece como enemigo de la unión conyugal. La figura demoníaca aparece en *Tobías*, III, 8; VI, 1-17; VIII, 4-9.

Romano era sabido; por donde, en las meditaciones o memorias que sobre sí mismo compuso, da infinitas gracias a los dioses inmortales porque le habían concedido mujer tan fiel y tan buena, y provoca la risa de sus contemporáneos y de las futuras generaciones[135]. Desde entonces no se ve otra cosa todos los días, sino magnates y hombres principales que hacen sus secretarios y dan todo su valimiento a los que le tienen con su mujer. De esta suerte me explico que mi padre se descuide, y no recele que, hasta a pesar mío, pudiera tener un rival en mí.

Sería una falta de respeto, pecaría yo de presumido e insolente si advirtiese a mi padre del peligro que no ve. No hay medio de que yo le diga nada. Además, ¿qué había yo de decirle? Que se me figura que una o dos veces Pepita me ha mirado de otra manera que como suele mirar[136]. ¿No puede ser esto ilusión mía? No; no tengo la menor prueba de que Pepita desee siquiera coquetear conmigo.

¿Qué es, pues, lo que entonces podría yo decir a mi padre? ¿Había de decirle que yo soy quien está enamorado de Pepita, que yo codicio el tesoro que ya él tiene por suyo? Esto no es verdad; y sobre todo, ¿cómo declarar esto a mi padre, aunque fuera verdad, por mi desgracia y por mi culpa?

Lo mejor es callarme; combatir en silencio, si la tentación llega a asaltarme de veras, y tratar de abandonar cuanto antes este pueblo y de volverme con usted.

---

[135] Marco Aurelio agradece a los dioses en sus *escritos,* entre otras mercedes, «el que mi esposa sea como es, tan tierna, tan sencilla» (lib. I, 17; cito por la traducción de Bartolomé Segura, Madrid, 1985, 26). La irónica situación del emperador fue desarrollada por Capitolino en *Scriptores Historiae Augustae,* XIX, 1-8 y pasó como anécdota a los prosistas del XVI (Guevara, Villegas y Mexía, como ha recordado Domingo Ynduráin, «Las cartas de Laureola [Beber cenizas]», *Edad de oro,* III, 1984, 304-305); véase al propósito, fray Antonio de Guevara *Libro Aureo del gran emperador Marco Aurelio con el Relox el príncipes,* el libro II.

[136] Todas las ediciones dan esta frase como pregunta; creo que el contexto invita a eliminar los signos interrogativos para restituir el sentido enunciativo del aserto.

Gracias a Dios y a usted por las nuevas cartas y nuevos consejos que me envía. Hoy los necesito más que nunca.

Razón tiene la mística doctora santa Teresa cuando pondera los grandes trabajos de las almas tímidas que se dejan turbar por la tentación[137]; pero es mil veces más trabajoso el desengaño para quienes han sido, como yo, confiados y soberbios.

Templos del Espíritu Santo son nuestros cuerpos[138]; mas si se arrima fuego a sus paredes, aunque no ardan, se tiznan.

La primera sugestión es la cabeza de la serpiente. Si no la hollamos con planta valerosa y segura, el ponzoñoso reptil sube a esconderse en nuestro seno.

El licor de los deleites mundanos, por inocentes que sean, suele ser dulce al paladar, y luego se trueca en hiel de dragones y veneno de áspides.

Es cierto; ya no puedo negárselo a usted. Yo no debí poner los ojos con tanta complacencia en esta mujer peligrosísima.

No me juzgo perdido; pero me siento conturbado.

Como el corzo sediento desea y busca el manantial de las aguas, así mi alma busca a Dios todavía. A Dios se vuelve para que le dé reposo, y anhela beber en el torrente de sus delicias, cuyo ímpetu alegra el Paraíso, y cuyas ondas claras ponen más blanco que la nieve; pero un abismo llama a otro abismo, y mis pies se han clavado en el cieno que está en el fondo[139].

---

[137] «Pues guardaos hijas, de unas humildades que pone el demonio con gran inquietud de la gravedad de pecados pasados: *si merezco llegar al Sacramento, si me dispuse bien, que no soy para vivir entre buenos,* cosas de estas que van viniendo con sosiego y regalo y gusto, como le trae consigo el conocimiento propio, es de estimar; mas si viene con albototo e inquietud y apretamiento de alma y no poder sosegar el pensamiento, creed que es tentación y no os tengáis por humildes, que no viene de ahí» *(Camino de Perfección,* cap. 67, en el manuscrito de El Escorial).

[138] *I Corintios,* III, 16.

[139] *Salmo XLII,* 2 y 8.

Sin embargo, aún me quedan voz y aliento para clamar con el Salmista: ¡Levántate, gloria mía! Si te pones de mi lado, ¿quién prevalecerá contra mí?[140].

Yo digo a mi alma pecadora, llena de quiméricas imaginaciones y de vagos deseos, que son sus hijos bastardos: ¡Oh, hija miserable de Babilonia, bienaventurado el que te dará tu galardón, bienaventurado el que deshará contra las piedras a tus pequeñuelos![141].

Las mortificaciones, el ayuno, la oración, la penitencia serán las armas de que me revista para combatir y vencer con el auxilio divino.

No era sueño, no era locura: era realidad. Ella me mira a veces con la ardiente mirada de que ya he hablado a usted. Sus ojos están dotados de una atracción magnética inexplicable. Me atrae, me seduce, y se fijan en ella los míos. Mis ojos deben arder entonces, como los suyos, con una llama funesta; como los de Amón cuando se fijaban en Tamar; como los del príncipe de Siquén cuando se fijaban en Dina[142].

Al mirarnos así, hasta de Dios me olvido. La imagen de ella se levanta en el fondo de mi espíritu, vencedora de todo. Su hermosura resplandece sobre toda hermosura; los deleites del cielo me parecen inferiores a su cariño; una eternidad de penas creo que no paga la bienaventuranza infinita que vierte sobre mí en un momento con una de estas miradas que pasan cual relámpago.

Cuando vuelvo a casa, cuando me quedo solo en mi cuarto, en el silencio de la noche, reconozco todo el horror de mi situación y formo buenos propósitos, que luego se quebrantan.

Me prometo a mí mismo fingirme enfermo, buscar cualquier otro pretexto para no ir a la noche siguiente en casa de Pepita, y sin embargo voy.

---

[140] *Salmo LVII*, 9.

[141] *Salmo CXXXVII*, 8-9.

[142] La carta acumula nuevas alusiones bíblicas, en este caso de la historia trágica de los amores incestuosos de Amón y Tamar *(Samuel*, II, 13) y de los amores, también concluidos de forma sangrienta, de Siquén y Dina *(Génesis*, XXXIV, 1-29).

Mi padre, confiado hasta lo sumo, sin sospechar lo que pasa en mi alma, me dice cuando llega la hora:

—Vete a la tertulia. Yo iré más tarde, luego que despache al aperador.

Yo no atino con la excusa, no hallo el pretexto, y en vez de contestar: —no puedo ir—, tomo el sombrero y voy a la tertulia.

Al entrar, Pepita y yo nos damos la mano, y al dárnosla me hechiza. Todo mi ser se muda. Penetra hasta mi corazón un fuego devorante, y ya no pienso más que en ella. Tal vez soy yo mismo quien provoca las miradas si tardan en llegar. La miro con insano ahínco, por un estímulo irresistible, y a cada instante creo descubrir en ella nuevas perfecciones. Ya los hoyuelos de su mejillas cuando sonríe, ya la blancura sonrosada de la tez, ya la forma recta de la nariz, ya la pequeñez de la oreja, ya la suavidad de contornos y admirable modelado de la garganta.

Entro en su casa, a pesar mío, como evocado por un conjuro; y, no bien entro en su casa, caigo bajo el poder de su encanto; veo claramente que estoy dominado por una maga cuya fascinación es ineluctable[143].

No es ella grata a mis ojos solamente, sino que sus palabras suenan en mis oídos como la música de las esferas[144], revelándome toda la armonía del universo y hasta imagino percibir una sutilísima fragancia que su limpio cuerpo despide, y que supera al olor de los mastranzos que crecen a orillas de los arroyos y al aroma silvestre del tomillo que en los montes se cría.

---

[143] A los pasajes de la novela que se señalan en la nota 70, añádase éste, tan explícito sobre las relaciones mágicas que van ligando a los protagonistas. El seminarista alude a lugares comunes de lo que en los tratados clásicos sobre la magia se denominaba *philocaptio* y que ya, a finales del siglo XV, eran *idées reçues* con trasfondo literario de los clásicos (cf. Horacio, *Odas*, libro I, XXVII; *Epodo* V). Las menciones a Fedra y a Celestina en el curso de la novela se superponen a la insistencia en el tema de la magia.

[144] Idea común recibida de la estética medieval (especialmente a partir del tratado de *Música* de Boecio; Migne, *Patrología Latina*, LXIII, columnas 1171 y ss.); véase Edgar de Bruyne, *Estudios de estética medieval*, Madrid, I, 1958, 33-333.

Excitado de esta suerte, no sé cómo juego al tresillo, ni hablo, ni discurro con juicio, porque estoy todo en ella.

Cada vez que se encuentran nuestras miradas se lanzan en ellas nuestras almas, y en los rayos que se cruzan se me figura que se unen y compenetran[145]. Allí se descubren mil inefables misterios de amor, allí se comunican sentimientos que por otro medio no llegarían a saberse, y se recitan poesías que no caben en lengua humana, y se cantan canciones que no hay voz que exprese ni acordada cítara que module.

Desde el día en que vi a Pepita en el Pozo de la Solana no he vuelto a verla a solas. Nada le he dicho ni me ha dicho, y, sin embargo, nos lo hemos dicho todo.

Cuando me sustraigo a la fascinación, cuando estoy solo por la noche en mi aposento, quiero mirar con frialdad el estado en que me hallo, y veo abierto a mis pies el precipicio en que voy a sumirme, y siento que me resbalo y que me hundo[146].

---

[145] La alusión contenida en este aserto remite al tópico renacentista de los *espíritus de amor,* que, lanzados desde los ojos de la mujer, penetran en el alma del amante también a través de la vía ocular. El tópico estaba ya desarrollado en la «Canción» de la *Vita Nuova* («donne ch'avete intelletto d'amore») y penetra la literatura filográfica del Renacimiento, como en el soneto VIII de Garcilaso, que es preciso leer en paralelo con el capítulo VII del libro IV de *El Cortesano* (E. Rivers, «The sources of Garcilaso's sonnet VIII», *RoNo,* II, 1961, págs. 96-100; Otis H. Green, *Spain and the Western Tradition,* trad. española, Madrid, I, 1969, págs. 178-179). En la etapa napolitana, cuando el joven Valera vivió la singular relación amorosa con Lucia Palladi, entre otros textos, escribió este soneto de rigurosa hechura petrarquista: «Del tierno pecho aquel amor nacido, / que en él viviendo mis delicias era, / creció, quiso del pecho salir fuera, / pudo volar y abandonó su nido; / y no logrando yo darle al olvido, / le busqué inútilmente por doquiera, / y ya pensaba que en la cuarta esfera / se hubiese al centro de la luz unido, / cuando tus ojos vi, señora mía, / y en ellos a mi amor con mi esperanza, / y llamándole a mí, tendí los brazos; / mas él me desconoce, guerra impía / mueve en mi daño, y flechas que me lanza / hacen mi pobre corazón pedazos.» El entusiasmo con el que Menéndez Pelayo escribió sobre el neoplatonismo en la poesía de Valera es juicio que puede trasponerse a abundantes secuencias de su prosa de ficción; sólo algunos ejemplos: Bembo es aludido ampliamente en la dedicatoria de *Doña Luz* y en *Juanita la Larga,* en *Genio y figura;* el *Fedro* platónico en el capítulo XV de *Pasarse de listo.* Ver la nota 60 de esta edición.

[146] Eco del soneto I de Garcilaso, con todas sus resonancias del cancionero amoroso petrarquista: «Cuando me paro a contemplar mi estado...».

Me recomienda usted que piense en la muerte; no en la de esta mujer, sino en la mía. Me recomienda usted que piense en lo instable, en lo inseguro de nuestra existencia y en lo que hay más allá. Pero esta consideración y esta meditación ni me atemorizan ni me arredran. ¿Cómo he de temer la muerte cuando deseo morir? El amor y la muerte son hermanos[147]. Un sentimiento de abnegación se alza de las profundidades de mi ser, y me llama a sí, y me dice que todo mi ser debe darse y perderse por el objeto amado. Ansío confundirme en una de sus miradas; diluir y evaporar toda mi esencia en el rayo de luz que sale de sus ojos; quedarme muerto mirándola, aunque me condene.

Lo que es aún eficaz en mí contra el amor, no es el temor, sino el amor mismo. Sobre este amor determinado, que ya veo con evidencia que Pepita me inspira, se levanta en mi espíritu el amor divino en consurrección[148] poderosa. Entonces todo se cambia en mí, y aun me promete la victoria. El objeto de mi amor superior se ofrece a los ojos de mi mente como el sol que todo lo enciende y alumbra, llenando de luz los espacios; y el objeto de mi amor más bajo, como átomo de polvo que vaga en el ambiente y que el sol dora. Toda su beldad, todo su resplandor, todo su atractivo no es más que el reflejo de ese sol increado, no es más que la chispa brillante, transitoria, inconsistente de aquella infinita y perenne hoguera[149].

[147] Endecasílabo clave (advertencia de M. Ángel Longás). La relación amor-muerte, además de ser motivo lírico de la tradición poética, reaparece en la literatura romántica como un tema capital; repárese en la admiración que profesó Valera por Merimée y su nouvelle *Carmen*, sobre la que escribía en 1872: «como reza el dístico del poeta griego que sirve de epígrafe a la novela, Carmen sabe morir y amar; es admirable cuando se entrega por amor y por amor muere; tiene dos horas divinas; una, en la muerte: otra en el tálamo» («La mujer cordobesa», *O. C.*, III, 130b). El título de la última novela de don Juan es suma de los dos términos latinos: *Mors + Amor* (L. Romero, edición de *Morsamor*, Barcelona, 1984, págs. 48-49).

[148] *Consurrección:* para explicar esta palabra, García Lorenzo propone un préstamo léxico del latín *consurgere* ('ponerse de pie a la vez o de un solo movimiento'); como cultismo léxico aparece la palabra en los diccionarios usuales.

[149] La imagen que representa a la divinidad como el sol preexistente a las realidades por él iluminadas se aplica, en los textos renacentistas, tanto a la explicación de los actos intelectivos como a las teorías eróticas; León

Mi alma, abrasada de amor, pugna por criar alas, y tender el vuelo, y subir a esa hoguera, y consumir allí cuanto hay en ella de impuro.

Mi vida, desde hace algunos días, es una lucha constante. No sé cómo el mal que padezco no me sale a la cara. Apenas me alimento; apenas duermo. Si el sueño cierra mis párpados, suelo despertar azorado, como si me hallase peleando en una batalla de ángeles rebeldes y de ángeles buenos[150]. En esta batalla de la luz contra las tinieblas yo combato por la luz, pero tal vez imagino que me paso al enemigo, que soy un desertor infame; y oigo la voz del águila de Patmos que dice: «Y los hombres prefirieron las tinieblas a la luz», y entonces me lleno de terror y me juzgo perdido[151].

No me queda más recurso que huir. Si en lo que falta para terminar el mes mi padre no me da su venia y no viene conmigo, me escapo como un ladrón; me fugo sin decir nada.

Hebreo expone el primer supuesto: «No sólo la visión intelectual, sino también las especies que existen en la fantasía (de la que la facultad intelectiva extrae el conocimiento intelectual) se iluminan con las especies eternas que existen en el entendimiento divino; dichas especies son prototipo de todas las cosas creadas y preexistentes en el entendimiento divino, al igual que preexisten las especies ejemplares de las cosas artificiales, en la mente del artífice, constitutivas del arte en sí (sólo a estas especies Platón las denomina ideas). De tal suerte que la vista intelectual, el objeto y también el medio del acto inteligible, todo ello está iluminado por el entendimiento divino, así como lo está por el sol la vista corpórea con su objeto y su medio» *(Diálogos de amor* traducción de José María Reyes, Barcelona, 1986, 339).

[150] Los síntomas del tono vital del personaje coinciden con las manifestaciones de otros enamorados prototípicos de la literatura; sin ir más lejos de las referencias contextualizadas en la obra, el Calisto de la *Celestina* (para el análisis de su «enfermedad de amor», María Rosa Lida, *La originalidad artística de la Celestina,* Buenos Aires, 1962, 347-363) o los Leriano y Arnalte de Diego de San Pedro (cf. Keith Whinnom, ed. de *Cárcel de amor,* Madrid, 1972, págs. 13-15). Ver nota 158.

[151] La tensión luz/tinieblas es motivo central en los textos neotestamentarios de San Juan, pero en el prólogo de su evangelio (I, 1-11) es donde encontramos la correspondencia literal con la cita contenida en la carta.

Soy un vil gusano, y no un hombre; soy el oprobio y la abyección de la humanidad; soy un hipócrita[152].

Me han circundado dolores de muerte, y torrentes de iniquidad me han conturbado[153].

Vergüenza tengo de escribir a usted, y no obstante le escribo. Quiero confesárselo todo.

No logro enmendarme. Lejos de dejar de ir a casa de Pepita, voy más temprano todas las noches. Se diría que los demonios me agarran de los pies y me llevan allá sin que yo quiera.

Por dicha, no hallo sola nunca a Pepita. No quisiera hallarla sola. Casi siempre se me adelanta el excelente padre Vicario, que atribuye nuestra amistad a la semejanza de gustos piadosos, y la funda en la devoción, como la amistad inocentísima que él le profesa.

El progreso de mi mal es rápido. Como piedra que se desprende de lo alto del templo y va aumentando su velocidad en la caída, así va mi espíritu ahora.

Cuando Pepita y yo nos damos la mano[154], no es ya como al principio. Ambos hacemos un esfuerzo de voluntad, y nos transmitimos, por nuestras diestras enlazadas, todas las palpitaciones del corazón. Se diría que, por arte diabólico, obramos una transfusión y mezcla de lo más sutil de nuestra sangre. Ella debe de sentir circular mi vida por sus venas, como yo siento en las mías la suya.

Si estoy cerca de ella, la amo; si estoy lejos, la odio. A su vista, en su presencia, me enamora, me atrae, me rinde con suavidad, me pone un yugo dulcísimo.

---

[152] *Salmos*, XXII, 7: «Pero yo gusano soy y no hombre, oprobio de los hombres y desprecio del pueblo.»

[153] *Salmos*, XVIII, 5: «Oleaje de muerte me cercaba y los torrentes de Belial me aterrorizaban.»

[154] Cfr. nota 56 en que se señalan momentos de la novela significativos para la simbología de la mano y su posterior rendimiento narrativo en el progreso del conflicto.

Su recuerdo me mata. Soñando con ella, sueño que me divide la garganta, como Judit al capitán de los asirios, o que me atraviesa las sienes con un clavo, como Jael a Sísara[155]; pero, a su lado, me parece la esposa del *Cantar de los Cantares,* y la llamo con voz interior, y la bendigo, y la juzgo fuente sellada, huerto cerrado, flor del valle, lirio de los campos, paloma mía y hermana[156].

Quiero libertarme de esta mujer y no puedo. La aborrezco y casi la adoro. Su espíritu se infunde en mí al punto que la veo, y me posee, y me domina, y me humilla.

Todas las noches salgo de su casa diciendo: «esta será la última noche que vuelva aquí», y vuelvo a la noche siguiente[157].

Cuando habla y estoy a su lado, mi alma queda como colgada de su boca; cuando sonríe se me antoja que un rayo de luz inmaterial se me entra en el corazón y le alegra.

A veces, jugando al tresillo, se han tocado por acaso nuestras rodillas, y he sentido un indescriptible sacudimiento.

Sáqueme usted de aquí. Escriba usted a mi padre que me dé licencia para irme. Si es menester, dígaselo todo. ¡Socórrame usted! ¡Sea usted mi amparo!

30 de mayo

Dios me ha dado fuerzas para resistir y he resistido.

Hace días que no pongo los pies en casa de Pepita, que no la veo.

---

[155] Dos mujeres fuertes del Antiguo Testamento que supieron ejecutar a enemigos de su pueblo *(Judit,* XIII, 6-ll; *Jueces,* IV).

[156] Luis de Vargas recopila varios de los apelativos que recibe la esposa en el *Cantar de los Cantares:* «eres huerto cerrado, hermana mía, huerto cerrado y fuente sellada», IV, 2; «como un lirio entre espinas, así es mi amada entre las doncellas», II, 2; «tus ojos son como la paloma», I, 15.

[157] Hasta este párrafo, en el que se concluye el monólogo introspectivo del seminarista, la prosa de la carta ha procurado reproducir un ritmo de versículo bíblico, marcado por los ecos verbales, la brevedad de los párrafos y la insistencia con que todos ellos concluyen en una distribución acentual que corresponde al *cursus planus* (─́ ─ ─ / ─́ ─) tan ampliamente empleado en la prosa retórica del siglo XVI.

Casi no tengo que pretextar una enfermedad porque realmente estoy enfermo. Estoy pálido y ojeroso; y mi padre, lleno de afectuoso cuidado, me pregunta qué padezco y me muestra el interés más vivo[158].

El reino de los cielos cede a la violencia, y yo quiero conquistarle[159]. Con violencia llamo a sus puertas para que se me abran.

Con ajenjo me alimenta Dios para probarme, y en balde le pido que aparte de mí ese cáliz de amargura; pero he pasado y paso en vela muchas noches, entregado a la oración, y ha venido a endulzar lo amargo del cáliz una inspiración amorosa del espíritu consolador y soberano[160].

He visto con los ojos del alma la nueva patria, y en lo más íntimo de mi corazón ha resonado el cántico nuevo de la Jerusalén celeste[161].

Si al cabo logro vencer, será gloriosa la victoria; pero se la deberé a la Reina de los Ángeles, a quien me encomiendo. Ella es mi refugio y mi defensa; torre y alcázar de David, de

---

[158] Pueden consultarse con provecho los clásicos trabajos de John Livingstone Lowes, «The Lovers Malady of Hereos», *MPh*, XI, 1913-1914, págs. 491-546; Bruno Nardi, «L'amore e i medici medievali», *Studi in onore di Angelo Monteverdi*, Modena, 1959. Sobre la enfermedad de amor en la literatura medieval y del Siglo de Oro hay una exuberante bibliografía que ha resumido y comentado recientemente Aurora Egido en su análisis de «*La enfermedad de amor* en el *Desengaño* de Soto de Rojas», recogido en el libro de varios aurores *Al ave el vuelo. Estudios sobre la obra de Soto de Rojas*, Granada, 1984, págs. 34-44. Debe recordarse, con todo, que el conocimiento y estima de don Juan Valera por la literatura medieval castellana es limitado y poco entusiasta; salva de la mediocridad la *Celestina*, el *Amadís* y las *Coplas* manriqueñas. Comentando en 1896 la *Antología de poetas líricos* de Menéndez Pelayo escribía con su habitual desenfado: «apenas hay criatura humana, a no ser muy sabia, que aguante de seguido seis páginas de lectura de los versos publicados hasta ahora en la *Antología* del señor Menéndez» (*O. C.*, II, 902b); cfr. M. Bermejo Marcos, 1968, 119-132.

[159] *Mateo*, XI, 12: «Desde los días de Juan el Bautista hasta el presente, el reino de los cielos irrumpe avasallador. Y los esforzados lo arrebatan.» La imagen pasional «aparta de mí este cáliz» fue un uso iterativo en la literatura romántica europea (Leonardo Romero, *Panorama crítico del romanticismo español*, Madrid, Castalia, 1994, pág. 172).

[160] *Mateo*, XXVI, 38-40; *Marcos*, XIV, 35-36; *Lucas*, XXII, 41-42.

[161] *Apocalipsis*, XXI, 2.

que penden mil escudos y armaduras de valerosos campeones; cedro del Líbano, que pone en fuga a las serpientes[162].

En cambio, a la mujer que me enamora de un modo mundanal procuro menospreciarla y abatirla en mi pensamiento, recordando las palabras del Sabio y aplicándoselas.

Eres lazo de cazadores, la digo; tu corazón es red engañosa, y tus manos redes que atan, quien ama a Dios huirá de ti, y el pecador será por ti aprisionado[163].

Meditando sobre el amor, hallo mil motivos para amar a Dios y no amarla.

Siento en el fondo de mi corazón una inefable energía que me convence de que yo lo despreciaría todo por el amor de Dios: la fama, la honra, el poder y el imperio. Me hallo capaz de imitar a Cristo; y si el enemigo tentador me llevase a la cumbre de la montaña y me ofreciese todos los reinos de la tierra porque doblase ante él la rodilla, yo no la doblaría[164]; pero cuando me ofrece a esta mujer, vacilo aún y no le rechazo. ¿Vale más esta mujer a mis ojos que todos los reinos de la tierra; más que la fama, la honra, el poder y el imperio?

¿La virtud del amor, me pregunto a veces, es la misma siempre, aunque aplicada a diversos objetos o bien hay dos linajes y condiciones de amores?[165]. Amar a Dios me pare-

---

[162] «Como la torre de David es tu cuello, edificada con trofeos, mil escudos cuelgan de ella, todos los escudos de los valientes (...). Ven conmigo del Líbano, esposa mía, ven conmigo del Líbano» (*Cantar de los Cantares,* IV, 4 y 8). Añádase, para la referencia a las serpientes, *Génesis* III, 15.

[163] *Eclesiastés,* VII, 26: «y encuentro que más amarga que la muerte es la mujer, porque es un lazo; y su corazón una red, y sus brazos son ataduras. El que agrada a Dios escapará de ella pero el pecador quedará cogido en ella».

[164] *Mateo* IV, 1-11; *Marcos* I, 12-13: *Lucas* IV, 1-13.

[165] La contraposición entre dos clases de amores que formula don Luis en este párrafo y en los siguientes repite especulaciones de la erotología renacentista de cuño neoplatónico. En el tratado de León Hebreo, que Valera conocía, hallamos la doble formulación: «El gran amor y deseo hace que estemos abstraídos en tan excelsa contemplación y que nuestro entendimiento se eleve hasta tal punto que, iluminado por una singular gracia divina, llega a un conocimiento más alto que el poder y la especulación humanos; y establece tal unión y copulación con el sumo Dios, que pare-

ce la negación del egoísmo y del exclusivismo. Amándole, puedo y quiero amarlo todo por Él, y no me enojo ni tengo celos de que Él lo ame todo. No estoy celoso ni envidioso de los santos, de los mártires, de los bienaventurados, ni de los mismos serafines. Mientras mayor me represento el amor de Dios a las criaturas y los favores y regalos que les hace, menos celoso estoy y más le amo, y más cercano a mí le juzgo, y más amoroso y fino me parece que está conmigo. Mi hermandad, mi más que hermandad con todos los seres, resalta entonces de un modo dulcísimo. Me parece que soy uno con todo, y que todo está enlazado con lazada de amor por Dios y en Dios.

Muy al contrario, cuando pienso en esta mujer y en el amor que me inspira. Es un amor de odio que me aparta de todo menos de mí. La quiero para mí, toda para mí y yo todo para ella. Hasta la devoción y el sacrificio por ella son egoístas. Morir por ella sería por desesperación de no lograrla de otra suerte, o por esperanza de no gozar de su amor por completo, sino muriendo y confundiéndome con ella en un eterno abrazo.

Con todas estas consideraciones procuro hacer aborrecible el amor de esta mujer; pongo en este amor mucho de infernal y de horriblemente ominoso; pero como si tuviese yo dos almas, dos entendimientos, dos voluntades y dos imaginaciones, pronto surge dentro de mí la idea contraria; pronto me niego lo que acabo de afirmar, y procuro conciliar locamente los dos amores. ¿Por qué no huir de ella y seguir amándola sin dejar de consagrarme fervorosamente al servicio de Dios? Así como el amor de Dios no excluye el amor de la patria, el amor de la humanidad, el amor de la

---

ce más bien que nuestro entendimiento es razón y parte divina que entendimiento humano. Entonces, su deseo y amor se sacian con mucha mayor satisfacción que la que tenían en el primer conocimiento y en el amor precedente (...). La clase de amor que siento por ti, Sofía, no la puedo entender ni sé explicarla. Siento sus impulsos, pero no los comprendo, pues al ser tan apasionado, se ha enseñoreado de mí y de mi alma. Y me conoce como si él fuera el principal administrador, y yo, que soy siervo sumiso, no me basto para conocerlo. Sólo sé que mi deseo apetece lo deleitable» *(Diálogos de amor,* Barcelona, 1986, págs. 142 y 145).

ciencia, el amor de la hermosura en la naturaleza y en el arte, tampoco debe excluir este amor, si es espiritual e inmaculado. Yo haré de ella, me digo, un símbolo, una alegoría, una imagen de todo lo bueno y hermoso. Será para mí como Beatriz para Dante, figura y representación de mi patria, del saber y de la belleza.

Esto me hace caer en una horrible imaginación, en un mostruoso pensamiento. Para hacer de Pepita ese símbolo, esa vaporosa y etérea imagen, esa cifra y resumen de cuanto puedo amar por bajo de Dios, en Dios y subordinándolo a Dios, me la finjo muerta como Beatriz estaba muerta cuando Dante la cantaba.

Si la dejo entre los vivos, no acierto a convertirla en idea pura, y para convertirla en idea pura, la asesino en mi mente.

Luego la lloro, luego me horrorizo de mi crimen, y me acerco a ella en espíritu, y con el calor de mi corazón le vuelvo la vida, y la veo, no vagarosa, diáfana, casi esfumada entre nubes de color de rosa y flores celestiales, como vio el feroz Gibelino a su amada en la cima del Purgatorio[166], sino consistente, sólida, bien delineada en el ambiente sereno y claro, como las obras más perfectas del cincel helénico; como Galatea, animada ya por el afecto de Pigmalión, y bajando llena de vida, respirando amor, lozana de juventud y de hermosura, de su pedestal de mármol[167].

Entonces exclamo desde el fondo de mi conturbado corazón: «Mi virtud desfallece; Dios mío, no me abandones. Apresúrate a venir en mi auxilio. Muéstrame tu cara y seré salvo»[168].

---

[166] «Io vidi già nel comincar del giorno / la parte oriental tutta rosata, / e l'altro ciel di bel sereno adorno; / e la faccia del sol nascere ombrata, / sí che, temperanza di vapori, / l'occhio la sostenea lunga fiata / cosí dentro una nuvola di fiori, /che da le mani angeliche saliva /e rica deva in giù dentro e di fori, / sovra candido vel cinta d'uliva / donna m'apparve, sotto verde manto / vestita di color di fiamma viva» *(Purgatorio,* canto XXX, 22-33).
[167] Ovidio, *Metamorfosis,* X, 243-297, narra la historia del rey de Chipre enamorado de la estatua que había esculpido y que, a instancias suyas, fue animada por Venus.
[168] *Salmo* LXXX, 4.

Así recobro las fuerzas para resistir a la tentación. Así renace en mí la esperanza de que volveré al antiguo reposo no bien me aparte de estos sitios.

El demonio anhela con furia tragarse las aguas puras del Jordán, que son las personas consagradas a Dios. Contra ellas se conjura el infierno y desencadena todos sus monstruos. San Buenaventura lo ha dicho: «No debemos admirarnos de que estas personas pecaron, sino de que no pecaron.» Yo, con todo, sabré resistir y no pecar. Dios me protege.

6 de junio

La nodriza de Pepita, hoy su ama de llaves, es, como dice mi padre, una buena pieza de arrugadillo; picotera[169], alegre y hábil como pocas. Se casó con el hijo del maestro Cencias y ha heredado del padre lo que el hijo no heredó: una portentosa facilidad para las artes y los oficios. La diferencia está en que el maestro Cencias componía un husillo[170] de lagar, arreglaba las ruedas de una carreta o hacía un arado y esta nuera suya hace dulces, arropes y otras golosinas[171]. El

---

[169] *Picotera:* palabra derivada de *pico* en su sentido traslaticio; equivale a 'charlatana, habladora'.

[170] «La uva destrozada que sale de la moledera (...) se amontona en torno al *husillo* [que...] consta de un gran vástago fijo de rosca, metálico, llamado *barrena* o *espárrago,* a cuyo largo se desliza un complejo sistema de piezas cuya finalidad es ejercer presión sobre la uva convenientemente preparada alrededor de la barrena», Antonio Roldán, *La cultura de la viña en la región del Condado. Contribución léxica a la geografía dialectal,* Madrid, 1966, 148-149.

[171] En *Mariquita y Antonio* interviene un criado, Miguel, que es hijo también del maestro *Cencias,* pero se caracteriza por otras virtudes diferentes de las del marido de Antoñona. Miguel es poeta analfabeto y repentizador, además de ser el trazador de juegos dramáticos populares (*O. C.,* I, 951-52 y 964). Las habilidades del maestro *Cencias,* sobre las que se extiende dilatadamente el narrador de *Mariquita y Antonio,* eran las de un personaje real evocado en carta del 27-X-1883: «Por la noche, con el escribano, con el padre cura y con el hijo del Maestro *Cencias,* que han heredado la habilidad, talento y profesión de su padre para componer husillos y vigas del lagar, cuando se descomponen» (De Coster, 1956, pág. 74). Cfr. *Introducción,* pág. 55.

suegro ejercía las artes de utilidad; la nuera las del deleite, aunque deleite inocente, o lícito al menos.

Antoñona, que así se llama, tiene o se toma la mayor confianza con todo el señorío. En todas las casas entra y sale como en la suya. A todos los señoritos y señoritas de la edad de Pepita, o de cuatro o cinco años más, los tutea, los llama niños y niñas, y los trata como si los hubiera criado a sus pechos.

A mí me habla de mira[172], como a los otros. Viene a verme, entra en mi cuarto, y ya me ha dicho varias veces que soy un ingrato, y que hago mal en no ir a ver a su señora.

Mi padre, sin advertir nada, me acusa de extravagante; me llama búho, y se empeña también en que vuelva a la tertulia. Anoche no pude ya resistirme a sus repetidas instancias, y fui muy temprano, cuando mi padre iba a hacer las cuentas con el aperador.

¡Ojalá no hubiera ido!

Pepita estaba sola. Al vernos, al saludarnos, nos pusimos los dos colorados. Nos dimos la mano con timidez, sin decirnos palabra.

Yo no estreché la suya; ella no estrechó la mía, pero las conservamos unidas un breve rato.

En la mirada que Pepita me dirigió nada había de amor, sino de amistad, de simpatía, de honda tristeza.

Había adivinado toda mi lucha interior; presumía que el amor divino había triunfado en mi alma; que mi resolución de no amarla era firme e invencible.

No se atrevía a quejarse de mí; no tenía derecho a quejarse de mí; conocía que la razón estaba de mi parte. Un suspiro, apenas perceptible, que se escapó de sus frescos labios entreabiertos, manifestó cuánto lo deploraba.

Nuestras manos seguían unidas aún. Ambos mudos.

---

[172] *Hablar de mira*: 'tutear'. Alcalá Venceslada, s.v. *Mira* recoge este texto: «Yo, a tus hijos les hablo de mira. No hicieron más que presentarlos y al punto empezaron a *hablarse de mira*». Rivas Cherif repite este rasgo de proximidad de Antoñona en su adaptación teatral de la novela: «Y bien dices que su ama podía ser, por lo mismo que casi le crié a mis pechos. Por eso le digo de mira» *(Pepita Jiménez,* Madrid, 1929, pág. 11).

¿Como decirle que yo no era para ella ni ella para mí; que importaba separarnos para siempre?

Sin embargo, aunque no se lo dije con palabras, se lo dije con los ojos. Mi severa mirada confirmó sus temores; la persuadió de la irrevocable sentencia.

De pronto se nublaron sus ojos; todo su rostro hermoso, pálido ya de una palidez traslúcida, se contrajo con una bellísima expresión de melancolía. Parecía la madre de los dolores[173]. Dos lágrimas brotaron lentamente de sus ojos y empezaron a deslizarse por sus mejillas.

No sé lo que pasó en mí. ¿Ni cómo describirlo, aunque lo supiera?

Acerqué mis labios a su cara para enjugar el llanto, y se unieron nuestras bocas en un beso.

Inefable embriaguez, desmayo fecundo en peligros invadió todo mi ser y el ser de ella. Su cuerpo desfallecía y la sostuve entre mis brazos.

Quiso el cielo que oyésemos los pasos y la tos del padre Vicario que llegaba, y nos separamos al punto[174].

---

[173] La referencia a la imagen de la Dolorosa es recurrente en la obra. Por carta del 14 de abril sabemos que la imagen de la parroquia «luce hoy un flamante y magnífico manto de terciopelo negro bordado de plata» gracias a la munificencia de Pepita; en *Paralipómenos*, la viuda apela a esta advocación devota. La correspondencia iconográfica entre personajes novelescos y representaciones plásticas devotas es muy frecuente en los novelistas del XIX. Sólo para Galdós, véase J. J. Alfieri, «El arte pictórico en las novelas de Galdós», *A. G.*, III, 1968, 169-182; L. Romero Tobar «Hagiografía y narrativa: pervivencia del tema de la pecadora arrepentida», *Philologica Hispaniensia in Honorem Manuel Alvar*, Madrid, IV, 1987, 183-393. La correspondencia es igualmente productiva en los relatos de Emilia Pardo Bazán, autora sobre la que puede verse lo que apunta Edward Stanton, «*Los Pazos de Ulloa* y la pintura», *PSA*, LVIII, 1979, 279-287; en esta última novela de la Pardo encontramos, entre otras muchas correlaciones iconográficas, la siguiente: «ya no se parecía Nucha a más Virgen que a la demacrada imagen de la Soledad» (cap. XVIII; ed. de Marina Mayoral, Madrid, 1986, 297). Véase nota 69.

[174] Situación análoga en *Mariquita y Antonio*: «Entonces, Mariquita y Antonio, con los labios entreabiertos, con el corazón palpitante, con simultáneo y no separado movimiento, sin pronunciar una sola palabra y como impulsados por un poder superior, irresistible, fatal, se aproximaron más el uno al otro, y sus bocas se unieron en un prolongadísimo beso. El

Volviendo en mí, y reconcentrando todas las fuerzas de mi voluntad, pude entonces llenar con estas palabras, que pronuncié en voz baja e intensa, aquella terrible escena silenciosa:

—¡El primero y el último!

Yo aludía al beso profano; mas, como si hubieran sido mis palabras una evocación, se ofreció en mi mente la visión apocalíptica en toda su terrible majestad. Vi al que es por cierto el primero y el último, y con la espada de dos filos que salía de su boca me hería en el alma, llena de maldades, de vicios y de pecados[175].

Toda aquella noche la pasé en un frenesí, en un delirio interior, que no sé cómo disimulaba.

Me retiré de casa de Pepita muy temprano.

En la soledad fue mayor mi amargura.

Al recordarme de aquel beso y de aquellas palabras de despedida, me comparaba yo con el traidor Judas que vendía besando, y con el sanguinario y alevoso asesino Joab cuando, al besar a Amasá, le hundió el hierro agudo en las entrañas[176].

Había incurrido en dos traiciones y en dos falsías.

Había faltado a Dios y a ella.

Soy un ser abominable.

11 de junio

Aún es tiempo de remediarlo todo. Pepita sanará de su amor y olvidará la flaqueza que ambos tuvimos.

---

espíritu y la vida de él y ella se diría que se habían concentrado y oprimido y compenetrado en el punto en que sus labios se tocaban. Mas en aquel instante apareció otra vez don Pedro» (*O. C.,* I, 994-995). Sobre la posición de Valera ante la teoría del ósculo bembiano que se defiende en *El Cortesano*, ver su ensayo *Psicología del amor* (*O. C.,* II, 1584b).

[175] La situación y las asociaciones textuales producen este caso extremo de irónica ambigüedad: «el primero y el último» no sólo se refiere al beso de los amantes sino también al dragón demoníaco que evocan las citas de *Apocalipsis* I, 16 y XIX, 11-15, casi literalmente traídas a la memoria de don Luis.

[176] *2 Samuel,* XX, 8-13.

Desde aquella noche no he vuelto a su casa.

Antoñona no aparece por la mía.

A fuerza de súplicas he logrado de mi padre la promesa formal de que partiremos de aquí el 25, pasado el día de San Juan, que aquí se celebra con fiestas lucidas, y en cuya víspera hay una famosa velada.

Lejos de Pepita me voy serenando y creyendo que tal vez ha sido una prueba este comienzo de amores.

En todas estas noches he rezado, he velado, me he mortificado mucho.

La persistencia de mis plegarias, la honda contrición de mi pecho han hallado gracia delante del Señor, quien ha mostrado su gran misericordia.

El Señor, como dice el Profeta, ha enviado fuego a lo más robusto de mi espíritu, ha alumbrado mi inteligencia, ha encendido lo más alto de mi voluntad y me ha enseñado[177].

La actividad del amor divino, que está en la voluntad suprema, ha podido en ocasiones, sin yo merecerlo, llevarme hasta la oración de quietud afectiva. He desnudado las potencias inferiores de mi alma de toda imagen, hasta de la imagen de esa mujer; y he creído, si el orgullo no me alucina, que he conocido y gozado, en paz con la inteligencia y con el afecto, del bien supremo que está en el centro y abismo del alma[178].

Ante este bien todo es miseria; ante esta hermosura es fealdad todo; ante esta felicidad todo es infortunio; ante esta altura todo es bajeza. ¿Quién no olvidará y despreciará por el amor de Dios todos los demás amores?[179]

---

[177] *Isaías*, LX, 19-20.

[178] «Esta inquietud y recogimiento de el alma es cosa que se siente mucho en la satisfacción y paz que en ella se pone, con grandísimo contento y sosiego de las potencias y muy suave deleite. Parécele —como no ha llegado a más— que no le queda qué desear, y que de buena gana diría con San Pedro que fuese allí su morada» (Santa Teresa, *Libro de la Vida*, capítulos XIV-XV; también *Cuarta Morada*, II, 2-4).

[179] La aniquilación del alma para las realidades terrenas y su paradójica plenitud en el amor divino es un aspecto nuclear de la tradición mística que formuló San Juan de la Cruz en el aforismo: «para venir a serlo todo,

Sí, la imagen profana de esa mujer saldrá definitivamente y para siempre de mi alma. Yo haré un azote durísimo de mis oraciones y penitencias, y con él la arrojaré de allí, como Cristo arrojó del templo a los condenados mercaderes[180].

18 de junio

Ésta será la última carta que yo escriba a usted.

El veinticinco saldré de aquí sin falta. Pronto tendré el gusto de dar a usted un abrazo.

Cerca de usted estaré mejor. Usted me infundirá ánimo y me prestará la energía de que carezco.

Una tempestad de encontradas afecciones combate ahora mi corazón.

El desorden de mis ideas se conocerá en el desorden de lo que estoy escribiendo.

Dos veces he vuelto a casa de Pepita. He estado frío, severo, como debía estar; pero ¡cuánto me ha costado!

Ayer me dijo mi padre que Pepita está indispuesta y que no recibe.

En seguida me asaltó el pensamiento de que su amor mal pagado podría ser la causa de la enfermedad.

¿Por qué la he mirado con las mismas miradas de fuego con que ella me miraba? ¿Por qué la he engañado vilmente? ¿Por qué la he hecho creer que la quería? ¿Por qué mi boca infame buscó la suya y se abrasó y la abrasó con las llamas del infierno?

Pero no; mi pecado no ha de traer como indefectible consecuencia otro pecado.

---

no quieras ser algo en nada» *(Subida al Monte Carmelo,* lib. I, cap. 13) que resuena en este párrafo de la carta. Con mayor fidelidad al texto religioso, en Pérez Galdós: «Entonces no veía a Dios en mí; ahora sí que lo veo. Créalo usted: hay que anularse para triunfar; decir *no soy nada* para serlo todo» *(Fortunata y Jacinta,* III, IV, 9; ed. de F. Caudet, Madrid, II, 1983, 138; el subrayado es mío).

[180] *Mateo,* XXI, 12-13; *Marcos,* XI, 15-19; *Lucas,* XIX, 45-46; *Juan,* II, 14-16.

Lo que ya fue no puede dejar de haber sido, pero puede y debe remediarse.

El veinticinco, repito, partiré sin falta.

La desenvuelta Antoñona acaba de entrar a verme.

Escondí esta carta como si fuera una maldad escribir a usted.

Yo me levanté de la silla para hablar con ella de pie y que la visita fuera corta.

En tan corta visita me ha dicho mil locuras que me afligen profundamente.

Por último, ha exclamado al despedirse, en su jerga medio gitana:

¡Anda, fullero de amor, *indinote*[181], maldecido seas; *malos chuqueles te tagelen el drupo*[182], que has puesto enferma a la niña y con tus retrecherías la estás matando!

Dicho esto, la endiablada mujer me aplicó, de una manera indecorosa y plebeya, por bajo de las espaldas, seis o siete feroces pellizcos, como si quisiera sacarme a túrdigas el pellejo. Después se largó echando chispas.

No me quejo; merezco esta broma brutal, dado que sea broma. Merezco que me atenacen los demonios con tenazas hechas ascuas.

¡Dios mío, haz que Pepita me olvide; haz, si es menester, que ame a otro y sea con él dichosa!

¿Puedo pedirte más, Dios mío?

Mi padre no sabe nada, no sospecha nada. Más vale así.

---

[181] *Indino:* «personas o cosas que nos producen contrariedad... Las formas indino, endino, indinote, endinote son muy frecuentes en autores españoles y sobre todo andaluces. Podrían menudearse los casos, por ejemplo, en Fernán Caballero, que emplea con frecuencia la palabra» (Alcalá Venceslada).

[182] *Malos chuqueles te tagelen el drupo:* 'malos perros te coman el cuerpo'. Carlos Clavería (1951, 97-128) dedicó un trabajo monográfico a esta expresión gitana que revela proximidad en el trato de Antoñona y Luis. Las primeras anotaciones que explicaron esta expresión fueron dos ediciones escolares para lectores norteamericanos (la de G. L. Lincoln de 1908 y la de C. V. Cusachs de 1910). En la obra de A. Díaz Martín, *Maldiciones gitanas,* Sevilla, 1901, encontró Clavería una execración idéntica. No encuentro referencia a este pasaje en Bernard Leblon, *Les gitanes dans la littérature espagnole,* Université de Toulouse-Le-Mirail, 1982.

Adiós. Hasta dentro de pocos días, que nos veremos y abrazaremos.

¡Qué mudado va usted a encontrarme! ¡Qué lleno de amargura mi corazón! ¡Cuán perdida la inocencia![183]. ¡Qué herida y qué lastimada mi alma!

---

[183] El eco verbal del poema *La Inocencia perdida* de Félix José Reinoso sugiere el tema de la «pérdida del paraíso», que en el contexto presente es un mero procedimiento antifrástico y reenvía, de nuevo, a la imagen del huerto de Pepita transformado en el mítico Edén. En cualquier caso remite al *topos* de la *caída*.

Ilustración para *Pepita Jiménez*, del siglo XIX.

II

Paralipómenos

No hay más cartas de don Luis de Vargas que las que hemos transcrito. Nos quedaríamos, pues, sin averiguar el término que tuvieron estos amores, y esta sencilla y apasionada historia no acabaría, si un sujeto, perfectamente enterado de todo, no hubiese compuesto la relación que sigue.

———————

Nadie extrañó en el lugar la indisposición de Pepita, ni menos pensó en buscarle una causa que sólo nosotros, ella, don Luis, el señor Deán y la discreta Antoñona sabemos hasta lo presente.

Más bien hubieran podido extrañarse la vida alegre, las tertulias diarias y hasta los paseos campestres de Pepita durante algún tiempo. El que volviese Pepita a su retiro habitual era naturalísimo.

Su amor por don Luis, tan silencioso y tan reconcentrado, se ocultó a las miradas investigadoras de doña Casilda, de Currito y de todos los personajes del lugar que en las cartas de don Luis se nombran. Menos podía saberlo el vulgo. A nadie le cabía en la cabeza, a nadie le pasaba por la imaginación, que *el teólogo, el santo,* como llamaban a don Luis[184],

———————

[184] *Teólogo, santo* son términos marcados en las cartas como denominaciones aplicadas al seminarista; el procedimienro tipográfico —como ya se ha indicado— subraya el uso connotativo de estas palabras.

rivalizase con su padre, y hubiera conseguido lo que no había conseguido el terrible y poderoso don Pedro de Vargas: enamorar a la linda, elegante, esquiva y zahareña viudita.

A pesar de la familiaridad que las señoras de lugar tienen con sus criadas, Pepita nada había dejado traslucir a ninguna de las suyas. Sólo Antoñona, que era un lince para todo, y más aún para las cosas de su niña, había penetrado el misterio.

Antoñona no calló a Pepita su descubrimiento, y Pepita no acertó a negar la verdad a aquella mujer que la había criado, que la idolatraba y que, si bien se complacía en descubrir y referir cuanto pasaba en el pueblo, siendo modelo de maldicientes, era sigilosa y leal como pocas para lo que importaba a su dueño.

De esta suerte se hizo Antoñona la confidenta de Pepita, la cual hallaba gran consuelo en desahogar su corazón con quien, si era vulgar o grosera en la expresión o en el lenguaje, no lo era en los sentimientos y en las ideas que expresaba y formulaba.

Por lo dicho, se explican las visitas de Antoñona a don Luis, sus palabras y hasta los feroces, poco respetuosos y mal colocados pellizcos, con que maceró sus carnes y atormentó su dignidad la última vez que estuvo a verle.

Pepita no sólo no había excitado a Antoñona a que fuese a don Luis con embajadas, pero ni sabía siquiera que hubiese ido.

Antoñona había tomado la iniciativa, y había hecho papel en este asunto, porque así lo quiso.

Como ya se dijo, se había enterado de todo con perspicacia maravillosa.

Cuando la misma Pepita apenas se había dado cuenta de que amaba a don Luis, ya Antoñona lo sabía. Apenas empezó Pepita a lanzar sobre él aquellas ardientes, furtivas e involuntarias miradas que tanto destrozo hicieron, miradas que nadie sorprendió de los que estaban presentes, Antoñona, que no lo estaba, habló a Pepita de las miradas. Y no bien las miradas recibieron dulce pago, también lo supo Antoñona.

Poco tuvo, pues, la señora que confiar a una criada tan

penetrante y tan zahorí de cuanto pasaba en lo más escondido de su pecho.

A los cinco días de la fecha de la última carta que hemos leído empieza nuestra narración.

Eran las once de la mañana. Pepita estaba en una sala alta al lado de su alcoba y de su tocador, donde nadie, salvo Antoñona, entraba jamás sin que llamase ella.

Los muebles de aquella sala eran de poco valor, pero cómodos y aseados. Las cortinas y el forro de los sillones, sofás[185] y butacas, eran de tela de algodón pintada de flores; sobre una mesita de caoba había recado de escribir y papeles; y en un armario, de caoba también, bastantes libros de devoción y de historia. Las paredes se veían adornadas con cuadros, que eran estampas de asuntos religiosos; pero con el buen gusto, inaudito, raro, casi inverosímil en un lugar de Andalucía, de que dichas estampas no fuesen malas litografías francesas, sino grabados de nuestra Calcografía, como el Pasmo de Sicilia, de Rafael; el San Ildefonso y la Virgen, la Concepción, el San Bernardo y los dos medios puntos, de Murillo[186].

---

[185] «Gran parte de las palabras polisílabas agudas terminadas en una sola vocal, especialmente -á, -í, -ú, han adoptado la desinencia -es de plural (...) se exceptúan *mamás, papás* y son de uso más frecuente *sofás, bajás* que las formas cultas sofaes, bajaes» (*Esbozo de una nueva Gramática de la Lengua Española*, Madrid, 1973, págs. 184-185).

[186] Valera manifestó en textos de carácter íntimo su estima por los trabajos artísticos realizados en la Calcografía Nacional: «Yo creo que debes traerte —escribe desde Viena a su mujer—, enrolladas, que aquí se le pondrían marcos baratos, y adornarían corredores, cancillería, etc., cuyas paredes están desnudas, algunas de las mejores estampas de la calcografía nacional: de Selva, de Esteve, de Carmona. Aquí nadie conoce esto y es lástima, porque son buenos grabados» (De Coster, 1965, 178). Los *dos medios puntos* de Murillo son *El sueño del Patricio* y *El Patricio Juan y su esposa ante el Papa Liberio* que aluden a la fundación de la Basílica de Santa María la Mayor; fueron pintados por el artista en 1665 para la iglesia sevillana de Santa María la Blanca, de donde los tomó el mariscal Soult, para regresar a la Academia de San Fernando en 1816. Actualmente se conservan en El Pra-

Sobre una antigua mesa de roble, sostenida por columnas salomónicas, se veía un contadorcillo[187] o papelera con embutidos de concha, nácar, marfil y bronce, y con muchos cajoncitos donde guardaba Pepita cuentas y otros documentos. Sobre la misma mesa había dos vasos de porcelana con muchas flores. Colgadas en la pared había, por último, algunas macetas de loza de la Cartuja sevillana[188], con geranio-hiedra y otras plantas, y tres jaulas doradas con canarios y jilgueros.

Aquella sala era el retiro de Pepita, donde no entraban de día sino el médico y el padre Vicario, y donde a prima noche[189] entraba sólo el aperador a dar sus cuentas. Aquella sala era y se llamaba el despacho[190].

_____

do. Los grabados fueron realizados por Galván para la serie *Cuadros selectos de la Colección de la Academia de San Fernando* (1870-1885); ver Antonio Gallego, *Historia del grabado en España*, Madrid, 1979, 388 y 390 y *Catálogo General de la Calcografía Nacional,* Madrid, 1987, págs. 220-222.

[187] *Contador:* palabra que ha sido desplazada en el uso por la más moderna *bargueño* (introducida en español hacia 1900, según Corominas). Covarrubias describe el contador como «cierta forma de escritorio de gavetas donde se ponen papeles; y por tener allí los de las cuentas se llamó contador»; abundantes textos del Siglo de Oro avalan la palabra: «De aquel contador dorado / saca, Inés, con un celoso / listón atados en él / de este galán los papeles» (Lope, *Hay verdades que en amor...,* nueva ed. de la R.A.E., III, 510).

[188] Carlos Pickman Jones —después de un intento de adquisición de los talleres de Sargadelos— compró los terrenos desamortizados de la Cartuja de las Cuevas de Sevilla en 1839 e instaló allí una fábrica de porcelana, loza y azulejos. El día primero del año 1841 se coció la primera hornada de loza de prueba mayor (A. José Pitarch y N. de Dalmases, *Arte e industria en España,* 1774-1907, Barcelona, 1982, págs. 213-218); «después de las valijas de *semichina* de la primera época se hicieron gran número de vajillas de calidad inferior (...). Se produjo gran cantidad de loza blanca de tipo pedernal o más inferior, cuyos consumidores principales fueron la pequeña y mediana burguesía, instalaciones hoteleras y hospitalarias y las clases populares urbanas», Natacha Seseña Díez, en *Historia de las artes aplicadas e industriales en España* (A. Bonet Correa ed.), Madrid, 1982, págs. 619-620.

[189] *A prima noche:* 'a la caída del sol'; era usual aún en la primera mitad del XIX; cfr. Ramón de Mesonero, «A prima noche» *(Obras,* B.A.E., tomo CIC, 237). La construcción *alta noche* («si me despierto en el silencio de la alta noche...») fue censurada como galicismo por Ocharán (1924, pág. 53).

[190] Otras habitaciones femeninas en novelas valerianas: «Había en la alcoba una ventana que daba al jardín. Al través de los cristales entraban por

Pepita estaba sentada, casi recostada en un sofá, delante del cual había un velador pequeño con varios libros.

Se acababa de levantar, y vestía una ligera bata de verano. Su cabello rubio, mal peinado aún, parecía más hermoso en su mismo desorden. Su cara, algo pálida y con ojeras si bien llena de juventud, lozanía y frescura, parecía más bella con el mal que le robaba colores.

Pepita mostraba impaciencia; aguardaba a alguien.

Al fin llegó, y entró sin anunciarse la persona que aguardaba, que era el padre Vicario.

Después de los saludos de costumbre, y arrellanado el padre Vicario en una butaca al lado de Pepita, se entabló la conversación.

———————

—Me alegro, hija mía, de que me hayas llamado; pero sin que te hubieras molestado en llamarme, ya iba yo a venir a verte. ¡Qué pálida estás! ¿Qué padeces? ¿Tienes algo importante que decirme?

A esta serie de preguntas cariñosas empezó a contestar Pepita con un hondo suspiro. Después dijo:

—¿No adivina usted mi enfermedad? ¿No descubre usted la causa de mi padecimiento?

———

ella algunos rayos de sol, que parecían filtrarse por entre el tupido ramaje de la madreselva y los jazmines que velaban la ventana. Un canario, cuya jaula pendía del techo de la alcoba, cantaba de vez en cuando. Y en el lado opuesto de la cama se veía un altarito, con dos velas encendidas, y sobre el altarito una Purísima Concepción de talla, bastante bonita» *(Las Ilusiones del Doctor Faustino,* cap. VII; *O. C.,* I, 241b). «El saloncito de doña Luz tenía todo el *confort,* toda la elegancia de un saloncito de dama madrileña de la más *comm'il faut,* a par de ciertas singularidades poéticas del campo y de la aldea. Dos ventanas daban al huerto donde se veían acacias, álamos negros, flores, árboles frutales, también en flor entonces, y brillante verdura. Dentro del saloncito había asimismo plantas y flores en vasos de porcelana. Una jaula grande encerraba multitud de pájaros que alegraban la estancia con sus trinos y gorjeos. Tenía doña Luz dos primorosos escritorios antiguos, con cajoncitos y columnitas, llenos de incrustaciones de marfil, ébano y nácar; cómodos sillones y sofás, una chimenea *francesa* mejor construida que las otras que había en la casa; espejos, cuadros bonitos y un armario lleno de libros lujosamente encuadernados» *(Doña Luz,* cap. V; *O. C.,* I, págs. 46-47).

El Vicario se encogió de hombros y miró a Pepita con cierto susto, porque nada sabía, y le llamaba la atención la vehemencia con que ella se expresaba.

Pepita prosiguió:

—Padre mío, yo no debí llamar a usted, sino ir a la iglesia y hablar con usted en el confesonario, y allí confesar mis pecados. Por desgracia, no estoy arrepentida; mi corazón se ha endurecido en la maldad, y no he tenido valor ni me he hallado dispuesta para hablar con el confesor, sino con el amigo.

—¿Qué dices de pecados ni de dureza de corazón? ¿Estás loca? ¿Qué pecados han de ser los tuyos, si eres tan buena?

—No, padre, yo soy mala. He estado engañando a usted, engañándome a mí misma, queriendo engañar a Dios.

—Vamos, cálmate, serénate; habla con orden y con juicio para no decir disparates.

—¿Y cómo no decirlos cuando el espíritu del mal me posee?

—¡Ave María Purísima! Muchacha, no desatines. Mira, hija mía: tres son los demonios más temibles que se apoderan de las almas, y ninguno de ellos, estoy seguro, se puede haber atrevido a llegar hasta la tuya. El uno es Leviatán, o el espíritu de la soberbia; el otro Mamón, o el espíritu de la avaricia; el otro Asmodeo, o el espíritu de los amores impuros[191].

—Pues de los tres soy víctima; los tres me dominan.

—¡Qué horror!... Repito que te calmes. De lo que tú eres víctima es de un delirio.

—¡Pluguiese a Dios que así fuera! Es, por mi culpa, lo contrario. Soy avarienta, porque poseo cuantiosos bienes y no hago las obras de caridad que debiera hacer; soy soberbia, porque he despreciado a muchos hombres, no por virtud, no por honestidad, sino porque no los hallaba acreedo-

---

[191] Tres figuras diabólicas del Antiguo Testamento: Asmodeo (nota 134); Leviatán *(Salmo* LXXIV, 14; *Isaías,* XXVII, 1, *Job* XLI) siempre aparece como una serpiente enemiga del pueblo elegido; Mamón es figura epónima de la riqueza.

res a mi cariño. Dios me ha castigado; Dios ha permitido que ese tercer enemigo, de que usted habla, se apodere de mí.

—¿Cómo es eso, muchacha? ¿Qué diablura se te ocurre? ¿Estás enamorada quizás? Y si lo estás, ¿qué mal hay en ello? ¿No eres libre? Cásate, pues, y déjate de tonterías. Seguro estoy de que mi amigo don Pedro de Vargas ha hecho el milagro. ¡El demonio es el tal don Pedro! Te declaro que me asombra. No juzgaba yo el asunto tan mollar y tan maduro como estaba.

—Pero si no es don Pedro de Vargas de quien estoy enamorada.

—¿Pues de quién entonces?

Pepita se levantó de su asiento; fue hacia la puerta; la abrió; miró para ver si alguien escuchaba desde fuera; la volvió a cerrar; se acercó luego al padre Vicario, y toda acongojada, con voz trémula, con lágrimas en los ojos, dijo casi al oído del buen anciano:

—Estoy perdidamente enamorada de su hijo.

—¿De qué hijo? —interrumpió el padre Vicario, que aún no quería creerlo.

—¿De qué hijo ha de ser? Estoy perdida, frenéticamente enamorada de don Luis.

La consternación, la sorpresa más dolorosa se pintó en el rostro del cándido y afectuoso sacerdote.

Hubo un momento de pausa. Después dijo el Vicario:

—Pero ese es un amor sin esperanza; un amor imposible. Don Luis no te querrá.

Por entre las lágrimas que nublaban los hermosos ojos de Pepita brilló un alegre rayo de luz; su linda y fresca boca, contraída por la tristeza, se abrió con suavidad, dejando ver las perlas de sus dientes y formando una sonrisa.

—Me quiere —dijo Pepita con un ligero y mal disimulado acento de satisfacción y de triunfo, que se alzaba por cima de su dolor y de sus escrúpulos.

Aquí subieron de punto la consternación y el asombro del padre Vicario. Si el santo de su mayor devoción hubiera sido arrojado del altar y hubiera caído a sus pies, y se hubiera hecho cien mil pedazos, no se hubiera el Vicario consternado tanto. Todavía miró a Pepita con incredulidad, como dudando de que aquello fuese cierto, y no una alucinación de la vanidad mujeril. Tan de firme creía en la santidad de don Luis y en su misticismo.

—¡Me quiere! —dijo otra vez Pepita, contestando a aquella incrédula mirada.

—¡Las mujeres son peores que pateta! —dijo el Vicario—. Echáis la zancadilla al mismísimo mengue[192].

—¿No se lo decía yo a usted? ¡Yo soy muy mala!

—¡Sea todo por Dios! Vamos, sosiégate. La misericordia de Dios es infinita. Cuéntame lo que ha pasado.

—¡Qué ha de haber pasado! Que le quiero, que le amo, que le adoro; que él me quiere también, aunque lucha por sofocar su amor y tal vez lo consiga; y que usted, sin saberlo, tiene mucha culpa de todo[193].

—¡Pues no faltaba más! ¿Cómo es eso de que tengo yo mucha culpa?

—Con la extremada bondad que le es propia, no ha hecho usted más que alabarme a don Luis, y tengo por cierto que a don Luis le habrá usted hecho de mí mayores elogios aún, si bien harto menos merecidos. ¿Qué había de suceder? ¿Soy yo de bronce? ¿Tengo más de veinte años?

—Tienes razón que te sobra. Soy un mentecato. He contribuido poderosamente a esta obra de Lucifer.

El padre Vicario era tan bueno y tan humilde, que al decir las anteriores frases estaba confuso y contrito, como si él fuese el reo y Pepita el juez.

Conoció Pepita el egoísmo rudo con que había hecho

---

[192] *Pateta:* 'Patillas o el diablo'; *mengue,* 'diablo' (Santiago Montoto, *Personajes, personas y personillas que corren por las tierras de ambas Castillas,* Sevilla, 1921-22, 2 vols., pág. 252); para *mengue* véase Carlos Clavería, *Estudios sobre los gitanismos del español,* 126, nota 70.

[193] «Algunas almas perezosas viven amarga vida, deseando por una parte ser perfectas, y por otra animándose muy poco para lo mismo que desean. Imaginan falsamente que consiste su daño en el descuido de sus Directores Espirituales, y no consiste sino en ellas mismas. *Perditio tua, ex te.* Son como aquellas, de las cuales dice el Apóstol que se dejan llevar de varios deseos, y no tienen constancia en sus buenos propósitos», Arbiol, *Desengaños místicos a las almas detenidas o engañadas en el camino de la perfección...,* Madrid, Tomás Rodríguez, 1724, lib. II, cap. XXI, pág. 287a.

cómplice y punto menos que autor principal de su falta al padre Vicario, y le habló de esta suerte:

—No se aflija usted, padre mío; no se aflija usted, por amor de Dios. ¡Mire usted si soy perversa! ¡Cometo pecados gravísimos y quiero hacer responsable de ellos al mejor y más virtuoso de los hombres! No han sido las alabanzas que usted me ha hecho de don Luis, sino mis ojos y mi poco recato los que me han perdido. Aunque usted no me hubiera hablado jamás de las prendas de don Luis, de su saber, de su talento y de su entusiasta corazón, yo lo hubiera descubierto todo oyéndole hablar, pues al cabo no soy tan tonta ni tan rústica. Me he fijado además en la gallardía de su persona, en la natural distinción y no aprendida[194] elegancia de sus modales, en sus ojos llenos de fuego y de inteligencia, en todo él, en suma, que me parece amable y deseable. Los elogios de usted han venido sólo a lisonjear mi gusto, pero no a despertarle. Me han encantado porque coincidían con mi parecer y eran como el eco adulador, harto amortiguado y debilísimo, de lo que yo pensaba. El más elocuente encomio que me ha hecho usted de don Luis no ha llegado, ni con mucho, al encomio que sin palabras me hacía yo de él a cada minuto, a cada segundo, dentro del alma.

—¡No te exaltes, hija mía! —interrumpió el padre Vicario.

Pepita continuó con mayor exaltación:

—Pero ¡qué diferencia entre los encomios de usted y mis pensamientos! Usted veía y trazaba en don Luis el modelo ejemplar del sacerdote, del misionero, del varón apostólico; ya predicando el Evangelio en apartadas regiones y convirtiendo infieles, ya trabajando en España para realizar la cristiandad, tan perdida hoy por la impiedad de los unos y la carencia de virtud, de caridad y de ciencia de los otros. Yo,

---

[194] Posible eco del endecasílabo luisiano que encontramos citado en carta a Estébanez (10-III-1852): «La vecinita de enfrente sigue con el *furor della tempestá*, erre que erre sin acabarle de aprender, y todas las mañanas me despierta, como las aves de F. Luis de León *con suave canto no aprendido*» (C. Sáenz de Tejada, 1971, pág. 167).

en cambio, me le representaba galán, enamorado, olvidando a Dios por mí, consagrándome su vida, dándome su alma, siendo mi apoyo, mi sostén, mi dulce compañero. Yo anhelaba cometer un robo sacrílego. Soñaba con robársele a Dios y a su templo, como el ladrón, enemigo del cielo, que roba la joya más rica de la venerada custodia. Para cometer este robo he desechado los lutos de la viudez y de la orfandad y me he vestido galas profanas; he abandonado mi retiro y he buscado y llamado a mí a las gentes; he procurado estar hermosa; he cuidado con infernal esmero de todo este cuerpo miserable, que ha de hundirse en la sepultura y ha de convertirse en polvo vil, y he mirado, por último, a don Luis con miradas provocantes, y, al estrechar su mano, he querido transmitir de mis venas a las suyas este fuego inextinguible en que me abraso.

—¡Ay, niña! ¡Qué pena me da lo que te oigo! ¡Quién lo hubiera podido imaginar siquiera!

—Pues hay más todavía —añadió Pepita—. Logré que don Luis me amase. Me lo declaraba con los ojos. Sí; su amor era tan profundo, tan ardiente como el mío. Su virtud, su aspiración a los bienes eternos, su esfuerzo varonil trataban de vencer esta pasión insana. Yo he procurado impedirlo. Una vez, después de muchos días que faltaba de esta casa, vino a verme y me halló sola. Al darme la mano lloré; sin hablar me inspiró el infierno una maldita elocuencia muda[195], y le di a entender mi dolor porque me desdeñaba, porque no me quería, porque prefería a mi amor otro amor sin mancilla. Entonces no supo él resistir a la tentación y acercó su boca a mi rostro para secar mis lágrimas. Nuestras bocas se unieron. Si Dios no hubiera dispuesto que llegase usted en aquel instante, ¿qué hubiera sido de mí?[196].

—¡Qué vergüenza, hija mía! ¡Qué vergüenza! —dijo el padre Vicario.

Pepita se cubrió el rostro con entrambas manos y empe-

[195] Sobre el tópico del *retórico silencio* ver Aurora Egido, «La poética del silencio en el Siglo de Oro. Su pervivencia», *BHi,* 1986, LXXXVIII, 95-120.

[196] Remite a la situación glosada en nota 174.

zó a sollozar como una Magdalena. Las manos eran, en efecto, tan bellas, más bellas que lo que don Luis había dicho en sus cartas. Su blancura, su transparencia nítida, lo afilado de los dedos, lo sonrosado, pulido y brillante de las uñas de nácar, todo era para volver loco a cualquier hombre.

El virtuoso Vicario comprendió, a pesar de sus ochenta años, la caída o tropiezo de don Luis.

—¡Muchacha —exclamó—, no seas extremosa! ¡No me partas el corazón! Tranquilízate. Don Luis se ha arrepentido, sin duda, de su pecado. Arrepiéntete tú también, y se acabó. Dios os perdonará y os hará unos santos. Cuando don Luis se va pasado mañana, clara señal es de que la virtud ha triunfado en él, huye de ti, como debe, para hacer penitencia de su pecado, cumplir su promesa y acudir a su vocación.

—Bueno está eso —replicó Pepita—; cumplir su promesa... acudir a su vocación... ¡y matarme a mí antes! ¿Por qué me ha querido, por qué me ha engreído[197], por qué me ha engañado? Su beso fue marca, fue hierro candente con que me señaló y selló como a su esclava. Ahora, que estoy marcada y esclavizada, me abandona, y me vende, y me asesina. ¡Feliz principio quiere dar a sus misiones, predicaciones y triunfos evangélicos! ¡No será! ¡Vive Dios que no será!

Este arranque de ira y de amoroso despecho aturdió al padre Vicario.

Pepita se había puesto de pie. Su ademán, su gesto tenían una animación trágica. Fulguraban sus ojos como dos puñales; relucían como dos soles. El Vicario callaba y la miraba casi con terror. Ella recorrió la sala a grandes pasos. No parecía ya tímida gacela, sino iracunda leona.

—Pues qué —dijo, encarándose de nuevo con el padre Vicario—, ¿no hay más que burlarse de mí, destrozarme el corazón, humillármele, pisoteármele después de habérmelo robado por engaño? ¡Se acordará de mí! ¡Me la pagará! Si es tan santo, si es tan virtuoso, ¿por qué me miró prome-

---

[197] *Engreír:* 'encariñar, aficionar' (es andalucismo).

tiéndomelo todo con su mirada? Si ama tanto a Dios, ¿por qué hace mal a una pobre criatura de Dios? ¿Es esto caridad? ¿Es religión esto? No; es egoísmo sin entrañas.

La cólera de Pepita no podía durar mucho. Dichas las últimas palabras, se trocó en desfallecimiento. Pepita se dejó caer en una butaca, llorando más que antes, con una verdadera congoja.

El Vicario sintió la más tierna compasión; pero recobró su brío al ver que el enemigo se rendía.

—Pepita, niña —dijo—, vuelve en ti; no te atormentes de ese modo. Considera que él habrá luchado mucho para vencerse; que no te ha engañado; que te quiere con toda el alma, pero que Dios y su obligación están antes. Esta vida es muy breve y pronto se pasa. En el cielo os reuniréis y os amaréis como se aman los ángeles. Dios aceptará vuestro sacrificio y os premiará y recompensará con usura. Hasta tu amor propio debe estar satisfecho. ¡Qué no valdrás tú cuando has hecho vacilar y aun pecar a un hombre como don Luis! ¡Cuán honda herida no habrás logrado hacer en su corazón! Bástete con esto. ¡Sé generosa, sé valiente! Compite con él en firmeza. Déjale partir; lanza de tu pecho el fuego del amor impuro; ámale como a tu prójimo, por el amor de Dios. Guarda su imagen en tu mente, pero como la criatura predilecta, reservando al Creador la más noble parte del alma. No sé lo que te digo, hija mía, porque estoy muy turbado; pero tú tienes mucho talento y mucha discreción, y me comprendes por medias palabras. Hay además motivos mundanos poderosos que se opondrían a estos absurdos amores, aunque la vocación y promesa de don Luis no se opusieran. Su padre te pretende; aspira a tu mano por más que tú no le ames. ¿Estará bien visto que salgamos ahora con que el hijo es rival del padre? ¿No se enojará el padre contra el hijo por amor tuyo? Mira cuán horrible es todo esto, y domínate por Jesús Crucificado y por su bendita madre María Santísima.

—¡Qué fácil es dar consejos!—contestó Pepita sosegándose un poco—. ¡Qué difícil me es seguirlos, cuando hay como una fiera y desencadenada tempestad en mi cabeza! ¡Si me da miedo de volverme loca!

—Los consejos que te doy son por tu bien. Deja que don Luis se vaya. La ausencia es gran remedio para el mal de amores. Él sanará de su pasión entregándose a sus estudios y consagrándose al altar. Tú, así que esté lejos don Luis, irás poco a poco serenándote, y conservarás de él un grato y melancólico recuerdo, que no te hará daño. Será como una hermosa poesía que dorará con su luz tu existencia. Si todos tus deseos pudieran cumplirse... ¿quién sabe?... Los amores terrenales son poco consistentes. El deleite que la fantasía entrevé, con gozarlos y apurarlos hasta las heces, nada vale comparado con los amargos dejos. ¡Cuánto mejor es que vuestro amor, apenas contaminado y apenas impurificado, se pierda y se evapore ahora, subiendo al cielo como nube de incienso, que no el que muera, una vez satisfecho, a manos del hastío! Ten valor para apartar la copa de tus labios, cuando apenas has gustado el licor que contiene. Haz con ese licor una libación y una ofrenda al Redentor divino. En cambio, te dará Él de aquella bebida que ofreció a la Samaritana; bebida que no cansa, que satisface la sed y que produce vida eterna[198].

—¡Padre mío! ¡Padre mío! ¡Qué bueno es usted! Sus santas palabras me prestan valor. Yo me dominaré, yo me venceré. Sería bochornoso, ¿no es verdad que sería bochornoso que don Luis supiera dominarse y vencerse, y yo fuera liviana y no me venciera? Que se vaya. Se va pasado mañana. Vaya bendito de Dios. Mire usted su tarjeta. Ayer estuvo a despedirse con su padre y no le he recibido. Ya no le veré más. No quiero conservar ni el recuerdo poético de que usted habla. Estos amores han sido una pesadilla. Yo la arrojaré lejos de mí.

—¡Bien, muy bien! Así te quiero yo, enérgica, valiente.

—¡Ay, padre mío! Dios ha derribado mi soberbia con este golpe; mi engreimiento era insolentísimo, y han sido indispensables los desdenes de ese hombre para que sea yo todo lo humilde que debo. ¿Puedo estar más postrada ni más resignada? Tiene razón don Luis; yo no le merezco.

---

[198] *Juan* IV, 14.

¿Cómo, por más esfuerzos que hiciera, habría yo de elevarme hasta él, y comprenderle, y poner en perfecta comunicación mi espíritu con el suyo? Yo soy zafia aldeana, inculta, necia; él no hay ciencia que no comprenda, ni arcano que ignore, ni esfera encumbrada del mundo intelectual a donde no suba. Allá se remonta en alas de su genio, y a mí, pobre y vulgar mujer, me deja por acá, en este bajo suelo, incapaz de seguirle ni siquiera con una levísima esperanza y con mis desconsolados suspiros.

—Pero, Pepita, por los clavos de Cristo, no digas eso ni lo pienses. ¡Si don Luis no te desdeña por zafia, ni porque es muy sabio y tú no le entiendes ni por esas majaderías que ahí estás ensartando! Él se va porque tiene que cumplir con Dios; y tú debes alegrarte de que se vaya, porque sanarás del amor, y Dios te dará el premio de tan grande sacrificio.

Pepita, que ya no lloraba y que se había enjugado las lágrimas con el pañuelo, contestó tranquila:

—Está bien, padre; yo me alegraré; casi me alegro ya de que se vaya. Deseando estoy que pase el día de mañana, y que, pasado, venga Antoñona a decirme cuando yo despierte: «Ya se fue don Luis.» Usted verá cómo renacen entonces la calma y la serenidad antigua en mi corazón.

—Así sea —dijo el padre Vicario, y convencido de que había hecho un prodigio y de que había curado casi el mal de Pepita, se despidió de ella y se fue a su casa, sin poder resistir ciertos estímulos de vanidad al considerar la influencia que ejercía sobre el noble espíritu de aquella preciosa muchacha.

———————

Pepita, que se había levantado para despedir al padre Vicario, no bien volvió a cerrar la puerta y quedó sola, de pie, en medio de la estancia, permaneció un rato inmóvil, con la mirada fija, aunque sin fijarla en ningún objeto, y con los ojos sin lágrimas. Hubiera recordado a un poeta o a un artista la figura de Ariadna, como la describe Catulo, cuando

Teseo la abandonó en la isla de Naxos[199]. De repente, como si lograse desatar un nudo que le apretaba la garganta, como si quebrase un cordel que la ahogaba, rompió Pepita en lastimeros gemidos, vertió un raudal de llanto, y dio con su cuerpo, tan lindo y delicado, sobre las losas frías del pavimento. Allí, cubierta la cara con las manos, desatada ya la trenza de sus cabellos y en desorden la vestidura, continuó en sus sollozos y en sus gemidos.

Así hubiera seguido largo tiempo, si no llega Antoñona. Antoñona la oyó gemir, antes de entrar y verla, y se precipitó en la sala. Cuando la vio tendida en el suelo, hizo Antoñona mil extremos de furor.

—¡Vea usted —dijo—, ese zángano, pelgar[200], vejete, tonto, qué maña se da para consolar a sus amigas! Habrá largado alguna barbaridad, algún buen par de coces a esta criaturita de mi alma, y me la ha dejado aquí medio muerta, y él se ha vuelto a la iglesia a preparar lo conveniente para cantarla el gorigori, y rociarla con el hisopo y enterrármela sin más ni más.

Antoñona tendría cuarenta años, y era dura en el trabajo, briosa y más forzuda que muchos cavadores. Con frecuencia levantaba poco menos que a pulso una corambre con tres arrobas y media de aceite o de vino y la plantaba sobre el lomo de un mulo, o bien cargaba con un costal de trigo y lo subía al alto desván, donde estaba el granero. Aunque Pepita no fuese una paja, Antoñona la alzó del suelo en sus brazos, como si lo fuera, y la puso con mucho tiento sobre el sofá, como quien coloca la alhaja más frágil y primorosa para que no se quiebre.

—¿Qué soponcio es éste? —preguntó Antoñona—.

[199] Catulo, *Carmina*, LXIV, versos 57-75 donde se describe la situación de Ariadna abandonada por Teseo. Valera recuerda la aventura de Teseo en el laberinto en *Genio y figura* (cap. XXVIII; *O. C.*, I, 856) y el abandono de Ariadna por Teseo en *Los cordobeses en Creta*, relato breve de 1897 (*O. C.*, I, 1156b).
[200] *Pelgar*: Alcalá Venceslada s.v. *pelgaria*: 'acción propia de un pelgar u hombre despreciable'. *El Diccionario* académico define como 'hombre sin habilidad ni ocupación'.

Apuesto cualquier cosa a que este zanguango[201] de Vicario te ha echado un sermón de acíbar y te ha destrozado el alma a pesadumbres.

Pepita seguía llorando y sollozando sin contestar.

—¡Ea! Déjate de llanto y dime lo que tienes. ¿Qué te ha dicho el Vicario?

—Nada ha dicho que pueda ofenderme —contestó al fin Pepita.

Viendo luego que Antoñona aguardaba con interés a que ella hablase, y deseando desahogarse con quien simpatizaba mejor con ella y más *humanamente* la comprendía, Pepita habló de esta manera:

—El padre Vicario me amonesta con dulzura para que me arrepienta de mis pecados; para que deje partir en paz a don Luis; para que me alegre de su partida; para que le olvide. Yo he dicho que sí a todo. He prometido alegrarme de que don Luis se vaya. He querido olvidarle y hasta aborrecerle. Pero mira, Antoñona, no puedo; es un empeño superior a mis fuerzas. Cuando el Vicario estaba aquí, juzgué que tenía yo bríos para todo, y no bien se fue, como si Dios me dejara de su mano, perdí los bríos y me caí en el suelo desolada. Yo había soñado una vida venturosa al lado de este hombre que me enamora; yo me veía ya elevada hasta él por obra milagrosa del amor; mi pobre inteligencia en comunión perfectísima con su inteligencia sublime; mi voluntad siendo una con la suya; con el mismo pensamiento ambos; latiendo nuestros corazones acordes. ¡Dios me lo quita y se lo lleva, y yo me quedo sola, sin esperanza ni consuelo! ¿No es verdad que es espantoso? Las razones del padre Vicario son justas, discretas... Al pronto me convencieron. Pero se fue; y todo el valor de aquellas razones me parece nulo; vano juego de palabras; mentiras, enredos y argucias. Yo amo a don Luis, y esta razón es más poderosa que todas las razones. Y si él me ama, ¿por qué no lo deja todo y me busca, y se viene a mí y quebranta promesas y

201 *Zanguango:* 'muchacho grandullón, persona joven bobalicona', es término registrado en el *Diccionario* de la Real Academia a partir de la edición de 1817.

anula compromisos? No sabía yo lo que era amor. Ahora lo sé: no hay nada más fuerte en la tierra y en el cielo. ¿Qué no haría yo por don Luis? Y él por mí nada hace. Acaso no me ama. No, don Luis no me ama. Yo me engañé; la vanidad me cegó. Si don Luis me amase, me sacrificaría sus propósitos, sus votos, su fama, sus aspiraciones a ser un santo y a ser una lumbrera de la Iglesia; todo me lo sacrificaría. Dios me lo perdone... es horrible lo que voy a decir, pero lo siento aquí en el centro del pecho; me arde aquí, en la frente calenturienta: yo por él daría hasta la salvación de mi alma[202].

—¡Jesús, María y José! —interrumpió Antoñona.

—¡Es cierto, Virgen Santa de los Dolores, perdonadme, perdonadme... estoy loca... no sé lo que digo y blasfemo!

—Sí, hija mía, ¡estás algo empecatada! ¡Válgame Dios y cómo te ha trastornado el juicio ese teólogo pisaverde! Pues si yo fuera que tú[203], no lo tomaría contra el cielo, que no tiene la culpa; sino contra el mequetrefe del colegial, y me las pagaría o me borraría el nombre que tengo. Ganas me dan de ir a buscarle y traértele aquí de una oreja, y obligarle a que te pida perdón y a que te bese los pies de rodillas.

—No, Antoñona. Veo que mi locura es contagiosa, y que tú deliras también. En resolución, no hay más recurso que hacer lo que me aconseja el padre Vicario. Lo haré aunque me cueste la vida. Si muero por él, él me amará, él guardará mi imagen en su memoria, mi amor en su corazón[204], y Dios, que es tan bueno, hará que yo vuelva a verle en el cielo con los ojos del alma, y que allí nuestros espíritus se amen y se confundan.

Antoñona, aunque era recia de veras y nada sentimental, sintió, al oír esto, que se le saltaban las lágrimas.

—Caramba, niña —dijo Antoñona—, vas a conseguir

[202] Variante de las hipérboles sacro-profanas de la poesía cancioneril castellana.

[203] La construcción «si yo fuera que tú» se repite en todas las ediciones publicadas en vida del autor.

[204] El propósito que concibe Pepita tiene correlación con el designio análogo que alimenta don Luis poco más adelante (págs. 308-309).

que suelte yo el trapo a llorar y que berree como una vaca. Cálmate y no pienses en morirte ni de chanza. Veo que tienes muy excitados los nervios. ¿Quieres que traiga una taza de tila?

—No, gracias. Déjame... ya ves como estoy sosegada.

—Te cerraré las ventanas, a ver si duermes. Si no duermes hace días, ¿cómo has de estar? ¡Mal haya el tal don Luis y su manía de meterse cura! ¡Buenos supiripandos[205] te cuesta!

Pepita había cerrado los ojos; estaba en calma y en silencio, harta ya de coloquio con Antoñona.

Ésta, creyéndola dormida, o deseando que durmiera, se inclinó hacia Pepita, puso con lentitud y suavidad un beso sobre su blanca frente, le arregló y plegó el vestido sobre el cuerpo, entornó las ventanas para dejar el cuarto a media luz y se salió de puntillas, cerrando la puerta sin hacer el menor ruido.

———————

Mientras que ocurrían estas cosas en casa de Pepita, no estaba más alegre y sosegado en la suya el señor don Luis de Vargas.

Su padre, que no dejaba casi ningún día de salir al campo a caballo, había querido llevarle en su compañía; pero don Luis se había excusado con que le dolía la cabeza, y don Pedro se fue sin él. Don Luis había pasado solo toda la mañana, entregado a sus melancólicos pensamientos, y más firme que roca en su resolución de borrar de su alma la imagen de Pepita y de consagrarse a Dios por completo.

No se crea, con todo, que no amaba a la joven viuda. Ya hemos visto por las cartas la vehemencia de su pasión; pero él seguía enfrenándola con los mismos afectos piadosos y consideraciones elevadas de que en las cartas da larga muestra, y que podemos omitir aquí para no pecar de prolijos.

—————

[205] *Supiripando:* no lo encuentro en los repertorios consultados; podría ser una alteración de *supitipando* que sí da Alcalá Venceslada, explicado con un texto complementario no localizado: «supitipando, tenemos cuando sepa lo de su tía».

Tal vez, si profundizamos con severidad en este negocio, notaremos que contra el amor de Pepita no luchaban sólo en el alma de don Luis el voto hecho ya en su interior, aunque no confirmado; el amor de Dios; el respeto a su padre, de quien no quería ser rival, y la vocación, en suma, que sentía por el sacerdocio. Había otros motivos de menos depurados quilates y de más baja ley.

Don Luis era pertinaz, era terco; tenía aquella condición que bien dirigida constituye lo que se llama firmeza de carácter, y nada había que le rebajase más a sus propios ojos que el variar de opinión y de conducta. El propósito de toda su vida, lo que había sostenido y declarado ante cuantas personas le trataban, su figura moral, en una palabra, que era ya la de un aspirante a santo, la de un hombre consagrado a Dios, la de un sujeto imbuido en las más sublimes filosofías religiosas, todo esto no podía caer por tierra sin gran mengua de don Luis, como caería, si se dejase llevar del amor de Pepita Jiménez. Aunque el precio era sin comparación mucho más subido, a don Luis se le figuraba que si cedía iba a remedar a Esaú, y a vender su primogenitura, y a deslustrar su gloria[206].

Por lo general los hombres solemos ser juguete de las circunstancias; nos dejamos llevar de la corriente, y no nos dirigimos sin vacilar a un punto. No elegimos papel, sino tomamos y hacemos el que nos toca; el que la ciega fortuna nos depara. La profesión, el partido político, la vida entera de muchos hombres pende de casos fortuitos, de lo eventual, de lo caprichoso y no esperado de la suerte.

Contra esto se rebelaba el orgullo de don Luis con titánica pujanza. ¿Qué se diría de él, y, sobre todo, qué pensaría él de sí mismo, si el ideal de su vida, el hombre nuevo que había creado en su alma[207], si todos sus planes de virtud, de

---

[206] La soberbia de don Luis de Vargas es reconocida por el narrador de *Paralipómenos* (ver nota 22); para el episodio de Esaú, *Génesis*, XXV, 29-34.

[207] La idea del *hombre nuevo en Cristo* es nuclear en los escritos de San Pablo: «por cuanto si alguno está en Cristo, es nueva creatura. Pasó lo viejo. Mirad, está renovado» *(II Corintios* V, 17; otros textos concordantes, *Romanos* VIII, 1-10; *Gálatas* VI, 15; *Apocalipsis* XXI, 5).

honra y hasta de santa ambición se desvaneciesen en un instante, se derritiesen al calor de una mirada, por la llama fugitiva de unos lindos ojos, como la escarcha se derrite con el rayo débil aún del sol matutino?[208].

Estas y otras razones de un orden egoísta militaban también contra la viuda, a par de las razones legítimas y de substancia; pero todas las razones se revestían del mismo hábito religioso, de manera que el propio don Luis no acertaba a reconocerlas y distinguirlas, creyendo amor de Dios, no sólo lo que era amor de Dios, sino asimismo el amor propio. Recordaba, por ejemplo, las vidas de muchos santos, que habían resistido tentaciones mayores que las suyas, y no quería ser menos que ellos. Y recordaba, sobre todo, aquella entereza de san Juan Crisóstomo, que supo desestimar los halagos de una madre amorosa y buena y su llanto y sus quejas dulcísimas y todas las elocuentes y sentidas palabras que le dijo para que no la abandonase y se hiciese sacerdote, llevándole para ello a su propia alcoba, y haciéndole sentar junto a la cama en que le había parido[209]. Y después de fijar en esto la consideración, don Luis no se sufría a sí propio en no menospreciar las súplicas de una mujer extraña a quien hacía tan poco tiempo que conocía, y el vacilar aún entre su deber y el atractivo de una joven, tal vez más que enamorada, coqueta.

Pensaba luego don Luis en la alteza soberana de la dignidad del sacerdocio a que estaba llamado, y la veía por cima de todas las instituciones y de las míseras coronas de la tierra; porque no ha sido hombre mortal, ni capricho del vo-

---

[208] La banal imagen del débil rayo solar potencia de modo irónico el ideal paulino del *hombre nuevo*.

[209] Véanse los *Seis libros sobre el sacerdote* del Padre de la Iglesia, para este párrafo y el siguiente; sobre la acción de la viuda madre del Crisóstomo, el libro V, 5, donde Antusa pondera sus esfuerzos en la educación del hijo (Migne, *Patrologia Graeca*. XLVIII, cols. 623-625; trad. española en *Obras* de San Juan Crisóstomo, ed. de Daniel Ruiz Bueno, Madrid, B.A.C., 1958, 606-609). Compárese el texto en Valera con la traducción de Ruiz Bueno: «Pues apenas se percató ella de mi propósito, tomóme de la mano y me introdujo en la habitación a ella reservada, y sentándose cerca de la cama en que había dado a luz, soltó las fuentes de sus lágrimas y, entre lamentos y gemidos, me dijo estas palabras (...).»

luble y servil populacho, ni irrupción o avenida de gente bárbara, ni violencia de amotinadas huestes movidas de la codicia, ni ángel, ni arcángel, ni potestad criada, sino el mismo Paráclito quien la ha fundado. ¿Cómo por el liviano incentivo de una mozuela, por una lagrimilla quizás mentida, despreciar esa dignidad augusta, esa potestad que Dios no concedió ni a los arcángeles que están más cerca de su trono? ¿Cómo bajar a confundirse entre la obscura plebe, y ser uno del rebaño, cuando ya soñaba ser pastor, atando y desatando en la tierra para que Dios ate y desate en el cielo[210], y perdonando los pecados, regenerando a las gentes por el agua y por el espíritu, adoctrinándolas en nombre de una autoridad infalible, dictando sentencias que el Señor de las alturas ratifica luego y confirma, siendo iniciador y agente de tremendos misterios, inasequibles a la razón humana, y haciendo descender del cielo no como Elías la llama que consume la víctima[211], sino al Espíritu Santo, al Verbo hecho carne y el torrente de la gracia, que purifica los corazones y los deja limpios como el oro?

Cuando don Luis reflexionaba sobre todo esto, se elevaba su espíritu, se encumbraba por cima de las nubes en la región empírea[212] y la pobre Pepita Jiménez quedaba allá muy lejos, y apenas si él la veía.

Pero pronto se abatía el vuelo de su imaginación, y el alma de don Luis tocaba a la tierra y volvía a ver a Pepita, tan graciosa, tan joven, tan candorosa y tan enamorada, y Pepita combatía dentro de su corazón contra sus más fuertes y arraigados propósitos, y don Luis temía que diese al traste con ellos.

---

[210] El Pastor que dirige al pueblo de Dios es un tópico bíblico que ha estudiado Ricardo Rábanos, *El pastor bíblico,* Madrid, 1963. La imagen en la novela se intensifica con la referencia a los atributos otorgados por Cristo a Pedro *(Mateo,* XVI, 19).

[211] *II Reyes,* I, 10-12; encarece la mediación del sacerdote en los sacramentos de la eucaristía y la penitencia.

[212] En la astronomía de la antigüedad, más allá de los siete planetas y los tres cielos, se situaba el empíreo, donde se localizaba el asiento de la divinidad.

Así se atormentaba don Luis con encontrados pensamientos, que se daban guerra, cuando entró Currito en su cuarto sin decir «oxte ni moxte»[213].

Currito, que no estimaba gran cosa a su primo mientras no fue más que teólogo, le veneraba, le admiraba y formaba de él un concepto sobrehumano desde que le había visto montar tan bien en Lucero.

Saber teología y no saber montar desacreditaba a don Luis a los ojos de Currito; pero cuando Currito advirtió que sobre la ciencia y sobre todo aquello que él no entendía, si bien presumía difícil y enmarañado, era don Luis capaz de sostenerse tan bizarramente en las espaldas de una fiera, ya su veneración y su cariño a don Luis no tuvieron límites. Currito era un holgazán, un perdido, un verdadero mueble, pero tenía un corazón afectuoso y leal. A don Luis, que era el ídolo de Currito, le sucedía como a todas las naturalezas superiores con los seres inferiores que se les aficionan. Don Luis se dejaba querer, esto es, era dominado despóticamente por Currito en los negocios de poca importancia. Y como para hombres como don Luis casi no hay negocios que la tengan en la vida vulgar y diaria, resultaba que Currito llevaba y traía a don Luis como un zarandillo.

—Vengo a buscarte —le dijo—, para que me acompañes al casino, que está animadísimo hoy y lleno de gente. ¿Qué haces aquí solo, tonteando y hecho un papamoscas?

Don Luis, casi sin replicar, y como si fuera mandato, tomó su sombrero y su bastón, y diciendo «Vámonos donde quieras» siguió a Currito que se adelantaba, tan satisfecho de aquel dominio que ejercía.

El casino, en efecto, estaba de bote en bote, gracias a la solemnidad del día siguiente, que era el día de San Juan. A más de los señores del lugar, había muchos forasteros,

---

[213] *Sin decir oxte ni moxte:* 'sin decir nada o sin dar ningún aviso'. Covarrubias explica *oxte* como «una palabra bárbara, pero muy usada de los que llegando con la mano a alguna cosa, pensando que esta fría, se queman»; para Correas es «partícula para avisar que se huya, como *hox* a las aves».

que habían venido de los lugares inmediatos para concurrir a la feria y velada de aquella noche.

El centro de la concurrencia era el patio, enlosado de mármol, con fuente y surtidor en medio y muchas macetas de don-pedros, gala-de-Francia, rosas, claveles y albahaca. Un toldo de lona doble cubría el patio, preservándole del sol. Un corredor o galería, sostenida por columnas de mármol, le circundaba, y así en la galería, como en varias salas a que la galería daba paso, había mesas de tresillo, otras con periódicos, otras para tomar café o refrescos, y, por último, sillas, banquillos y algunas butacas. Las paredes estaban blancas como la nieve del frecuente enjalbiego, y no faltaban cuadros que las adornasen. Eran litografías francesas iluminadas, con circunstanciada explicación bilingüe escrita por bajo. Unas representaban la vida de Napoleón I, desde Toulon a Santa Elena; otras, las aventuras de Matilde y Malek-Adel; otras, los lances de amor y de guerra del Templario, Rebeca, Lady Rowena e Ivanhoe; y otras, los galanteos, travesuras, caídas y arrepentimientos de Luis XIV y la señorita de la Vallière[214].

Currito llevó a don Luis, y don Luis se dejó llevar, a la sala donde estaba la flor y nata de los elegantes, *dandies* y *co-*

---

[214] Amplificación de la pintura del casino que Vargas había adelantado en la carta del 4 de mayo (nota 82). Las estampas que adornan las paredes tienen, frente a los grabados de la alcoba de Pepita, la nota de su común referente moderno y extranjero. Matilde y Malek-Adel son los protagonistas de una famosa novela de Mme. Cottin (según un personaje del cuento de Pedro Antonio de Alarcón *Una conversación en la Alhambra*, Malek-Adel era el héroe que «todos hemos admirado cuando niños», *Obras*, 166a); el templario es Brain de Bois Gilbert que junto con los otros tres personajes —Rebeca, lady Rowena, Ivanhoe— constituyen los caracteres centrales de la novela de Scott, *Ivanhoe*. En *Mariquita y Antonio (O. C.,* I, 957b) se describe una habitación de la pensión granadina señalando que «adornaban las paredes diez o doce cuadros de litografía iluminada, representando las aventuras de Matilde y Malek-Adel y las de Pablo y Virginia». José María Bueno de Guzmán, narrador y protagonista de *Lo Prohibido* verifica, para los años ochenta, la vigencia decorativa de los grabados aludidos: «Lo único que hablaba en favor de Camila era la limpieza, pero todo lo demás la condenaba. Algunas de las láminas de la historia de Matilde y de Malek-Adhel tenían el cristal roto» (B. Pérez Galdós, *Lo Prohibido*, ed. de José F. Montesinos, Madrid, 1971, pág. 120).

codés[215] del lugar y de toda la comarca. Entre ellos descolla-
ba el conde de Genazahar[216], de la vecina ciudad de... Era
un personaje ilustre y respetado. Había pasado en Madrid y
en Sevilla largas temporadas, y se vestía con los mejores sas-
tres, así de majo[217] como de señorito. Había sido diputado
dos veces, y había hecho una interpelación al Gobierno sobre un atropello de un alcalde-corregidor[218].

---

[215] *Cocodé:* 'lechuguino, pisaverde', es galicismo no recogido en los diccionarios comunes, ni en el *Diccionario de galicismos* de Baralt. La diosa de
las pulgas dice en el *Poema euscaro Arcacosua:* «así hago yo; y al *cocodés* ca-
nijo / con esta transfusión desvelo y ardo / achicharro y aflijo / soy el bu
de la gente de buen tono; / mas al hombre que viste paño pardo / sólo dulces cosquillas proporciono» (Juan Valera, *O. C.,* I, 1459b). Véase la obra de
E. Feydeau, *Souvenirs d'une cocodette,* Leipzig, 1878.

[216] Valera en carta a Estébanez Calderón de 19-IV-1854 describe lugares
próximos a Doña Mencía, entre los que destaca «un hermoso y fresco valle que llaman Genazahar» (C. Sáenz de Tejada, 1971, 270). De Coster cita
una carta inédita a José Delavat en la que Valera propone varios nombres
de lugar para un previsible título nobiliario: «Así, por ejemplo, cerca de
Doña Mencía, hay sitios con nombres preciosos —pongo por caso—, Ca-
marena, los Ballesteros, los Balachares y Genazahar. Confesemos que so-
naría bien ser conde de Genazahar o conde de los Ballesteros, o conde de
Calatraveño, que también hay otro sitio que se llama así» (citado en «Introducción» a *Las Ilusiones del Doctor Faustino,* Madrid, 1981, 29, nota 20).
El Retamal, el Llanete, el Laderón, la Nava, Gilena, el monte Horquera y
la fuente de Genazahar (o Genazar) son nombres de lugares de la comarca
que Valera emplea en sus novelas; la fuente de Genazahar está a un kilómetro de Doña Mencía en el camino de Cabra.

[217] *Majo:* «dícese de la persona que en su porte, acciones y vestidos
afecta un poco de libertad y guapeza, más propia de la gente ordinaria
que de la fina» *(Diccionario* de R.A.E.). Desde la segunda sátira a Arnesto
de Jovellanos y la VII *carta marrueca* de Cadalso hasta las veleidades casti-
zas del joven Juanito Santa Cruz en *Fortunata y Jacinta,* encontramos una
abundante documentación literaria sobre la costumbre del *aplebeyamiento*
indumentario de las gentes pertenecientes a las clases dirigentes: [Juanito]
daba a la *elle* el tono arrastrado que la gente baja da a la consonante, y se
le habían pegado modismos pintorescos y expresiones groseras que a la
mamá no le hacían maldita gracia (...), se encajó una capa de esclavina corta con mucho ribete, mucha trencilla y pasamanería. Poníase por las noches el sombrerito pavero, que a la verdad, le caía muy bien, y se peinaba
con los mechones ahuecados, sobre las sienes» *Fortunata y Jacinta* (I, IV, 1,
ed. F. Caudet, I, 1983, págs. 187-188); Ortega y Gasset teorizó sobre este fenómeno social en *Goya.* Es inaceptable la propuesta etimológica que presenta Terreros en su *Diccionario,* para quien *majo* procedería de *mayo.*

[218] La Constitución de 1812 eliminó los señoríos jurisdiccionales con

Tendría el conde de Genazahar treinta y tantos años; era buen mozo y lo sabía, y se jactaba además de tremendo en paz y en lides, en desafíos y en amores. El conde, no obstante, y a pesar de haber sido uno de los más obstinados pretendientes de Pepita, había recibido las confitadas calabazas[219] que ella solía propinar a quienes la requebraban y aspiraban a su mano.

La herida que aquel duro y amargo confite había abierto en su endiosado corazón, no estaba cicatrizada todavía. El amor se había vuelto odio, y el Conde se desahogaba a menudo, poniendo a Pepita como chupa de dómine.

En este ameno ejercicio se hallaba el conde cuando quiso la mala ventura que don Luis y Currito llegasen y se metiesen en el corro, que se abrió para recibirlos, de los que oían el extraño sermón de honras[220]. Don Luis, como si el mismo diablo lo hubiera dispuesto, se encontró cara a cara con el Conde, que decía de este modo:

---

sus correspondientes empleados dependientes del señor y confió el gobierno municipal a ayuntamientos compuestos de alcalde o alcaldes, regidores y procuradores, todos ellos elegidos por los vecinos (Concepción de Castro, *La Revolución liberal y los municipios españoles (1812-1868),* Madrid, Alianza Editorial, 70). En el decenio 1823-1833, se volvió al sistema de corregimientos, del que todavía quedan documentos para el año 1835.

[219] *Confitadas calabazas:* 'cortés rechazo del requerimiento amoroso'; es construcción paralela a la más generalizada «dorar la píldora» («si la píldora bien supiera / no la doraran por fuera», Sbarbi II, 1922, pág. 245).

[220] *Sermón de honras:* 'vituperio público y calumnioso'. La modalidad «sermón de honras» ha de entenderse como expresión coloquial de significado traslaticio, análogo al que se sugiere en este texto de Galdós: «Esto no impedía que la de San Salomó tuviera por él preferencias que hacía *poner el paño en el púlpito* al Sacamantecas» (*Lo Prohibido,* ed. de J. F. Montesinos, 1971, 163; subrayado mío). El discurso de vituperios, tipificado por Quintiliano (*Institutiones oratoriae,* lib, III, VII, 1), que se repite en los tratados retóricos posteriores (por ejemplo «...género demostrativo, del cual usamos en alabanza o en vituperio de alguna persona determinada», Fray Luis de Granada, *Retorica Eclesiástica,* B.A.E., XI, 562) es un lejano precedente de esta fórmula de vejación; para la competencia concionatoria de los clérigos del XIX, ver nota 30. Feijoo pronunció en 1717 un conocido Sermón de honras (B.A.E., tomo LVI, pág. XXVI, nota 1). Usado en un sentido directo y positivo en esta intervención de Alvar Fáñez: «Y yo siempre al informe / daba fin con un sermón / de honras a mi primo el Cid, / que la vida me salvó» (versos 1040-1044 de J. E. Hartzenbusch, *La jura en Santa Gadea,* ed. Clásicos Castellanos, 1971, pág. 172).

—No es mala pécora la tal Pepita Jiménez. Con más fantasía y más humos que la infanta Micomicona[221] quiere hacernos olvidar que nació y vivió en la miseria hasta que se casó con aquel pelele, con aquel vejestorio, con aquel maldito usurero, y le cogió los ochavos. La única cosa buena que ha hecho en su vida la tal viuda es concertarse con Satanás para enviar pronto al infierno a su galopín de marido, y librar la tierra de tanta infección y de tanta peste. Ahora le ha dado a Pepita por la virtud y por la castidad. ¡Bueno estará todo ello! Sabe Dios si estará enredada de ocultis[222] con algún gañán, y burlándose del mundo como si fuese la reina Artemisa[223].

A las personas recogidas, que no asisten a reuniones de hombres solos, escandalizará sin duda este lenguaje, les parecerá desbocado y brutal hasta la inverosimilitud; pero los que conocen el mundo confesarán que este lenguaje es muy usado en él, y que las damas más bonitas, las más agradables mujeres, las más honradas matronas suelen ser blanco de tiros no menos infames y soeces, si tienen un enemigo, y aun sin tenerle, porque a menudo se murmura, o mejor dicho, se injuria y se deshonra a voces para mostrar chiste y desenfado[224].

---

[221] Personaje ficticio bajo el que se encubre Dorotea en *Quijote,* I, capítulo XXIX. El nombre adjudicado a Dorotea en la farsa tiene etimología burlesca y procura efectos cómicos: «es la heredera por línea recta de varón del gran reino Micomic*ón,* la cual viene en busca de vuestro amo a pedirle un *don*».

[222] *De ocultis:* 'en secreto'.

[223] El contexto refiere el nombre del personaje a la viuda del rey Mausolo que, leal a la memoria del esposo, es recordada por su fidelidad y por el monumento que construyó en recuerdo del difunto. En el cuento *El pájaro verde* (O. C., I, 1054b) Valera narra otra historia de fidelidad de un viudo.

[224] La actitud de nuestro autor que la crítica ha denominado *cadijeísmo* y que equivale a la admiración rendida por el estímulo superador que despierta la mujer en el varón, tiene un marcado contraste con los comentarios que, en escritos particulares, presenta Valera sobre los comportamientos de damas de la época, bien se refiera a señoras de la corte brasileña y de la alta sociedad rusa, bien a las aristócratas españolas que en los veraneos de Biarritz daban el tono de un «animado puterío»; llega, incluso, el diplomático a las determinaciones personales («esta misma Villagarcía, ya jamona y más catada que colmena, puso a toda la legación en España y

Don Luis, que desde niño había estado acostumbrado a que nadie se descompusiese en su presencia ni le dijese cosas que pudieran enojarle, porque durante su niñez le rodeaban criados, familiares y gente de la clientela de su padre, que atendían sólo a su gusto, y después en el Seminario, así por sobrino de Deán, como por lo mucho que él merecía, jamás había sido contrariado, sino considerado y adulado, sintió un aturdimiento singular, se quedó como herido por un rayo cuando vio al insolente Conde arrastrar por el suelo, mancillar y cubrir de inmundo lodo la honra de la mujer que amaba.

¿Cómo defenderla, no obstante? No se le ocultaba que, si bien no era marido, ni hermano, ni pariente de Pepita, podía sacar la cara por ella como caballero; pero veía el escándalo que esto causaría cuando no había allí ningún profano que defendiese a Pepita, antes bien todos reían al Conde la gracia. Él, casi ministro ya de un Dios de paz, no podía dar un mentís y exponerse a una riña con aquel desvergonzado.

Don Luis estuvo por enmudecer e irse; pero no lo consintió su corazón, y pugnando por revestirse de una autoridad que ni sus años juveniles, ni su rostro, donde había más bozo que barbas, ni su presencia en aquel lugar consentían, se puso a hablar con verdadera elocuencia contra los maldicientes y a echar en rostro al Conde, con libertad cristiana y con acento severo, la fealdad de su ruin acción.

Nápoles en ocasión de hacer mil ridiculeces», C. Sáenz de Tejada, 1971, pág. 209). Sumamente pertinente es una intervención del *autor explícito* en *Pasarse de listo:* «entre las muchísimas faltas que me ponen los críticos, nada me aflige tanto como que me acusen de pintar mujeres algo levantiscas y desaforadas. ¿Con quién se trata el autor? —dicen—. ¿No ha conocido sino mujeres livianas? ¿Por qué no nos presenta en sus historias a las honradas y puras, a las que cumplen siempre con su deber, a las que pueden y deben servir de modelo? Este autor, añaden, odia a las mujeres o tiene malísima opinión de ellas. En contra de tal injusta acusación, me toca decir, que ni Clara ni Lucía en *El Comendador Mendoza*, ni menos aún Irene, en *El Doctor Faustino* carecen de todas aquellas prendas y requisitos que pueden y deben hacer de la mujer una criatura angelical» (*O. C.,* I, 506a). Puede verse, aunque con escaso resultado, el ensayo de Luis González López, *Las mujeres de don Juan Valera,* Madrid, 1934; también *O. C.,* II, 861b.

Fue predicar en desierto, o peor que predicar en desierto. El Conde contestó con pullas y burletas a la homilía; la gente, entre la que había no pocos forasteros, se puso de lado del burlón, a pesar de ser don Luis el hijo del cacique; el propio Currito, que no valía para nada y era un blandengue, aunque no se rió, no defendió a su amigo, y éste tuvo que retirarse, vejado y humillado bajo el peso de la chacota.

———————

—¡Esta flor le falta al ramo![225] —murmuró entre dientes el pobre don Luis cuando llegó a su casa, y volvió a meterse en su cuarto, mohíno y maltratado por la rechifla, que él se exageraba y se figuraba insufrible. Se echó de golpe en un sillón, abatido y descorazonado, y mil ideas contrarias asaltaron su mente.

La sangre de su padre, que hervía en sus venas, le despertaba la cólera y le excitaba a ahorcar los hábitos, como al principio le aconsejaban en el lugar, y dar luego su merecido al señor Conde; pero todo el porvenir que se había creado se deshacía al punto, y veía al Deán, que renegaba de él; y hasta el Papa, que había enviado ya la dispensa pontificia para que se ordenase antes de la edad, y el prelado diocesano, que había apoyado la solicitud de la dispensa en su probada virtud, ciencia sólida y firmeza de vocación, se le aparecían para reconvenirle[226].

———————

[225] Expresión usada por Valera y el duque de Rivas en sus cartas; M. Galera (1983, 278) señala que es «una frase de la lengua coloquial que sigue usándose hoy en la provincia de Córdoba».

[226] La ordenación sacerdotal estaba sometida, además de a las limitaciones de edad a que se alude arriba, a otras restricciones canónicas como la filiación legítima. En las prácticas eclesiásticas la exigencia de la filiación legítima era un requisito para la admisión de los candidatos al sacerdocio en los Seminarios y en las Sagradas órdenes; todavía el *Codix Iuris Canonici* de 1917, en su canon 1363, establecía que «el Ordinario no admitirá en el Seminario sino a los hijos legítimos cuya índole y voluntad den fundadas esperanzas de que desempeñarán con fruto los ministerios eclesiásticos». Cabía la obtención de dispensas, como es el caso de Luis, lo que acentúa más si cabe su condición de hijo ilegítimo y pone su honor en el punto de mira de las autoridades eclesiásticas.

Pensaba luego en la teoría chistosa de su padre sobre el complemento de la persuasión de que se valían el apóstol Santiago, los obispos de la Edad Media, don Íñigo de Loyola y otros personajes, y no le parecía tan descabellada la teoría, arrepintiéndose casi de no haberla practicado[227].

Recordaba entonces la costumbre de un doctor ortodoxo, insigne filósofo persa contemporáneo, mencionada en un libro reciente escrito sobre aquel país; costumbre que consistía en castigar con duras palabras a los discípulos y oyentes cuando se reían de las lecciones o no las entendían, y, si esto no bastaba, descender de la cátedra sable en mano y dar a todos una paliza. Este método era eficaz, principalmente en la controversia, si bien dicho filósofo había encontrado una vez a otro contrincante del mismo orden, que le había hecho un chirlo descomunal en la cara.

Don Luis, en medio de su mortificación y mal humor, se reía de lo cómico del recuerdo; hallaba que no faltarían en España filósofos que adoptarían de buena gana el método persiano; y si él no le adoptaba también, no era a la verdad por miedo del chirlo, sino por consideraciones de mayor valor y nobleza.

Acudían, por último, mejores pensamientos a su alma y le consolaban un poco.

—Yo he hecho muy mal —se decía—, en predicar allí; debí haberme callado. Nuestro Señor Jesucristo lo ha dicho: «No deis a los perros las cosas santas, ni arrojéis vuestras margaritas a los cerdos, porque los cerdos se revolverán contra vosotros y os hollarán con sus asquerosas pezuñas»[228]. Pero no, ¿por qué me he de quejar? ¿Por qué he de volver injuria por injuria? ¿Por qué me he de dejar vencer de la ira? Muchos santos Padres lo han dicho: «La ira es peor aún que la lascivia en los sacerdotes.» La ira de los sacerdotes ha hecho verter muchas lágrimas y ha causado males horribles. Esta ira, consejera tremenda, tal vez los ha persuadido de que era menester que los pueblos sudaran sangre bajo la presión divina, y ha traído a sus encarnizados ojos la visión de

---

[227] Cfr. nota 109.
[228] *Mateo*, VII, 6.

Isaías[229], y han visto y han hecho ver a sus secuaces fanáticos al manso Cordero convertido en vengador inexorable, descendiendo de la cumbre de Edón, soberbio con la muchedumbre de su fuerza, pisoteando a las naciones como el pisador pisa las uvas en el lagar, y con la vestimenta levantada y cubierto de sangre hasta los muslos. ¡Ah no, Dios mío! Voy a ser tu ministro, Tú eres un Dios de paz, y mi primera virtud debe ser la mansedumbre. Lo que enseñó tu Hijo en el sermón de la Montaña tiene que ser mi norma. No ojo por ojo, ni diente por diente, sino amar a nuestros enemigos[230]. Tú amaneces sobre justos y pecadores, y derramas sobre todos la lluvia fecunda de tus inexhaustas bondades. Tú eres nuestro Padre, que estás en el cielo y debemos ser perfectos como Tú, perdonando a quienes nos ofenden, y pidiéndote que los perdones porque no saben lo que se hacen. Yo debo recordar las bienaventuranzas. Bienaventurados cuando os ultrajaren y persiguieren y dijeren todo mal de vosotros. El sacerdote, el que va a ser sacerdote, ha de ser humilde, pacífico, manso de corazón. No como la encina, que se levanta orgullosa hasta que el rayo la hiere[231] sino como las hierbecillas fragantes de las selvas y las modestas flores de los prados, que dan más suave y grato aroma cuando el villano las pisa.

En éstas y otras meditaciones por el estilo transcurrieron las horas hasta que dieron las tres, y don Pedro, que acababa de volver del campo, entró en el cuarto de su hijo para llamarle a comer. La alegre cordialidad del padre, sus chistes, sus muestras de afecto, no pudieron sacar a don Luis de la melancolía ni abrirle el apetito. Apenas comió; apenas habló en la mesa.

Si bien disgustadísimo con la silenciosa tristeza de su hijo, cuya salud, aunque robusta, pudiera resentirse, como don Pedro era hombre que se levantaba al amanecer y bre-

---

[229] *Isaías,* LXIII, 1-6.

[230] Recoge ecos de *Mateo* V y *Lucas* VI, 17-38.

[231] Variación del «duris ut ilex» de Horacio, *Odas,* lib. IV, IV, versos 57-60, incorporado por fray Luis de León en la oda a Felipe Ruiz *Del Moderado y Constante* (ver comentario del texto luisiano en Oreste Macrì, *Fray Luis de León, Poesías,* Barcelona, 1989, págs. 324-25).

gaba mucho durante el día, luego que acabó de fumar un buen cigarro habano de sobremesa, acompañándole con su taza de café y su copita de aguardiente de anís doble, se sintió fatigado, y, según costumbre, se fue a dormir sus dos o tres horas de siesta.

Don Luis tuvo buen cuidado de no poner en noticia de su padre la ofensa que le había hecho el conde de Genazahar. Su padre, que no iba a cantar misa y que tenía una índole poco sufrida, se hubiera lanzado al instante a tomar la venganza que él no tomó.

Solo ya don Luis, dejó el comedor para no ver a nadie. Y volvió al retiro de su estancia para abismarse más profundamente en sus ideas.

———————————

Abismado en ellas estaba hacía largo rato, sentado junto al bufete, los codos sobre él, y en la derecha mano apoyada la mejilla, cuando sintió cerca ruido. Alzó los ojos y vio a su lado a la entrometida Antoñona, que había penetrado como una sombra, aunque tan maciza, y que le miraba con atención y con cierta mezcla de piedad y de rabia.

Antoñona se había deslizado hasta allí sin que nadie lo advirtiese, aprovechando la hora en que comían los criados y don Pedro dormía, y había abierto la puerta del cuarto y la había vuelto a cerrar tras sí con tal suavidad que don Luis, aunque no hubiera estado tan absorto, no hubiera podido sentirla.

Antoñona venía resuelta a tener una conferencia muy seria con don Luis; pero no sabía a punto fijo lo que iba a decirle. Sin embargo, había pedido, no se sabe si al cielo o al infierno, que desatase su lengua y que le diese habla, y habla no chabacana y grotesca, como la que usaba por lo común, sino culta, elegante e idónea para las nobles reflexiones y bellas cosas que ella imaginaba que le convenía expresar.

Cuando don Luis vio a Antoñona arrugó el entrecejo, mostró bien en el gesto lo que le contrariaba aquella visita, y dijo con tono brusco:

—¿A qué vienes aquí? Vete.

—Vengo a pedirte[232] cuenta de mi niña —contestó Antoñona sin turbarse—, y no me he de ir hasta que me la des.

Enseguida acercó una silla a la mesa, y se sentó en frente de don Luis con aplomo y descaro.

Viendo don Luis que no había remedio, mitigó el enojo, se armó de paciencia y, ya con acento menos cruel, exclamó:

—Di lo que tengas que decir.

—Tengo que decir —prosiguió Antoñona—, que lo que estás maquinando contra mi niña es una maldad. Te estás portando como un tuno. La has hechizado; le has dado un bebedizo maligno. Aquel angelito se va a morir. No come, ni duerme, ni sosiega por culpa tuya. Hoy ha tenido dos o tres soponcios sólo de pensar en que te vas. Buena hacienda dejas hecha antes de ser clérigo. Dime, condenado, ¿por qué viniste por aquí y no te quedaste por allá con tu tío? Ella, tan libre, tan señora de su voluntad, avasallando la de todos y no dejándose cautivar de ninguno, ha venido a caer en tus traidoras redes. Esta santidad mentida fue, sin duda, el señuelo de que te valiste. Con tus teologías y tiquismiquis celestiales, has sido como el pícaro y desalmado cazador, que atrae con el silbato a los zorzales bobalicones para que se ahorquen en la percha[233].

—Antoñona —contestó don Luis—, déjame en paz. Por Dios, no me atormentes. Yo soy un malvado, lo confieso. No debí mirar a tu ama. No debí darle a entender que la amaba; pero yo la amaba y la amo aún con todo mi corazón, y no le he dado bebedizo ni filtro, sino el mismo amor que la tengo. Es menester, sin embargo, desechar, olvidar este amor. Dios me lo manda. ¿Te imaginas que no es, que no está siendo, que no será inmenso el sacrificio que hago?

---

[232] Muestra del tuteo que la criada aplica a los jóvenes, como se ha recordado en anotación 172.

[233] Robert Lott ha sugerido el eco de textos místicos en la imagen del cazador de aves que da cuerpo a la intervención de Antoñona; Lott apura la interpretación de textos de San Juan de la Cruz (*Avisos y sentencias,* número 22) y de Santa Teresa (cf. Lott, 1970, 59). *Percha* es el lazo para cazar aves.

Pepita debe revestirse de fortaleza y hacer el mismo sacrificio.

—Ni siquiera das ese consuelo a la infeliz —replicó Antoñona—. Tú sacrificas voluntariamente en el altar a esa mujer que te ama, que es ya tuya, a tu víctima; pero ella, ¿dónde te tiene a ti para sacrificarte? ¿Qué joya tira por la ventana, qué lindo primor echa en la hoguera, sino un amor mal pagado? ¿Cómo ha de dar a Dios lo que no tiene? ¿Va a engañar a Dios y a decirle: «Dios mío, puesto que él no me quiere, ahí te lo sacrifico; no le querré yo tampoco?» Dios no se ríe; si Dios se riera, se reiría de tal presente.

Don Luis, aturdido, no sabía qué objetar a estos raciocinios de Antoñona, más atroces que sus pellizcos pasados. Además, le repugnaba entrar en metafísicas de amor con aquella sirvienta.

—Dejemos a un lado —dijo—, esos vanos discursos. Yo no puedo remediar el mal de tu dueña. ¿Qué he de hacer?

—¿Qué has de hacer? —interrumpió Antoñona, ya más blanda y afectuosa y con voz insinuante—. Yo te diré lo que has de hacer. Si no remediares el mal de mi niña, le aliviarás al menos. ¿No eres tan santo? Pues los santos son compasivos y además valerosos. No huyas como un cobardón grosero, sin despedirte. Ven a ver a mi niña, que está enferma. Haz esta obra de misericordia.

—¿Y qué conseguiré con esa visita? Agravar el mal en vez de sanarle.

—No será así; no estás en el busilis[234]. Tú irás allí, y con esa cháchara que gastas y esa labia que Dios te ha dado, le infundirás en los cascos la resignación, y la dejarás consolada; y si le dices que la quieres y que por Dios sólo la dejas, al menos su vanidad de mujer no quedará ajada.

---

[234] *Busilis:* 'punto en el que estriba la dificultad de una cosa'; procede de la reducción de la expresión latina *in diebus illis*. El texto más autorizado es este cervantino: «El traje, las barbas, la gordura y pequeñez del nuevo gobernador tenía admirada a toda la gente que el *busilis* del cuento no sabía» (*Quijote*, II, XLV). También en escritores modernos: «¿No se lo dije yo una y mil veces, mi señora doña Baltasara; no os lo dije yo? ¡Aquí hay busilis!» (Bécquer, *Maese Pérez el organista*, Madrid, ed. Aguilar, 1954, pág. 175).

—Lo que me propones es tentar a Dios, es peligroso para mí y para ella.

—¿Y por qué ha de ser tentar a Dios? Pues si Dios ve la rectitud y la pureza de tus intenciones, ¿no te dará su favor y su gracia para que no te pierdas en esta ocasión en que te pongo con sobrado motivo? ¿No debes volar a librar a mi niña de la desesperación y traerla al buen camino? Si se muriera de pena por verse así desdeñada, o si rabiosa agarrase un cordel y se colgase de una viga, créeme, tus remordimientos serían peores que las llamas de pez y azufre de las calderas de Lucifer.

—¡Qué horror! No quiero que se desespere. Me revestiré de todo mi valor; iré a verla.

—¡Bendito seas! ¡Si me lo decía el corazón! ¡Si eres bueno!

—¿Cuándo quieres que vaya?

—Esta noche a las diez en punto. Yo estaré en la puerta de la calle aguardándote y te llevaré donde está.

—¿Sabe ella que has venido a verme?

—No lo sabe. Ha sido todo ocurrencia mía; pero yo la prepararé con buen arte, a fin de que tu visita, la sorpresa, el inesperado gozo, no la hagan caer en un desmayo. ¿Me prometes que irás?

—Iré.

—Adiós. No faltes. A las diez de la noche en punto. Estaré a la puerta.

Y Antoñona echó a correr, bajó la escalera de dos en dos escalones y se plantó en la calle.

———————

No se puede negar que Antoñona estuvo discretísima en esta ocasión, y hasta su lenguaje fue tan digno y urbano, que no faltaría quien le calificase de apócrifo, si no se supiese con la mayor evidencia todo esto que aquí se refiere, y si no constasen, además, los prodigios de que es capaz el ingénito despejo de una mujer, cuando le sirve de estímulo un interés o una pasión grande.

Grande era, sin duda, el afecto de Antoñona por su niña,

y viéndola tan enamorada y tan desesperada, no pudo menos de buscar remedio a sus males. La cita a que acababa de comprometer a don Luis fue un triunfo inesperado. Así es que Antoñona, a fin de sacar provecho del triunfo, tuvo que disponerlo todo de improviso, con profunda ciencia mundana.

Señaló Antoñona para la cita la hora de las diez de la noche, porque ésta era la hora de la antigua y ya suprimida o suspendida tertulia en que don Luis y Pepita solían verse. La señaló, además, para evitar murmuraciones y escándalo, porque ella había oído decir a un predicador que, según el Evangelio, no hay nada tan malo como el escándalo, y que a los escandalosos es menester arrojarlos al mar con una piedra de molino atada al pescuezo[235].

Volvió, pues, Antoñona a casa de su dueño, muy satisfecha de sí misma y muy resuelta a disponer las cosas con tino para que el remedio que había buscado no fuese inútil, o no agravase el mal de Pepita en vez de sanarle.

A Pepita no pensó ni determinó prevenirla sino a lo último, diciéndole que don Luis espontáneamente le había pedido hora para hacerle una visita de despedida, y que ella había señalado las diez.

A fin de que no se originasen habladurías, si en la casa veían entrar a don Luis, pensó en que no le viesen entrar, y para ello era también muy propicia la hora y la disposición de la casa. A las diez estaría llena de gente la calle con la velada, y por lo mismo repararían menos en don Luis cuando pasase por ella. Penetrar en el zaguán sería obra de un segundo; y ella, que estaría allí aguardando, llevaría a don Luis hasta el despacho, sin que nadie le viese.

Todas o la mayor parte de las casas de los ricachos lugareños de Andalucía son como dos casas en vez de una, y así era la casa de Pepita. Cada casa tiene su puerta. Por la principal se pasa al patio enlosado y con columnas, a las salas y demás habitaciones señoriles; por la otra, a los corrales, caballeriza y cochera, cocinas, molino, lagar, graneros, trojes

---

[235] *Mateo*, XVIII, 6; *Lucas*, XVII, 1-2; *Marcos*, IX, 42-47.

donde se conserva la aceituna hasta que se muele; bodegas donde se guarda el aceite, el mosto, el vino de quema, el aguardiente y el vinagre en grandes tinajas, y candioteras o bodegas donde está en pipas y toneles el vino bueno y ya hecho o rancio. Esta segunda casa o parte de casa, aunque esté en el centro de una población de veinte o veinticinco mil almas, se llama casa de campo[236]. El aperador, los capataces, el mulero, los trabajadores principales y más constantes en el servicio del amo, se juntan allí por la noche; en invierno, en torno de una enorme chimenea de una gran cocina, y en verano, al aire libre o en algún cuarto muy ventilado y fresco, y están holgando y de tertulia hasta que los señores se recogen.

Antoñona imaginó que el coloquio y la explicación que ella deseaba que tuviesen su niña y don Luis requerían sosiego y que no viniesen a interrumpirlos, y así determinó que aquella noche, por ser la velada de San Juan, las chicas que servían a Pepita vacasen en todos sus quehaceres y oficios, y se fuesen a solazar a la casa de campo armando con los rústicos trabajadores un *jaleo probe*[237] de fandango, lindas coplas, repiqueteo de castañuelas, brincos y mudanzas.

De esta suerte la casa señoril quedaría casi desierta y silenciosa, sin más habitantes que ella y Pepita, y muy a propósito para la solemnidad, transcendencia y no turbado sosie-

---

[236] «Constaba esta vivienda, como la de muchos ricos hacendados de Andalucía, de dos casas contiguas, en comunicación: la de los amos y la que se llama siempre *casa de campo,* aunque esté en el centro de la población» *(Doña Luz, O. C.,* I, 39b).

[237] *Jaleo probe:* la llamada tipográfica y la metátesis previenen sobre la naturaleza de expresión conversacional propia de este sintagma; lo encontramos en una cancioncilla recogida en *Juanita la Larga* (cap. XXXIV; *O. C.,* I, 600b): «Más vale un jaleo probe / y unos pimientos asaos, / que no tener un usía / esaborío a su lao»; «María tomó la guitarra que Pepe Vera le presentó de rodillas y cantó: más quiero un jaleo pobre, / y unos pimientos asados, / que no tener un usía / desaborío a mi lado» (Fernán Caballero, *La Gaviota,* ed. J. Rodríguez, Barcelona, Labor, 1972, págs. 400-401); también en un texto de escritor costumbrista poco anterior: «ya he dicho a ustedes que me llevó consigo un general de *Welinton,* por una humorada de las que suelen, porque le gustaba oírme la guitarra y cantar la cachucha y el jaleo *probe»* (José Somoza, *El árbol de la Charanga,* B.A.E., LXVII, 462a).

go que eran necesarios en la entrevista que ella tenía preparada, y de la que dependía quizás, o de seguro, el destino de dos personas de tanto valer.

Mientras Antoñona iba rumiando y concertando en su mente todas estas cosas, don Luis, no bien se quedó solo, se arrepintió de haber procedido tan de ligero y de haber sido tan débil en conceder la cita que Antoñona le había pedido.

Don Luis se paró a considerar la condición de Antoñona, y le pareció más aviesa que la de Enone y la de Celestina[238]. Vio delante de sí todo el peligro a que voluntariamente se aventuraba, y no vio ventaja alguna en hacer recatadamente y a hurto de todos una visita a la linda viuda.

Ir a verla para ceder y caer en sus redes, burlándose de sus votos, dejando mal al Obispo, que había recomendado su solicitud de dispensa, y hasta al Sumo Pontífice, que la había concedido, y desistiendo de ser clérigo, le parecía un desdoro muy enorme. Era además una traición contra su padre, que amaba a Pepita y deseaba casarse con ella[239]. Ir a verla para desengañarla más aún, se le antojaba mayor refinamiento de crueldad que partir sin decirle nada.

Impulsado por tales razones, lo primero que pensó don Luis fue faltar a la cita sin dar excusa ni aviso, y que Antoñona le aguardase en balde en el zaguán; pero Antoñona anunciaría a su señora la visita, y él faltaría, no sólo a Antoñona, sino a Pepita, dejando de ir, con una grosería incalificable.

Discurrió entonces escribir a Pepita una carta muy afectuosa y discreta, excusándose de ir, justificando su conducta, consolándola, manifestando sus tiernos sentimientos por ella, si bien haciendo ver que la obligación y el Cielo

---

[238] Celestina es aludida por su parcial analogía con la criada de Pepita, aunque debe recordarse el juicio de Luis: «el suegro ejercía las artes de utilidad; la nuera las del deleite, aunque deleite inocente, o lícito al menos» (carta del 6 de junio); con todo, deben tenerse presentes las resonancias de la obra de Rojas, que Valera estimaba y conocía muy bien (notas 93, 158 y 279).

[239] Motivo de la ilegitimidad de nacimiento (véase nota 26).

eran antes que todo, y procurando dar ánimo a Pepita para que hiciese el mismo sacrificio que él hacía.

Cuatro o cinco veces se puso a escribir esta carta. Emborronó mucho papel; le rasgó enseguida, y la carta no salía jamás a su gusto. Ya era seca, fría, pedantesca, como un mal sermón o como la plática de un dómine; ya se deducía de su contenido un miedo pueril y ridículo, como si Pepita fuese un monstruo pronto a devorarle; ya tenía el escrito otros defectos y lunares no menos lastimosos. En suma, la carta no se escribió, después de haberse consumido en las tentativas unos cuantos pliegos[240].

—No hay más recurso —dijo para sí don Luis—, la suerte está echada[241]. Valor, y vamos allá.

Don Luis confortó su espíritu con la esperanza de que iba a tener mucha serenidad y de que Dios iba a poner en sus labios un raudal de elocuencia, por donde persuadiría a Pepita, que era tan buena, de que ella misma le impulsase a cumplir con su vocación, sacrificando el amor mundanal y haciéndose semejante a las santas mujeres que ha habido, las cuales, no ya han desistido de unirse con un novio o con un amante, sino hasta de unirse con el esposo, viviendo con él como con un hermano, según se refiere, por ejemplo, en la vida de San Eduardo, rey de Inglaterra. Y después de pensar en esto, se sentía don Luis más consolado y animado, y ya se figuraba que él iba a ser como otro san Eduardo, y que Pepita era como la reina Edita, su mujer; y bajo la forma y condición de la tal reina, virgen a par de esposa, le parecía Pepita, si cabe, mucho más gentil, elegante y poética[242].

---

[240] El personaje que tan capaz ha sido de escribir una serie de cartas en la primera parte de la novela, ahora, cuando tiene que enfrentarse con una comunicación epistolar directa, no puede manifestar otra vez su competencia en el género; estas *tentativas epistolares* fracasadas son nueva reiteración del juego de inversiones sobre el que se construye la novela.

[241] *Alea jacta est*: «Entonces César dijo: vayamos adonde nos llaman los presagios de los dioses y la iniquidad de nuestros enemigos. La suerte está echada» (Suetonio, *Vida de los doce Césares*, lib. I, 32; cito por la traducción de Mariano Bassols de Climent, Barcelona, 1964, 33).

[242] Eduardo el Confesor, rey de Inglaterra, c. 1004-1066. Se le atribuye el poder de curar las escrófulas y el haber vivido «tamquam frater et soror»

No estaba, sin embargo, don Luis todo lo seguro y tranquilo que debiera estar después de haberse resuelto a imitar a San Eduardo. Hallaba aún cierto no sé qué de criminal en aquella visita que iba a hacer sin que su padre lo supiese, y estaba por ir a despertarle de su siesta y descubrírselo todo. Dos o tres veces se levantó de su silla y empezó a andar en busca de su padre; pero luego se detenía y creía aquella revelación indigna, la creía una vergonzosa chiquillada. Él podía revelar sus secretos; pero revelar los de Pepita para ponerse bien con su padre, era bastante feo. La fealdad y lo cómico y miserable de la acción se aumentaban, notando que el temor de no ser bastante fuerte para resistir era lo que a hacerla le movía. Don Luis se calló, pues, y no reveló nada a su padre.

Es más; ni siquiera se sentía con la desenvoltura y la seguridad convenientes para presentarse a su padre, habiendo de por medio aquella cita misteriosa. Estaba asimismo tan alborotado y fuera de sí por culpa de las encontradas pasiones que se disputaban el dominio de su alma, que no cabía en el cuarto, y como si brincase o volase, le andaba y recorría todo en tres o cuatro pasos, aunque era grande, por lo cual temía darse de calabazadas contra las paredes. Por último, si bien tenía abierto el balcón por ser verano, le parecía que iba a ahogarse allí por falta de aire, y que el techo le pesaba sobre la cabeza, y que para respirar necesitaba de toda la atmósfera, y para andar de todo el espacio sin límites, y para alzar la frente y exhalar sus suspiros y encumbrar sus

---

con su mujer Edita, hija del poderoso Earl Dodwin. F. Barlow tradujo en 1961 la más antigua biografía, que no está incluida en la *Leyenda Áurea* pero que sí aparece en los repertorios hagiográficos modernos, como en el *Flos Sanctorum* del Padre Pedro de Ribadeneira, donde leemos: «Antes de que se celebrasen las bodas, el santo rey hizo oración al Señor, suplicándole que pues había guardado a los tres mozos de las llamas del horno de Babilonia y librado al casto Joseph de la impetuosa lascivia de su ama y a la honesta Susana de las acechanzas de los viejos locos y desenfrenados y a santa Judith de la carnalidad de Olofernes, que también guardase a él casto, entero y puro en aquel matrimonio, que para su gloria, y no por gusto suyo, quería celebrarse; y después hablando con Edita, su esposa, le declaró su intento, y se concertó con ella de vivir perpetuamente en castidad» (cito por la ed. de Barcelona, Teresa Piferrer, 1, 1751, col. 105).

pensamientos, de no tener sobre sí sino la inmensa bóveda del cielo.

Aguijoneado de esta necesidad, tomó su sombrero y su bastón y se fue a la calle. Ya en la calle, huyendo de toda persona conocida y buscando la soledad, se salió al campo y se internó por lo más frondoso y esquivo de las alamedas, huertas y sendas que rodean la población y hacen un paraíso de sus alrededores en un radio de más de media legua[243].

Poco hemos dicho hasta ahora de la figura de don Luis. Sépase, pues, que era un buen mozo en toda la extensión de la palabra: alto, ligero, bien formado, cabello negro, ojos negros también y llenos de fuego y de dulzura. La color trigueña, la dentadura blanca, los labios finos, aunque relevados, lo cual le daba un aspecto desdeñoso, y algo de atrevido y varonil en todo el ademán, a pesar del recogimiento y de la mansedumbre clericales. Había, por último, en el porte y continente de don Luis aquel indescriptible sello de distinción y de hidalguía que parece, aunque no lo sea siempre, privativa calidad y exclusivo privilegio de las familias aristocráticas[244].

Al ver a don Luis, era menester confesar que Pepita Jiménez sabía de estética por instinto.

Corría, que no andaba, don Luis por aquellas sendas, saltando arroyos y fijándose apenas en los objetos[245], casi como toro picado del tábano. Los rústicos con quienes se

---

[243] Apunte paisajístico que envía a la excursión al Pozo de la Solana, en el curso de la cual don Luis entrevió la «aparición meridiana» de Pepita Jiménez (nota 95).

[244] Véanse en la *Biografía* de Carmen Bravo Villasante las láminas IV, V y VII que reproducen fotografías del joven Valera. Y en la novela lo que don Luis dice de sí en pág. 142.

[245] Dotes azorinianas de don Luis para fijarse en lo pequeño y en lo poco llamativo, de modo singular en los efectos florales: «las orillas de las acequias están cubiertas de hierbas olorosas y de flores de mil clases»; en las salas y galerías de la casa de Pepita «hay multitud de flores y plantas» que, en fin, «huele como el mastranzo».

encontró, los hortelanos que le vieron pasar, tal vez le tuvieron por loco.

Cansado ya de caminar sin propósito, se sentó al pie de una cruz de piedra, junto a las ruinas de un antiguo convento de San Francisco de Paula, que dista más de tres kilómetros del lugar, y allí se hundió en nuevas meditaciones, pero tan confusas que ni él mismo se daba cuenta de lo que pensaba.

El tañido de las campanas que, atravesando el aire, llegó a aquellas soledades, llamando a la oración a los fieles, y recordándoles la salutación del Ángel a la Sacratísima Virgen, hizo que don Luis volviera de su éxtasis y se hallase de nuevo en el mundo real.

El sol acababa de ocultarse detrás de los picos gigantescos de las sierras cercanas, haciendo que las pirámides, agujas y rotos obeliscos de la cumbre se destacasen sobre un fondo de púrpura y topacio, que tal parecía el cielo, dorado por el sol poniente. Las sombras empezaban a extenderse sobre la vega, y en los montes, opuestos a los montes por donde el sol se ocultaba, relucían las peñas más erguidas, como si fueran de oro o de cristal hecho ascua.

Los vidrios de las ventanas y los blancos muros del remoto santuario de la Virgen, patrona del lugar, que está en lo más alto de un cerro, así como otro pequeño templo o ermita que hay en otro cerro más cercano, que llaman el Calvario, resplandecían aún como dos faros salvadores, heridos por los postreros rayos oblicuos del sol moribundo[246].

Una poesía melancólica inspiraba a la Naturaleza, y con la música callada que sólo el espíritu acierta a oír[247], se diría

---

[246] La ermita de la Virgen de la Sierra está situada en lo alto de un cerro denominado Simblia, a 1.223 metros sobre el nivel del mar; la ermita del Calvario existe en un cerro situado a un kilómetro de la ciudad de Cabra (cf. la novela de Juan Soca, *El doctor cordial,* págs. 135-158).

[247] Nueva referencia a la teoría neoplatónica de la música celestial (nota 144), ilustrada en la luisiana *Oda a Francisco Salinas,* comentada en este aspecto por F. Rico, *El pequeño mundo del hombre,* Madrid, 1970, 178-186 y F. Lázaro en «Más observaciones sobre la estrofa quinta de la oda a Salinas», *Estudios sobre Literatura y Arte dedicados al Profesor Emilio Orozco,* Granada, II, 1979, 279-286. Entre los tratadistas del XVI más divulgados, expo-

que todo entonaba un himno al Creador. El lento son de las campanas, amortiguado y semiperdido[248] por la distancia, apenas turbaba el reposo de la tierra, y convidaba a la oración sin distraer los sentidos con rumores. Don Luis se quitó su sombrero; se hincó de rodillas al pie de la cruz, cuyo pedestal le había servido de asiento, y rezó con profunda devoción el *Angelus Domini*.

Las sombras nocturnas fueron pronto ganando terreno; pero la noche, al desplegar su manto y cobijar con él aquellas regiones, se complace en adornarle de más luminosas estrellas y de una luna más clara. La bóveda azul no trocó en negro su color azulado; conservó su azul, aunque le hizo más obscuro. El aire era tan diáfano y tan sutil, que se veían millares y millares de estrellas fulgurando en el éter sin término. La luna plateaba las copas de los árboles y se reflejaba en la corriente de los arroyos, que parecían de un líquido luminoso y transparente, donde se formaban iris y cambiantes como en el ópalo. Entre la espesura de la arboleda cantaban los ruiseñores. Las hierbas y flores vertían más generoso perfume. Por las orillas de las acequias, entre la hierba menuda y las flores silvestres, relucían como diamantes o carbunclos los gusanillos de luz en multitud innumerable. No hay por allí luciérnagas aladas ni cocuyos[249], pero estos gusanillos de luz abundan y dan un resplandor bellísimo. Muchos árboles frutales, en flor todavía; muchas acacias y rosales sin cuento embalsamaban el ambiente, impregnándole de suave fragancia.

Don Luis se sintió dominado, seducido, vencido por aquella voluptuosa naturaleza, y dudó de sí. Era menester, no obstante, cumplir la palabra dada y acudir a la cita.

---

nen sistemáticamente la tesis pitagórica de la armonía de los astros concertados musicalmente, León Hebreo, *Diálogos de Amor* (véase ahora en la trad. de José María Reyes, 1980, 213-215) y Olivia Sabuco *(sic), Coloquio en que trata de la compostura del mando (Obras,* Madrid, ed. 1888, págs. 179-181).

[248] *Semiperdido:* en las primeras ediciones, es preferida la forma semi-perdido, como tiquis-miquis y otros casos (ver nota 262).

[249] *Cocuyos:* 'luciérnaga grande'; según Corominas, es voz aborigen de Santo Domingo que posiblemente pudo ser originalmente araucana. Ver el poema de G. Gómez de Avellaneda «A un cocuyo» (ed. E. Catena, Madrid, Castalia, 1989, 48-50), que documenta el nombre en La Habana.

Aunque dando un largo rodeo, aunque recorriendo otras sendas, aunque vacilando a veces en irse a la fuente del río, donde al pie de la sierra brota de una peña viva todo el caudal cristalino que riega las huertas, y es sitio delicioso, don Luis, a paso lento y pausado, se dirigió hacia la población.

Conforme se iba acercando, se aumentaba el terror que le infundía lo que se determinaba a hacer. Penetraba por lo más sombrío de las enramadas, anhelando ver algún prodigio espantable, algún signo, algún aviso que le retrajese. Se acordaba a menudo del estudiante Lisardo, y ansiaba ver su propio entierro[250]. Pero el cielo sonreía con sus mil luces y excitaba a amar; las estrellas se miraban con amor unas a otras; los ruiseñores cantaban enamorados; hasta los grillos agitaban amorosamente sus elictras[251] sonoras, como trovadores el plectro cuando dan una serenata; la tierra toda parecía entregada al amor en aquella tranquila y hermosa noche. Nada de aviso, nada de signo, nada de pompa fúnebre: todo vida, paz y deleite. ¿Dónde estaba el Ángel de la Guarda?

¿Había dejado a don Luis como cosa perdida, o, calculando que no corría peligro alguno, no se cuidaba de apartarle de su propósito? ¿Quién sabe? Tal vez de aquel peligro resultaría un triunfo. San Eduardo y la reina Edita se ofrecían de nuevo a la imaginación de don Luis y corroboraban su voluntad.

Embelesado en estos discursos, retardaba don Luis su vuelta, y aún se hallaba a alguna distancia del pueblo, cuan-

---

[250] La primera aparición del personaje que presencia su propio entierro está en el *Jardín de flores curiosas* (1570) de Antonio de Torquemada (ed. de G. Allegra, Madrid, 1982, 272-274), donde no tiene nombre. En las *Soledades de la vida y desengaños del mundo de Cristóbal Lozano (1658)* se le adjudica el nombre de Lisardo que mantendrán en los romances de difusión generalizada (véase en el *Romancero* de Durán, ed. de la B.A.E., XVI, núms. 1271 y 1272) y en las versiones novelescas, anónimas, de las que conozco un cuaderno titulado *Historia de Lisardo el estudiante de Córdoba y de la hermosa Teodora*, Córdoba (sin año, pero del siglo XVIII). En *De la naturaleza y carácter de la novela de don Juan Valera (O. C.,* II, 190a) ejemplifica con la obra de Lozano sobre las apariciones de seres sobrenaturales. Véase *introducción*, págs. 63-64 para la intertextualidad del poema latino *Pervigilium Veneris*.
[251] *Elictra:* 'alas anteriores de los ortópteros y coleópteros'.

do sonaron las diez, hora de la cita, en el reloj de la parroquia. Las diez campanadas fueron como diez golpes que le hirieron en el corazón. Allí le dolieron materialmente, si bien con un dolor y con un sobresalto mixtos de traidora inquietud y de regalada dulzura.

Don Luis apresuró el paso a fin de no llegar muy tarde, y pronto se encontró en la población.

El lugar estaba animadísimo. Las mozas solteras venían a la fuente del ejido a lavarse la cara, para que fuese fiel el novio a la que le tenía, y para que a la que no le tenía le saltase novio. Mujeres y chiquillos, por acá y por allá, volvían de coger verbena, ramos de romero u otras plantas, para hacer sahumerios mágicos[252]. Las guitarras sonaban por varias partes. Los coloquios de amor y las parejas dichosas y apasionadas se oían y se veían a cada momento. La noche y la mañanita de San Juan, aunque fiesta católica, conservan no sé qué[253] resabios del paganismo y naturalismo antiguos. Tal vez sea por la coincidencia aproximada de esta fiesta con el solsticio de verano. Ello es que todo era profano, y no religioso. Todo era amor y galanteo. En nuestros viejos romances y leyendas siempre roba el moro a la linda infantina cristiana y siempre el caballero cristiano logra su anhelo con la princesa mora, en la noche o en la mañanita de San Juan, y en el pueblo se diría que conservaban la tradición de los viejos romances[254].

---

[252] La celebración popular se centra en los ritos acuáticos y en la búsqueda de las plantas connotadas con los atributos mágicos; los «ritos acuáticos son fundamentales en esta fecha en la que el sol y el agua son los dos fundamentos de la vida humana festejada», Julio Caro Baroja, *La estación del amor*, Madrid, 1979, 138 y 156-184 para los usos folclóricos del agua en la noche de San Juan. Otros estudios sobre la noche de San Juan: J. Caro Baroja, «Mascaradas y *alardes* de San Juan», *RDTP*, IV, 1948, 499-517; Jesús Taboada, «La noche de San Juan en Galicia», *RDTP*, VIII 1952, 600-632; J. Salvador Conde, «Fiestas de San Juan en la poesía española», *Estudios Turísticos*, 17, 1968, 23-60; J. Pons Lluch, *Origen religiós de las festes de Sant Joan de Ciutadella*, Ciutadella, ed. Menorquina, 1982.

[253] El tópico ciceroniano presente en el pasaje y en otros de la novela («hallaba aún cierto no sé qué de criminal en aquella visita que iba a hacer»; ver notas 36 y 47).

[254] «Estando toda la corte / de Almanzor, rey de Granada, / celebrando del Bautista / la fiesta entre moros santa (...)»; «la mañana de San Juan / a

Las calles estaban llenas de gente[255]. Todo el pueblo estaba en las calles, y además los forasteros. Hacían asimismo muy difícil el tránsito la multitud de mesillas de turrón, arropía y tostones[256], los puestos de fruta, las tiendas de muñecos y juguetes y las buñolerías, donde gitanas jóvenes y viejas, ya freían la masa, infestando el aire con el olor del aceite, ya pesaban y servían los buñuelos, ya respondían con donaire a los piropos de los galanes que pasaban, ya decían la buena ventura.

Don Luis procuraba no encontrar a los amigos y, si los veía de lejos, echaba por otro lado. Así fue llegando poco a poco, sin que le hablasen ni detuviesen, hasta cerca del zaguán de casa de Pepita. El corazón empezó a latirle con violencia, y se paró un instante para serenarse. Miró el reloj: eran cerca de las diez y media.

—¡Válgame Dios! —dijo—, hará cerca de media hora que me estará aguardando.

Entonces se precipitó y penetró en el zaguán. El farol que lo alumbraba de diario daba poquísima luz aquella noche.

No bien entró don Luis en el zaguán, una mano, mejor diremos una garra, le asió por el brazo derecho. Era Antoñona, que dijo en voz baja:

—¡Diantre de colegial, ingrato, desaborido, mostrenco!

punto que alboreaba / grande fiesta hacen los moros / por la vega de Granada...» (romances números 45 y 80 del *Romancero* de Durán, B.A.E., XVI). Julio Caro Baroja, *La estación del amor*, pág. 129 y ss., recuerda otros romances que desarrollan similar temática, como los romances del conde Arnaldos, de la misa de amor y de los cautivos Melchor y Laurencia.

[255] La fiesta de San Juan sigue celebrándose en Cabra. Juan Soca comunicaba al profesor De Coster que en 1956 se celebraba con ligeras variantes respecto a la descripción que hace el novelista; en ese día, y desde 1927, fecha de la inauguración del monumento a Valera en el parque de Cabra, la asociación «Amigos de don Juan» celebraba un acto literario.

[256] *Arropía*: 'pieza de dulce hecha de arrope de azúcar, de miel, etc., en barras o moldes' (Alcalá Venceslada). *Tostón*: en el *Diccionario* académico se trata de garbanzos tostados; porción de castañas o bellotas tostadas para Alcalá Venceslada, quien añade como autoridad este texto de F. Muñoz y Pabón: «convidó a Maricruz a un tostón de castañas en su cocina...» *(Temple de acero)*.

Ya imaginaba yo que no venías. ¿Dónde has estado, *peal*?[257]. ¡Cómo te atreves a tardar, haciéndote de pencas[258], cuando toda la sal de la tierra se está derritiendo por ti, y el sol de la hermosura te aguarda!

Mientras Antoñona expresaba estas quejas no estaba parada, sino que iba andando y llevando en pos de sí, asido siempre del brazo, al colegial atortolado y silencioso. Salvaron la cancela, y Antoñona la cerró con tiento y sin ruido; atravesaron el patio, subieron por la escalera, pasaron luego por unos corredores y por dos salas, y llegaron a la puerta del despacho, que estaba cerrada.

En toda la casa reinaba maravilloso silencio[259]. El despacho estaba en lo interior y no llegaban a él los rumores de la calle. Sólo llegaban, aunque confusos y vagos, el resonar de las castañuelas y el son de la guitarra, y un leve murmullo, causado todo por los criados de Pepita, que tenían su *jaleo probe* en la casa de campo.

Antoñona abrió la puerta del despacho, empujó a don Luis para que entrase, y al mismo tiempo le anunció diciendo:

---

[257] *Peal:* 'persona despreciable, o animal de poco valor' (Alcalá Venceslada); es palabra que recogía Alfonso de Palencia en su *Universal Vocabulario* (1490), bajo la entrada *pedule*.

[258] *Hacerse de pencas:* expresión coloquial, 'hacerse mucho de rogar, mostrando insensibilidad o indiferencia', Sbarbi, II, 225.

[259] La atenuación de los ruidos externos edifica el espacio clausurado para el encuentro de los amantes, pero, además, el «maravilloso silencio» es posible resonancia de un pasaje cervantino: «pero de lo que más se contentó Don Quijote fue del maravilloso silencio que en toda la casa había, que semejaba un monasterio de cartujos» *(Quijote,* II, XVIII); Santiago Montero Díaz realizó un brillante comento de este pasaje y del sintagma *maravilloso silencio* en otros textos cervantinos *(Cervantes, compañero eterno,* Madrid, 1957, págs. 175-179). Véanse ahora los estudios de Aurora Egido, «La poética del silencio en el Siglo de Oro. Su pervivencia», *BHi,* LXXXVIII, 1986, 93-120 y «El sosegado y maravilloso silencio de *La Galatea»* *(Cervantes y las puertas del sueño,* Barcelona, PPU, 1994, págs. 19-32). El silencio es contrapunto de numerosas escenas de la novela que se focalizan sobre los dos personajes: el «majestuoso y reposado silencio de las horas nocturnas», «aquella terrible escena silenciosa» del beso que, una vez concluida, se remata con el comentario «así estuvieron los dos algunos minutos en desesperado silencio».

—Niña, aquí tienes al señor don Luis, que viene a despedirse de ti.

Hecho el anuncio con la formalidad debida, la discreta Antoñona se retiró de la sala, dejando a sus anchas al visitante y a la niña, y volviendo a cerrar la puerta.

Al llegar a este punto, no podemos menos de hacer notar el carácter de autenticidad que tiene la presente historia, admirándonos de la escrupulosa exactitud de la persona que la compuso. Porque si algo de fingido, como en una novela, hubiera en estos *Paralipómenos,* no cabe duda en que una entrevista tan importante y transcendente como la de Pepita y don Luis se hubiera dispuesto por medios menos vulgares que los aquí empleados. Tal vez nuestros héroes, yendo a una nueva expedición campestre, hubieran sido sorprendidos por deshecha y pavorosa tempestad, teniendo que refugiarse en las ruinas de algún antiguo castillo o torre moruna, donde por fuerza había de ser fama que aparecían espectros o cosas por el estilo. Tal vez nuestros héroes hubieran caído en poder de alguna partida de bandoleros, de la cual hubieran escapado merced a la serenidad y valentía de don Luis, albergándose luego, durante la noche, sin que se pudiese evitar, y solitos los dos, en una caverna o gruta. Y tal vez, por último, el autor hubiera arreglado el negocio de manera que Pepita y su vacilante admirador hubieran tenido que hacer un viaje por mar, y aunque ahora no hay piratas o corsarios argelinos no es difícil inventar un buen naufragio, en el cual don Luis hubiera salvado a Pepita, arribando a una isla desierta o a otro lugar poético y apartado. Cualquiera de estos recursos[260] hubiera preparado

---

[260] El narrador resume tres categorías de relatos de aventuras —novela histórica, peripecias de bandoleros, relato de viajes—, a los que la autenticidad de la historia de don Luis y Pepita dota de mayor intensidad imaginativa y *novelesca*. En la no extensa obra novelesca de Valera pueden encontrarse armónicos de cada uno de estos modelos; para las apariciones espectrales en una torre arcaica, como se usaba en la novela histórica, *Las Ilusiones del Doctor Faustino;* quizás *Mariquita y Antonio* caminaba hacia unos lances bandidescos, de lo que algo podemos leer en *Las Ilusiones del*

con más arte el coloquio apasionado de los dos jóvenes y hubiera justificado mejor a don Luis. Creemos, sin embargo, que en vez de censurar al autor porque no apela a tales enredos, conviene darle gracias por la mucha conciencia que tiene, sacrificando a la fidelidad del relato el portentoso efecto que haría si se atreviese a exornarle y bordarle con lances y episodios sacados de su fantasía.

Si no hubo más que la oficiosidad y destreza de Antoñona y la debilidad con que don Luis se comprometió a acudir a la cita, ¿para qué forjar embustes y traer a los dos amantes como arrastrados por la fatalidad a que se vean y hablen a solas con gravísimo peligro de la virtud y entereza de ambos? Nada de eso. Si don Luis se conduce bien o mal en venir a la cita, y si Pepita Jiménez, a quien Antoñona había ya dicho que don Luis espontáneamente venía a verla, hace mal o bien en alegrarse de aquella visita algo misteriosa y fuera de tiempo, no echemos la culpa al acaso, sino a los mismos personajes que en esta historia figuran y a las pasiones que sienten.

Mucho queremos nosotros a Pepita; pero la verdad es antes que todo, y la hemos de decir, aunque perjudique a nuestra heroína. A las ocho le dijo Antoñona que don Luis iba a venir, y Pepita, que hablaba de morirse, que tenía los ojos encendidos y los párpados un poquito inflamados de llorar, y que estaba bastante despeinada, no pensó desde entonces sino en componerse y arreglarse para recibir a don Luis. Se lavó la cara con agua tibia para que el estrago del llanto desapareciese hasta el punto preciso de no afear, mas no para que no quedasen huellas de que había llorado; se compuso el pelo de suerte que no denunciaba estudio cuidadoso, sino que mostraba cierto artístico y gentil descuido, sin rayar en desorden, lo cual hubiera sido poco decoroso; se pulió las uñas, y como no era propio recibir de bata a don Luis, se vistió un traje sencillo de casa. En suma, miró instintivamente a que todos los pormenores de tocador concurriesen a hacerla parecer más bonita y aseada, sin que se trasluciera el menor indicio del arte, del trabajo y del tiempo gastados en aquellos

---

Doctor Faustino; aventuras marítimas y naufragios, en fin, menudean en la novela *Morsamor.*

perfiles, sino que todo ello resplandeciera como obra natural y don gratuito; como algo que persistía en ella, a pesar del olvido de sí misma, causado por la vehemencia de los afectos.

Según hemos llegado a averiguar, Pepita empleó más de una hora en estas faenas de tocador, que habían de sentirse sólo por los efectos. Después se dio el postrer retoque y vistazo al espejo con satisfacción mal disimulada. Y, por último, a eso de las nueve y media, tomando una palmatoria, bajó a la sala donde estaba el Niño Jesús. Encendió primero las velas del altarito, que estaban apagadas; vio con cierta pena que las flores yacían marchitas; pidió perdón a la devota imagen por haberla tenido desatendida mucho tiempo, y, postrándose de hinojos, y a solas, oró con todo su corazón y con aquella confianza y franqueza que inspira quien está de huésped en casa desde hace muchos años. A un Jesús Nazareno, con la cruz a cuestas y la corona de espinas; a un Ecce-Homo, ultrajado y azotado, con la caña por irrisorio cetro y la áspera soga por ligadura de las manos, o a un Cristo crucificado, sangriento y moribundo, Pepita no se hubiera atrevido a pedir lo que pidió a Jesús, pequeñuelo todavía, risueño, lindo, sano y con buenos colores. Pepita le pidió que le dejase a don Luis; que no se le llevase, porque él, tan rico y tan abastado de todo, podía sin gran sacrificio desprenderse de aquel servidor y cedérsele a ella.

Terminados estos preparativos, que nos será lícito clasificar y dividir en *cosméticos,* indumentarios y religiosos, Pepita se instaló en el despacho, aguardando la venida de don Luis con febril impaciencia.

Atinada anduvo Antoñona en no decirle que iba a venir, sino hasta poco antes de la hora. Aun así, gracias a la tardanza del galán, la pobre Pepita estuvo deshaciéndose, llena de ansiedad y de angustia, desde que terminó sus oraciones y súplicas con el Niño Jesús hasta que vio dentro del despacho al otro niño[261].

————————

————————

[261] La iteración de *niño* subraya la intención irónica que guía el discurso del narrador.

La visita empezó del modo más grave y ceremonioso. Los saludos de fórmula se pronunciaron maquinalmente de una y otra parte, y don Luis, invitado a ello, tomó asiento en una butaca, sin dejar el sombrero ni el bastón, y a no corta distancia de Pepita. Pepita estaba sentada en el sofá. El velador se veía al lado de ella con libros y con la palmatoria, cuya luz iluminaba su rostro. Una lámpara ardía además sobre el bufete. Ambas luces, con todo, siendo grande el cuarto, como lo era, dejaban la mayor parte de él en la penumbra. Una gran ventana que daba a un jardincillo interior estaba abierta por el calor, y si bien sus hierros eran como la trama de un tejido de rosas-enredaderas y jazmines, todavía por entre la verdura y las flores se abrían camino los claros rayos de la luna, penetraban en la estancia y querían luchar con la luz de la lámpara y de la palmatoria. Penetraban además por la ventana-vergel el lejano y confuso rumor del jaleo de la casa de campo, que estaba al otro extremo; el murmullo monótono de una fuente que había en el jardincillo, y el aroma de los jazmines y de las rosas que tapizaban la ventana, mezclado con el de los don-pedros[262], albahacas y otras plantas que adornaban los arriates al pie de ella.

Hubo una larga pausa, un silencio tan difícil de sostener como de romper. Ninguno de los dos interlocutores se atrevía a hablar. Era, en verdad, la situación muy embarazosa. Tanto para ellos el expresarse entonces, como para nosotros el reproducir ahora lo que expresaron, es empresa ardua; pero no hay más remedio que acometerla. Dejemos que ellos mismos se expliquen, y copiemos al pie de la letra sus palabras.

———————

—Al fin se dignó usted venir a despedirse de mí antes de su partida —dijo Pepita—. Yo había perdido ya la esperanza. El papel que hacía don Luis era de mucho empeño, y,

———

262 Donpedro (sic en 1904). Las ediciones prefieren las formas de composición rosas-enredaderas, ventana-vergel, don-pedros, Pedro-Jiménez, semi-gentílica, geranio-hierba que son las que aparecen en las primeras ediciones (ver nota 248).

por otra parte, los hombres, no ya novicios, sino hasta experimentados y curtidos en estos diálogos, suelen incurrir en tonterías al empezar. No se condene, pues, a don Luis porque empezase contestando tonterías.

—Su queja de usted es injusta —dijo—. He estado aquí a despedirme de usted con mi padre, y como no tuvimos el gusto de que usted nos recibiese, dejamos tarjetas. Nos dijeron que estaba usted algo delicada de salud, y todos los días hemos enviado recado para saber de usted. Grande ha sido nuestra satisfacción al saber que estaba usted aliviada. ¿Y ahora, se encuentra usted mejor?

—Casi estoy por decir a usted que no me encuentro mejor —replicó Pepita—; pero como veo que viene usted de embajador de su padre, y no quiero afligir a un amigo tan excelente, justo será que diga a usted, y que usted repita a su padre, que siento bastante alivio. Singular es que haya venido usted solo. Mucho tendrá que hacer don Pedro cuando no le ha acompañado.

—Mi padre no me ha acompañado, señora, porque no sabe que he venido a ver a usted. Yo he venido solo, porque mi despedida ha de ser solemne, grave, para siempre quizás, y la suya es de índole harto diversa. Mi padre volverá por aquí dentro de unas semanas; yo es posible que no vuelva nunca, y, si vuelvo, volveré muy otro del que soy ahora.

Pepita no pudo contenerse. El porvenir de felicidad con que había soñado se desvanecía como una sombra. Su resolución inquebrantable de vencer a toda costa a aquel hombre, único que había amado en la vida, único que se sentía capaz de amar, era una resolución inútil. Don Luis se iba. La juventud, la gracia, la belleza, el amor de Pepita no valían para nada. Estaba condenada, con veinte años de edad y tanta hermosura, a la viudez perpetua, a la soledad, a amar a quien no la amaba. Todo otro amor era imposible para ella. El carácter de Pepita, en quien los obstáculos recrudecían y avivaban más los anhelos; en quien una determinación, una vez tomada, lo arrollaba todo hasta verse cumplida, se mostró entonces con notable violencia y rompiendo todo freno. Era menester morir o vencer en la demanda. Los respetos sociales, la inveterada costumbre de disimular y de velar los sentimientos, que se adquieren en el gran mundo[263] y que pone dique a los arrebatos de la pasión y envuelve en gasas y cendales y disuelve en perífrasis y frases ambiguas la más enérgica explosión de los mal reprimidos afectos, nada podían con Pepita, que tenía poco trato de gentes y que no conocía término medio; que no había sabido sino obedecer a ciegas a su madre y a su primer marido, y mandar después despóticamente a todos los demás seres humanos. Así es que Pepita habló en aquella ocasión y se mostró tal como era. Su alma, con cuanto había en ella de apasionado, tomó forma sensible en sus palabras, y sus palabras no sirvieron para envolver su pensar y su sentir, sino para darle cuerpo. No habló como hubiera hablado una dama de nuestros salones, con ciertas plegarías y atenuaciones en la expresión, sino con la desnudez idílica con que Cloe hablaba a Dafnis, y con la humildad y el abandono completo con que se ofreció a Booz la nuera de Noemí[264].

Pepita dijo:

—¿Persiste usted, pues, en su propósito? ¿Está usted seguro de su vocación? ¿No teme usted ser un mal clérigo? Señor don Luis, voy a hacer un esfuerzo; voy a olvidar por un instante que soy una ruda muchacha; voy a prescindir de todo sentimiento, y voy a discurrir con frialdad, como si se tratase del asunto que me fuese más extraño. Aquí hay hechos que se pueden comentar de dos modos. Con ambos comentarios queda usted mal. Expondré mi pensamiento. Si la mujer que con sus coqueterías, no por cierto muy desenvueltas, casi sin hablar a usted palabra, a los pocos días

<hr />

[263] *Gran mundo* es construcción francesa que Valera tiende a sustituir por la equivalencia inglesa *high life;* aunque el sentido con el que emplea la construcción suele ser distanciado, en ocasiones lo emplea como abogado de oficio del grupo social aludido, como en este párrafo de la carta de Currita Albornoz al Padre Coloma: «Y la ocasión me parece poco oportuna para mostrarse así [tétrico y adusto]. Hoy la *high life* madrileña y todo lo demás de España y casi todo lo demás de Europa piden y requieren más consolación y aliento que amenazas y terrores» (*O. C.,* II, 835b).

[264] El *idilio* de Longo como paradigma de la vida natural y del tratamiento artístico limpio de artificios; para la historia bíblica, *Libro de Ruth,* I, IV.

de verle y tratarle, ha conseguido provocar a usted, moverle a que la mire con miradas que auguraban amor profano, y hasta ha logrado que le dé usted una muestra de cariño, que es una falta, un pecado en cualquiera y más en un sacerdote; si esta mujer es, como lo es en realidad, una lugareña ordinaria, sin instrucción, sin talento y sin elegancia, ¿qué no se debe temer de usted cuando trate y vea y visite en las grandes ciudades a otras mujeres mil veces más peligrosas? Usted se volverá loco cuando vea y trate a las grandes damas que habitan palacios, que huellan mullidas alfombras, que deslumbran con diamantes y perlas, que visten sedas y encajes y no percal y muselina, que desnudan la cándida y bien formada garganta, y no la cubren con un plebeyo y modesto pañolito; que son más diestras en mirar y herir; que por el mismo boato, séquito y pompa de que se rodean son más deseables por ser en apariencia inasequibles; que disertan de política, de filosofía, de religión y de literatura; que cantan como canarios, y que están como envueltas en nubes de aroma, adoraciones y rendimientos, sobre un pedestal de triunfos y victorias, endiosadas por el prestigio de un nombre ilustre, encumbradas en áureos salones o retiradas en voluptuosos gabinetes, donde entran sólo los felices de la tierra, tituladas acaso, y llamándose únicamente para los íntimos Pepita, Antoñita o Angelita, y para los demás la Excelentísima Señora Duquesa o la Excelentísima Señora Marquesa. Si usted ha cedido a una zafia aldeana, hallándose en vísperas de la ordenación, con todo el entusiasmo que debe suponerse, y si ha cedido impulsado por capricho fugaz, ¿no tengo razón en prever que va usted a ser un clérigo detestable, impuro, mundanal y funesto, y que cederá a cada paso? En esta suposición, créame usted, señor don Luis y no se me ofenda, ni siquiera vale usted para marido de una mujer honrada. Si usted ha estrechado las manos con el ahínco y la ternura del más frenético amante; si usted ha mirado con miradas que prometían un cielo, una eternidad de amor, y si usted ha... besado a una mujer que nada le inspiraba sino algo que para mí no tiene nombre, vaya usted con Dios, y no se case usted con esa mujer. Si ella es buena, no le querrá a usted para marido, ni siquiera para amante; pero, por amor de Dios, no sea usted clérigo tampoco. La Iglesia ha menester de otros hombres más serios y más capaces de virtud para ministros del Altísimo. Por el contrario, si usted ha sentido una gran pasión por esta mujer de que hablamos, aunque ella sea poco digna, ¿por qué abandonarla y engañarla con tanta crueldad? Por indigna que sea, si es que ha inspirado esa gran pasión, ¿no cree usted que la compartirá y que será víctima de ella? Pues qué, cuando el amor es grande, elevado y violento, ¿deja nunca de imponerse? ¿No tiraniza y subyuga al objeto amado de un modo irresistible? Por los grados y quilates de su amor debe usted medir el de su amada. Y ¿cómo no temer por ella si usted la abandona? ¿Tiene ella la energía varonil, la constancia que infunde la sabiduría que los libros encierran, el aliciente de la gloria, la multitud de grandiosos proyectos, y todo aquello que hay en su cultivado y sublime espíritu de usted para distraerle y apartarle, sin desgarradora violencia, de todo otro terrenal afecto? ¿No comprende usted que ella morirá de dolor, y que usted, destinado a hacer incruentos sacrificios, empezará por sacrificar despiadadamente a quien más le ama?

—Señora —contestó don Luis haciendo un esfuerzo para disimular su emoción y para que no se conociese lo turbado que estaba en lo trémulo y balbuciente de la voz—. Señora, yo también tengo que dominarme mucho para contestar a usted con la frialdad de quien opone argumentos a argumentos como en una controversia; pero la acusación de usted viene tan razonada (y usted perdone que se lo diga), es tan hábilmente sofística, que me fuerza a desvanecerla con razones. No pensaba yo tener que disertar aquí y que aguzar mi corto ingenio; pero usted me condena a ello, si no quiero pasar por un monstruo. Voy a contestar a los extremos del cruel dilema que ha forjado usted en mi daño[265]. Aunque me he criado al lado de mi tío y en el

---

[265] El discurso de Pepita es lo más alejado de la expresión de una «zafia aldeana», tanto por la construcción lógica como por los adornos de estilo. Pepita, en hábil dialéctica, ha reprochado a Luis o haberle dado engañosas pruebas de amor o abandonarla a su suerte si la ama sinceramente. Por ello

Seminario, donde no he visto mujeres, no me crea usted tan ignorante ni tan pobre de imaginación que no acertase a representármelas en la mente todo lo bellas, todo lo seductoras que pueden ser. Mi imaginación, por el contrario, sobrepujaba a la realidad en todo eso. Excitada por la lectura de los cantores bíblicos y de los poetas profanos, se fingía mujeres más elegantes, más graciosas, más discretas que las que por lo común se hallan en el mundo real. Yo conocía, pues, el precio del sacrificio que hacía, y hasta lo exageraba, cuando renuncié al amor de esas mujeres, pensando elevarme a la dignidad del sacerdocio. Harto conocía yo lo que puede y debe añadir de encanto a una mujer hermosa el vestirla de ricas telas y joyas esplendentes, y el circundarla de todos los primores de la más refinada cultura, y de todas las riquezas que crean la mano y el ingenio infatigable del hombre[266]. Harto conocía yo también lo que acrecientan el natural despejo, lo que pulen, realzan y abrillantan la inteligencia de una mujer el trato de los hombres más notables por la ciencia, la lectura de buenos libros, el aspecto mismo de las florecientes ciudades con los monumentos y grandezas que contienen. Todo esto me lo figuraba yo con tal viveza y lo veía con tal hermosura, que no lo dude usted, si yo llego a ver y a tratar a esas mujeres de que usted me habla, lejos de caer en la adoración y en la locura que

don Luis responderá al «cruel dilema» con argumentos sacados de su exclusiva experiencia libresca e imaginativa.

[266] Luis de Vargas admite vivir en la literatura y disponer de una facultad creadora que es su fantasía, pero sus conocimientos del refinado universo que ha creado la civilización moderna carecen de la base empírica que tenía la experiencia del novelista Valera. Los comentarios admirativos de éste sobre los grupos femeninos de refinadas formas de comportamiento pueden leerse en sus cartas desde Rusia (*O. C.,* III, 80-202) o en algunas de las misivas cruzadas con Menéndez Pelayo en las que se refiere al grupo madrileño de damas con el que se relacionan ambos escritores (por ejemplo, en la carta del 12-X-1880: «espero y supongo que, si Lydia lo permite, irá usted de vez en cuando a la Sinagoga. Dé usted mil expresiones de mi parte a Mme. Bauer. Salude usted asimismo en mi nombre a todos los que asisten de noche al museo de Alejandría, donde ya acaso habrá hecho Hipatia su epifanía gloriosa de vuelta de Galicia» (Artigas, *Epistolario de Valera y Menéndez Pelayo,* 1946, 72).

usted predice, tal vez sea un desengaño lo que reciba, al ver cuánta distancia media de lo soñado a lo real y de lo vivo a lo pintado[267].

—¡Estos de usted sí que son sofismas! —interrumpió Pepita—. ¿Cómo negar a usted que lo que usted se pinta en la imaginación es más hermoso que lo que existe realmente? Pero ¿cómo negar tampoco que lo real tiene más eficacia seductora que lo imaginado y soñado? Lo vago y aéreo de un fantasma, por bello que sea, no compite con lo que mueve materialmente los sentidos. Contra los ensueños mundanos comprendo que venciesen en su alma de usted las imágenes devotas; pero temo que las imágenes devotas no habían de vencer a las mundanas realidades.

—Pues no lo tema usted, señora —replicó don Luis—. Mi fantasía es más eficaz en lo que crea que todo el universo, menos usted, en lo que por los sentidos transmite[268].

—¿Y por qué *menos yo*? Esto me hace caer en otro recelo. ¿Será quizás la idea que usted tiene de mí, la idea que ama, creación de esa fantasía tan eficaz, ilusión en nada conforme conmigo?

—No, no lo es; tengo fe de que esta idea es en todo con-

---

[267] A partir de aquí se insertan los párrafos inexistentes en la edición de la *Revista de España*, la cual pasaba directamente desde estas palabras de don Luis hasta las que el mismo personaje enuncia más tarde con el párrafo «la magia, el hechizo de una mujer, bella de alma y de gentil presencia (...)». A partir de las otras dos ediciones de 1874 (la de Noguera y la de *El Imparcial*) encontramos el texto completo que ya repitieron todas las impresiones siguientes; cfr. lo que digo en la *Introducción,* pág. 93).

[268] La admisión por parte de don Luis de la potencia creativa de su fantasía, sitúa su concepción de esta potencia cognoscitiva en un ámbito de pensamiento distinto de la teoría gnoseológica aristotélico-tomista (ver nota 123). La restricción, en cambio, que realiza respecto a la invención de la amada es reiteración del tópico neoplatónico al que el seminarista se referirá seguidamente, y que se encuentra en el polo opuesto de la concepción stendhaliana del amor como creación del amante, y que Antonio Machado desarrolla en esta canción: «Todo amor es fantasía, / él inventa el año, el día / la hora y su melodía / inventa el amante y, más la amada. No prueba nada, / contra el amor, que la amada / no haya existido jamás» (De *Un cancionero apócrifo,* ed. de José María Valverde, Madrid, 1971, pág. 254); ver nota 123.

forme con usted; pero tal vez es ingénita en mi alma; tal vez está en ella desde que fue creada por Dios; tal vez es parte de su esencia; tal vez es lo más puro y rico de su ser, como el perfume en las flores.

—¡Bien me lo temía yo! Usted me lo confiesa ahora. Usted no me ama. Eso que ama usted es la esencia, el aroma, lo más puro de su alma, que ha tomado una forma parecida a la mía.

—No, Pepita; no se divierta usted en atormentarme. Esto que yo amo es usted, y usted tal cual es; pero es tan bello, tan limpio, tan delicado esto que yo amo, que no me explico que pase todo por los sentidos de un modo grosero y llegue así hasta mi mente. Supongo, pues, y creo, y tengo por cierto, que estaba antes en mí. Es como la idea de Dios, que estaba en mí, que ha venido a magnificarse y, desenvolverse en mí, y que, sin embargo, tiene su objeto real, superior, infinitamente superior a la idea. Como creo que Dios existe, creo que existe usted y que vale usted mil veces más que la idea que de usted tengo formada.

—Aún me queda una duda. ¿No pudiera ser la mujer en general, y no yo singular y exclusivamente, quien ha despertado esa idea?[269].

—No, Pepita; la magia, el hechizo de una mujer, bella de alma y de gentil presencia, habían, antes de ver a usted, penetrado en mi fantasía. No hay duquesa ni marquesa en Madrid, ni emperatriz en el mundo, ni reina ni princesa en todo el orbe, que valgan lo que valen las ideales y fantásticas criaturas con quienes yo he vivido, porque se aparecían en los alcázares y camarines, estupendos de lujo, buen gusto y exquisito ornato, que yo edificaba en mis espacios imaginarios, desde que llegué a la adolescencia, y que daba lue-

---

[269] Esta contraposición entre la teoría idealista de la belleza absoluta y la afirmación realista de la belleza personificada en un ser de carne y hueso es la formulación dialéctica de la cuestión filosófica y la tensión vital que inquietó al autor durante tantos años y de la que dejó una insuperable formalización literaria en su «diálogo filosófico amoroso» *Asclepigenia* (Azaña, 1930; Andrés Amorós, ponencia en el congreso de Málaga de 1994); cfr. nota 96.

go por morada a mis Lauras, Beatrices, Julietas, Margaritas y Eleonoras, o a mis Cintias, Glíceras y Lesbias[270]. Yo las coronaba en mi mente con diademas y mitras orientales, y las envolvía en mantos de púrpura y de oro, y las rodeaba de pompa regia, como a Ester y a Vasti; yo les prestaba la sencillez bucólica de la edad patriarcal, como a Rebeca y a la Sulamita[271]; yo les daba la dulce humildad y la devoción de Ruth; yo las oía discurrir como Aspasia o Hipatia[272] maestras de elocuencia; yo las encumbraba en estrados riquísimos, y ponía en ellas reflejos gloriosos de clara sangre y de ilustre prosapia, como si fuesen las matronas patricias más orgullosas y nobles de la antigua Roma; yo las veía ligeras, coquetas, alegres, llenas de aristocrática desenvoltura, como las damas del tiempo de Luis XIV en Versalles, y yo las adornaba, ya con púdicas estolas, que infundían veneración y

---

[270] Catálogo de mujeres idealizadas y cantadas en textos literarios clásicos, salvo la *Eleonora* de G. A. Bürger que es una balada publicada en 1770 en la que la amada, al final de una batalla, cabalga en el corcel de su prometido del que descubre ser figura de la muerte. El compositor Mercadante estrenó en Nápoles una *Eleonora*, en 1845, poco antes de la estancia de Valera, ópera basada en la balada germana. Laura era la destinataria de la poesía petrarquesca; Beatriz de la creación literaria de Dante; Julieta, creación de Shakespeare y Margarita, de Goethe en el *Fausto*. Cintia fue la amada de Proporcio y Lesbia la mujer cantada por Catulo. Glícera es la cortesana que centra el cuarto libro de cartas eróticas de Alcifrón, difundidas en Europa a partir de la edición aldina de *Cartas griegas*, impresas en Venecia en 1499.

[271] Para la sustitución de Vasti por Esther, *Esther*, I, 10-22, II, 1-18; con una punta de humor comenta el episodio bíblico Valera en *Psicología del amor*: «Pasma, por ejemplo, la multitud de preparativos, fricciones, baños y mudas que, según el *Libro de Esther*, hacían durante un año con las señoritas que iban presentando al rey Asuero, para que entre ellas eligiese reina, después de repudiada Vasti» (*O. C.*, II, 1576b). Rebeca, esposa de Isaac, en *Génesis*, XXIV, 15-25; Sulamita en *I Reyes*, I, 1-4.

[272] Aspasia, esposa de Pericles, e Hipatia, sofista alejandrina del siglo IV, son prototipos de la mujer griega. Repárese en que el catálogo literario de mujeres desplegado por el seminarista es un testimonio más del repertorio ecuménico de mujeres amables que divulgaría la poesía modernista (véase el poema de Rubén Darío *Divagación* y su comentario por Alonso Zamora Vicente en *El Comentario de textos*, Madrid, 1973, 167-193) y que encontramos ya en la prosa posromántica francesa, como en *L'Éducation sentimentale* de Flaubert (ed. de Geneviève Bollême, París, 1964 págs. 190-192).

respeto, ya con túnicas y peplos sutiles, por entre cuyos pliegues airosos se dibujaba toda la perfección plástica de las gallardas formas; ya con la *coa*[273] transparente de las bellas cortesanas de Atenas y Corinto, para que reluciese, bajo la nebulosa velatura, lo blanco y sonrosado del bien torneado cuerpo. Pero ¿qué valen los deleites del sentido, ni qué valen las glorias todas y las magnificencias del mundo, cuando un alma arde y se consume en el amor divino, como yo entendía, tal vez con sobrada soberbia, que la mía estaba ardiendo y consumiéndose? Ingentes peñascos, montañas enteras, si sirven de obstáculo a que se dilate el fuego que de repente arde en el seno de la tierra, vuelan deshechos por el aire, dando lugar y abriendo paso a la amontonada pólvora de la mina o a las inflamadas materias del volcán en erupción atronadora. Así, o con mayor fuerza, lanzaba de sí mi espíritu todo el peso del universo y de la hermosura creada, que se le ponía encima y le aprisionaba, impidiéndole volar a Dios, como a su centro. No, no he dejado yo por ignorancia ningún regalo, ninguna dulzura, ninguna gloria; todo lo conocía y lo estimaba en más de lo que vale cuando lo desprecié por otro regalo, por otra gloria, por otras dulzuras mayores. El amor profano de la mujer no sólo ha venido a mi fantasía con cuantos halagos tiene en sí, sino con aquellos hechizos soberanos y casi irresistibles de la más peligrosa de las tentaciones: de la que llaman los moralistas tentación virgínea[274], cuando la mente, aún no desengañada por la experiencia y el pecado, se finge en el abrazo amoroso un subidísimo deleite, inmensamente superior, sin duda, a toda realidad y a toda verdad. Desde que vivo, desde que soy hombre, y ya hace años,

---

[273] *Coa*: Lott, ed. cit., explica la palabra como 'prenda procedente de la isla de Cos'; García Lorenzo recoge y amplía esta nota.

[274] Escribe Valera en referencia a moralistas españoles: «así, pues, nuestros místicos no desdeñan el estudio psicológico de la parte sensitiva del alma, aunque no entren en ciertas averiguaciones impertinentes y menudas, que dejan a los manuales de confesores o a los tratados especiales de teología moral, como el libro *De matrimonio*, del padre Sánchez, o *La llave de oro*, del padre Claret, dondo ya hay de sobra acerca de todo esto» *(Psicología del amor, O. C.,* II, 1578a).

pues no es tan grande mi mocedad[275], he despreciado todas esas sombras y reflejos de deleites y de hermosuras, enamorado de una hermosura arquetipo y ansioso de un deleite supremo. He procurado morir en mí para vivir en el objeto amado; desnudar, no ya sólo los sentidos, sino hasta las potencias de mi alma, de afectos del mundo y de figuras y de imágenes, para poder decir con razón que no soy yo el que vivo, sino que Cristo vive en mí[276]. Tal vez, de seguro, he pecado de arrogante y de confiado, y Dios ha querido castigarme. Usted entonces se ha interpuesto en mi camino y me ha sacado de él y me ha extraviado. Ahora me zahiere, me burla, me acusa de liviano y de fácil; y al zaherirme y burlarme se ofende a sí propia, suponiendo que mi falta me la hubiera hecho cometer otra mujer cualquiera. No quiero, cuando debo ser humilde, pecar de orgulloso defendiéndome. Si Dios, en castigo de mi soberbia, me ha dejado de su gracia, harto posible es que el más ruin motivo me haya hecho vacilar y caer. Con todo, diré a usted que mi mente, quizás alucinada, lo entiende de muy diversa manera. Será efecto de mi no domada soberbia; pero repito que lo entiendo de otra manera. No acierto a persuadirme de que haya ruindad ni bajeza en el motivo de mi caída. Sobre todos los ensueños de mi juvenil imaginación ha venido a sobreponerse y entronizarse la realidad que en usted he visto; sobre todas mis ninfas, reinas y diosas, usted ha descollado;

---

[275] La aparente contradicción de estas afirmaciones —«y ya hace años, pues no es tan grande mi mocedad»— se deshace si se tiene en cuenta que el seminarista está distinguiendo entre sus veintidós años de existencia y las etapas de la vida humana, fijadas convencionalmente desde la antigüedad. Según esta división, una fase de la vida humana era la *adolescencia* o *mocedad;* el número de años que correspondía a cada etapa variaba según los autores, aunque el módulo más común es el que encontramos en San Isidoro, *Etimologías,* XI, II, 4-5: «Secunda aetas pueritia, id est pura et necdum ad generandum apta, tendens usque ad quartum decimun annum, tertia adolescentia ad gignedum adulta, quae prorrigitur usque ad viginti octo annos» (XI, II, 3-4).; cfr. nota 13.

[276] Tópico de la literatura ascético-mística que podemos encontrar resumido en fray Luis de Granada, *Guía de pecadores,* libro II, cap. XV, «De lo que debe el hombre hacer para consigo mismo» (ed. de *B.A.E.,* vol. VI, 142-150).

por cima de mis ideales creaciones, derribadas, rotas, deshechas por el amor divino, se levantó en mi alma la imagen fiel, la copia exactísima de la viva hermosura que adorna, que es la esencia de ese cuerpo y de esa alma. Hasta algo de misterioso, de sobrenatural, puede haber intervenido en esto, porque amé a usted desde que la vi, casi antes de que la viera. Mucho antes de tener conciencia de que la amaba a usted, ya la amaba. Se diría que hubo en esto algo de fatídico; que estaba escrito; que era una predestinación.

—Y si es una predestinación, si estaba escrito —interrumpió Pepita—, ¿por qué no someterse, por qué resistirse todavía? Sacrifique usted sus propósitos a nuestro amor. ¿Acaso no he sacrificado yo mucho? Ahora mismo, al rogar, al esforzarme por vencer los desdenes de usted, ¿no sacrifico mi orgullo, mi decoro y mi recato? Yo también creo que amaba a usted antes de verle. Ahora amo a usted con todo mi corazón, y sin usted no hay felicidad para mí. Cierto es que en mi humilde inteligencia no puede usted hallar rivales tan poderosos como yo tengo en la de usted. Ni con la mente, ni con la voluntad, ni con el afecto atino a elevarme a Dios inmediatamente. Ni por naturaleza ni por gracia subo ni me atrevo a querer subir a tan encumbradas esferas. Llena está mi alma, sin embargo, de piedad religiosa, y conozco y amo y adoro a Dios; pero sólo veo su omnipotencia y admiro su bondad en las obras que han salido de sus manos. Ni con la imaginación acierto tampoco a forjarme esos ensueños que usted me refiere. Con alguien, no obstante, más bello, entendido, poético y amoroso que los hombres que me han pretendido hasta ahora; con un amante más distinguido y cabal que todos mis adoradores de este lugar y de los lugares vecinos, soñaba yo para que me amara y para que yo le amase y le rindiese mi albedrío. Ese alguien era usted. Lo presentí cuando me dijeron que usted había llegado al lugar; lo reconocí cuando vi a usted por vez primera. Pero como mi imaginación es tan estéril, el retrato que yo de usted me había trazado no valía, ni con mucho, lo que usted vale. Yo también he leído algunas historias y poesías; pero de todos los elementos que de ellas guardaba mi memoria, no logré nunca componer una pintura que no fuese muy inferior en mérito a lo que veo en usted y comprendo en usted desde que le conozco. Así es que estoy rendida y vencida y aniquilada desde el primer día. Si amor es lo que usted dice, si es morir en sí para vivir en el amado, verdadero y legítimo amor es el mío, porque he muerto en mí y sólo vivo en usted y para usted. He deseado desechar de mí este amor, creyéndole mal pagado, y no me ha sido posible. He pedido a Dios con mucho fervor que me quite el amor o me mate, y Dios no ha querido oírme. He rezado a María Santísima para que borre del alma la imagen de usted, y el rezo ha sido inútil. He hecho promesas al santo de mi nombre para no pensar en usted sino como él pensaba en su bendita Esposa, y el santo no me ha socorrido. Viendo esto, he tenido la audacia de pedir al cielo que usted se deje vencer, que usted deje de querer ser clérigo, que nazca en su corazón de usted un amor tan profundo como el que hay en mi corazón. Don Luis, dígamelo usted con franqueza, ¿ha sido también sordo el cielo a esta última súplica? ¿O es acaso que para avasallar y rendir un alma pequeña, cuitada y débil como la mía, basta un pequeño amor, y para avasallar la de usted, cuando tan altos y fuertes pensamientos la velan y custodian, se necesita de amor más poderoso, que yo no soy digna de inspirar, ni capaz de compartir, ni hábil para comprender siquiera?

—Pepita —contestó don Luis—, no es que su alma de usted sea más pequeña que la mía, sino que está libre de compromisos, y la mía no lo está. El amor que usted me ha inspirado es inmenso; pero luchan contra él mi obligación, mis votos, los propósitos de toda mi vida, próximos a realizarse. ¿Por qué no he de decirlo, sin temor de ofender a usted? Si usted logra en mí su amor, usted no se humilla. Si yo cedo a su amor de usted, me humillo y me rebajo. Dejo al Creador por la criatura, destruyo la obra de mi constante voluntad, rompo la imagen de Cristo, que estaba en mi pecho, y el hombre nuevo, que a tanta costa había yo formado en mí, desaparece para que el hombre antiguo renazca. ¿Por qué, en vez de bajar yo hasta el suelo, hasta el siglo, hasta la impureza del mundo, que antes he menospreciado, no se eleva usted hasta mí por virtud de ese mismo amor que me tiene, limpiándole de toda escoria? ¿Por qué no nos amamos entonces sin vergüenza y sin pecado y sin mancha? Dios, con el fuego purísimo y refulgente de su amor, penetra las almas santas y las llena por tal arte, que así como un metal que sale de la fragua, sin dejar de ser metal, reluce y deslumbra, y es todo fuego, así las almas se hinchen de Dios, y en todo son Dios, penetradas por donde quiera de Dios, en gracia del amor divino. Estas almas se aman y se gozan entonces, como si amaran y gozaran a Dios, amándole y gozándole, porque Dios son ellas. Subamos juntos, en espíritu, esta mística y difícil escala; asciendan a la par nuestras almas a esta bienaventuranza, que aun en la vida mortal es posible; mas para ello es fuerza que nuestros cuerpos se separen[277], que yo vaya a donde me llama mi deber, mi promesa y la voz del Altísimo, que dispone de su siervo y le destina al culto de sus altares.

—¡Ay, señor don Luis! —replicó Pepita toda desolada y compungida—. Ahora conozco cuán vil es el metal del que estoy forjada y cuán indigno de que le penetre y mude el fuego divino. Lo declararé todo, desechando hasta la vergüenza. Soy una pecadora infernal. Mi espíritu grosero e inculto no alcanza esas sutilezas, esas distinciones, esos refinamientos de amor. Mi voluntad rebelde se niega a lo que usted propone. Yo ni siquiera concibo a usted sin usted. Para mí es usted su boca, sus ojos, sus negros cabellos, que deseo acariciar con mis manos; su dulce voz y el regalado acento de sus palabras y que hieren y encantan materialmente mis oídos; toda su forma corporal, en suma, que me enamora y seduce, y al través de la cual, y sólo al través de la cual se me muestra el espíritu invisible, vago y lleno de misterios. Mi

---

[277] Cfr. con la tesis de Valera en su ensayo *La psicología del amor* donde se lee este aserto: «todo amor que no sea *mantenencia y ayuntamiento con hembra,* nutrición de nuestro ser y exceso o superabundancia de nutrición con cuantos deleites y primores se pueden añadir, carece de racional explicación, sin la caridad, con el concepto de un bien sumo y sin el amor que inspira y que a todo se extiende, purificándolo e iluminándolo» (*O. C.,* II; 1385b).

alma, reacia[278] e incapaz de esos raptos misteriosos, no acertará a seguir a usted nunca a las regiones donde quiere llevarla. Si usted se eleva hasta ellas, yo me quedaré sola, abandonada, sumida en la mayor aflicción. Prefiero morirme. Merezco la muerte; la deseo. Tal vez al morir, desatando o rompiendo mi alma estas infames cadenas que la detienen, se haga hábil para ese amor con que usted desea que nos amemos. Máteme usted antes, para que nos amemos así; máteme usted antes y, ya libre mi espíritu, le seguirá por todas las regiones y peregrinará invisible al lado de usted, velando su sueño, contemplándole con arrobo, penetrando sus pensamientos más ocultos, viendo en realidad su alma, sin el intermedio de los sentidos. Pero viva, no puede ser. Yo amo en usted, no ya sólo el alma, sino el cuerpo, y la sombra del cuerpo, y el reflejo del cuerpo en los espejos y en el agua, y el nombre y el apellido, y la sangre, y todo aquello que le determina como tal don Luis de Vargas; el metal de la voz, el gesto, el modo de andar y no sé qué más diga. Repito que es menester matarme. Máteme usted sin compasión. No: yo no soy cristiana, sino idólatra materialista[279].

Aquí hizo Pepita una larga pausa. Don Luis no sabía qué decir y callaba. El llanto bañaba las mejillas de Pepita, la cual prosiguió sollozando:

—Lo conozco; usted me desprecia y hace bien en despreciarme. Con ese justo desprecio me matará usted mejor que con un puñal, sin que se manche de sangre ni su mano ni su conciencia. Adiós. Voy a libertar a usted de mi presencia odiosa. Adiós para siempre.

Dicho esto, Pepita se levantó de su asiento, y sin volver la cara, inundada de lágrimas, fuera de sí, con precipitados pasos se lanzó hacia la puerta que daba a las habitaciones interiores. Don Luis sintió una invencible ternura, una piedad funesta. Tuvo miedo de que Pepita muriese. La siguió para

---

[278] *Rehacia*, en la edición de 1904.

[279] Posible eco del texto celestinesco: «Sempronio —¿Tú no eres cristiano?— Calixto —¿Yo?, melibeo soy; a Melibea adoro, y a Melibea creo y a Melibea amo—» (acto primero).

detenerla, pero no llegó a tiempo. Pepita pasó la puerta. Su figura se perdió en la obscuridad. Arrastrado don Luis como por un poder sobrehumano, impulsado como por una mano invisible, penetró en pos de Pepita en la estancia sombría.

El despacho quedó solo.

El baile de los criados debía de haber concluido, pues no se oía el más leve rumor. Sólo sonaba el agua de la fuente del jardincillo.

Ni un leve soplo de viento interrumpía el sosiego de la noche y la serenidad del ambiente. Penetraban por la ventana el perfume de las flores y el resplandor de la luna. Al cabo de un largo rato, don Luis apareció de nuevo, saliendo de la obscuridad. En su rostro se veía pintado el terror, algo de la desesperación de Judas.

Se dejó caer en una silla; puso ambos puños cerrados en su cara y en sus rodillas ambos codos, y así permaneció más de media hora, sumido sin duda en un mar de reflexiones amargas.

Cualquiera, si le hubiera visto, hubiera sospechado que acababa de asesinar a Pepita.

Pepita, sin embargo, apareció después. Con paso lento, con actitud de profunda melancolía, con el rostro y la mirada inclinados al suelo, llegó hasta cerca de donde estaba don Luis, y dijo de este modo:

—Ahora, aunque tarde, conozco toda la vileza de mi corazón y toda la iniquidad de mi conducta. Nada tengo que decir en mi abono; mas no quiero que me creas más perversa de lo que soy[280]. Mira, no pienses que ha habido en mí artificio, ni cálculo, ni plan para perderte. Sí, ha sido una maldad atroz, pero instintiva; una maldad inspirada quizá por el espíritu del infierno, que me posee. No te desesperes

---

[280] El cambio en el uso de los pronombres —del *usted* al *tú*— señala en el tejido lingüístico la nueva red de relaciones que se ha establecido entre Luis y Pepita.

ni te aflijas, por amor de Dios. De nada eres responsable. Ha sido un delirio; la enajenación mental se apoderó de tu noble alma. No es en ti el pecado sino muy leve. En mí es grave, horrible, vergonzoso. Ahora te merezco menos que nunca. Vete; yo soy ahora quien te pide que te vayas. Vete; haz penitencia. Dios te perdonará. Vete; que un sacerdote te absuelva. Limpio de nuevo de culpa, cumple tu voluntad y sé ministro del Altísimo. Con tu vida trabajosa y santa no sólo borrarás hasta las últimas señales de esta caída, sino que, después de perdonarme el mal que te he hecho, conseguirás del cielo mi perdón. No hay lazo alguno que conmigo te ligue; y si lo hay, yo le desato o le rompo. Eres libre. Básteme el haber hecho caer por sorpresa al lucero de la mañana; no quiero, ni debo, ni puedo retenerle cautivo. Lo adivino, lo infiero de tu ademán, lo veo con evidencia; ahora me desprecias más que antes, y tienes razón en despreciarme. No hay honra, ni virtud, ni vergüenza en mí.

Al decir esto, Pepita hincó en tierra ambas rodillas, y se inclinó luego hasta tocar con la frente el suelo del despacho. Don Luis siguió en la misma postura que antes tenía. Así estuvieron los dos algunos minutos en desesperado silencio.

Con voz ahogada, sin levantar la faz de la tierra, prosiguió al cabo Pepita:

—Vete ya, don Luis, y no por una piedad afrentosa permanezcas más tiempo al lado de esta mujer miserable. Yo tendré valor para sufrir tu desvío, tu olvido y hasta tu desprecio, que tengo tan merecido. Seré siempre tu esclava, pero lejos de ti, muy lejos de ti, para no traerte a la memoria la infamia de esta noche.

Los gemidos sofocaron la voz de Pepita al terminar estas palabras.

Don Luis no pudo más. Se puso en pie, llegó donde estaba Pepita y la levantó entre sus brazos, estrechándola contra su corazón, apartando blandamente de su cara los rubios rizos que en desorden caían sobre ella, y cubriéndola de apasionados besos.

—Alma mía —dijo por último don Luis—, vida de mi alma, prenda querida de mi corazón, luz de mis ojos, levanta la abatida frente y no te prosternes más delante de mí. El pecador, el flaco de voluntad, el miserable, el sandio y el ridículo soy yo, que no tú. Los ángeles y los demonios deben reírse igualmente de mí y no tomarme por lo serio. He sido un santo postizo, que no he sabido resistir y desengañarte desde el principio, como hubiera sido justo, y ahora no acierto tampoco a ser un caballero, un galán, un amante fino, que sabe agradecer en cuanto valen los favores de su dama. No comprendo qué viste en mí para prendarte de ese modo. Jamás hubo en mí virtud sólida, sino hojarasca y pedantería de colegial, que había leído los libros devotos como quien lee novelas, y con ellos se había forjado su novela necia de misiones y contemplaciones. Si hubiera habido virtud sólida en mí, con tiempo te hubiera desengañado y no hubiéramos pecado ni tú ni yo. La verdadera virtud no cae tan fácilmente[281]. A pesar de toda tu hermosura, a pesar de tu talento, a pesar de tu amor hacia mí, no, yo no hubiera caído, si en realidad hubiera sido virtuoso, si hubiera tenido una vocación verdadera. Dios, que todo lo puede, me hubiera dado su gracia. Un milagro, sin duda, algo de sobrenatural se requería para resistir a tu amor; pero Dios hubiera hecho el milagro si yo hubiera sido digno objeto y bastante razón para que le hiciera. Haces mal en aconsejarme que sea sacerdote. Reconozco mi indignidad. No era más que orgullo lo que me movía. Era una ambición mundana como otra cualquiera. ¡Qué digo, como otra cualquiera! Era peor: era una ambición hipócrita, sacrílega, simoniaca.

—No te juzgues con tal dureza —replicó Pepita, ya más serena y sonriendo a través de las lágrimas—. No deseo que te juzgues así, ni para que no me halles tan indigna de ser tu compañera; pero quiero que me elijas por amor, libremente, no para reparar una falta, no porque has caído en un lazo que pérfidamente puedes sospechar que te he tendido. Vete si no me amas, si sospechas de mí, si no me estimas. No exhalarán mis labios una queja si para siempre me abandonas y no vuelves a acordarte de mí.

---

[281] Vargas enuncia la fórmula que inicialmente había servido para dar título a la novela: *nescit labi virtus* (nota 1).

La contestación de don Luis no cabía ya en el estrecho y mezquino tejido del lenguaje humano. Don Luis rompió el hilo del discurso de Pepita sellando los labios de ella con los suyos y abrazándola de nuevo.

———————

Bastante más tarde, con previas toses y resonar de pies, entró Antoñona en el despacho diciendo:

—¡Vaya una plática larga! Este sermón que ha predicado el colegial no ha sido el de las siete palabras, sino que ha estado a punto de ser el de las cuarenta horas[282]. Tiempo es ya de que te vayas, don Luis. Son cerca de las dos de la mañana.

—Bien está —dijo Pepita—, se irá al momento.

Antoñona volvió a salir del despacho y aguardó fuera.

Pepita estaba transformada. Las alegrías que no había tenido en su niñez, el gozo y el contento de que no había gustado en los primeros años de su juventud, la bulliciosa actividad y travesura que una madre adusta y un marido viejo habían contenido y como represado en ella hasta entonces, se diría que brotaron de repente en su alma, como retoñan las hojas verdes de los árboles cuando las nieves y los hielos de un invierno rigoroso y dilatado han retardado su germinación.

Una señora de ciudad, que conoce lo que llamamos *conveniencias sociales,* hallará extraño y hasta censurable lo que voy a decir de Pepita; pero Pepita, aunque elegante de suyo, era una criatura muy a lo natural, y en quien no cabían la compostura disimulada y toda la circunspección que en el gran mundo se estilan. Así es que, vencidos los obstáculos que se oponían a su dicha, viendo ya rendido a don Luis, teniendo su promesa espontánea de que la tomaría por mujer legítima, y creyéndose con razón amada, adorada, de aquél a quien amaba y adoraba tanto, brincaba y reía y daba otras

[282] Las referencias al arte concionatorio que han ido distribuyéndose en el relato cobran en la intervención de Antoñona un tono de juego de palabras con el que se ironiza sobre la situación.

muestras de júbilo, que, en medio de todo, tenían mucho de infantil y de inocente.

Era menester que don Luis partiera. Pepita fue por un peine y le alisó con amor los cabellos, besándoselos después.

Pepita le hizo mejor el lazo de la corbata.

—Adiós, dueño amado —le dijo—. Adiós, dulce rey de mi alma. Yo se lo diré todo a tu padre si tú no quieres atreverte. Él es bueno y nos perdonará.

Al cabo los dos amantes se separaron.

––––––––––––

Cuando Pepita se vio sola, su bulliciosa alegría se disipó, y su rostro tomó una expresión grave y pensativa.

Pepita pensó dos cosas igualmente serias: una de interés mundano, otra de más elevado interés. Lo primero en que pensó fue en que su conducta de aquella noche, pasada la embriaguez del amor, pudiera perjudicarle en el concepto de don Luis. Pero hizo severo examen de conciencia, y, reconociendo que ella no había puesto ni malicia ni premeditación en nada, y que cuanto hizo nació de un amor irresistible y de nobles impulsos, consideró que don Luis no podía menospreciarla nunca, y se tranquilizó por este lado. No obstante, aunque su confesión candorosa de que no entendía el mero amor de los espíritus, y aunque su fuga a lo interior de la alcoba sombría había sido obra del instinto más inocente, sin prever los resultados, Pepita no se negaba que había pecado después contra Dios, y en este punto no hallaba disculpa. Encomendóse, pues, de todo corazón a la Virgen para que la perdonase; hizo promesa a la imagen de la Soledad, que había en el convento de monjas, de comprar siete lindas espadas de oro, de sutil y prolija labor, con que adornar su pecho[283] y determinó ir a confesarse al día siguiente con el Vicario y someterse a la más dura penitencia que le impusiera para merecer la absolución de aquellos

––––––––––––

[283] La imagen de la Soledad es símbolo y elemento recurrente que coordina el proceso del relato; véase nota 69.

pecados, merced a los cuales venció la terquedad de don Luis, quien, de lo contrario, hubiera llegado a ser cura, sin remedio.

Mientras Pepita discurría así allá en su mente, y resolvía con tanto tino sus negocios del alma, don Luis bajó hasta el zaguán acompañado por Antoñona.

Antes de despedirse, dijo don Luis sin preparación ni rodeos:

—Antonona, tú, que lo sabes todo, dime, quién es el conde de Genazahar y qué clase de relaciones ha tenido con tu ama.

—Temprano empiezas a mostrarte celoso.

—No son celos; es curiosidad solamente.

—Mejor es así. Nada más fastidioso que los celos. Voy a satisfacer tu curiosidad. Ese Conde está bastante tronado. Es un perdido, jugador y mala cabeza, pero tiene más vanidad que don Rodrigo en la horca. Se empeñó en que mi niña le quisiera y se casase con él y como la niña le ha dado mil veces calabazas, está que trina. Esto no impide que se guarde por allá más de mil duros, que hace años le prestó don Gumersindo, sin más hipoteca que un papelucho, por culpa y a ruegos de Pepita, que es mejor que el pan. El tonto del Conde creyó, sin duda, que Pepita, que fue tan buena de casada, que hizo que le diesen dinero, había de ser de viuda tan rebuena para él, que le había de tomar por marido. Vino después el desengaño con la furia consiguiente.

—Adiós, Antoñona —dijo don Luis y se salió a la calle, silenciosa ya y sombría.

Las luces de las tiendas y puestos de la feria se habían apagado y la gente se retiraba a dormir, salvo los amos de las tiendas de juguetes y otros pobres buhoneros, que dormían al sereno al lado de sus mercancías.

En algunas rejas seguían aún varios embozados pertinaces e incansables, pelando la pava[284] con sus novias. La mayoría había desaparecido ya.

---

[284] *Pelar la pava:* «A todo lo largo de él [del paseo] hay grandes bancos de piedra, donde la gente se sienta a descansar o para entablar una larga conversación a media voz con la dama de al lado, entretenimiento que el

En la calle, lejos de la vista de Antoñona, don Luis dio rienda suelta a sus pensamientos. Su resolución estaba tomada, y todo acudía a su mente a confirmar su resolución. La sinceridad y el ardor de la pasión que había inspirado a Pepita; su hermosura; la gracia juvenil de su cuerpo y la lozanía primaveral de su alma, se le presentaban en la imaginación y le hacían dichoso.

Con cierta mortificación de la vanidad reflexionaba, no obstante, don Luis en el cambio que en él se había obrado. ¿Qué pensaría el Deán? ¿Qué espanto no sería el del Obispo? Y sobre todo, ¿qué motivo tan grave de queja no había dado don Luis a su padre? Su disgusto, su cólera cuando supiese el compromiso que ligaba a Luis con Pepita, se ofrecían al ánimo de don Luis y le inquietaban sobremanera.

En cuanto a lo que él llamaba su caída, antes de caer, fuerza es confesar que le parecía poco honda y poco espantosa después de haber caído. Su misticismo, bien estudiado con la nueva luz que acababa de adquirir, se le antojó que no había tenido ser ni consistencia; que había sido un producto artificial y vano de sus lecturas, de su petulancia de muchacho y de sus ternuras sin objeto de colegial inocente. Cuando recordaba que a veces habría creído recibir favores y regalos sobrenaturales, y había oído susurros místicos, y había estado en conversación interior, y casi había empezado a caminar por la vía unitiva, llegando a la oración de quietud, penetrando en el abismo del alma y subiendo al ápice de la mente, don Luis se sonreía y sospechaba que no había estado por completo en su juicio. Todo había sido presunción suya. Ni él había hecho penitencia, ni él había vivido largos años en contemplación, ni él tenía ni había tenido merecimientos bastantes para que Dios le favoreciese con distinciones tan altas. La mayor prueba que se daba a sí propio de todo esto, la mayor seguridad de que los regalos sobrenaturales de que había gozado eran sofísticos, eran simples recuerdos de los autores que leía, nacía de que nada de eso había deleitado tanto su alma como un *te amo* de Pe-

---

idioma del país expresa con la extraña frase de *pelar la pava»* (José María Blanco, *Cartas de España,* trad. española, 1972, pág. 71).

pita, como el toque delicadísimo de una mano de Pepita jugando con los negros rizos de su cabeza.

Don Luis apelaba a otro género de humildad cristiana para justificar a sus ojos lo que ya no quería llamar caída, sino cambio. Se confesaba indigno de ser sacerdote, y se allanaba a ser lego, casado, vulgar, un buen lugareño cualquiera, cuidando de las viñas y los olivos, criando a sus hijos, pues ya los deseaba, y siendo modelo de maridos al lado de su Pepita[285].

Aquí vuelvo yo, como responsable que soy de la publicación y divulgación de esta historia, a creerme en la necesidad de interpolar varias reflexiones y aclaraciones de mi cosecha.

Dije al empezar que me inclinaba a creer que esta parte narrativa o *Paralipómenos* era obra del señor Deán, a fin de completar el cuadro y acabar de relatar los sucesos que las cartas no relatan; pero entonces aún no había yo leído con detención el manuscrito. Ahora, al notar la libertad con que se tratan ciertas materias y la manga ancha que tiene el autor para algunos deslices, dudo de que el señor Deán, cuya rigidez sé de buena tinta, haya gastado la de su tintero en escribir lo que el lector habrá leído. Sin embargo, no hay bastante razón para negar que sea el señor Deán el autor de los *Paralipómenos*.

La duda queda en pie, porque en el fondo nada hay en ellos que se oponga a la verdad católica ni a la moral cristiana. Por el contrario, si bien se examina, se verá que sale de todo una lección contra los orgullosos y soberbios, con

---

[285] La «caída» del seminarista, denominada con esta palabra en el curso de la novela (Kevin S. Larsen), pasa ahora a llamarse «cambio». Con esta transformación léxica y el subsiguiente discurso indirecto del personaje, el narrador sugiere el tema romántico de las *ilusiones perdidas* (véase la novela de Balzac de igual título) y prefigura lo que desde otra coyuntura histórica y otros presupuestos estéticos y morales será la conclusión de un grupo de novelas finiseculares como *La Voluntad*, de Azorín, *Camino de perfección* de Pío Baroja, *Reposo* de Rafael Altamira o *Queralt, Hombre de mundo* de Fernando Antón de Olmet.

ejemplar escarmiento en la persona de don Luis. Esta historia pudiera servir sin dificultad de apéndice a los *Desengaños místicos* del P. Arbiol[286].

En cuanto a lo que sostienen dos o tres amigos míos discretos, de que el señor Deán, a ser el autor, hubiera referido los sucesos de otro modo, diciendo *mi sobrino* al hablar de don Luis, y poniendo sus consideraciones morales de vez en cuando, no creo que es argumento de gran valer. El señor Deán se propuso contar lo ocurrido y no probar ninguna tesis, y anduvo atinado en no meterse en dibujos y en no sacar moralejas. Tampoco hizo mal, en mi sentir, en ocultar su personalidad y en no mentar su yo[287], lo cual no sólo de-

---

[286] «La vana complacencia y oculta soberbia, se introduce disimuladísima, y como aceite venenoso penetra hasta la médula de los huesos y hasta lo más íntimo del corazón humano. Introdúcela el demonio muchas veces con los primeros fervores y después la va conservando, y si puede la aumenta de tal manera que siempre que el Alma se halla en la oración y en sus espirituales ejercicios con afectuosos fervores de sensible devoción, se complace interiormente y queda muy contenta, llenándose de oculta soberbia, pareciéndola que hace bien todas las cosas. Y por el contrario, si le falta la gustosa miel de su sensible devoción, se contrista, se melancoliza y se desconsuela, como arriba se dijo» (Fray Antonio Arbiol, *Desengaños místicos de las almas detenidas o engañadas en el camino de la perfección...*, cito por la 5.ª edición, Madrid, Tomás Rodríguez, 437-38; véanse los capítulos XVIII-XX del libro III). Sobre la percepción psicológica del escritor franciscano, escribió acertadamente Azorín en *La Voluntad* (cf. ed. de Inman Fox, Madrid, 1968, 151-152). Valera conocía muy bien la obra de Arbiol, singularmente los *Desengaños místicos*, hasta recordar en una ocasión («Las Cantigas del Rey Sabio», 1872, *O. C.*, III, 1123b) que había comentado la cantiga CIII. El grueso de los comentarios que Valera hizo sobre el franciscano, con un evidente aire distanciado, son de los años 1862-1874 (cfr. *O. C.*, I, 182; II, 1467, 1570; III, 1163).

[287] Comenta Guy de Maupassant que Flaubert «no escribió nunca las palabras *yo, mí.* Él nunca habla al auditorio cuando se encuentra en pleno libro o lo saluda al final, como un autor en el escenario y nunca escribe prólogos» (*apud. Chroniques, Études, Correspondence,* ed. René Dumesnil, París, 1937). La más divulgada declaración flaubertina está contenida en una carta a George Sand de diciembre de 1866: «Me expresé mal al decirle a usted que no se debiera escribir con el corazón. Lo que yo quería decir era: no debiera llevarse la propia personalidad al escenario. Creo que el gran arte es científico e impersonal. Nosotros, a través de un esfuerzo mental, tenemos que pasar por encima de nuestros personajes, por así decirlo, no hacer que ellos pasen por encima de nosotros» (traduzco de la vieja edición de la *Correspondence* de Conard, vol. V, 157).

muestra su humildad y modestia, sino buen gusto literario, porque los poetas épicos y los historiadores, que deben servir de modelo, no dicen yo aunque hablen de ellos mismos y ellos mismos sean héroes y actores de los casos que cuentan[288]. Jenofonte Ateniense, pongo por caso, no dice yo en su *Anábasis*, sino se nombra en tercera persona cuando es menester, como si fuera uno el que escribió y otro el que ejecutó aquellas hazañas. Y aun así, pasan no pocos capítulos de la obra sin que aparezca Jenofonte. Sólo poco antes de darse la famosa batalla en que murió el joven Ciro, revistando este príncipe a los griegos y bárbaros que formaban su ejército, y estando ya cerca el de su hermano Artajerjes, que había sido visto desde muy lejos, en la extensa llanura sin árboles, primero como nubecilla blanca, luego como mancha negra, y, por último, con claridad y distinción, oyéndose el relinchar de los caballos, el rechinar de los carros de guerra, armados de truculentas hoces, el gruñir de los elefantes y el son de los instrumentos bélicos, y viéndose el resplandor del bronce y del oro de las armas iluminadas por el sol; sólo en aquel instante, digo, y no de antemano, se muestra Jenofonte y habla con Ciro, saliendo de las filas y explicándole el murmullo que corría entre los grie-

---

[288] El narrador de *Genio y figura* marca una tajante distinción entre el método narrativo del historiador y el del novelista: «Así disertaba el vizconde con profundidad filosófica, elevándose a las causas sin determinar los efectos. Dejaba entrever, examinando las causas, cuál había podido ser la conducta de Rafaela, pero no declaraba cuál en realidad había sido. Esto me hace pensar que el método con que hasta ahora voy escribiendo esta narración, más que de una novela, es propio de la historia. Y como la historia por falta de testigos, documentos justificativos y otras pruebas quedaría en no pocas interioridades incompleta y oscura, voy en adelante a prescindir del método histórico y a seguir el método novelesco, penetrando, con el auxilio del numen que inspira a los novelistas, si logro que también me inspire, así en el alma de los personajes como en los más apartados sitios donde ellos viven sin atenerme sólo a lo que el vizconde o yo podríamos averiguar vulgar y humanamente. En lo sucesivo, además, yo me retiro de la escena, donde, como actor, nada tengo que hacer. De esta suerte podré contar con menos dificultades y tropiezos lo que hagan los otros. En cuanto a mi amigo el vizconde, yo no le retiro, sino que le dejo en escena, porque es uno de los principales actores» (ed. de Cyrus De Coster, Madrid, 1978, 90). Cfr. lo dicho en *Introducción*, págs. 70 y ss.

gos, el cual no era otro que lo que llamamos *santo y seña* en el día, y que fue en aquella ocasión *Júpiter salvador y Victoria*[289]. El señor Deán, que era un hombre de gusto y muy versado en los clásicos, no había de incurrir en el error de ingerirse y entreverarse en la historia a título de tío y ayo del héroe, y de moler al lector saliendo a cada paso un tanto difícil y resbaladizo con un *párate ahí*, con un *¿qué haces? ¡mira no te caigas, desventurado!* o con otras advertencias por el estilo. No chistar tampoco, ni oponerse en alguna manera, hallándose presente, al menos en espíritu, sentaba mal en algunos de los lances que van referidos. Por todo lo cual, a no dudarlo, el señor Deán, con la mucha discreción que le era propia, pudo escribir estos *Paralipómenos,* sin dar la cara, como si dijéramos.

Lo que sí hizo fue poner glosas y comentarios de provechosa edificación, cuando tal o cual pasaje lo requería; pero yo los suprimo aquí, porque no están en moda las novelas anotadas o glosadas, y porque sería voluminosa esta obrilla si se imprimiese con los mencionados requisitos.

Pondré, no obstante, en este lugar, como única excepción, e incluyéndola en el texto, la nota del señor Deán so-

---

[289] El episodio de *Anábasis* (libro I, 7-17) fue especialmente caro a Valera que lo recuerda casi literalmente en una de las cartas a Estébanez, de 1851: «Yo me doy a entender que en nuestros días ciega la vanidad de tal modo a los hombres que hasta los más artistas olvidan el arte al hablar de ellos mismos, y no saben ocultarse y manifestarse cuando conviene para hacer más efecto. Debieran en esto tomar ejemplo de Jenofonte en la Expedición de Ciro. Recuerdo que cuando por primera vez la leí, iba yo por lo último del primer libro; el príncipe rebelde marchaba sobre Babilonia con un ejército de griegos y persas, habían sucedido ya mil cosas, y Jenofonte no aparecía haciéndose desear muchísimo del lector. Cuando una mañana, en una dilatadísima llanura, orillas del Éufrates, caminando descuidadamente todo el ejército, las armas de muchos en los bagajes, y Ciro en su carro, también sin ellas, llega corriendo a toda brida uno de sus más fieles servidores [...]. Pero ya van a venir a las manos los dos ejércitos rivales y Ciro quiere buscar a su hermano para matarlo. Entonces, dice el autor, se acercó a él Jenofonte Ateniense y le dijo que los agüeros eran favorables. Enseguida desaparece y no se vuelve a hablar de él hasta que llega a hacer el papel principal de aquel gran drama» (C. Sáenz de Tejada, 1971, pág. 131).

bre la rápida transformación de don Luis de místico en no místico. Es curiosa la nota, y derrama mucha luz sobre todo.

—Esta mudanza de mi sobrino —dice—, no me ha dado chasco. Yo la preveía desde que me escribió las primeras cartas. Luisito me alucinó al principio. Pensé que tenía una verdadera vocación, pero luego caí en la cuenta de que era un vano espíritu poético; el misticismo fue la máquina de sus poemas, hasta que se presentó otra máquina más adecuada.

¡Alabado sea Dios, que ha querido que el desengaño de Luisito llegue a tiempo! ¡Mal clérigo hubiera sido si no acude tan en sazón Pepita Jiménez! Hasta su impaciencia de alcanzar la perfección de un brinco hubiera debido darme mala espina, si el cariño de tío no me hubiera cegado. Pues qué, ¿los favores del cielo se consiguen enseguida? ¿No hay más que llegar y triunfar? Contaba un amigo mío, marino, que cuando estuvo en ciertas ciudades de América era muy mozo y pretendía a las damas con sobrada precipitación, y que ellas le decían con un tonillo lánguido americano: —¡Apenas llega y ya quiere!... ¡Haga méritos si puede![290]—. Si esto pudieron decir aquellas señoras, ¿qué no dirá el cielo a los audaces que pretenden escalarle sin méritos y en un abrir y cerrar de ojos? Mucho hay que afanarse, mucha purificación se necesita, mucha penitencia se requiere para empezar a estar bien con Dios y a gozar de sus regalos. Hasta en las vanas y falsas filosofías, que tienen algo de místico, no hay don ni favor sobrenatural, sin poderoso esfuerzo y costoso sacrificio. Jámblico no tuvo poder para evocar a los genios del amor y hacerlos salir de la fuente de Edgadara, sin haberse antes quemado las cejas a fuerza de estudio y sin haberse maltratado el cuerpo con privaciones y abstinen-

---

[290] La anécdota americana no la encuentro referida en las correspondencias del autor; pudiera ser un cruce del estilo conquistador «a la cosaca» de la etapa napolitana y de las salacidades que refiere en las cartas brasileñas; como quiera que ello fuere, la estrofilla octosílaba que recuerda el deán se compadece poco con la gravedad que se ha adjudicado a este personaje.

cias[291]. Apolonio de Tiana se supone que se maceró de lo lindo antes de hacer sus falsos milagros[292]. Y en nuestros días, los krausistas, que ven a Dios, según aseguran, con vista real, tienen que leerse y aprenderse antes muy bien toda la *Analítica* de Sanz del Río, lo cual es más dificultoso y prueba más paciencia y sufrimiento que abrirse las carnes a azotes y ponérselas como una breva madura[293]. Mi sobrino quiso de bóbilis-bóbilis ser un varón perfecto, y... ¡vean ustedes en lo que ha venido a parar! Lo que importa ahora es que sea un buen casado, y que, ya que no sirve para grandes cosas, sirva para lo pequeño y doméstico, haciendo feliz a esa muchacha, que al fin no tiene otra culpa que la de haberse enamorado de él como una loca, con un candor y un ímpetu selváticos.

Hasta aquí la nota del señor Deán, escrita con desenfado íntimo, como para él solo, pues bien ajeno estaba el po-

---

[291] No parece posible que conociera Valera las *Babilónicas* por la edición más divulgada en el siglo XIX del resumen de Focio *(Scriptores Erotici Graeci,* París, Didot, 1875), que es nuestra fuente de información sobre esta novela griega (Carlos García Gual, *Los orígenes de la novela,* Madrid, 1972, 277-288). Ya en carta a Estébanez —de 12-VII-1853— aludía al episodio de la fuente Edgadara: «Hasta los Genios del Amor, Eros y Anteros que salieron de la fuente por mandato de Jámbalico, es un prodigio magnético; y ya Aldadus me refirió prolijamente cómo se había verificado este prodigio» (C. Sáenz de Tejada, 1971, 204).

[292] Apolonio de Tiana, neopitagórico del siglo I d.C., biografiado por Philóstrato, es un ejemplo del tópico *puer senex* (E. R. Curtius, *European Literature and the Latin Middle Ages,* Nueva York, 1963, 99).

[293] Polemizando con Campoamor, en 1883, escribía Valera: «¿Qué mejor intuición que ver a Dios? Los krausistas aseguran que lo ven, pero no de balde. Cara pagan la entrada a tan maravilloso espectáculo. Tienen que estudiar antes y aprenderse muy bien la *Analítica* de don Julián Sanz del Río» *(Metafísica a la ligera, O. C.,* II, 1611b). Otras chuflas sobre los tecnicismos de la jerga krausista inciden en la imagen del *no-yo* y de la *lenteja* en, respectivamente, *El racionalismo armónico (O. C.,* I, 1530a) y *Doña Luz (O. C.,* I, 44a). Menéndez Pelayo insistiría pocos años después y con propósitos menos armoniosos, en la «hórrida barbarie con que los krausistas escribían» *(Historia de los Heterodoxos españoles,* libro VIII, cap. III). El título lo completo de la obra de Sanz del Río en su versión española es *C. Chr. F. Krause. Sistema de la Filosofía Metafísica. Primera Parte. Análisis expuesto por D. Julián Sanz del Río,* Madrid, 1860. (Cf. en esta edición *Introducción,* pág. 86).

bre de que yo había de jugarle la mala pasada de darla al público.

Sigamos ahora la narración.

Don Luis, en medio de la calle a las dos de la noche, iba discurriendo, como ya hemos dicho, en que su vida, que hasta allí había él soñado con que fuese digna de la *Leyenda áurea*[294] se convirtiese en un suavísimo y perpetuo idilio. No había sabido resistir las asechanzas del amor terrenal; no había sido como un sinnúmero de santos, y entre ellos San Vicente Ferrer, con cierta lasciva señora valenciana[295], pero tampoco era igual el caso; y si el salir huyendo de aquella daifa endemoniada fue en San Vicente un acto de virtud heroica, en él hubiera sido el salir huyendo del rendimiento, del candor y de la mansedumbre de Pepita, algo de tan monstruoso y sin entrañas, como si cuando Ruth se acostó a los pies de Booz, diciéndole *Soy tu esclava; extiende tu capa sobre tu sierva,* Booz le hubiera dado un puntapié y la hubiera mandado a paseo. Don Luis, cuando Pepita se le rendía, tuvo, pues, que imitar a Booz y exclamar: *Hija, bendita seas del Señor, que has excedido tu primera bondad con ésta de ahora*[296]. Así se disculpaba don Luis de no haber imitado a

---

[294] *Leyenda dorada* o *Legenda Aurea* es el repertorio de hagiografías cristianas ordenadas según el año litúrgico que refundió el dominico genovés Santiago de Vorágine o Varazze (c. 1264). La obra de Vorágine supuso el tránsito de los antiguos repertorios de vidas de santos a los nuevos y tuvo una gran difusión en la Europa de la baja Edad Media (Guy Philippart *Les legendiers latins et autres manuscrites hagiographiques,* Brepols, Turnhout, 1977). La versión modernizada que más difusión ha tenido en España es la del P. Croisset, traducida al castellano por el Padre Isla y publicada en cinco tomos, entre 1753 y 1763. El *Año Cristiano* era lectura común de tipo familiar o de damas devotas del siglo XIX, como se documenta en este pasaje de *Juanita la Larga*: «Muy entretenida se hallaba entonces leyendo la vida de santo Domingo, porque a causa de la función de la Iglesia, no había leído aquel día muy de mañana el Año Cristiano (como tenía de costumbre), cuando entró Serafina...» (*O. C.,* I, 564b).

[295] Pedro de Ribadeneira, *Flos Sanctorum,* Barcelona, I, 1751, cols. 568-581, especialmente para esta situación 570-571b.

[296] *Ruth,* III, 8-11.

San Vicente y a otros santos no menos ariscos. En cuanto al mal éxito que tuvo la proyectada imitación de San Eduardo, también trataba de cohonestarle y disculparle. San Eduardo se casó por razón de Estado, porque los grandes del reino lo exigían, y sin inclinación hacia la reina Edita; pero en él y en Pepita Jiménez no había razón de Estado, ni grandes ni pequeños, sino amor finísimo de ambas partes.

De todos modos, no se negaba don Luis, y esto prestaba a su contento un leve tinte de melancolía que había destruido su ideal, que había sido vencido. Los que jamás tienen ni tuvieron ideal alguno no se apuran por esto, pero don Luis se apuraba. Don Luis pensó desde luego en sustituir el antiguo y encumbrado ideal con otro más humilde y fácil. Y si bien recordó a don Quijote, cuando, vencido por el caballero de la Blanca Luna, decidió hacerse pastor[297], maldito el efecto que le hizo la burla, sino que pensó en renovar con Pepita Jiménez, en nuestra edad prosaica y descreída, la edad venturosa y el piadosísimo ejemplo de Filemón y de Baucis, tejiendo un dechado de vida patriarcal en aquellos campos amenos[298], fundando en el lugar que le vio nacer un hogar doméstico, lleno de religión, que fuese a la vez asilo de menesterosos, centro de cultura y de amistosa convivencia, y limpio espejo donde pudieran mirarse las familias; y, uniendo, por último el amor conyugal con el amor de Dios para que Dios santificase y visitase la morada de ellos, haciéndola como templo, donde los dos fuesen ministros y sacerdotes, hasta que dispusiese el cielo llevárselos juntos a mejor vida.

Al logro de todo ello se oponían dos dificultades que era menester allanar antes, y don Luis se preparaba a allanarlas.

Era una el disgusto, quizás el enojo de su padre, a quien

---

[297] *Quijote*, II, cap. LXIV.
[298] Mito de la fidelidad conyugal, Ovidio, *Metamorfosis*, VII, 610-724. Vuelve a aludirse a él al final de la novela, pág. 349. En *Mariquita y Antonio* reconstruye el viejo mito, aplicado al matrimonio de guardeses de una finca campestre: «el ventorrillo era una choza, donde apenas cabían en pie los dos esposos felices que la habitaban, los cuales, por su venerable ancianidad y por el cariño que se tenían, pudieran pasar por la Baucis y por el Filemón de aquellos contornos» (*O. C.,* I, 988b).

había defraudado en sus más caras esperanzas. Era la otra dificultad de muy diversa índole y en cierto modo más grave.

Don Luis, cuando iba a ser clérigo, estuvo en su papel no defendiendo a Pepita de los groseros insultos del conde de Genazahar, sino con discursos morales, y no tomando venganza de la mofa y desprecio con que tales discursos fueron oídos; pero, ahorcados ya los hábitos y teniendo que declarar en seguida que Pepita era su novia y que iba a casarse con ella, don Luis, a pesar de su carácter pacífico, de sus ensueños de humana ternura y de las creencias religiosas que en su alma quedaban íntegras y que repugnaban todo medio violento, no acertaba a compaginar con su dignidad el abstenerse de romper la crisma al Conde desvergonzado. De sobra sabía que el duelo es usanza bárbara; que Pepita no necesitaba de la sangre del Conde para quedar limpia de todas las manchas de la calumnia, y hasta que el mismo Conde, por mal criado y por bruto, y no porque lo creyese ni quizás por un rencor desmedido, había dicho tanto denuesto. Sin embargo, a pesar de todas estas reflexiones, don Luis conocía que no se sufriría a sí propio durante toda su vida, y que, por consiguiente, no llegaría a hacer nunca a gusto el papel de Filemón, si no empezaba por hacer el de Fierabrás[299], dando al Conde su merecido, si bien pidiendo a Dios que no le volviese a poner en otra ocasión semejante.

Decidido, pues, al lance, resolvió llevarle a cabo en seguida. Y pareciéndole feo y ridículo enviar padrinos y hacer que trajesen en boca el honor de Pepita, halló lo más razonable buscar camorra con cualquier otro pretexto.

Supuso además que el Conde, forastero y vicioso jugador, sería muy posible que estuviese aún en el casino hecho un tahúr, a pesar de lo avanzado de la noche, y don Luis se fue derecho al casino.

El casino permanecía abierto, pero las luces del patio y de los salones estaban casi todas apagadas. Sólo en un salón

---

[299] *Quijote,* I, cap. XVII.

había luz. Allí se dirigió don Luis, y desde la puerta vio al conde de Genazahar, que jugaba al monte, haciendo de banquero. Cinco personas nada más apuntaban, dos eran forasteros como el Conde; las otras tres eran el capitán de caballería encargado de la remonta, Currito y el médico. No podían disponerse las cosas más al intento de don Luis. Sin ser visto, por lo afanados que estaban en el juego, don Luis los vio, y apenas los vio, volvió a salir del casino, y se fue rápidamente a su casa. Abrió un criado la puerta; preguntó don Luis por su padre, y sabiendo que dormía, para que no le sintiera ni se despertara, subió don Luis de puntillas a su cuarto con una luz, recogió unos tres mil reales que tenía de su peculio, en oro, y se los guardó en el bolsillo. Dijo después al criado que le volviese a abrir, y se fue al casino otra vez.

Entonces entró don Luis en el salón donde jugaban, dando taconazos recios, con estruendo y con aire de taco[300], como suele decirse. Los jugadores se quedaron pasmados al verle.

—¡Tú por aquí a estas horas! —dijo Currito.

—¿De dónde sale usted, curita? —dijo el médico.

—¿Viene usted a echarme otro sermón? —exclamó el Conde.

—Nada de sermones —contestó don Luis con mucha calma—. El mal efecto que surtió el último que prediqué me ha probado con evidencia que Dios no me llama por ese camino, y ya he elegido otro. Usted, señor Conde, ha hecho mi conversión. He ahorcado los hábitos; quiero divertirme, estoy en la flor de la mocedad y quiero gozar de ella.

—Vamos, me alegro —interrumpió el Conde—; pero cuidado, niño, que si la flor es delicada, puede marchitarse y deshojarse temprano.

—Ya de eso cuidaré yo —replicó don Luis—. Veo que se juega. Me siento inspirado. Usted talla[301]. ¿Sabe usted, señor Conde, que tendría chiste que yo le desbancase?

---

[300] «D.ª Ambrosia —¡Y viva ese aire de taco!», Tomás de Iriarte, *La señorita malcriada,* verso 2980, ed. Russell P. Sebold, Madrid, 1978.
[301] *Tallar:* 'cortar'.

—Tendría chiste, ¿eh? ¡Usted ha cenado fuerte!

—He cenado lo que me ha dado la gana.

—Respondonzuelo se va haciendo el mocito.

—Me hago lo que quiero.

—Voto va... —dijo el Conde; y ya se sentía venir la tempestad, cuando el capitán se interpuso y la paz se restableció por completo.

—Ea —dijo el Conde, sosegado y afable—, desembaule usted los dinerillos y pruebe fortuna.

Don Luis se sentó a la mesa y sacó del bolsillo todo su oro. Su vista acabó de serenar al Conde, porque casi excedía aquella suma a la que tenía él de banca, y ya imaginaba que iba a ganársela al novato.

—No hay que calentarse mucho la cabeza en este juego —dijo don Luis—. Ya me parece que le entiendo. Pongo dinero a una carta, y si sale la carta, gano, y si sale la contraria, gana usted.

—Así es, amiguito; tiene usted un entendimiento macho[302].

—Pues lo mejor es que no tengo sólo macho el entendimiento, sino también la voluntad; y con todo, en el conjunto, disto bastante de ser un macho, como hay tantos por ahí.

—¡Vaya si viene usted parlanchín y si saca alicantinas![303].

Don Luis se calló; jugó unas cuantas veces, y tuvo tan buena fortuna, que ganó casi siempre.

---

[302] Cfr. el artículo de Francisco Ayala titulado: «Talento macho» *(El País,* 9-XII-1988) que se refiere a la inteligencia de la novelista Emilia Pardo Bazán. Construcciones próximas en otros textos contemporáneos: «La Gertrudis Avellaneda, alma macho metida por Dios en un cuerpo de hembra» (Zorrilla, *O. C.,* Valladolid, Santarem, II, pág. 2193). «¿Cómo se le conoce la santísima sangre de su madre, que revolvía medio mundo. Si tenía aquel chico un talento macho...» *(Fortunata y Jacinta,* ed. de Francisco Caudet, Madrid, Cátedra, II, 1985, 485). El abundante empleo de construcciones metafóricas es un rasgo de la peculiar construcción del andalucismo lingüístico de Valera al que se refería Montesinos (1957, 218); en este diálogo vivaz entre don Luis y el conde van sucediéndose ininterrumpidamente las imágenes lexicalizadas: «nada de sermones», «la flor de la mocedad», «usted ha cenado fuerte», «un entendimiento macho».

[303] *Alicantina:* s.v. alicantiña: 'treta o malicia para engañar a otro' (Alcalá Venceslada); Corominas documenta el término en Calderón.

El Conde comenzó a cargarse.

—¿Si me desplumará el niño? —dijo—, Dios protege la inocencia.

Mientras que el Conde se amostazaba[304], don Luis sintió cansancio y fastidio y quiso acabar de una vez.

—El fin de todo esto —dijo— es ver si yo me llevo esos dineros o si usted se lleva los míos. ¿No es verdad, señor Conde?

—Es verdad.

—Pues ¿para qué hemos de estar aquí en vela toda la noche? Ya va siendo tarde, y, siguiendo su consejo de usted, debo recogerme para que la flor de mi mocedad no se marchite.

—¿Qué es eso? ¿Se quiere usted largar? ¿Quiere usted tomar el olivo?[305].

—Yo no quiero tomar olivo ninguno. Al contrario. Curro, dime tú: aquí, en este montón de dinero, ¿no hay más que en la banca?

Currito miró, y contestó:

—Es indudable.

—¿Cómo explicaré —preguntó don Luis—, que juego en un golpe cuanto hay en la banca contra otro tanto?

—Eso se explica —respondió Currito—, diciendo: ¡copo!

—Pues, copo[306] —dijo don Luis dirigiéndose al Conde—; va el copo y la red en este rey de espadas, cuyo

---

[304] *Amostazarse:* 'irritarse'.

[305] *Tomar el olivo:* tecnicismo taurino también empleado en el habla coloquial con la acepción de 'marcharse, huir o protegerse'; «y fue lástima que por impetuosidad fuese derribado del caballo en una ocasión, teniendo que tomar el olivo» (J. Sánchez de Neira, *El toreo. Gran Diccionario Tauromáquico,* Madrid, II, 1879, 286). José-Carlos de Torres, en su tesis sobre el léxico taurino, documenta expresiones sinonímicas en *El Correo Literario y Mercantil* de 1832: «tomar el barrote», «tomar el guindo», «tomar la higuera» (cf. *Léxico español de los toros,* Madrid, C.S.I C., 1989).

[306] *Copo:* 'hacer una apuesta equivalente a todo el dinero con que responde la banca'; es préstamo francés, de *couper.* Corominas presenta como primera documentación el *Diccionario* de la Academia de 1884. De la misma fecha: «Yo, cuando encuentro una persona que me entra por el ojo derecho, y que sirve, digo *copo,* y la tomo para que me sirva a mí» *(Fortunata y Jacinta,* ed. de Francisco Caudet II, 1983, 444).

compañero hará de seguro su epifanía antes que su enemigo el tres.

El Conde que tenía todo su capital mueble[307] en la banca, se asustó al verle comprometido de aquella suerte; pero no tuvo más que aceptar.

Es sentencia del vulgo que los afortunados en amores son desgraciados al juego; pero más cierta parece la contraria afirmación. Cuando acude la buena dicha acude para todo, y lo mismo cuando la desdicha acude.

El Conde fue tirando cartas, y no salía ningún tres. Su emoción era grande, por más que lo disimulaba. Por último, descubrió por la pinta el rey de copas y se detuvo.

—Tire usted —dijo el capitán.

—No hay para qué. El rey de copas. ¡Maldito sea! El curita me ha desplumado. Recoja usted el dinero.

El Conde echó con rabia la baraja sobre la mesa.

Don Luis recogió todo el dinero con indiferencia y reposo. Después de un corto silencio habló el Conde:

—Curita es menester que me dé usted el desquite.

—No veo la necesidad.

—¡Me parece que entre caballeros!...

—Por esa regla el juego no tiene término —observó don Luis—; por esa regla lo mejor sería ahorrarse el trabajo de jugar.

—Deme usted el desquite —replicó el Conde, sin atender a razones.

—Sea —dijo don Luis—; quiero ser generoso.

El Conde volvió a tomar la baraja y se dispuso a echar nueva talla.

—Alto ahí —dijo don Luis—; entendámonos antes. ¿Dónde está el dinero de la nueva banca de usted?

El Conde se quedó turbado y confuso.

—Aquí no tengo dinero —contestó—; pero me parece que sobra con mi palabra.

Don Luis entonces con acento grave y reposado dijo:

—Señor Conde, yo no tendría inconveniente en fiarme

---

[307] *Capital mueble:* tecnicismo jurídico, 'haberes monedados, dinero en efectivo'.

de la palabra de un caballero y en llegar a ser su acreedor, si no temiese perder su amistad que casi voy ya conquistando; pero desde que vi esta mañana la crueldad con que trató usted a ciertos amigos míos, que son sus acreedores, no quiero hacerme culpado para con usted del mismo delito. No faltaba más sino que yo voluntariamente incurriese en el enojo de usted prestándole dinero, que no me pagaría, como no ha pagado, sino con injurias, el que debe a Pepita Jiménez.

Por lo mismo que el hecho era cierto, la ofensa fue mayor. El Conde se puso lívido de cólera, y ya de pie, pronto a venir a las manos con el colegial, dijo con voz alterada.

—¡Mientes, deslenguado! ¡Voy a deshacerte entre mis manos, hijo de la grandísima!...

Esta última injuria, que recordaba a don Luis la falta de su nacimiento, y caía sobre el honor de la persona cuya memoria le era más querida y respetada, no acabó de formularse, no acabó de llegar a sus oídos.

Don Luis por encima de la mesa, que estaba entre él y el Conde, con agilidad asombrosa y con tino y fuerza, tendió el brazo derecho, armado de un junco o bastoncillo flexible y cimbreante, y cruzó la cara de su enemigo, levantándole al punto un verdugón amoratado.

No hubo ni grito ni denuesto ni alboroto posterior. Cuando empiezan las manos suelen callar las lenguas. El Conde iba a lanzarse sobre don Luis para destrozarle si podía; pero la opinión había dado una gran vuelta desde aquella mañana, y entonces estaba en favor de don Luis. El capitán, el médico y hasta Currito, ya con más ánimo, contuvieron al Conde, que pugnaba y forcejeaba ferozmente por desasirse.

—Dejadme libre, dejadme que le mate —decía.

—Yo no trato de evitar un duelo —dijo el capitán—; el duelo es inevitable. Trato sólo de que no luchéis aquí como dos ganapanes. Faltaría a mi decoro si presenciase tal lucha[308].

---

[308] Sobre la vigencia del duelo en la España del XIX no tenemos información detallada ni estudio de conjunto; el memorable artículo de Larra «Los

—Que vengan armas —dijo el Conde—: no quiero retardar el lance ni un minuto... En el acto... aquí.

—¿Queréis reñir al sable? —dijo el capitán.

—Bien está —respondió don Luis.

—Vengan los sables —dijo el Conde.

Todos hablaban en voz baja para que no se oyese nada en la calle. Los mismos criados del casino, que dormían en sillas, en la cocina y en el patio, no llegaron a despertarse.

Don Luis eligió para testigos al capitán y a Currito. El Conde a los dos forasteros. El médico quedó para hacer su oficio, y enarboló la bandera de la Cruz Roja[309].

Era todavía de noche. Se convino en hacer campo de batalla de aquel salón, cerrando antes la puerta.

El capitán fue a su casa por los sables y los trajo al momento debajo de la capa que para ocultarlos se puso.

Ya sabemos que don Luis no había empuñado en su vida un arma. Por fortuna, el Conde no era mucho más diestro en la esgrima, aunque nunca había estudiado teología ni pensado en ser clérigo.

Las condiciones del duelo se redujeron a que, una vez el sable en la mano, cada uno de los dos combatientes hiciese lo que Dios le diera a entender.

Se cerró la puerta de la sala.

Las mesas y las sillas se apartaron en un rincón para despejar el terreno. Las luces se colocaron de un modo conveniente. Don Luis y el Conde se quitaron levitas y chalecos, quedaron en mangas de camisa y tomaron las armas. Se hi-

---

barateros» distingue entre dos clases de desafíos que corresponden al nivel social de los contendientes y a las reglas que se guardan para su ejecución. Sobre la amplia bibliografía técnica dedicada a describir el arte de la esgrima, libro próximo a la cronología de nuestra novela es el de Faustino de Zea, *Título de maestro en la ciencia filosófica y matemática de la destreza de las armas*, Madrid, 1846 (Biblioteca Nacional R/35829). La obra de Julio Urbina y Ceballos, marqués de Cabriñana, *Lances entre caballeros* (Madrid, 1900), contiene un tratado práctico y anecdótico de duelos.

[309] Esta institución humanitaria de carácter internacional fue el resultado de la propuesta del suizo Henri Dunant *(Un souvenir de Solferino*, 1862) y de una reunión de naciones que tuvo lugar en Ginebra en 1864. Para España, ver Josep Carlos Clemente, *Historia de la Cruz Roja Española*, Madrid, 1987.

cieron a un lado los testigos. A una señal del capitán, empezó el combate.

Entre dos personas que no sabían parar ni defenderse la lucha debía ser brevísima, y lo fue.

La furia del Conde, retenida por algunos minutos, estalló y le cegó. Era robusto; tenía unos puños de hierro, y sacudía con el sable una lluvia de tajos sin orden ni concierto. Cuatro veces tocó a don Luis, por fortuna siempre de plano. Lastimó sus hombros, pero no le hirió. Menester fue de todo el vigor del joven teólogo para no caer derribado a los tremendos golpes y con el dolor de las contusiones. Todavía tocó el Conde por quinta vez a don Luis, y le dio en el brazo izquierdo. Aquí la herida fue de filo, aunque de soslayo. La sangre de don Luis empezó a correr en abundancia. Lejos de contenerse un poco, el Conde arremetió con más ira para herir de nuevo; casi se metió bajo el sable de don Luis. Éste, en vez de prepararse a parar, dejó caer el sable con brío y acertó con una cuchillada en la cabeza del Conde. La sangre salió con ímpetu, y se extendió por la frente y corrió sobre los ojos. Aturdido por el golpe, dio el Conde con su cuerpo en el suelo.

Toda la batalla fue negocio de algunos segundos.

Don Luis había estado sereno, como un filósofo estoico, a quien la dura ley de la necesidad obliga a ponerse en semejante conflicto, tan contrario a sus costumbres y modo de pensar; pero no bien miró a su contrario por tierra, bañado en sangre y como muerto, don Luis sintió una angustia grandísima y temió que le diese una congoja. Él, que no se creía capaz de matar un gorrión, acaso acababa de matar a un hombre. Él, que aún estaba resuelto a ser sacerdote, a ser misionero, a ser ministro y nuncio del Evangelio hacía cinco o seis horas, había cometido o se acusaba de haber cometido en nada de tiempo todos los delitos, y de haber infringido todos los mandamientos de la ley de Dios. No había quedado pecado mortal de que no se contaminase. Sus propósitos de santidad heroica y perfecta se habían desvanecido primero. Sus propósitos de una santidad más fácil, cómoda y *burguesa*, se desvanecían después. El diablo desbarataba sus planes. Se le antojaba que ni siquiera podía ya ser un Filemón cristiano, pues no era buen principio para el idilio perpetuo el de rasgar la cabeza al prójimo de un sablazo.

El estado de don Luis, después de las agitaciones de todo aquel día, era el de un hombre que tiene fiebre cerebral.

Currito y el capitán, cada uno de un lado, le agarraron y llevaron a su casa.

Don Pedro de Vargas se levantó sobresaltado cuando le dijeron que venía su hijo herido. Acudió a verle; examinó las contusiones y la herida del brazo, y vio que no eran de cuidado; pero puso el grito en el cielo diciendo que iba a tomar venganza de aquella ofensa, y no se tranquilizó hasta que supo el lance, y que don Luis había sabido tomar venganza por sí, a pesar de su teología.

El médico vino poco después a curar a don Luis, y pronosticó que en tres o cuatro días estaría don Luis para salir a la calle, como si tal cosa. El Conde, en cambio, tenía para meses. Su vida, sin embargo, no corría peligro. Había vuelto de su desmayo, y había pedido que le llevasen a su pueblo, que no dista más que una legua del lugar en que pasaron estos sucesos. Habían buscado un carricoche de alquiler y le habían llevado, yendo en su compañía su criado y los dos forasteros que le sirvieron de testigos.

A los cuatro días del lance se cumplieron, en efecto, los pronósticos del doctor, y don Luis, aunque magullado de los golpes y con la herida abierta aún, estuvo en estado de salir, y prometiendo un restablecimiento completo en plazo muy breve.

El primer deber que don Luis creyó que necesitaba cumplir, no bien le dieron de alta, fue confesar a su padre sus amores con Pepita, y declararle su intención de casarse con ella.

Don Pedro no había ido al campo ni se había empleado sino en cuidar a su hijo durante la enfermedad. Casi siempre estaba a su lado acompañándole y mimándole con singular cariño.

En la mañana del día 27 de junio, después de irse el médico, don Pedro quedó solo con su hijo, y entonces la tan difícil confesión para don Luis tuvo lugar del modo siguiente:

—Padre mío— dijo don Luis—: yo no debo seguir engañando a usted por más tiempo. Hoy voy a confesar a usted mis faltas y a desechar la hipocresía.

—Muchacho, si es confesión lo que vas a hacer mejor será que llames al padre Vicario. Yo tengo muy holgachón[310] el criterio, y te absolveré de todo, sin que mi absolución te valga para nada. Pero si quieres confiarme algún hondo secreto como a tu mejor amigo, empieza, que te escucho.

—Lo que tengo que confiar a usted es una gravísima falta mía, y me da vergüenza...

—Pues no tengas vergüenza con tu padre y di sin rebozo.

Aquí don Luis, poniéndose muy colorado y con visible turbación dijo:

—Mi secreto es que estoy enamorado de... Pepita Jiménez, y que ella...

Don Pedro interrumpió a su hijo con una carcajada y continuó la frase:

—Y que ella está enamorada de ti, y que la noche de la velada de San Juan estuviste con ella en dulces coloquios hasta las dos de la mañana, y que por ella buscaste un lance con el conde de Genazahar, a quien has roto la cabeza. Pues, hijo, bravo secreto me confías. No hay perro ni gato en el lugar que no esté ya al corriente de todo. Lo único que parecía posible ocultar era la duración del coloquio hasta las dos de la mañana; pero unas gitanas buñoleras te vieron salir de la casa, y no pararon hasta contárselo a todo bicho viviente. Pepita, además, no disimula cosa mayor; y hace bien, porque sería el disimulo de Antequera[311]. Desde que

---

[310] *Holgachón:* como derivado de holga, 'descansado, ocioso'; Corominas lo encuentra a mediados del XIX en el *Gran Diccionario de la lengua castellana* de Aniceto Pagés.

[311] *Disimulo de Antequera:* «alude a los que se preocupan más de lo corriente que de lo que realmente importa ocultar» (Sbarbi, I, 1922, 330 que ilustra el significado de la expresión con una troquelación popular, «el di-

estás enfermo viene aquí Pepita dos veces al día, y otras dos o tres veces envía a Antoñona a saber de tu salud; y si no han entrado a verte, es porque yo me he opuesto, para que no te alborotes.

La turbación y el apuro de don Luis subieron de punto cuando oyó contar a su padre toda la historia en lacónico compendio.

—¡Qué sorpresa! —dijo—, ¡qué asombro habrá sido el de usted!

—Nada de sorpresa ni de asombro, muchacho. En el lugar sólo se saben las cosas hace cuatro días, y la verdad sea dicha, ha pasmado tu transformación. ¡Miren el cógelas a tientas y mátalas callando[312]; miren el santurrón y el gatito

---

simulo de Antequera, la cabeza tapada y el culo fuera»). Valera, en carta de 2-VII-1896, explica a Narciso Campillo —coautor del volumen *Cuentos y chascarrillos andaluces* (1896)— el origen de la expresión: «Sólo diré, para satisfacer en parte la curiosidad del Sr. don Luis Montoto, que la frase quedó incompleta en *Pepita Jiménez*. Completa es así: "el disimulo de Antequera / la cabeza tapada y el culo fuera". No responderé yo de la verdad histórica de lo que voy a referirle, pero recuerdo vagamente haber oído explicar de esta suerte el origen de la frase. En un día de feria en que calles y plazas estaban llenas de gente, un caballero principal antequerano tuvo el más apremiante y terrible apretón que puede imaginarse. No daba tiempo para refugiarse en sitio oculto ni para nada. Era menester descargar a escape. El caballero tomó entonces una resolución tan súbita como acertada: volvió la cara hacia la pared, se echó la capa por la cabeza, tapándose muy bien para que no le conociesen, y bajándose luego los calzones, echó las posas al aire y largó la descarga en un periquete, sin que nadie llegase a conocerle por lo que tuvo descubierto un instante. Desahogado ya, se alzó y ajustó los calzones, se bajó la capa y siguió tranquila y gravemente su camino. Así nació la frase. (...) A pesar de lo expuesto, he oído yo cantar una copla que dice: "por la calle abajito /va mi comadre, / la cabeza tapada/ y el culo al aire". Pero, en mi sentir, la copla no contradice ni invalida la historia» (carta inédita de la colección de don Daniel Pineda).

[312] *Matalascallando:* «Uno de los más conocidos personajes proverbiales de la tradición española, se dice del hipócrita.» «*Ser un cógelas a tiento y mátalas callando.* Ignoro por qué la Academia no registra más que la segunda parte *mátalas callando,* a que llama comparación figurada y familiar. Dícese de la persona que, con maña y secreto (maña, *a tiento;* secreto, *callando*), procura conseguir su intento», Luis Montoto y Rautenstrauch, *Un paquete de cartas de modismos, locuciones, frases hechas, frases proverbiales y frases familiares* (Sevilla, 1888). Además de los textos de Quevedo citados por Montoto, y el imprescindible *Viaje de Turquía,* téngase en cuenta esta nota de Correas

muerto, exclaman las gentes, con lo que ha venido a descolgarse! El padre Vicario, sobre todo, se ha quedado turulato. Todavía está haciéndose cruces al considerar cuánto trabajaste en la viña del Señor en la noche del 23 al 24, y cuán variados y diversos fueron tus trabajos. Pero a mí no me cogieron las noticias de susto, salvo tu herida. Los viejos sentimos crecer la hierba. No es fácil que los pollos engañen a los recoveros[313].

—Es verdad: he querido engañar a usted. ¡He sido un hipócrita!

—No seas tonto: no lo digo por motejarte. Lo digo para darme tono de perspicaz. Pero hablemos con franqueza: mi jactancia es inmotivada. Yo sé punto por punto el progreso de tus amores con Pepita, desde hace más de dos meses[314]; pero lo sé porque tu tío el Deán, a quien escribías tus impresiones, me lo ha participado todo. Oye la carta acusadora de tu tío, y oye la contestación que le di, documento importantísimo de que he guardado minuta.

Don Pedro sacó del bolsillo unos papeles, y leyó lo que sigue:

Carta del Deán. —«Mi querido hermano: siento en el alma tener que darte una mala noticia; pero confío en Dios, que habrá de concederte paciencia y sufrimiento bastantes para que no te enoje y acibare demasiado. Luisito me escribe hace días extrañas cartas, donde descubro, al través de su exaltación mística, una inclinación harto terrenal y pecaminosa hacia cierta viudita guapa, traviesa y coquetísima, que hay en ese lugar. Yo me había engañado hasta aquí creyendo firme la vocación de Luisito, y me lisonjeaba de dar en

---

que reúne las dos denominaciones que aparecen en la novela: «mátalas callando y tómalas a tiento; o i pálpalas a tiento; o a ziegas. Dízese del ke kon sosiego y sekreto haze sus cosas kautamente», *Vocabulario de refranes y frases proverbiales,* ed. Louis Combet, Burdeos, 1967, 564a.

[313] *Recovero:* 'es el que compra por los lugares huevos, gallinas y otras cosas para vender'; es lusismo (Corominas); para Alcalá Venceslada, que no documenta *recovero, recova* es el bando de gallináceas de una casa particular.

[314] Se ha señalado en la *Introducción* que esta información cronológica es fundamental para entender la actitud de todos los personajes y el entramado irónico en el que se construye la historia de *amor adrede* que es esta obra.

él a la Iglesia de Dios un sacerdote sabio, virtuoso y ejemplar; pero las cartas referidas han venido a destruir mis ilusiones. Luisito se muestra en ellas más poeta que verdadero varón piadoso, y la viuda, que ha de ser de la piel de Barrabás, le rendirá con poco que haga. Aunque yo escribo a Luisito amonestándole para que huya de la tentación, doy ya por seguro que caerá en ella. No debiera esto pesarme, porque si ha de faltar y ser galanteador y cortejante, mejor es que su mala condición se descubra con tiempo, y no llegue a ser clérigo. No vería yo, por lo tanto, grave inconveniente en que Luisito siguiera ahí y fuese ensayado y analizado en la piedra de toque y crisol de tales amores, a fin de que la viudita fuese el reactivo por medio del cual se descubriera el oro puro de sus virtudes clericales o la baja liga con que el oro está mezclado; pero tropezamos con el escollo de que la dicha viuda, que habíamos de convertir en fiel contraste[315], es tu pretendida y no sé si tu enamorada. Pasaría, pues, de castaño obscuro el que resultase tu hijo rival tuyo. Esto sería un escándalo monstruoso, y para evitarle con tiempo te escribo hoy a fin de que, pretextando cualquiera cosa, envíes o traigas a Luisito por aquí, cuanto antes mejor.»

Don Luis escuchaba en silencio y con los ojos bajos. Su padre continuó:

—A esta carta del Deán contesté lo que sigue:

Contestación. —«Hermano querido y venerable padre espiritual: mil gracias te doy por las noticias que me envías y por tus avisos y consejos. Aunque me precio de listo, confieso mi torpeza en esta ocasión. La vanidad me cegaba. Pepita Jiménez, desde que vino mi hijo, se me mostraba tan afable y cariñosa, que yo me las prometía felices. Ha sido menester tu carta para hacerme caer en la cuenta. Ahora comprendo que, al haberse humanizado, al hacerme tantas fiestas y al bailarme el agua delante, no miraba en mí la pícara de Pepi-

---

[315] *Fiel contraste:* oficina municipal que tenía como actividad el control de las pesas y medidas empleadas por los vendedores «con objeto de contrastarlas y evitar los fraudes» (Madoz, *Diccionario Geográfico y Estadístico de España,* Madrid, X, 1847, pág. 790); es lugar aludido en varios pasajes de *Fortunata y Jacinta* (cf. ed. de F. Caudet, Madrid, Cátedra, I, 1983, 131 y II, 1983, 256).

ta sino al papá del teólogo barbilampiño. No te lo negaré: me mortificó y afligió un poco este desengaño en el primer momento; pero después lo reflexioné todo con la madurez debida, y mi mortificación y mi aflicción se convirtieron en gozo. El chico es excelente. Yo le he tomado mucho más afecto desde que está conmigo. Me separé de él y te le entregué para que le educases, porque mi vida no era muy ejemplar, y en este pueblo, por lo dicho y por otras razones, se hubiera criado como un salvaje. Tú fuiste más allá de mis esperanzas y aun de mis deseos, y por poco no sacas de Luisito un Padre de la Iglesia. Tener un hijo santo hubiera lisonjeado mi vanidad; pero hubiera sentido yo quedarme sin un heredero de mi casa y nombre, que me diese lindos nietos, y que después de mi muerte disfrutase de mis bienes, que son mi gloria, porque los he adquirido con ingenio y trabajo, y no haciendo fullerías y chanchullos. Tal vez la persuasión en que estaba yo de que no había remedio, de que Luis iba a catequizar a los chinos, a los indios y a los negritos de Monicongo[316], me decidió a casarme para dilatar mi sucesión. Naturalmente puse mis ojos en Pepita Jiménez, que no es de la piel de Barrabás, como imaginas, sino una criatura remonísima, más bendita que los cielos y más apasionada que coqueta. Tengo tan buena opinión de Pepita, que si volviese ella a tener diez y seis años y una madre imperiosa que la violentara, y yo tuviese ochenta años como don Gumersindo, esto es, si viera ya la muerte en puertas, tomaría a Pepita por mujer para que me sonriese al morir como si fuera el ángel de mi guarda que había revestido cuerpo humano, y para dejarle mi posición, mi caudal y mi nombre. Pero ni Pepita tiene ya diez y seis años, sino veinte, ni está sometida al culebrón[317] de su madre, ni yo tengo ochenta años, sino cincuenta y cinco[318]. Estoy en la peor edad, porque empiezo

---

[316] *Monicongo:* término que Corominas registra como andalucismo de Málaga en un sentido restringido; en el amplio, que es el que conviene a este texto, significa 'negro africano'; la palabra se conoce desde el siglo XVI (Ercilla).

[317] *Culebrón:* 'mujer intrigante y de mala fama'.

[318] Sobre las edades de la vida humana, sus divisiones y la significación social que tienen estos tópicos, véanse notas 13 y 275.

a sentirme harto averiado, con un poquito de asma, mucha
tos, bastantes dolores reumáticos y otros alifafes, y, sin embargo, maldita la gana que tengo de morirme. Creo que ni
en veinte años me moriré, y como le llevo treinta y cinco a
Pepita, calcula el desastroso porvenir que le aguardaba con
este viejo perdurable. Al cabo de los pocos años de casada
conmigo hubiera tenido que aborrecerme, a pesar de lo buena que es. Porque es buena y discreta no ha querido sin
duda aceptarme por marido, a pesar de la insistencia y de la
obstinación con que se lo he propuesto. ¡Cuánto se lo agradezco ahora! La misma puntita de vanidad, lastimada por
sus desdenes, se embota ya al considerar que si no me ama,
ama mi sangre, se prenda del hijo mío. Si no quiere esta fresca y lozana hiedra enlazarse al viejo tronco[319], carcomido ya,
trepe por él, me digo, para subir al renuevo tierno y al verde y florido pimpollo. Dios los bendiga a ambos y prospe-
re estos amores. Lejos de llevarte al chico otra vez, le reten-
dré aquí hasta por fuerza, si es necesario. Me decido a cons-
pirar contra su vocación. Sueño ya con verle casado. Me
voy a remozar contemplando a la gentil pareja unida por el
amor. ¿Y cuando me den unos cuantos chiquillos? En vez de
ir de misionero y de traerme de Australia, o de Madagascar, o
de la India varios neófitos con jetas de a palmo, negros como
la tizna, o amarillos como el estezado[320] y con ojos de mo-
chuelo, ¿no será mejor que Luisito predique en casa y me sa-
que en abundancia una serie de catecumenillos rubios, son-
rosados, con ojos como los de Pepita, y que parezcan queru-
bines sin alas? Los catecúmenos que me trajese de por allá
sería menester que estuvieran a respetable distancia para que
no me inficionasen, y éstos de por acá me olerían a rosas del

---

[319] Sobre la historia del tópico 'vid (yedra) / tronco de árbol (olmo, en
muchos textos)', ha realizado un detenido estudio Aurora Egido, en
«Variaciones sobre la vid y el olmo en la poesía de Quevedo: *Amor constante más allá de la muerte*», *Homenaje a Quevedo,* Salamanca, 1982, páginas 213-232, que concluye evocando el «olmo viejo, hendido por el rayo»
de Antonio Machado.

[320] *Estezado:* 'piel de cabra curtida en seco' (Alcalá Venceslada); Corominas señala el étimo *tez* para explicar el origen de esta forma y recuerda el
empleo de la palabra, sin indicar lugar preciso, en la obra de Juan Valera.

Paraíso, y vendrían a ponerse sobre mis rodillas, y jugarían conmigo, y me besarían, y me llamarían abuelito, y me darían palmaditas en la calva que ya voy teniendo. ¿Qué quieres? Cuando estaba yo en todo mi vigor no pensaba en las delicias domésticas; mas ahora, que estoy tan próximo a la vejez, si ya no estoy en ella, como no me he de hacer cenobita, me complazco en esperar que haré el papel de patricarca. Y no entiendas que voy a limitarme a esperar que cuaje el naciente noviazgo, sino que he de trabajar para que cuaje. Siguiendo tu comparación, pues que transformas a Pepita en crisol y a Luis en metal, yo buscaré, o tengo buscado ya, un fuelle o soplete utilísimo que contribuya a avivar el fuego para que el metal se derrita pronto. Este soplete es Antoñona, nodriza de Pepita, muy lagarta, muy sigilosa y muy afecta a su dueño. Antoñona se entiende ya conmigo[321], y por ella sé que Pepita está muerta de amores. Hemos convenido en que yo siga haciendo la vista gorda y no dándome por entendido de nada. El padre Vicario, que es un alma de Dios, siempre en babia, me sirve tanto o más que Antoñona, sin advertirlo él, porque todo se le vuelve a hablar de Luis con Pepita, y de Pepita con Luis; de suerte que este excelente señor, con medio siglo en cada pata, se ha convertido ¡oh milagro del amor y de la inocencia! en palomito mensajero, con quien los dos amantes se envían sus requiebros y finezas, ignorándolo también ambos. Tan poderosa combinación de medios naturales y artificiales debe dar un resultado infalible. Ya te le diré al darte parte de la boda, para que vengas a hacerla, o envíes a los novios tu bendición y un buen regalo.»

Así acabó don Pedro de leer su carta, y al volver a mirar a don Luis, vio que don Luis había estado escuchando con los ojos llenos de lágrimas.

El padre y el hijo se dieron un abrazo muy apretado y muy prolongado.

---

[321] Esta afirmación de don Pedro es, como he señalado en *Introducción*, el indicio seguro que permite una lectura irónica de las cartas de don Luis y de la sección titulada *Paralipómenos*.

Al mes justo de esta conversación y de esta lectura, se celebraron las bodas de don Luis de Vargas y de Pepita Jiménez.

Temeroso el señor Deán de que su hermano le embromase demasiado con que el misticismo de Luisito había salido huero, y conociendo además que su papel iba a ser poco airoso en el lugar, donde todos dirían que tenía mala mano para sacar santos, dio por pretexto sus ocupaciones y no quiso venir, aunque envió su bendición y unos magníficos zarcillos, como presente para Pepita.

El padre Vicario tuvo, pues, el gusto de casarla con don Luis.

La novia, muy bien engalanada, pareció hermosísima a todos y digna de trocarse por el cilicio y las disciplinas.

Aquella noche dio don Pedro un baile estupendo en el patio de su casa y salones contiguos. Criados y señores, hidalgos y jornaleros, las señoras y señoritas y las mozas del lugar asistieron y se mezclaron en él como en la soñada primera edad del mundo, que no sé por qué llaman de oro[322]. Cuatro diestros, o, sino diestros, infatigables guitarristas, tocaron el fandango. Un gitano y una gitana, famosos cantadores, entonaron las coplas más amorosas y alusivas a las circunstancias. Y el maestro de escuela leyó un epitalamio[323] en verso heroico.

---

[322] El mito de la Edad de Oro tiene su texto básico en Virgilio, égloga IV, dirigida al poeta Polión, en la que se predice el nacimiento del niño divino que gobernará el mundo, desterrando de él la injusticia; para antecedentes literarios del mito, ver Gaspar Moracho, «El mito de la Edad de Oro en Hesíodo», *Perficit,* 24, serie IV, 1973, 65-100; «La Edad de Oro en la Comedia Antigua», *Perficit,* X, 1979, 201-254. El componente de igualación social que comportaba el mito (recuérdese el aserto cervantino «entonces los que en ella vivían ignoraban estas dos palabras de *tuyo* y *mío*», *Quijote,* I, XI) es sometido a un tratamiento degradatorio en el texto valeriano. Véase la monografía de Harry Levin, *The Myth of the Golden Age in the Renaissance,* Indiana University Press, 1969.

[323] Este canto de boda puede ponerse en relación con el que compuso el catedrático de Retórica y Poética del Instituto de Cabra, don Luis Herrera y Robles, «En la bendición de la capilla de San Felipe, erigida en el caserío de Las Lomas (término de Cabra) por la señora doña Dolores Valera para trasladar a ella los restos de su difunto esposo el señor don Felipe

Hubo hojuelas, pestiños, gajorros, rosquillas, mostachones, bizcotelas y mucho vino para la gente menuda. El señorío se regaló con almíbares, chocolate, miel de azahar y miel de prima, y varios rosolis y mistelas aromáticas y refinadísimas[324].

Don Pedro estuvo hecho un cadete: bullicioso, bromista y galante. Parecía que era falso lo que declaraba en su carta al Deán del reúma y demás alifafes. Bailó el fandango[325] con Pepita, con sus más graciosas criadas y con otras seis o siete mozuelas. A cada una, al volverla a su asiento, cansada ya, le dio con efusión el correspondiente y prescrito abrazo, y a las menos serias algunos pellizcos, aunque esto no forma parte del ceremonial. Don Pedro llevó su galantería hasta el extremo de sacar a bailar a doña Casilda, que no

---

Ulloa» *(Poesías,* Sevilla, 1874). El poema ha sido exhumado por Matilde Galera, «En el centenario de la publicación de la obra de Valera. El sepulcro de Pepita Jiménez», *La Opinión,* Cabra, 7-VII-1974.

[324] Repertorio de variedades de repostería (hojuelas, pestiños, gajorros, rosquillas, mostachones, bizcotelas) y de refrescos (rosolis y mistelas) característicos de los usos gastronómicos meridionales. Para los refrescos citados es útil Juan Pala de Medina, *Método fácil para preparar toda clase de resolís, mistelas y demás licores. Lo dedica a los aficionados un menorquín,* Mahón, 1814; para los dulces, Dr. Thebussem (Mariano Pardo de Figueroa), *La mesa moderna. Cartas sobre el comedor y la cocina cambiadas entre el Dr. Thebussem y un cocinero de S. M.,* Madrid, 1888 (cap. XIV, «Los alfajores de Medina Sidonia»). Otras celebraciones gastronómicas de participación común, en el epistolario Valera-Estébanez Calderón (Sáenz de Tejada, 1971, 269) o en *Juanita la Larga:* «Para los que no habían cenado o tenían suficiente capacidad estomacal, hubo chocolate con hojaldres y con tortas de aceite, y para todos, mostachones, roscos, y bizcochos de espumilla con mistela y dos o tres clases de rosolíes» (cap. XLV; *O. C.,* I, 627a). Otras situaciones novelescas con acusada presencia de la repostería andaluza en *Las ilusiones del Doctor Faustino:* «Y el piñonate, los gajorros y demás comestibles, que vienen de presentes, ¿me estará bien entregarlos? Aquí el doctor se acordó de aquellos versos de la Gatomaquia cuando habla el poeta del presente que Micifuz enviaba a Zapaquilda: ¿Qué gala, qué invención, qué nuevo traje? / En fin: vio que traía / un pedazo de queso / de razonable peso, / una pata de ganso y dos ostiones.» (*O. C,* I, 231b); también *El Comendador Mendoza,* cap. VII; *O. C.,* I, 380b.

[325] Baile y copla andaluces documentados a principios del XVII (Corominas); en la carta del 8 de abril, don Luis aludió al silencio nocturno roto por quien «canta, al son de su guitarra mal rasgueada, una copla de fandango o de rondeñas».

pudo negarse, y que, con sus diez arrobas de humanidad, y los calores de julio, vertía un chorro de sudor por cada poro. Por último, don Pedro atracó de tal suerte a Currito, y le hizo brindar tantas veces por la felicidad de los nuevos esposos, que el mulero Dientes tuvo que llevarle a su casa a dormir la mona, terciado en una borrica como un pellejo de vino.

El baile duró hasta las tres de la madrugada; pero los novios se eclipsaron discretamente antes de las once[326] y se fueron a casa de Pepita. Don Luis volvió a entrar con luz, con pompa y majestad, y como dueño y señor adorado, en aquella limpia alcoba, donde poco más de un mes antes había entrado a obscuras, lleno de turbación y zozobra.

Aunque en el lugar es uso y costumbre, jamás interrumpida, dar una terrible cencerrada a todo viudo o viuda que contrae segundas nupcias, no dejándolos tranquilos con el resonar de los cencerros en la primera noche del consorcio, Pepita era tan simpática y don Pedro tan venerado y don Luis tan querido, que no hubo cencerros ni el menor conato de que resonasen aquella noche; caso raro, que se registra como tal en los anales del pueblo.

---

[326] Es la misma hora en la que don Luis y Pepita tuvieron su primer encuentro íntimo. Cfr. págs. 289 y ss.

III

Epílogo
Cartas de mi hermano

La historia de Pepita y Luisito debiera terminar aquí. Este epílogo está de sobra, pero el señor Deán le tenía en el legajo, y ya que no le publicamos por completo, publicaremos parte; daremos una muestra siquiera.

A nadie debe quedar la menor duda en que don Luis y Pepita, enlazados por un amor irresistible, casi de la misma edad, hermosa ella, él gallardo y agraciado, y discretos y llenos de bondad los dos, vivieron largos años, gozando de cuanta felicidad y paz caben en la tierra; pero esto, que para la generalidad de las gentes es una consecuencia dialéctica bien deducida, se convierte en certidumbre para quien lee el epílogo.

El epílogo, además, da algunas noticias sobre los personajes secundarios que en la narración aparecen, y cuyo destino puede acaso haber interesado a los lectores.

Se reduce el epílogo a una colección de cartas, dirigidas por don Pedro de Vargas a su hermano el señor Deán, desde el día de la boda de su hijo hasta cuatro años después.

Sin poner las fechas, aunque siguiendo el orden cronológico, trasladaremos aquí pocos y breves fragmentos de dichas cartas, y punto concluido.

———————

Luis muestra la más viva gratitud a Antoñona, sin cuyos servicios no poseería a Pepita; pero esta mujer, cómplice de la única falta que él y Pepita han cometido, y tan íntima en la casa y tan enterada de todo, no podía menos de estorbar. Para librarse de ella, favoreciéndola, Luis ha logrado que vuelva a reunirse con su marido, cuyas borracheras diarias no quería ella sufrir. El hijo del maestro Cencias ha prometido no volver a emborracharse casi nunca; pero no se ha atrevido a dar un *nunca* absoluto y redondo. Fiada, sin embargo, en esta semipromesa, Antoñona ha consentido en volver bajo el techo conyugal. Una vez reunidos estos esposos, Luis ha creído eficaz el método homeopático[327] para curar de raíz al hijo del maestro Cencias, pues habiendo oído afirmar que los confiteros aborrecen el dulce, ha inferido que los taberneros deben aborrecer el vino y el aguardiente, y ha enviado a Antoñona y a su marido a la capital de esta provincia, donde les ha puesto de su bolsillo una magnífica taberna. Ambos viven allí contentos, se han proporcionado muchos marchantes y probablemente se harán ricos. Él se emborracha aún algunas veces; pero Antoñona, que es más forzuda, le suele sacudir para que acabe de corregirse.

―――――――

Currito, deseoso de imitar a su primo, a quien cada día admira más, y notando y envidiando la felicidad doméstica de Pepita y de Luis, ha buscado novia a toda prisa, y se ha

―――――――

[327] *Homeopatía:* sistema terapéutico que gozó de gran popularidad en el siglo XIX. Se basa en el principio *similia similibus curabantur;* fue introducido en la práctica médica, a fines del XVIII, por el alemán Samuel Hahnemann. Valera en 1870 escribía con intención irónica: «con la homeopatía, hasta los achaques de la materia curan casi espiritualmente. No se toman remedios, sino se toman, por decirlo así, las virtualidades, el espíritu, la sombra vaporosa de los remedios. ¿Quién sabe si dentro de poco se inventarán también alimentos homeopáticos, de que ya son precursores el extracto de carne de Liebig y la Revalenta, y nos nutriremos con la virtualidad o la esencia eléctrica e imponderable de los pavos y de los jamones, en vez de nutrirnos del modo vulgar y grosero que ahora se usa?» («Un poco de crematística» *O. C.,* III, 1284a).

346

casado con la hija de un rico labrador de aquí, sana, fresco-
ta, colorada como las amapolas, y que promete adquirir en
breve un volumen y una densidad superiores a los de su
suegra doña Casilda.

El conde de Genahazar, a los cinco meses de cama, está
ya curado de su herida, y, según dicen, muy enmendado de
sus pasadas insolencias. Ha pagado a Pepita, hace poco,
más de la mitad de la deuda, y pide espera para pagar lo res-
tante.

Hemos tenido un disgusto grandísimo, aunque harto le
preveíamos. El padre Vicario, cediendo al peso de la edad,
ha pasado a mejor vida. Pepita ha estado a la cabecera de su
cama hasta el último instante, y le ha cerrado la entreabierta boca con sus hermosas manos. El padre Vicario ha tenido la muerte de un bendito siervo de Dios. Más que muerte parecía tránsito dichoso a más serenas regiones. Pepita no
obstante, y todos nosotros también, le hemos llorado de veras. No ha dejado más que cinco o seis duros y sus muebles,
porque todo lo repartía de limosna. Con su muerte habrían
quedado aquí huérfanos los pobres si Pepita no viviese.

Mucho lamentan todos en el lugar la muerte del padre
Vicario, y no faltan personas que le dan por santo verdadero y merecedor de estar en los altares, atribuyéndole milagros. Yo no sé de esto; pero sé que era un varón excelente,
y debe haber ido derechito a los cielos, donde tendremos
en él un intercesor. Con todo, su humildad y su modestia y
su temor de Dios eran tales, que hablaba de sus pecados en
la hora de la muerte, como si los tuviese, y nos rogaba que
pidiésemos su perdón y que rezásemos por él al Señor y a
María Santísima.

En el ánimo de Luis han hecho honda impresión esta vida y esta muerte ejemplares de un hombre, menester es confesarlo, simple y de cortas luces, pero de una voluntad sana, de una fe profunda y de una caridad fervorosa. Luis se compara con el Vicario, y dice que se siente humillado. Esto ha traído cierta amarga melancolía a su corazón; pero Pepita, que sabe mucho, la disipa con sonrisas y cariño.

———————

Todo prospera en casa. Luis y yo tenemos unas candioteras que no las hay mejores en España, si prescindimos de Jerez. La cosecha de aceite ha sido este año soberbia. Podemos permitirnos todo género de lujos, y yo aconsejo a Luis y a Pepita que den un buen paseo por Alemania, Francia e Italia, no bien salga Pepita de su cuidado y se restablezca. Los chicos pueden, sin imprevisión ni locura, derrochar unos cuantos miles de duros en la expedición y traer muchos primores de libros, muebles y objetos de arte para adornar su vivienda.

———————

Hemos aguardado dos semanas para que sea el bautizo el día mismo del primer aniversario de la boda. El niño es un sol de bonito y muy robusto. Yo he sido el padrino, y le hemos dado mi nombre. Yo estoy soñando con que Periquito hable y diga gracias.

———————

Para que todo les salga bien a estos enamorados esposos, resulta ahora, según cartas de la Habana, que el hermano de Pepita, cuyas tunanterías recelábamos que afrentasen a la familia, casi y sin casi va a honrarla y a encumbrarla haciéndose personaje[328]. En tanto tiempo como hacía que no sa-

[328] Valera, como indicó Azaña *(Ensayos,* 242-243), ve con malos ojos a los aventureros enriquecidos apresuradamente, como es el Crematurgo de *Asclepigenia* (*O. C.,* I, págs. 1276-1281).

biamos de él, ha aprovechado bien las coyunturas y le ha soplado la suerte. Ha tenido nuevo empleo en las aduanas, ha comerciado luego en negros, ha quebrado después, que viene a ser para ciertos hombres de negocios como una buena poda para los árboles, la cual hace que retoñen con más brío, y hoy está tan boyante, que tiene resuelto ingresar en la primera aristocracia titulando de marqués o de duque. Pepita se asusta y se escandaliza de esta improvisada fortuna, pero yo le digo que no sea tonta; si su hermano es y había de ser de todos modo un pillete, ¿no es mejor que lo sea con buena estrella?

———

Así pudiéramos seguir extractando, si no temiésemos fatigar a los lectores. Concluiremos, pues, copiando un poco de una de las últimas cartas.

———

Mis hijos han vuelto de su viaje bien de salud, y con Periquito muy travieso y precioso.

Luis y Pepita vienen resueltos a no volver a salir del lugar, aunque les dure más la vida que a Filemón y a Baucis[329]. Están enamorados como nunca el uno del otro.

Traen lindos muebles, muchos libros, algunos cuadros y no sé cuántas otras baratijas elegantes que han comprado por esos mundos, y principalmente en París, Roma, Florencia y Viena.

Así como el afecto que se tienen y la ternura y cordialidad con que se tratan y tratan a todo el mundo ejercen aquí benéfica influencia en las costumbres, así la elegancia y el buen gusto con que acabarán ahora de ordenar su casa servirán de mucho para que la cultura exterior cunda y se extienda.

La gente de Madrid suele decir que en los lugares somos gansos y soeces, pero se quedan por allá y nunca se toman

———

[329] Cfr. nota 298.

el trabajo de venir a pulirnos; antes al contrario, no bien hay alguien en los lugares que sabe o vale, o cree saber y valer, no para hasta que se larga, si puede, y deja los campos y los pueblos de provincias abandonados[330].

Pepita y Luis siguen el opuesto parecer, y yo los aplaudo con toda el alma.

Todo lo van mejorando y hermoseando para hacer de este retiro su edén.

No imagines, sin embargo, que la afición de Luis y Pepita al bienestar material haya entibiado en ellos, en lo más mínimo, el sentimiento religioso. La piedad de ambos es más profunda cada día, y en cada contento o satisfacción de que gozan o que pueden proporcionar a sus semejantes ven un nuevo beneficio del cielo, por el cual se reconocen más obligados a demostrar su gratitud. Es más: esa satisfacción y ese contento no lo serían, no tendrían precio, ni valor, ni substancia para ellos, si la consideración y la firme creencia en las cosas divinas no se lo prestasen.

Luis no olvida nunca, en medio de su dicha presente, el rebajamiento del ideal con que había soñado. Hay ocasiones en que su vida de ahora le parece vulgar, egoísta y prosaica, comparada con la vida de sacrificio, con la existencia espiritual a que se creyó llamado en los primeros años de su juventud; pero Pepita acude solícita a disipar estas melancolías, y entonces comprende y afirma Luis que el hombre puede servir a Dios en todos los estados y condiciones, y concierta la viva fe y el amor de Dios, que llenan su alma, con este amor lícito de lo terrenal y caduco. Pero en todo ello pone Luis como un fundamento divino, sin el cual, ni en los astros que pueblan el éter, ni en las flores y frutos que hermosean el campo, ni en los ojos de Pepita, ni en la inocencia y belleza de Periquito, vería nada de amable. El mundo mayor, toda esa fábrica grandiosa del Universo, dice él que sin su Dios providente le parecería sublime, pero sin or-

---

[330] La *apología* del modelo *gentleman farmer* no es frecuente en la novela de la época; en la tercera serie de los *Episodios Nacionales* actúa un grupo de familias señoriales instaladas en sus posesiones riojanas (el caso de los hidalgos peredianos responde a otros supuestos ideológicos).

den, ni belleza, ni propósito. Y en cuanto al mundo menor como suele llamar al hombre, tampoco le amaría si por Dios no fuera. Y esto, no porque Dios le mande amarle, sino porque la dignidad del hombre[331] y el merecer ser amado estriban en Dios mismo, quien no sólo hizo el alma humana a su imagen, sino que ennobleció el cuerpo humano, haciéndole templo vivo del Espíritu, comunicando con él por medio del Sacramento, sublimándole hasta el extremo de unir con él su Verbo increado. Por estas razones, y por otras que yo no acierto a explicarte aquí, Luis se consuela y se conforma con no haber sido un varón místico, extático y apostólico, y desecha la especie de envidia generosa que le inspiró el padre Vicario el día de su muerte; pero tanto él como Pepita siguen con gran devoción cristiana dando gracias a Dios por el bien de que gozan, y no viendo base, ni razón, ni motivo de este bien, sino en el mismo Dios.

En la casa de mis hijos hay, pues, algunas salas que parecen preciosas capillitas católicas o devotos oratorios; pero he de confesar que tienen ambos también su poquito de paganismo, como poesía rústica amoroso-pastoril, la cual ha ido a refugiarse extramuros.

La huerta de Pepita ha dejado de ser huerta, y es un jardín amenísimo con sus araucarias, con sus higueras de la India, que crecen aquí al aire libre, y con su bien dispuesta, aunque pequeña estufa, llena de plantas raras.

El merendero o cenador, donde comimos las fresas aque-

---

[331] Sobre la idea y tópico académico «de dignitate hominis» durante el Renacimiento español, F. Rico, «*Laudes Litterarum*: Humanismo y dignidad del hombre en la España del Renacimiento», *Homenaje a Julio Caro Baroja*, Madrid, 1978, págs. 895-914, aunque en los textos del XVI que se comentan en este trabajo el tema de la dignidad del hombre es considerado en su fundamentación para el estudio y práctica de las *letras humanas*. En la conclusión del *Diálogo de la dignidad del hombre* de Fernán Pérez de Oliva leemos: «Y al fin allí ensalzados sobre la luna y el sol y las otras estrellas, veremos cuanto viéramos para crecimiento de nuestra gloria, que Dios nos dará como padre liberal a hijos muy amados. Éste es el fin del hombre constituido, no la fama, ni otra vanidad alguna, como tú, Aurelio, decías» (cito por la ed. de María Luisa Cerrón Puga, 1982, 116). Previamente se ha desarrollado el tema, estudiado también por Francisco Rico en *El pequeño mundo del hombre,* Madrid, Alianza, 1982 (ed. corregida y aumentada).

lla tarde, que fue la segunda vez que Pepita y Luis se vieron y se hablaron[332], se ha transformado en un airoso templete, con pórtico y columnas de mármol blanco. Dentro hay una espaciosa sala con muy cómodos muebles. Dos bellas pinturas la adornan: una representa a Psiquis, descubriendo y contemplando extasiada, a la luz de su lámpara, al Amor, dormido en su lecho[333], otra representa a Cloe cuando la cigarra fugitiva se le mete en el pecho, donde, creyéndose segura, y a tan grata sombra, se pone a cantar, mientras que Dafnis procura sacarla de allí[334].

Una copia hecha con bastante esmero en mármol de Carrara, de la Venus de Médicis, ocupa el preferente lugar, y como que preside en la sala. En el pedestal tiene grabados, en letras de oro, estos versos de Lucrecio:

Nec sine te quidquam dias in luminis oras
Exoritur, neque fit laetum, neque amabile quidquam[335].

---

[332] Ver carta del 8 de abril.

[333] Apuleyo, *Metamorfosis,* IV, 28 a VI, 24. Las figuras mitológicas que transgreden prohibiciones conyugales —Psiquis, Urbasi, Melusina— aparecen en momentos diversos de la obra de Valera (Cfr. nota 64).

[334] Puede verse la versión del texto griego en la traducción del propio Valera (*O. C.,* I, págs. 835-891). La novela de Longo había sido adaptada por Damasio de Frías en su novela de caballerías *Lidamarte de Armenia* (observación de Rafael Ramos) y fue trasladada a la representación plástica por varios artistas, entre otros Goya; para el interés de Valera por esta historia, ver *Introducción,* págs. 62-63.

[335] Lucrecio, *De rerum natura,* lib. I, págs. 22-23. Restituidos los dos versos a su contexto: «En fin, por mares y montes y arrebatados torrentes, por las frondosas moradas de las aves y las verdeantes llanuras, hundiendo en todos los pechos el blando aguijón del amor, [Venus], los haces afanosos de propagar las generaciones, cada uno en su especie. Y puesto que tú sola gobiernas la Naturaleza y *sin ti nada emerge a las divinas riberas de la luz, y no hay sin ti en el mundo ni amor ni alegría,* quisiera me fueras compañera en escribir el poema (...)» (trad. de Eduardo Valentí, Barcelona, 1961, 9). Don Alberto Lista había escrito una breve paráfrasis del final del poema latino bajo el título de «Invocación del poema de Lucrecio, *De rerum Natura*» cuyos versos finales trasladan también el texto escogido por Valera: «Inspira tú mi acento, tú, que el mundo / y la natura mandas; nada amable, / nada alegre es sin ti; nada del día / goza sin ti la refulgente lumbre» (B.A.E., vol. LXVII, 67a). Además de la práctica valeriana de concluir sus relatos con una cita literaria, en *Pepita Jiménez* el cierre de los dos hexámetros enlaza con la apertura señalada en el aforismo inicial *nescit labi virtus.*

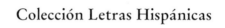

Colección Letras Hispánicas

DE PRÓXIMA APARICIÓN